한국 현대소설의 환상과 욕망

이경재 지음

보고사

　『한국현대소설의 환상과 욕망』은 본격적으로 한국문학을 연구한 지난 시간의 작은 결실이다. 여기 묶인 논문들은 초심자의 순수한 지적 호기심으로 한국소설사의 여러 지점을 헤매면서 엎어지고 부딪쳐 생긴 상처의 기록들이다. 그럼에도 몇 가지 원칙만은 지키고 싶었다. 첫 번째는 새로움의 추구이다. 문학사에 대한 심원한 견해는 말할 것도 없고 기초적인 이해조차 부족한 상태이지만, 가능하면 연구의 대상이나 연구의 시각이 나름의 독자성을 유지할 수 있도록 노력하였다. 쉽지 않은 학문 탐구의 도정에서 새로운 사실을 발견할 때만큼 기쁜 순간도 없었다. 앞으로는 이러한 발견이 좀 더 의미 있고 지속적인 것이 될 수 있도록 노력하고 싶다. 다음으로는 작품을 중심에 둔 귀납적인 태도를 유지하고자 하였다. 어찌보면 이론에 대한 공부가 덜 된 탓이 크겠지만, 능력이 닿는대로 텍스트의 고유한 특성에 대한 이해에 바탕하여 논의를 펼쳐나가고자 하였다. 이러한 과정에서 방법론이나 이론이 부수적으로 활용되기를 기대했다. 두 가지 원칙 중 어느 하나 제대로 이루어진 것은 없으니, 논문을 쓰던 당시나 책을 내는 지금이나 답답할 따름이다.

　처음부터 일정한 기획 아래 쓰여진 것은 아니지만, 그동안 쓴 논문들을 모아보니 욕망과 환상이라는 두 가지 개념을 중심으로 연구가 진행되어 왔음을 확인할 수 있다. 1부에는 한국현대소설에 나타난 다양한 욕망의 양상들을 고찰한 논문들이 묶여 있다. 「일제 말기 한설야 소설의 나르시즘 연구」는 경향소설의 대표작가 중 하나인 한설야를 정신분석학적인 방법으로 다룬 논문이다. 「한국 소설에 나타난 태평양 전쟁기 일본군 체험」에서는 학계에 본격적으로 소개된 바 없는 이병구의 작품 속에 나타난 식민지적 욕망에 대하여 살펴보았다. 「최상규 소설과 욕망」은 최상규의 1950년대 소설을 중심으로 전쟁과 욕망의 관계를 탐구한 논문이다. 「근대화와 모방 메커니즘의 변증법」에서는 유재용 소설을 일관하는 모방욕망을 통하여 근대적 인간이 지닌 욕망의 보편적 구조를 살펴보았다.

2부에는 한국 소설에 나타난 환상의 양태와 그 의미에 대하여 탐구한 논문들이 묶여 있다. 한국현대소설에서 환상은 현실을 더욱 잘 드러내기 위한 또 하나의 창이라고 할 수 있다. 환상은 현실로부터 일탈하여 그 자체에 몰입하기 위해서 존재한다기보다는 현실을 좀더 넓고 깊게 이해하기 위한 고도의 미학적 장치라고 할 수 있다. 환상 속에서 현실과 시대의 본질은 더욱 뚜렷하게 드러나는 특징이 있었다. 그런 의미에서 한국 소설의 환상은 비현실(unreal)이라기보다는 또 다른 현실(real)이라고 이름붙일 수 있을 것이다. 「식민지 현실과 탈주선으로서의 환상」은 이상이 환상적인 이미지를 통하여 숨쉴 틈 없이 조여오던 일제와 자본의 힘에 맞서 탈주선을 창조하는 양상을 살핀 논문이다. 「전쟁과 환상의 이중주」에서는 장용학이 한국전쟁이라는 전대미문의 대참화 속에서 환상적 기법을 통하여 근대성의 근원적 한계를 비판하는 모습을 고찰해 보았다. 「최상규 소설의 환상성

연구」는 감히 한국소설이 보여준 환상의 최고치이자 최대치라고 할 수 있는 최상규를 연구한 논문이다. 그는 전쟁과 산업화라는 한국 현대사의 대사건에 맞서서 환상의 사회학을 누구보다 훌륭하게 수행하였다.

3부에 실린 논문들은 우리의 전통 문화나 사상이 오늘날의 문학 창조와 어떻게 연결되는지를 살펴본 글이다. 세 편의 논문을 쓰면서 통념과는 달리 아직도 우리가 과거의 것들로부터 엄청난 빚들을 지고 있다는 사실을 발견할 수 있었다. 「못난이들의 형이상학」은 서정주의 〈질마재 신화〉를 분석하여 몇 세대 이전의 기층민중들이 삶을 즐기며, 그 안에서 영원의 가치를 추구한 방식에 대하여 탐구한 논문이다. 「백철과 천도교의 관련양상 연구」에서는 뿌리 없는 비평가의 대표격으로만 인식되어 온 백철 비평의 밑바탕에 놓여 있는 천도교의 영향에 대하여 살펴보았다. 「〈심청전〉 패러디에 나타난 '심봉사'의 변이양상」은 우리나라를 대표하는 서사물 〈심청전〉이 시기에 따라 다르게 읽혀진 방식을 살펴본 논문이다. 앞으로도 우리 문학의 저류를 형성하고 있는 전통 사상에 대한 탐구는 기회가 닿는대로 계속 해나가고 싶다.

여기 실린 모든 글은 여러 선생님들과 선후배 동기 여러분들의 도움으로 간신히 쓰여질 수 있었다. 특히 대학원 시절 학문적 영감과 도움을 주신 조남현 선생님을 비롯한 모교의 은사님들께 진심으로 감사의 인사를 올린다. 솔직히 머리말을 쓰고 있는 지금도 내 가슴을 채우는 것은 긍지나 자부심이 아니라 부끄러움과 참담함이다. 왜 더 깊이 읽지 못했는가, 왜 더 많은 새로움을 발견하지 못했는가 하는 자책의 소리가 내 귀를 가득 채우고 있다. 책을 낼 때마다 매번 드는 이런 참담함은 이번이 마지막이기를 진심으로 소망해 본다. 그러기 위해서는 지금과는 비교도 할 수 없는 땀과 눈물이 필요할 것이다. 그러고 보니 책을 내는 이유 중의 하나는 지난 시간을 반성하고 새로운 각오를 다지기 위해서인지도 모르겠다. 마지막으로 이 어려운 시절에 기꺼이 출판을 허락해주신 보고사 여러분들께 진심으로 감사드린다.

2 환상의 사회학

3 전통의 만화경

Chapter

1

욕망의 윤리학

일제 말기 한설야 소설의
나르시시즘 연구

1. 서론

    지금까지의 연구에서 작가나 문학운동가로서의 한설야의 생애는 프로문학→전향문학→당문학의 과정으로 요약된다.[1] 이 중 전향문학의 시기는 전주사건으로 수감생활을 하다가 집행유예로 석방된 35년 12월 이후부터 해방될 때까지의 활동기간을 일컫는 것이다. 그런데, 전향소설이라 불리는 이 시기의 소설들은 균질적이라기보다는 이질적이다. 전향문학의 시기는 크게 두 시기로 나누어 볼 수 있는데, 첫 번째는 〈태양〉(『조광』, 36.2.)에서 '탁류' 3부작의 마지막 작품인 〈산촌〉(『조광』, 38.11.)이 쓰여진 시기이고, 두 번째는 〈귀향〉(『야담』, 39.2.–7.) 이후부터 해방까지의 시기이다. 첫 번째 시기의 작품들은 임화가 〈임금〉(『신동아』, 36.3.)과 〈철로교차점〉(『조광』, 36.6.)을 평하며, "작자의 良心的主觀은 公式主義로서 나타나고 作品에그려진 온갖 事實을

---

[1] 조남현, 「한설야의 일관성과 굴절성」, 『한국현대문학사상탐구』, 문학동네, 2001, 123쪽.

表面的으로 肯定하는데서 作者는 明白히 觀照主義者엿다."[2]라고 말할 정도로, 카프 시절처럼 명시적인 방식은 아니더라도 현실과의 관련성을 보인다고 말할 수 있다. 이에 반해 두 번째 시기의 작품은 임화가 〈이녕〉을 평하며, "主人公이 가진 情熱 鬱勃한 氣分 勇氣는 어디다 處置할것인가"[3]라고 우려할 정도로, 현실과의 연관성이 퇴색된 채 병적인 인물과 분위기가 지배적이라고 할 수 있다. 본고는 두 번째 시기의 작품들을 대상으로 하여, 이 시기 소설에 보이는 인물들의 병리적 특성의 양상과 그 의미에 대하여 살펴보고자 한다.

이 시기 단편들에 대한 연구는 대부분 전향 소설이라는 범주로 다루어져 왔다. 김동환[4]은 〈이녕〉과 〈숙명〉이 가족의 발견과 현실타협의 논리를 보인다고 보았으며, 김윤식과 정호웅은 〈이녕〉을 "전향자의 소시민성에 대한 합리화 양상을 가장 잘 보여주는 전범"[5]으로 꼽고 있다. 서경석은 〈이녕〉이 전향자에게 닥친 생활로의 복귀를 보여주고 있으며, 〈보복〉에서 〈유전〉으로 이어지는 단편들은 "그의 빛나간 열정과 자의식 그리고 현실에 대한 패배감이나 회의가 반복되어 있을 뿐"[6]이라고 보고 있다. 문영희도 김윤식과 서경석의 논의와 같은 맥락에서 〈이녕〉 이후에 전개되는 한설야의 작품은 과거 지향적 자기 폐쇄의 세계라고 보고 있다. 스스로 이녕 속에 빠진 폐쇄적인 모습을 보여 주거나(〈모색〉, 〈파도〉), 나약한 것에 대한 강렬한 증오(〈보복〉, 〈술집〉, 〈종두〉), 아니면 과거에 쓴 작품들을 개작하는 형태의 관습

---

2) 임화, 「사실주의의 재인식」, 『동아일보』, 1937.10.10.

3) 임화, 「최근 소설의 주인공」, 『문장』, 1939.9, 160쪽.

4) 김동환, 「1930년대 한국 전향소설연구」, 서울대 석사논문, 1987, 57~71쪽.

5) 김윤식·정호웅, 『한국소설사』, 예하, 1993, 154쪽.

6) 서경석, 「한설야 문학 연구」, 서울대 박사, 1992, 93쪽.

적인 글쓰기(〈유전〉, 〈혈〉)로 해방이 될 때까지 시간을 보내게 된다[7]는 것이다. 위의 연구들은 기본적으로 리얼리즘 미학에 바탕하여 한설야 소설을 바라보고 있으며, 이러한 시각에 의지할 때 이 시기 한설야 소설은 부정평가될 수밖에 없다.

다음으로 이 시기 소설을 어휘론과 표현기교론의 측면에서 정밀하게 고찰한 연구가 있다. 조남현은 1940년 전후 작품들이 "표현기교의 증대, 어휘의 확대, 고유어에의 집착, 정밀한 묘사경향"[8] 등을 보인다고 보고 있다. 이 시기에 발표된 소설들을 보면 한설야는 이데올로그를 포기하고 스타일리스트로 변한 느낌마저 준다고 보고 있다.

최근에는 젠더 이론을 바탕으로 해서 이 시기의 작품들을 새롭게 해석하려는 연구들이 있다. 나명순[9]은 가족의 발견과 아비로서의 자각이 생활세계를 발견하는 계기로 작용하고 있으며, 그 생활 세계는 곧 '집' 혹은 '방'이라는 닫힌 공간으로 인식된다고 주장한다. 또한 이 시기 소설에서 아내는 환전성의 질서가 지배하는 자본주의 일상세계를 표상하는 인물이기도 하지만, 주인공이 강한 생활력에 무의식적으로 견인되기도 하는 인물로도 그려진다고 보고 있다. 한민주[10]는 전향자의 주체 구성에 젠더 문제가 어떠한 메커니즘으로 작동하고 재구성되는지를 살피고 있는데, 전향 작품에서는 양항대립적인 젠더

---

7) 문영희, 『한설야 문학 연구』, 시와 시학사, 1996, 195쪽.
8) 조남현, 「한설야, 사상의 하강과 언어표현력의 상승」, 『한국현대문학사상탐구』, 문학동네, 2001, 318쪽.
9) 나명순, 「1930년대 후반의 한설야 소설 연구」, 『우리어문연구』, 19집, 2002, 209–228쪽.
10) 한민주, 「1930년대 후반기 전향소설에 나타난 남성 매저키즘의 의미」, 『여성문학연구』, 2003, 276–297쪽.

구조의 형식을 취하며 남성/여성의 신체를 '비전향/전향', '순수/타
락'의 형식으로 나타내는 작품이 상당수라는 것이다. 남성작가이자
인물들의 매저키즘적 글쓰기는 전향소설에서 남성주체를 비정력적
이고 생기없는 인물군으로 표현한다고 보고 있다.

이 글에서 논의하고자 하는 한설야 소설에 나타난 병리적 징후에
대한 연구로는 장석홍11)의 논의를 들 수 있다. 그는 〈이녕〉 이후의
작품들이 디오니스적 광기를 보인다고 말하고 있다. 〈술집〉에서의
음주행위는 도취와 황홀경 속에서 신과의 완전합일을 갈구하는 디오
니소스형의 본질적인 측면은 상실한 채 디오니소스의 부산물인 감정
의 무분별한 분출에서 발생하는 광기에 지나지 않으며, 이같은 디오
니소스적 광기는 이후의 다른 작품들에서 파괴성과 심리적 박탈감,
신경성 질환증세의 증후군들로 발전하여 나타난다는 것이다. 일제
말기 한설야 작품에 나타난 병리성에 관심을 기울였다는 점에서 그
의의를 찾을 수 있지만, 그러한 정신병리를 하나의 일관성 있는 체계
속에서 설명하고 있지는 못하다. 또한 그러한 정신병리를 단순하게
작가 의식의 패배로 규정하는 한계를 보이고 있다.

이 글은 일제 말기 한설야 소설의 인물들이 보이는 다양한 정신병리
가 나르시시즘에서 기인한다고 본다. 또한 그러한 나르시시즘은 작가
의식의 패배에서 기인하는 것이 아니라 한설야 나름의 현실대응방식이
었음을 고찰해보고자 한다. 본고는 한설야의 일제 말기 작품12) 중에서

---

11) 장석홍, 『한설야 소설 연구』, 박이정, 1997, 189-224쪽.
12) 한설야의 일제 말기 작품으로는 〈귀향〉, 〈이녕〉, 〈보복〉, 〈술집〉, 〈마음의 향촌〉,
    〈종두〉, 〈태양은 병들다〉, 〈모색〉, 〈탑〉, 〈파도〉, 〈숙명〉, 〈아들〉, 〈유전〉, 〈두견〉,
    〈세로〉, 〈향기애사〉, 〈젖〉과 세 편의 일본어 소설이 있다.

나르시시즘적 모습이 선명하게 보이는 〈歸鄕〉(『야담』, 1939.2. -7.), 〈泥濘〉(『문장』, 1939.5.), 〈마음의 鄕村〉(『동아일보』, 1939.7.19. - 12.7.), 〈種痘〉(『문장』, 1939.8.), 〈摸索〉(『인문평론』, 1940.3.), 〈波濤〉(『신세기』, 1940.11.), 〈宿命〉(『조광』, 1940.11.), 〈杜鵑〉(『문장』, 41.4.)[13]을 주요 분석 대상으로 삼고자 한다. 이들 작품에는 한설야의 이전 작품이나 동시대의 작가들에게서 볼 수 없는 고유한 심리적 메커니즘과 주체 구성 양식이 보이고 있다. 본고는 프로이드와 라깡의 나르시시즘에 대한 논의[14]를 바탕으로 하여 일제 말기 한설야 소설에 나타난 인물의 고유한 모습과 그 형성 배경 나아가 그러한 모습이 지니는 시대적 의미에 대하여 살펴볼 것이다.

---

13) 작품을 인용할 경우에는 작품이 처음 수록된 잡지의 쪽수만을 본문 중에 표기하기로 한다. 단 〈마음의 향촌〉만은 1941년 박문서관에서 나온 〈초향〉의 쪽수를 인용하기로 한다. 제목이 바뀌었으나, 내용상에는 별다른 변화가 보이지 않는다.

14) 나르시시즘에 대한 학문적 논의는, 나르시시즘을 자아에 대한 리비도적 경사로서 설명한 프로이드에 의해 본격화된다. 그는 대상과 관계하는 상태로 진전되는 유아기의 정상적인 발달단계인 일차적 나르시시즘(primary narcissism)과, 불안정한 개인들이 타인보다는 자기 자신을 주요한 사랑 대상으로 취하는 퇴행적인 이차적 나르시시즘(secondary narcissism)을 구별한다. 자기애에서 대상애로 발전하는 과정에 문제가 있을 때 대상리비도가 다시 자아에로 철회하는 구조가 형성되는데 이것을 이차적 나르시시즘으로 규정한다. 이차적 나르시시즘 상태에 빠졌을 때, 개인은 자신의 리비도와 관심을 대상으로부터 철회함으로써 현실과의 유의미한 관계와 현실감각을 상실한다. 병적으로 자기 몰두를 하고, 타인들과 관계하지 못하며, 자신을 중심으로 한 허구를 만들어내며 그 허구의 세계 속에서 살게 되는 것이다. 또한 타인들 자체를 목적으로 여기는 것이 아니라 이기적인 목적을 위한 수단으로 여겨 접근하고, 자포자기적으로 자기 의존을 하는 경우가 많다. 이 글에서 살펴보려는 한설야 소설의 나르시시즘은 이차적 나르시시즘에 해당한다.(Sigmund Freud, 「나르시시즘에 관한 서론」, 『무의식에 관하여』, 윤희기 옮김, 열린책들, 1997, 41-88쪽)

2. 나르시시즘의 발생 조건

한설야 소설에 나르시시즘이 나타나게 된 원인을 추측해 볼 수 있는 작품은 〈귀향〉이다. 라깡에게서 프로이드의 일차적 나르시시즘의 단계에 해당하는 것은 거울단계(mirror-stage)이다. 거울단계에서 주체는 자신의 이상적 모습을 구현한 이상적 자아(ideal ego)를 통해서 나르시시즘을 느끼게 된다는 것이다.[15] 그러나 허구적 총체성으로서의 이상적 자아는 상징계 속으로 진입하는 과정에서 깨어지게 된다. 이것은 라깡이 나르시시즘을 '상징계에서의 상상적 동일시'[16]라 부르는 이유이다. 따라서 상징계의 차원이 정상적으로 작동할 때, 이러한 상상적 동일시는 일어나기 힘들다. 어떠한 방식으로든 상징적인 것의 교란 내지는 무화가 이루어졌을 때 거울단계로의 나르시시즘적 퇴행은 발생할 수 있는 것이다. 시기상으로 본고에서 고찰하는 소설들의 처음에 해당하는 〈귀향〉은 유단천이라는 아버지의 존재를 통해 이 시기의 소설 속 인물들이 나르시시즘적 상태에 빠져드는 조건이 무엇인지를 보여주고 있다.

〈귀향〉은 기덕이의 귀향을 다룬 것이지만, 서사의 중심은 기덕의 아버지 유단천에게 놓여 있다. 대부분은 아버지에게 초점화되어 있으며, 기덕이에 대한 초점화는 부분적일 뿐이다. 〈귀향〉은 아버지 유단천이 느끼는 몰락[17]의 서글픔과 변해버린 세상에 대한 아쉬움으로

---

15) J.Lacan, 『The Seminar of Jaques Lacan:Freud's Papers on Technique』, W.W.Norton and Company, New York, 1988, pp.130-136.

16) J.Lacan, 『Ecrits:A Selection』, W.W.Norton and Company, New York, 1977, p.4.

17) 따라서 〈귀향〉을 한설야가 자신이 발딛고 서있는 생활로 돌아온 것, 생리적 오기도 증오심도 없는 현실에의 주저않기로 읽는 것은 재고할 필요가 있다.

가득하다. 이전의 한설야 소설에서 아버지가 한 번도 등장한 적이 없으며, 한설야의 아버지는 〈귀향〉이 쓰여지기 13년 전인 1926년에 죽은 것을 생각한다면, 이 작품에서 아버지가 서사의 전면에 드러나고 있다는 사실을 그냥 넘겨버릴 수는 없다.

〈귀향〉은 유단천이 7년간의 옥중 생활을 마친 기덕이가 출옥했다는 신문보도를 읽는 것으로 시작된다. 개간사업과 금광사업에 손을 대었다가 실패한 유단천은 자신을 "오늘에 있어서는 밖으로는 양(¥) 한마리 목화한대보다도 못한 미미한존재가 되여버"(168면)렸다고 생각한다. 그는 "몸도 쇠잔하고 세도도 떨어지고 돈길도 끊어"(170면)져 버린 것이다. 옛날 고을 원을 지낸 아버지는 아들이 군서기라도 하기를 원했으나 아들은 사회 활동에만 정신을 쏟았고 아내까지 쫓아내 버린다. 기덕은 후에 아버지가 누이를 정략적으로 결혼시키려고 한 것을 반대하여 누이를 서울로 피신시켜 혼담을 깨뜨린다. 이런 일을 거치며 부자는 의절하게 된 것이다.

그러나 지금은 자신의 지난 삶과 가치관을 부정하고 기덕을 적극적으로 인정하는 입장으로 변한 상태이다. 아버지는 기덕이와의 대화에서 "지나놓고 보니 모든것이 후회뿐이다. 육십평생에 남긴것이라고는 아무것도없고 있다면 오즉 후회뿐이다."(139면)라거나 "소위 잘된다는것이 무엇인지 알수없게 되였다. 뿐만아니라도대체 내가 걸어온 길이 무엇인지도 알수없다."(143면)라고 말한다. 자신의 지난 삶과 가치관에 대한 부정과는 달리 아들에 대해서는 적극적으로 인정하는 것이다. 아버지에게 "아들은 자기보다 더 굳은 의지를 갖인사람이요. 더 총명한 머리를 갖인사람"(171면)으로 인식되고 있으며, "오늘에와서는 자기의 생각보다 아들의 생각이 옳은것을 막연하나마 깨닫"(145

면)게 된 것이다. 이제 "아버지는 아들이가는 길을 무조건하고 옳다하리다, 하였다. 조상을 생각하니만치 아들을 또 생각 하리라 하였다."(144면)는 다짐을 하는 모습까지 보인다.

이 소설은 "그후 한달포만에 기덕이아버지는 진헌은 감기로 메칠 골골하다가 불시에 죽어버렸다."(152면)라는 문장으로 끝난다. 결국 〈귀향〉은 부권의 위축과 흔들림으로 시작해서 부권의 완전한 소멸로 끝난다고 볼 수 있다. 이 시기 한설야의 소설은 부권이 소멸한 가족이라는 공간 속에서 펼쳐지는 욕망의 드라마인 것이다.

부권의 소멸은 〈초향〉에서도 확인할 수 있다. 이 작품은 부정적인 인물들의 행태에 대한 묘사, 초향과 권의 연애서사, 그리고 초향의 아비찾기 서사로 이루어져 있다. 작품의 시작에서 초향은 "예나 이제나 무척 아버지를 보고 싶"(71)어하며, "지금도 그 누군지 알 수 없는 아버지를 찾으랴 애를"(71) 쓴다. 그런 초향이는 권의 편지를 바탕으로 아버지를 찾게 되고, 아버지의 파렴치함과 타락상에 접하여 곧 아버지에 대한 마음을 정리한다. 그 결과 초향은 아버지인 이후작을 찾아갔던 이유가 "내가 이 후작의 딸이 아니오 이후작이 나의 아버지가 아니라는 것을 명백히 하기 위해서지요."(321)라고 대답하게 된다. 나아가 "차라리 나는 죄없는 백성의 자식이 되고 싶습니다."(321)라고 말한다. 아이러니하게도 초향의 아비 찾기 여정은 아비 부정으로 귀결되고 있는 것이다. 〈파도〉의 주인공 명수 역시 "집도 부모도없다. 친족이 있대야 그것은 남보다도 못"(62)한 처지에 놓여 있다.

'아버지의 이름'18)이 부재하는 것이 이 시기 소설의 기본 성격이라

---

18) 아버지의 이름(Name of The Father)은 상징적 아버지라고도 불리우며, 실질적인 존재가 아니라 하나의 위치 또는 기능을 가리킨다. 이 기능은 오이디푸스 콤플렉스

고 할 수 있다. 아버지의 이름과 관련된 것이 폐제(foreclosure)된 것이
라 할 수 있는데, 이로써 인간의 고유한 차원을 부여하는 상징계의
차원이 상당히 축소되어 있다고 할 수 있다. 이러한 폐제 상태는 거울
단계로의 나르시시즘적인 퇴행으로 이끄는 기본적인 조건이 된다고
볼 수 있다.

3. 나르시시즘적 자아의 다양한 모습

1) 부부관계를 통해 드러난 상상계적 이자관계(dual relation)

〈파도〉의 명수, 〈모색〉의 남식, 〈초향〉의 초향은 자기애에 빠진
모습을 선명하게 보여준다. 〈파도〉의 명수는 상상계의 나르시시즘에
빠진 자아라 할 수 있는데, 그것은 이 작품에서 상세하게 실연(實演)된
다. 명수는 글을 쓰려고 온갖 노력을 하지만 좋은 생각이 나지 않자,
갑자기 거울을 들여다본다. 그러다가 웃통을 벗고, 그것도 모자라 사
루마다 하나만 걸친 모습을 비춰본다. 거울에 비친 자신을 보며 명수
는 "어덴지 모르게 그의맘을 끌어단이는 얼굴이다. 침울한 표정, 그것
도 하고이찮다."(81), "그몸은 역씨 탐스러운것이다."(81), "볼꼴없는
이사나이가 보기좋게 저자신을 탁 들어내는것이 여간 통쾌하지 않다.
그는 부지중 빙긋이 웃었다."(81), "그러나 딱이 보니까 그게바루 나

에서 법을 정하고 욕망을 통제하는 기능에 다름아니다. 뿐만 아니라 어머니와 아이
사이에 꼭 필요한 상징적 거리를 만들어 주기 위해 그들 모아(母兒)간의 상상적 이자
관계에 끼어들게 된다.(D. Evans, 『라깡 정신분석 사전』, 김종주 외 옮김, 인간사랑,
1998, 226-227쪽)

야. 박명수란 말야. 그래서 마치 잃어버렸든 사람을 찾은것 같드군요. 아! 이놈이 여게 있구나. 이런 생각이 들어요. 그러니까 어떻게 이놈이 탐탐해뵈는지. 여보날 좀 보구려."(84)에서 알 수 있듯이 심각하게 자기 자신에게 도취된 모습을 보여준다. 이처럼 노골적으로 자기애를 보이는 모습은 〈모색〉의 남식에게서도 확인할 수 있다.

> 가령 여게 누구 요술사가 있어서 남식이와 이른바 훌륭한 사람과를 바꾸어 준다고 하더라도 남식은 선뜩 그리자고 아니할 것이다.
> 딴에 속은 살아서 어떤 때는 길을 가다가 이 바닥에서 그래도 시방 누구라고 떠드는 시색 좋은 사람을 볼나 치면 남식은 속으로 위선 자기 손구락 하나와 그 사람을 비교해 본다. 그리고는 으레 속으로 손구락 하나와 그 한 사람과 바꾸재도 안 바꾸려니 그렇게 생각하곤 한다.
> (…)
> "이놈들 이 오줌과 너이 한 마리와 바꿀 줄 아니. 내 침도 너이 한 마리 폭은 넘어" 바루 이렇게스리 호기를 부리는 일도 있다.(276-277)

남식은 처음에는 타인을 자기 자신보다 못하다고 보고, 다음에는 타인을 자기의 손가락보다 못하다고 여기며, 마지막으로는 타인을 자기의 오줌이나 침보다도 못하다고 생각하는 심각한 자기애의 상태에 빠져 있다. 〈초향〉에서 초향은 틈나는 대로 거울을 보는데, 작품 전체에 걸쳐 네번이나 거울을 보는 장면이 나온다. 거울을 보는 그녀는 "지금 제얼굴에 짜장 반해있는 것"(110)으로 그려진다. 초향이 자신의 말을 반복하는 앵무새를 사랑하며 그것과 대화하는 것도 초향이 거울을 보는 것과 같은 현상이다. 초향이 나르시시즘에 빠져 있는 모습은 "앵도와같이 만직만직한 입설을 통하여 알려지는 자기의 부드러운 몸둥이가 또 한없이 귀엽게도 생각되었다."(248)라는 대목에서도 확인할 수 있다.

이러한 나르시시즘을 보이는 인물들의 인간관계는 대부분 폐쇄된 공간에서의 부부관계로 한정되어 있다. 이 시기 소설들 대부분은 좁은 방이나 집과 같이 닫힌 공간19)을 공간적 배경으로 하고 있다. 구체적으로 살펴보면 〈종두〉에서 남편은 "조그맣고 찌그러진 대문에 비교적 완구한 걸쇠를 만"들어 놓았는데, 그것은 "말썽군이 동리 아낙네를 막으려는 맘이 섞여 있었든"(5-6) 것이다. 〈이녕〉에서 민우의 주요 활동무대는 웃방이다. 그곳에서 아내를 비롯한 마을 아낙네들의 이야기를 엿듣는 것이 주요한 일이다. 민우는 취직을 위해 관찰소의 전촌씨를 찾아가는 단 한번의 외출을 할 뿐이다. 민우는 "오고가는 사람이 모다 바보와같다."(25) 혹은 "오고가는 사람들의 옷매무새와 거름거리만보아도 밉성"(25)이라고 느낀다. 그리해서 "차라리 보지않으리라"(25)며 외부로 향한 "제 눈을 미워해야 할 지경"(25)에 이른다. 세상이나 대상과의 접촉 내지는 만남 자체를 거부하는 모습이라고 할 수 있다. 〈파도〉의 명수는 소설가로서, 이렇다할 집필활동도 없이 재혼한 아내와 사람들이 찾아올 수 없는 으슥한 골목집에 살고 있다. 그 결과 "본시 많지못하든 친구의 발이 딱 끊기고 또 남편도 안해도 외출하는 일이 별로 없이 주장 한집 속에서만 뱅뱅 돌자니까 자연 심심하고 갑갑할밖에……"(62) 없는 형편이다. 특히나 의처증이 있어 "안해에게 금족령을 내"(77)린다. 〈두견〉의 세형 역시 집에서는 아내의 바가지 긁는 소리에 골치를 썩이지만, 밖에 나가서도 비위에 맞지 않는

---

19) 나명순, 앞의 논문, 219쪽.

소리만 들어서 차라리 "그 잘난 오막사리도 그래도 아직은 그게 낙원이니라 싶어서 찌그러진 대문을 잊지않고 일수 또 찾아드"(150)는 처지이다.

이러한 폐쇄된 공간에서 남편과 아내의 관계가 펼쳐지고 있으며, 둘의 관계가 지니는 병리적 특성은 〈파도〉에서 선명하게 그려진다. 거울을 보며 자기 모습에 도취되어 있던 명수는 아내에게 "여보, 날좀 보라니까. 아니 그럼 내가 당신을 보지오. 당신의 몸이 거울이 돼서 내얼굴이 비치도록 당신을보지오. 자아 얼골을 똑 바루 들어요. 그렇게 못나니처럼 기이지말고 자아……"(85)라며 자신을 볼 것을 요구한다. 흥미로운 것은 자기에게 기생하는 남편이건만 아내는 "억센 팔이 안해의 목을 단단히 감아넣었다. 안해는 몸이 으스러지는것같은 굳센 힘을 가슴에 그리고 온몸에 받았다. 그러나 그리면서도 좀더 으스러졌으면 하듯이 눈을 스르르 내려감고 잠자코 있었다."(70-71)에서 알 수 있듯이, 남편의 여러 가지 이상 행동을 모두 받아준다는 것이다.[20]

이 때 아내는 명수의 얼굴을 비추는 하나의 거울이 된다. 이것은 명수(a)에게 아내(â)가 상상적 타인이자, 하나의 거울상(specular image)에 불과함을 보여주는 것이다. "안해가 있으니까 십상 외로울택이 없는데도 그러나 실상은 그렇지않아서 어찌생각하면 안해가 있기때문에 더 외로운것같았다."(80)고 느끼는 것도, 아내가 온전한 하나의 개체로서 존재하지 않고 있음을 보여준다. 아내는 또 다른 나일 뿐인지,

---

20) 명수의 세상으로부터의 고립에는 아내 역시도 한몫을 하고 있다. 안해는 수캐같이 억세게 나발든 처음 남편한테 어떻게 몹시 학정을 받았든지, "아이구, 굶더라도 집안에 들어있어서 딴맘 안먹는 사람이 제일이야요."(90)라고 말해왔던 것이고, "그래서 명수는 결혼이래 오늘까지 꼭 그말대로 집안에만 들어있었"(90)던 것이다.

진정한 타자가 아닌 것이다. 명수가 욕망 대상으로서의 아내에게 부
여한 성애의 근간은 나르시시즘이라고 볼 수 있다. 그는 아내로부터
타자성을 배제하고, 아내라는 빈 스크린에 자기의 영상, 즉 상상적
주체를 투사했던 것이다. 이 때의 아내는 자아의 영상으로서의 타자,
즉 변경된 자아(alter-ego)라고 볼 수 있다.[21] 정신분석학적인 맥락에
서 본다면, 이 시기의 아내들은 일종의 어머니 역할을 한다고 볼 수도
있다.

2) 구순기적 격분[22]과 질투심

이 시기 소설들에는 방향을 잃은 강렬한 공격성이 자주 노출된다.
이러한 특성은 나르시시즘의 파괴적 측면이 드러난 결과라고 할 수
있다. 나르시시즘의 파괴적 측면은 대상인 타인을 병적으로 시샘하
고, 미워하며, 적극적으로 파괴하려고 하는 것이다. 이 상황에서는
오직 자기의 존재만이 허용될 뿐이다.[23] 파괴적 나르시시즘의 경우,
주체는 자신이 의존하고 있는 외부의 사람들에게 위협과 질투심을

---

21) 나르시시즘적 주체가 경험하는 대상은 모두 자기-대상(self-object)이며, 이는 결국
자아의 영상으로서의 타자, 즉 변경된 자아를 향한 나르시시즘적 전이의 과정을 수
반하게 된다.(Sigmund Freud, 앞의 책, 58-72쪽)
22) 구순기는 리비도 발달의 제1단계로, 칼 아브라함은 빨기(구순기 제1기)와 깨물기
(구순기 제2기)라는 서로 다른 두가지 활동 기능으로 세분된다. 치아의 발육과 일치
하는 구순기 제2기는 가학적 구순기라고도 하며, 깨물고 씹는 공격적 활동을 통한
대상의 파괴라는 성질을 내포하고 있다. 멜라니 클라인에 의하면 구순기 전체가 가
학적 구순기이다.(Jean Laplanche and Jean-Bertrand Pontalis, 『정신분석사전』,
임진수 옮김, 열린책들, 2005, 27쪽) 이 시기 한설야 소설에는 강렬한 공격욕과 질투
심이 과도하게 노출된다. 이것은 나르시시즘이 보이는 파괴적인 측면에 해당하는
것이고, 이 때의 공격욕은 구순기적 격분과 질투심의 표출이라고 말할 수 있다.
23) Jeremy Holmes, 『나르시시즘』, 유원기 옮김, 이제이북스, 2002, 12쪽.

느끼기 때문에, 신과 같은 자신의 위치를 유지하기 위하여 위협이
되는 대상을 즉시 제거하려 한다. 타인들을 목적을 위한 수단으로
다루고, 무자비할 정도로 자기중심적이며, 타인과 전혀 공감하지 못
하는 나르시시즘의 병적인 측면은 대상의 중요성을 모두 부정하려는
질투 어린 욕구의 표현이다.[24)

〈이녕〉에서 그러한 공격욕은 주로 아이들을 바라보는 태도를 통해
드러난다. 아이들이 우는 것을 질색하는 민우는 아이들의 약한 성격
을 무엇보다 못마땅해한다. "얻어패는 놈이 더나뻐"(19)라든가 "나뿐
놈이면 이로 물어뜯어도 좋고 돌맹이로 대가릴 까도 좋지."(19), "착하
고 악하고간에 제하는일에는 그저 강해야하는거야. 극성스리, 악마
같이 강해야 하는거란말야."(20) 같은 부분에서는 민우가, 아이들이
표출해 주었으면 하고 바라는 공격욕이 직접적으로 드러나고 있다.
심지어 민우는 "저놈의 새끼들 암만해도 죄인의 간을 좀 빼멕여야 겠
어."(24)와 같은 극단적인 말을 하기도 한다. 이러한 강인한 성격에
대한 요구는 "그가 약한 성격을 가졌기때문에 삼십년동안 세상에서
받은 가지가지 체험에서 울어나온 울분"(20)에서 비롯되는 것이다.
따라서 아이들에게 공격성을 요구하는 것은 "차라리 자기의성격을
찢어발기고싶"(20)은 욕망에서 확실히 알 수 있듯이, 나약한 성격의
자신에게 공격성을 요구하는 것에 다름 아니다.

〈모색〉에서도 남식은 이유없는 공격욕에 휩싸여 있다. "요지막은
책을 보다가도 길을 걷다가도 무슨 생각을 하다가도 그저 뿔이 부러
지도록 싸워대고싶은때가 종종 있"(120)는 상태이다. 이러한 자신에

---

24) 위의 책, 57-58쪽.

대해 남식은 "싸우기 싫은 병이 생긴것같기도하였다."(120)고 느낀다. 그리하여 "요지막은 가뜩이나 싸우고싶은 버릇이있고 그래서 제머리를 미친사람에게까지 비해보"(134)기도 한다. 〈파도〉에서 명수는 아내를 향해 이유를 알 수 없는 공격욕을 표출한다. "안해를 한번 몹씨 시까슬러 주고 싶었다. 안절부절을 못하도록 들볶아주고도 싶었다. 아니 그보다도 어디든 찢어서 피를 보고 싶었다."(66)와 "제몸이겠든지 안해몸이겠든지 하여간 어느 것이든지 양단간 으스려줄듯이 제몸에 힘을 주고 이까지악물어 본다."(78), 그리고 "제몸을 어디다가 탁부디처주던가, 그렇지않으면 손에 쥐는것은 모조리 찢어발겨놓고 싶은"(91) 모진 충동을 느끼는 대목이 구체적인 예이다. 이러한 공격욕은 실제 행동으로도 이어져 "그손은 독수리의거센 톱처럼 안해의몸과 머리를 움켜쥐고 는실난실 분탕질을 처서 안해의 머리칼"(94)을 뽑고는 한다.

〈이녕〉, 〈숙명〉, 〈파도〉에서는 상징적인 방식을 통해 이러한 공격욕의 표출 내지는 해소가 이루어진다. 〈이녕〉에서 민우는 자기 닭을 노리는 이웃집의 족제비를 공격하는 제의적인 방식으로 자신의 공격욕을 해소한다. 다음날 아침에 민우는 톱을 사기 위해 "어제아침보다 매우유쾌한낯빛으로 집을나"(31)선다. 이 시기 소설에서는 좀처럼 볼 수 없는 '유쾌한 낯빛'은 족제비라는 공격대상에게 자신의 공격욕을 풀었기 때문에 가능한 것이다. 〈숙명〉에서는 치술과 동일시되고 있는 닭25)을 치술이 구하는 것을 통해 온전한 자신을 회복하는 과정이 상

---

25) 이 작품에서 여우는 서술자에 의해 "사실 또 생각하면 치술이가 여우같이 시방 상자에 들어 있는지도 십상 모르는 것이다. 다만 상자 속에 들어서도 든줄을 모르는것뿐……"(284)이라고 설명됨으로써 치술과 동일시되고 있다. 여우는 치술과 동일시되

징적으로 드러나고 있다.

〈파도〉의 명수는 "내지금의 꼬락선이가 잡음과 광란이 아닐가"(99)라고 생각하며, 밖으로 나다니기 시작한다. 밖으로 나다니기 시작한 명수의 주의를 끄는 단 하나의 존재는 박준이다. "박준을 보는때마다 어떻게 저사람이 소설이 안될가하고 궁리하곤 하였다. 그것을 잘 써내기만 하면 오늘의 세상 모습 한구석이 나마 분명 보는것이 되리라 싶었다."(113)에서 알 수 있듯이, 박준은 명수에게 있어 오늘의 세상을 상징하는 존재이다. 명수는 모든 것에 능통하며, 부박하기 이를데 없는 인물26)인 박준과 의미있는 관계를 맺지 못하고 박준으로부터 "처복가(妻福家)라고 할가. 즉 말하자면 사이노로지"(109)라는 비웃음만을 얻는다. 명수가 박준에게 느끼는 감정의 본질27)은 시기와 질투심이라고 할 수 있다. 박준에 대한 불만, 즉 시대에 대한 불만은 〈파도〉에서 꿈이라는 장치를 통해 해소된다. 꿈 속에서 박준을 만나 쓰러뜨리고, "땅바닥에 얼굴을 박고 엎어진것을 명수는 그 대가릴 구둣발로 질끈 내려 디디고 앞으로 쫙 내밀"(110)었던 것이다. 박준에 대한 공격욕이 얼마나 격렬한지 "박준의얼굴은 코도 없고 눈도 없는 민뻔뻔 인데 검

고 있는 것이다. 그런데 닭을 아내가 팔았다는 말을 듣자 치술은 "시퍼런 칼로 여우의 뱃대길 쭉 갈르는 것과 역시 그 칼로 닭의 목을 뚝 잘르는 광경이 머릿 속에서 꼬리를 물고 맴을"(291) 돈다. 이를 통해 닭은 다시 여우와 동일시된다. 치술과 여우가 동일시되고, 다시 닭은 여우와 동일시되고 있다.

26) 박준은 "신문사라 잡지사라 출판사라 게다가 영화 제작소까지 둘러다니는 사람"(112)이자 "낭만주의와 사실주의와 세대정신과 현대적지성에 대해서 해석을 내리고 내처 불란서, 노서아, 아메리카의 그것까지를 끌어다가 부연"(104)을 하는 존재이다.

27) 김윤식은 명수가 박준에게 느끼는 감정이, 사실은 한설야가 임화에게 느끼는 감정이 변형되어 드러난 것이라고 주장한다.(「내면 풍경의 문학사적 탐구」, 『한국현대현실주의소설연구』, 문학과 지성사, 1990. 259-260쪽)

붉은 피가 샘솟듯 얼굴에서 철철"(110) 흐른다. 비로소 명수는 "거게서 한개의 완전한 해결이라는것을 보는듯"(111)한 후련함을 느낀다.

　나르시시즘적인 자아는 세 가지 층의 감정들로 이루어져 있다. 즉, 의존성에 대한 외면적인 부정과 결과적인 자기 찬양, 그 아래에 놓인 저항할 수 없는 구강기적 격분과 질투심, 그리고 애정 어린 보살핌에 대한 좌절된 열망이 그것이다.[28] 이상에서 살펴본 인물들의 심리는 나르시시즘적인 자아가 지닌 감정의 층위 중에서 구강기적 격분과 질투심이 표출된 경우라고 말할 수 있다.

3) 근원적 모성성에 대한 열망과 죽음충동의 형상화

　〈초향〉에는 모성에 대한 갈망이, 〈이녕〉, 〈모색〉, 〈파도〉, 〈두견〉에는 죽음충동이 서사 진행의 밑바탕에 놓여 있다. 두 가지 모습 역시 나르시시즘적 자아가 보이는 특징이며, 두 가지 충동은 기본적으로 동일선상에 놓여 있는 것이다. 나르시시즘적 욕망은 기본적으로 어머니와의 이자관계에 빠져 있던 충만감이 가득한 상태로 돌아가고 싶은 욕망[29]이라고 볼 수 있다. 어머니와의 결합 욕망은 그 어떤 욕망보다 원초적인 것으로서, 이러한 원초적 세계로의 회귀 욕망은 프로이드가 말한 죽음충동과도 연결되기 때문이다.

　근원적 모성성의 세계를 향한 그리움은 〈초향〉에 잘 나타나 있다. 이 작품에서 자기애에 빠져 있는 초향은 현실세계에서 관심과 애정을

---

28) Jeremy Holmes, op. cit., 60쪽.
29) 일차적 나르시시즘의 과정이란 전지전능한 어머니와의 완전한 합일 상태를 말한다. 이 때 주체는 전지전능한 어머니의 능력을 자신의 것으로 오인해 스스로에 대한 충족감을 느끼게 된다.

기울여야 할 대상을 발견하지 못한 채, 완전한 합일 속에서 만족을 누리던 어머니와의 원초적인 세계만을 그리워한다. 아버지를 부정하는 것과 달리 초향은 어머니에 대한 지극한 사랑을 보이는 것이다.

초향이 오빠에 대해 느끼는 그 형언할 수 없는 그리움도 "초향이에게는 열 아버지보다 한 어머니가 오히려 더 소중하다. 그러니 열 아버지보다 나은 그 어머니의 아들이고보매 오빠 상기는 아버지 다섯보다 오히려 낫다고 초향이는 생각하는 것이다."(358)에서 알 수 있듯이, 오빠가 어머니의 핏줄을 이어받았다는 사실에서 비롯되는 것이다. 초향에게 "지금 조곰치라도 그의맘을 끄는데가 있다면 그것은 어머니의 무덤이오 어덴지도 알 수 없는 오빠 상기있는 그곳"(545)뿐이다. 초향에게는 어머니의 무덤과 오빠 있는 곳이 바로 '마음의 향촌'인 것이다.

초향이 어머니의 무덤에 마음이 끌리듯이, 원초적 세계로의 회귀 욕망은 죽음 충동과 밀접한 관련을 맺고 있다. 〈이녕〉, 〈모색〉, 〈파도〉, 〈두견〉에는 죽음충동이 직접적으로 드러나고 있다. 〈이녕〉의 민우는 길에서 예전에는 자신과 비슷한 길을 걸었지만 이제는 도청 사회과에 취직한 박의선을 만나고 다음과 같은 생각을 한다.

> 그는 또 뜻하지않고 관속에 가로누은 자기를 생각하였다. 그 관뚜께우에먹으로만 쓴 글씨 – 민우의약력이 나타난다. 그담에는 주묵글씨 또 그담에는 백묵글씨…… 이렇게 수없이 바뀌어진다. 그리다가 이 가지가지빛 갈글씨가 얼룩덜룩 섞여씨인것이 보인다. 그는 또한번 몸소름을 친다. 차라리관뚜게에 아무것도 씨워지지 않기를바란다.(27)

"관속에 가로누은 자기를 생각"하고, 관뚜껑 위에 아무것도 쓰여지지 않기를 바라는 욕망이란 완전한 무로 돌아감을 욕망하는 죽음충동이라고 하지 않을 수 없다. 〈모색〉에서도 남식의 죽음충동이 "그는 또 어떤때는 아주 장엄하게 죽는 자기를 상상하는일도있다. 가슴복판에서 자기황같은것이 탁 튀여서 새캄한 공중에 날아올라가 찬란한 화화(火花)와같이 터지는 공상을하고 또어떤때는 다캄한 고층건축(高等建築)의 지붕위에서부터 땅바닥에까지 내려붙은길다란 면도칼날에 제배를 붙이고 미끄러 떨어지는것을 생각하는 일도 있다."(113-114)와 같은 부분을 통해 직접적으로 드러나고 있다.

〈파도〉의 명수는 안해에게 "그리게 나도 내가 미워서 죽겠소. 제발 나를 돌루 점 때려주구려."(93)라고 말한다. 또한 아내의 죽어버리겠다는 말에 "사는 것보다 몇갑절 안락한 주검이란것을 그렇게 쉽사리 가저낼 줄 아느냐, 팔자 늘어진 소리를 하지두말아, 사람놈들은날마다 그달콤한 주검이란 놈을 잡으랴다가 되려 '삶'이라는 심술막난이한테 덜미를 짚여 오군하더라."(94)라고 말한다. 명수에게 죽음이란 "사는 것보다 몇갑절 안락한" 혹은 "그달콤한"이라는 수식어를 거느리는 매력적인 것으로 인식되고 있는 것이다.

〈두견〉에서도 세형이 자아이상으로 생각하는 안민 선생은 자살한다. 더군다나 이 작품에는 상세하게 죽음의 과정과 그 모습이 기술되어 있다. 이 작품에서 안민은 자신의 목에 상처를 내서는 사발에 그 피를 받아놓고 죽은 것으로 그려진다. 그리고 세형이 "고인이 제손으로 자결하지않으면 안될 이유가 ─ 그것이 무엇인지는 알수없으면서도 연성 제몸을 엄습하는것같"(168)음을 느끼는 것에서 보여지듯이, 안민을 죽음으로 이끈 충동은 이 작품의 초점화자인 세형에게도 그대로 전해진다.

4) 자아이상(ego-ideal)과의 동일시

일제 말기 한설야의 소설 중에서 나르시시즘적인 모습이 생생하게 표출되고 있는 마지막 작품은 바로 〈두견〉이다. 세형이 안민이라는 지사의 삶과 죽음을 관찰하고 기술하는 것으로 되어 있는 이 소설에서, 안민은 프로이드가 말한 주체의 나르시시즘적 구조물로서 내면세계의 환상대상과 함께 존재하는 자아이상이라고 할 수 있다.30) 자아이상이 대상의 본질과는 상관없이 주체의 내부 안에서 확대되고 이상화되어 실제와 반드시 일치하지는 않는 변경된 자아alter-ego라는 점에서 자아이상과의 동일시 역시 '상상적 전이관계'31)가 된다. 주체의 사회화 이후에 형성되는 자아이상 역시 유년 시절에 잃어버린 나르시시즘의 대체물이라고 볼 수 있다.

〈두견〉은 세형이라는 인물의 시각으로만 그려진 작품인데, 자결한 안민의 삶과 그에 대한 이상화로 가득하다. 이상화의 비현실성으로 미루어 볼 때, 세형에게 안민은 일종의 차아이상이라고 볼 수 있다. 안민은 청빈한 선비이자 결곡한 지조를 가진 사람으로 ***학회의 중진으로 이름이 높았다. 한글과 사학에 대한 조예가 깊은 그가 죽었을 때 사람들이 하는 "수불석권하고 글을 읽었다는 말과 가위금세의 군

---

30) 프로이드는 주체의 나르시시즘적 구조물로서 내면세계의 환상대상과 함께 자아이상을 설정하고 있다. 자아이상이란 자아의 이상적 영상을 투영한 하나의 외부대상을 말한다.(J.Lacan, *The Seminar of Jaques Lacan:Freud's Papers on Technique*, W.W.Norton and Company, New York, 1988, pp.129-137)

31) 자아이상은 이상적인 자신에 대한 개념으로서 주체의 가치관과 바람이 투영된 것으로서, 주체의 초자아와도 관련된다.(Ibid., p.135)

자라는 말"(157)은 그의 삶을 압축해 보여주는 것이다. 세형은 안민을 "오십평생을 그렇게 가진고초를 다겪고 주림과 박해에 시달리면서도 꼬박이 살아"(152)온 사람이라 칭송한다.

안민은 약간의 병적인 측면이 있는데, 그것은 한설야가 평생을 통해 강조한 신의(오기)32)와도 통하는 것이다. 그는 닷세 동안 물만 먹다가 자신이 가르치던 **학당에서 까무라치기도 한다. 그러한 고행의 이유는 학생들의 어려운 처지도 이해하고, 자신의 정신과 의지를 실험해보기 위해서이다. 까무러친 후에 안민은 자신의 의지가 너무나 약했음을 깨닫고는 "더욱 제정신수양에 힘을썼다. 그러는반면에서 전보다도더 육신에 대해서는 등한"(159)히하는 비정상적인 모습을 보인다. 안민의 이러한 정신주의는 한설야가 그토록 강조한 신의와도 통하는 것으로서, 이 점에서 안민은 한설야의 자아이상으로서 모자람이 없다.

당연히 안민의 생활은 곤궁 그 자체이다. "칠십로모가 있었는데 굶기를 부자이밥먹듯 하"(159)며, 소학교를 마치고 상점 점원으로 들어간 맏아들 수범이가 받아 오는 돈으로 살림을 꾸려 가는 구차한 삶을 살고 있는 것이다. 세형은 안민에게 강한 동질감을 느끼고 있다. 이런 안민의 곤궁한 처지를 보며 세형은 "가장 값있는일을 하면서도 어둠과 가난속에 묻혀 있는 안민씨를 위해서 하늘에 침뱉고싶은 분노"(161)를 느낀다. 세형은 나이차가 십년 이상이나 나는 안민을 "뜻맞는 벗"(167)이라고 생각하는 것이다. 안민 역시 세형을 특별한 존재로

---

32) 한설야는 자신의 지난 삶을 회고하는 글에서 여러차례 '신의'를 강조하고 있다. "이 신의는 응당 일생을 두고 지켜야 할 그러한 보물이었던 것"(「나의 인간 수업, 작가 수업」, 『우리시대의 작가수업』, 역락, 2001, 24쪽)이라고까지 말하고 있다.

여기는데, 안민은 수범에게 자신의 죽음을 안민에게 알릴 것을 당부할 뿐만 아니라 ***학회의 한 사람으로 삼십년 동안 적공한 원고를 세형이에게 넘긴다.

세형은 동일한 시대 상황에서 안민이 보여주는 삶의 모습에 자기의 이상적 영상을 투사하여 자신으로 동일시하고 있다. 이 때 세형에게 안민이라는 존재는 유년 시절의 잃어버린 나르시시즘의 대체물이라고 볼 수 있다.

4. 나르시시즘적 자아의 의미

이상에서 살펴본 작품들이 창작된 1939년에서 1941년에 이르는 시기는 일제의 파시즘적 광기가 극에 달한 시기이다. 따라서 한설야가 평생 간직한 사회주의적 이상이나 그에 바탕한 창작은 불가능했다. 이러한 상황에서 나르시시즘적 자아는 세 가지의 시대적 의미를 지니고 등장했던 것으로 보인다.

첫 번째는 억압적 현실을 벗어나는 강렬한 탈주선으로 작용했다고 이해할 수 있다. 〈파도〉에서 아내를 못 살게 구는 명수의 심정은 서술자에 의해 "구경 안해를 지질이 못백이게 구는 그일과는 전연 딴 어떤 밝은길로 버젓이 안해를 나서게하지 않을가하는 막연한, 심히 막연한 한개의 충동"(95)으로 설명된다. 아내를 밝은 길로 나서게 하고자 하는 충동은 〈파도〉에서 아내와 명수의 관계를 고려할 때, 자기 자신이 밝은 길로 나가고자 하는 충동을 표출한 것일 수도 있다. 〈숙명〉에서도 딸 계월이가 여우 죽이는 이야기를 하자 안해는 "그놈의 여우. 웨

뛰쳐나오지 못하고 곱닿게 죽고 있어."(283)라고 말한다. 즉 현실의 제약에서 벗어나 자유를 추구하고자 하는 정신이 드러나고 있는 것이다. 나아가 "그렇지만 죽이자는줄을 안 담에야 못 나와, 못나올바엔 물어뜯다가 죽는게 차라리 났지 그놈의 칼에 죽고 있어"(283)라고 말한다. 서술자에 의해 아내의 이러한 말은 "안해의 말인즉 치술이가 영악하지못해서 탈이란 의미다. 사실 또 생각하면 치술이가 여우같이 시방 상자에 들어 있는지도 십상 모르는 것이다."(284)라고 설명된다. 이 순간 "치술은 제몸을 돌로 칵 메따박고 싶도록 어디랄게 없이 군질군질 한것을 느"(284)낀다. 이 시기 소설에서 표출되는 공격성은 '상자'로 표상되는 식민지의 억압적 현실에 벗어나고자 하는 필사적인 몸부림으로 이해할 수 있다.

두 번째는 정상으로 보이는 사회의 비정상성을 보이기 위한 반어적 표상으로 이해할 수 있다. 〈모색〉의 남식은 여러 차례에 걸쳐 미친 사람과 자기를 비교해 본다. 이 작품에서 광기는 "그리고 또 더 우스운것은 싱싱하게 앞으로 걸어가는사람들이 졸지에 모걸음을치는것으로보이고 또 이어 뒷걸음을 치는 것으로 보이여 정작 그런가하고 때기 보면 볼수록 그런법해서 멀거니 오고가는사람을 바라본다. 그러면 참말 더욱 그런것 같애진다."(124)에서 알 수 있듯이 새롭게 의미부여 된다. 남식에게는 자신이 뒤로 가는 것이 아니라 세상이 뒷걸음을 치고 있는 것으로 보이는 것이다. 즉 남식이 비정상이고, 세상이 정상인 것이 아니라 '남식이 정상이고, 세상이 비정상'이 되어 버리는 것이다. 이러한 반어적인 인식은 광인이 등장하는 노신의 〈광인일기〉를 연상시킨다. 이 작품에서 노신은 광인을 통해 반어적으로 정상인들과 세상이 광기에 빠져 있음을 보여준바 있다.[33] 한설야는 「로신과 조선

문학」(『조선문학』, 1956.10.)이라는 글에서 자신이 〈모색〉과 〈파도〉와
같은 작품을 창작함에 있어 노신의 영향을 받았음을 다음과 같이 밝
혀 놓았다.

> 로신의 소설들에서 철학적 깊이를 발견하고 일종의 동양적인 풍격을
> 감촉하게 되어 감옥에서도 로신의 작품들에 나오는 인물들의 성격에 대하
> 여 많이 생각하게 되었다. 그리하여 출옥 후에 쓴 나의 단편들인 〈모색〉과
> 〈파도〉 기타에 취급된 인텔리들은 로신의 소설 〈광인일기〉, 〈공을기〉에
> 서 적지 않은 암시를 받은 형상들이다.[34]

사정이 이러하다면, 한설야 역시 노신과 마찬가지로 피상적으로
보기에 병리적인 남식을 등장시켜, 본질적으로 병리적인 세상의 문제
점을 드러내고자 했다고 볼 수 있다. 〈두견〉에서도 이와 같은 맥락에
서 안민이 보이는 광기에 대한 의미부여가 이루어지고 있다. 안민은
S여학교를 나온 이후 학회일을 하며 서울에 머문다. 이 때 안민은
광증에 이르는데, 이러한 광증에 대하여 이 소설의 초점화자인 세형
은 '안민은 정상이고, 세상이 비정상'이라는 인식을 내보인다. 학회마
저 "부득의한 사정으로 마침내 간판을 떼"(163)게 된 후부터 모진 신경
쇠약에 걸려 오래도록 고생한 안민은 그전 학회집으로 찾아가서 목을
매려는 이상행동을 보인다. 이에 대해 세형은 "골선비를 보고 미친사

---

33) 王富仁(「〈광인일기〉 자세히 읽기」, 『루쉰』, 전형준 엮음, 문학과지성사, 1997)은
   〈광인일기〉를 분석하면서 "루쉰의 의식 속에서 중국 전통 봉건 문화에 대한 정신
   반역자와 정신병자는 완전히 같은 성질을 갖고 있"(214)다고 보고 있다. 미친 사람은
   각성자에, 광기 발병은 각성에, 병세 악화는 인식 심화에, 이해 구함은 계몽 진행에
   대응된다고 보고 있다.
34) 한설야, 「로신과 조선문학」, 『조선문학』, 1956.10, 193쪽.

람이라고 부르는 속인들의 실없은 말인게지"(164)라고 생각하며, 세속을 향하여 "왼통 미친놈들같으니라구는"(164)이라고 생각한다. 세형이 보기에 세상 일을 "가만히볼라치면 제정신이똑똑한 사람의일같지 않은 일뿐인것"(179)이다.

마지막으로 나르시시즘이 민족의식을 표출하는 하나의 방편으로 작용하고 있음을 확인할 수 있다. 특히 〈초향〉에서 그러한데, 앞에서 논의한 바와 같이 이 작품은 부권에 대한 부정과 근원적인 모성성에 대한 형언할 수 없는 그리움을 담고 있다. 식민주의에서 모성 이미지는 흔히 민족과 고향의 은유로 사용된다.[35] 더군다나 초향의 어머니는 '후작' 칭호를 받은 귀족의 성적 노리개가 되어 초향을 낳았다. 그러한 어머니의 모습은 당시 식민지 시대에 대응되는 우리 민족의 모습을 표상하기에 모자람이 없는 것이다. 따라서 어머니에 대한 형언할 수 없는 그리움은 민족에 대한 애정을 표현한 것일 수밖에 없다. 이 작품의 곳곳에 우리 고유의 문화와 정서에 대한 동경[36]이 드러나 있는 것도, 이 작품에 내재된 민족의식을 증명하는 하나의 사례라고

---

35) Maria Mies and Vandara Shiva, 『에코페미니즘』, 손덕수 외 역, 창작과비평사, 2000, pp.161-163. 식민화의 과정은 공적인 영역에서 새아버지=신문명(혹은 법)에 예속된 국가를 만들면서 민족문화인 어머니를 거세시키는 것으로 받아들여진다. 이 같은 모성 이미지는 인도 국가의 가사를 쓴 반데 마따람의 시에서 보다 분명히 드러난다. 그의 시에서 어머니는 식민주의에 의해 강간당한 인도를 의미한다.

36) 초향의 외양은 지극히 전통적인 것으로 묘사된다. "그는 조선갓신을 신고, 입성은 행용 아래위를 모두 목으로 하고 빛도 흰빛을 취한다 머리도 조선 고래의 그대로 얌전히 쪽찌고 가르마는 머리한판에 바르게 탄다. 화장도 극히 개법게 해서 언제든지 타고난 바탕 그대로 보인다."(14) 또한 초향은 상해에서 생활하면서 미국식 생활방식에 젖어 있는 이우식을 부정적으로 바라보면서, 대신 우리 고유의 문화를 체현하고 있는 정향 부부를 이상적으로 생각한다. 선영이가 초향이라는 기생이 된 것은 정향이라는 기생의 가야금 병창 소리에 반했기 때문이다.

할 수 있다. 또한 〈초향〉에는 해외 독립지사인 오빠의 대리자, 권과의 사랑과 동행을 통해 구체적이며 실천적인 민족의식을 드러내고 있기도 하다.

5. 결론

본고가 대상으로 하고 있는 작품들은 〈귀향〉에서부터 〈두견〉에 이르기까지의 작품들이다. 전주사건으로 수감생활을 하다가 집행유예로 석방된 이후의 작품 중에서 〈귀향〉 이후의 작품들은 현실과의 긴밀한 연관성이 옅어지고 인물들이 병리성을 노출시킨다는 점에서 한설야의 이전 전향소설과는 그 성격이 판이하게 다르다. 이상의 분석을 통해 이들이 보이는 정신병리는 근원적으로 나르시시즘에서 기인하는 것이며, 그것은 단순히 작가의식의 패배만을 의미하는 것이 아니라 나름의 현실대응력을 지니는 것이라고 볼 수 있다.

이러한 나르시시즘이 나타나게 된 원인을 추측해 볼 수 있는 작품은 〈귀향〉이다. 시기상으로 본고에서 고찰하는 소설들의 처음에 해당하는 〈귀향〉은 유단천이라는 아버지의 존재를 통해 이 시기의 소설 속 인물들이 나르시시즘적 상태에 빠져드는 조건이 무엇인지를 보여주고 있다. 그 조건이란 '아버지의 이름'이 부재하는 것인데, 이러한 부권의 소멸은 〈초향〉과 〈파도〉에서도 확인할 수 있다. '아버지의 이름'과 관련된 것이 폐제(foreclosure)된 상황이, 소설 속의 인물들을 거울단계로의 나르시시즘적인 퇴행으로 이끄는 것이다.

일제 말기 한설야 소설에 나타난 나르시시즘적 자아의 모습으로는 폐쇄적 부부관계를 통해 드러난 상상적 이자관계, 구순기적 격분과 질투심, 근원적 모성성에 대한 열망과 죽음충동, 자아이상과의 동일시를 들 수 있다. 이 시기 소설에서의 인간관계는 폐쇄된 공간에서의 부부관계로 한정된 경우가 많다. 이 때 남성인물에게 아내는 자아의 영상으로서의 타자, 즉 변경된 자아(alter-ego)에 불과한 경우가 많으며, 이것은 남성 인물이 욕망 대상으로서의 아내에게 부여한 성애의 근간이 나르시시즘임을 증명하는 것이다. 또한 이 시기 소설에 자주 보이는 방향 없는 공격성 역시 나르시시즘의 파괴적 측면이 드러난 결과라고 할 수 있다. 이것은 나르시시즘적인 자아를 구성하는 세 가지 층의 감정들 중에서 구강기적 격분과 질투심이 표출된 것이다. 그리고 근원적 모성성에 대한 갈망과 죽음충동이 드러나는 경우도 있는데, 이것 역시 나르시시즘적 자아의 특징적인 모습이다. 나르시시즘적 욕망이 어머니와의 이자관계에 빠져 있던 충만감이 가득한 상태로 돌아가고 싶은 욕망이라면, 어머니와의 결합 욕망은 그 어떤 욕망보다 원초적인 것으로서, 프로이드가 말한 죽음충동과도 연결되기 때문이다. 마지막으로 〈두견〉에서는 유년 시절의 잃어버린 나르시시즘의 대체물인 자아이상(ego-ideal)이 등장하기도 한다.

이상에서 살펴본 작품들이 창작된 1939년에서 1941년에 이르는 시기는 일제의 파시즘적 광기가 극에 달한 시기이다. 따라서 한설야가 평생 간직한 사회주의적 이상이나 그에 바탕한 창작은 불가능했다. 이러한 상황에서 나르시시즘적 자아는 세 가지 정도의 시대적 의미를 지니고 등장했던 것으로 보인다. 억압적 현실에 대한 탈주선의 역할, 사회의 비정상성을 보이기 위한 반어적 표상, 민족의식을 나타내는 방편이 그것이다.

해방 이후 한설야는 계급환원주의에 대하여 비판하며 강력한 민족 의식을 표출한다.[37] 그것은 이성적인 판단에 바탕한 것이라기보다는 절대적인 도그마로서 작용하는 경우가 많다. 한설야의 해방 이후 소설에는 지극히 심정적이고 감상적인 차원에서 우리 민족의 우수성이나 위대함을 찬양하는 대목을 곳곳에서 발견할 수 있는 것이다. 이러한 특성은 일제 말기 한설야 소설에 나타난 개인적 차원의 나르시시즘이 집합적 또는 집단적 나르시시즘으로 변화되어 나타난 것으로 볼 수도 있다. 이렇게 볼 때, 북한 공동체의 최고 지도자에 대한 숭배의 태도로 가득찬 한설야의 몇몇 소설들(〈혈로〉, 〈역사〉 등)도 나르시시즘[38]이라는 측면에서 이해할 수 있을지도 모른다.

---

37) 김재용, 「냉전적 분단구조하 한설야 문학의 민족의식과 비타협성」, 『분단구조와 북한문학』, 소명출판사, 2000, 95-129쪽.

38) Jeremy Holmes는 "집합적 또는 집단적 나르시시즘은 인종의 우월성에 대한 망상, 그리고 개인적인 나르시시즘이 강력한 지도자에 대한 헌신을 통해 공인되거나 그 배후에 감춰져 있는 다양한 종교 집단들의 기저에 깔려 있다."(Jeremy Holmes, op.cit., 10-11쪽)고 말하고 있다.

02

한국 소설에 나타난
태평양 전쟁기 일본군 체험

1. 서론

　인류사는 전쟁의 역사라는 말이 있을 정도로, 인류는 수많은 전쟁을 겪어 왔다. 20세기 역시 예외는 아니며, 오히려 전쟁은 히로시마나 아우슈비츠가 증언하듯이 대형화·비인간화되었다. 우리 민족 역시 그러한 세계사의 격변 속에서 수많은 전쟁을 치러왔다. 태평양 전쟁, 한국전쟁, 베트남 전쟁 등은 우리가 직접 피를 흘린 전쟁이라고 할 수 있다. 한국전과 월남전에 대한 문학적 논의는 비교적 활발히 이루어졌다. 어떤 의미에서 50년대 문학사 전체는 한국전에 대한 문학적 응전이었다고 말할 수 있을 정도이며, 월남전에 대한 창작이나 비평도 이미 일정한 수준에 도달해 있는 형편이다.

　그러나 태평양 전쟁에 대한 논의는 거의 이루어지고 있지 않다. 이는 태평양 전쟁기가 우리 민족사에서는 그 어느 시기와도 비교할 수 없는 부끄러움과 치욕의 시대이기 때문일 것이다. 내선일체와 창씨개명의 강요, 한글 사용의 금지, 공출과 징용, 학병과 징병 등으로 이어진 이 시기는 우리 민족 모두가 희생자였던 동시에 죄인이 될 수밖에 없었던 상처투성이 시기였던 것이다. 그리하여 문학가를 포함한 모든 이의 가슴속에 태평양 전쟁기는 일종의 금기 아닌 금기의 영역으로 방치되어 온 것이 사실이다.

이러한 상황에서도 태평양 전쟁을 심도 있게 다룬 작가들이 있는데, 대표적으로 이병주와 이병구를 꼽을 수 있다. 두 명의 작가는 모두 일본군 신분으로 태평양 전쟁을 겪었다는 공통점이 있다. 이병주는 와세다 대학 불문과에서 수학하던 도중 학병으로 동원되어 중국 소주에서 지낸바 있으며[1], 이병구는 예산농업학교에 재학하던 도중 일본군으로 동원되어 필리핀에서 일본군 생활을 했다.[2] 이병주는 ≪關釜連絡船≫, ≪辨明≫ 등의 작품을 통해 중국에서의 학병 체험을 다루고 있으며, 이병구는 집요하다고 할 정도로 필리핀에서의 체험과 그 의미를 파고 들었다. 김우종은 이병구에게 "남양에서 벌어진 전쟁 비극의 증인"[3]이라는 명칭을 부여할 정도이다.

한국 현대사를 지식인의 문제와 관련하여 휴머니즘적 입장에서 다루어 온 이병주의 ≪關釜連絡船≫에 대한 논의는 활발하지는 않지만,

---

1) 이병주, ≪關釜連絡船≫, 동아출판사, 1995, 연보 참조.
2) 이병구는 자신의 작품집의 「所感」에서 "토인들과는 접촉도 해봤고 또 필리핀은 경험이 있는 땅이다."(『현대한국문학전집』15, 신구문화사, 1968, 523쪽.)라고만 밝히고 있다. 같은 책에서 김우종은 "그는 日帝末期에 學兵으로 끌려서 南洋에 갔었다. 거기서 그는 무수한 역경을 겪어 가며 특히 필리핀 산 속의 미개한 原始民族의 세계를 알아 내었다."(492)라고 말함으로써, 필리핀에서의 경험이 학병 체험임을 설명해주고 있다. 신경득도 "이병구의 단편 「패자 제1장」은 그의 다른 작품처럼 경험을 바탕"으로 하고 있으며, "그의 경험과 세팅은 학도병시절과 그후의 필리핀 재방문을 통하여 얻어진 신빙성 있는 것"(「인격시장의 사냥꾼」, 『현대문학』, 80. 3, 339쪽)이라고 말하고 있다.
3) 위의 책, 498쪽.

지속적인 관심으로 이루어져 왔다. 최초의 본격적인 이병주론이라 할 수 있는 「歷史的 狀況과 倫理」에서 이보영[4]은 ≪關釜連絡船≫을 일제 식민지 시대를 한국 지식인들의 자아와 관련시켜 역사적 방법으로 취급한 작품으로 규정하고 있다. 김외곤[5]은 ≪關釜連絡船≫이 근대 및 현대의 역사적 진실을 추구한 점, 지식인을 작품의 중심인물로 등장시킴으로써 현실을 폭넓게 반영하고 비판적으로 평가한 점, 작가의 대표작이라 할 수 있는 ≪지리산≫의 원형이라는 점 등을 이유로 긍정적으로 평가하고 있다. 김종회[6]는 ≪關釜連絡船≫이 일제하의 일본 유학과 학병 동원 그리고 그 과정에서의 교유관계 등 작가 자신이 걸어온 핍진한 삶의 족적을 담고 있으며, 역사적이고 시대적인 사실과 문학의 예술성을 표방하는 미학적 가치가 한데 잘 어우러진 소설로 보고 있다. 강심호는 ≪關釜連絡船≫을 포함한 이병주의 소설이 "일제 말기와 해방공간에 걸친 유학생들의 내밀한 마음의 움직임"[7]을 보여 주고 있다며, 그 내면풍경의 핵심으로 '허무주의'를 들고 있다.

이에 반해 이병구라는 작가는 그 명칭조차 생소할 정도로 비평적 관심에서 벗어나 있었다. 작품집의 말미에 실린 해설류의 비평이 주류를 이루고 있는 실정인데, 김우종[8]은 "이병구는 누구보다도 그 체험의 세계를 충실하게 그려 나가는 작가"라고 전제한 후, 이병구를

4) 이보영, 「歷史的 狀況과 倫理－이병주론·上」, 『현대문학』, 1977. 2.
5) 김외곤, 「격동기 지식인의 초상 － 이병주의『관부연락선』」, 『소설과 사상』, 1995년 가을, 275-283쪽.
6) 김종회, 「근대사의 격랑을 읽는 문학의 시각」, 『關釜連絡船』, 동아출판사, 1995, 665-678쪽.
7) 강심호, 「이병주 소설 연구」, 『관악어문연구』, 제 27집(서울대학교 국어국문학과, 2002.12.31.), 188쪽.
8) 김우종, 앞의 책, 492-498쪽.

남양에서 벌어진 전쟁의 비극과 미개인들이 겪은 삶의 비극을 다루는 휴머니스트라고 규정하고 있다. 신경득[9]은 〈패자 제1장〉이 인간소외의 문제와 아시아적 정체성의 대명사인 무지의 문제를 다루고 있다고 보고 있다. 원형갑[10]은 이병구 소설의 특성을 "남방 토착민 세계"에서 소재를 취하는 데서 찾고 있으며, 이를 바탕으로 그의 주제의식이 인류문화사적 양심의 고뇌라고 밝히고 있다. 이기윤[11]은 이병구 소설의 특색으로 소재의 이색성과 인물설정을 들고 있다. 이러한 소설적 특성은, 한국전쟁이라는 특수성보다는 보편적인 것으로서의 전쟁의 본질을 탐구하려는 것과 전쟁으로 인한 고통은 인류의 보편적 현상이라는 점을 강조하려는 의도에서 비롯된다고 보고 있다.

이 글에서는 태평양 전쟁 시기 일본군으로 전쟁에 참전한 인물들을 그리고 있는 이병주의 ≪關釜連絡船≫(『신구문화사』, 1972.), 〈辨明〉(『문학사상』, 72.12.)과 이병구의 〈候鳥의 마음〉(『조선일보』, 1958.), 〈解胎以前〉(『자유문학』, 58.12.), 〈方向〉(『자유문학』, 1958.8.), 〈두 개의 回歸線〉(『사상계』, 60.2.), 〈岐路에 나선 意味〉(『자유문학』, 60.4.), 〈사라하미 愛華〉(『자유문학』, 60.8.), 〈結論〉(『신사조』, 62.8.), 〈無文字 道標〉(『현대문학』, 63.9.), 〈第三의 時間〉(『신동아』, 69.7.) 등의 작품에서 나타나는 태평양 전쟁 시기 일본군 체험의 양상과 그 의미에 대하여 살펴보겠다.

---

9) 신경득, 「인격시장의 사냥꾼」, 『현대문학』, 1980. 3.
10) 원형갑, 「기묘한 인간사의 캐리커처」, 『현대한국단편문학전집』, 금성출판사, 1981, 426-430쪽.
11) 이기윤, 『한국전쟁문학론』, 봉명, 1999, 345-346쪽.

2. '일본군 되기'의 과정과 그 의미

일제 말기는 한반도에서 처음으로 근대적인 군대 및 군인이 일상화되는 시기이다. 그 당시 수많은 젊은이들이 지원병, 학병, 혹은 징병이라는 이름으로 전쟁터에 동원되었다. 이 중 가장 먼저 젊은이들을 전쟁터로 몰아 세운 것은 지원병제도였다. 이 제도의 실시가 논의된 것은 중일전쟁이 일어나던 1937년이고, 이후 1938년에 육군특별지원병령이 공포된다. 이로써 일제는 이 땅의 젊은이를 지원병이란 이름으로 전쟁터로 내몰기 시작했다. 이 지원병제도는 징병제 실시 전년인 43년까지 계속되어, 총 17664명의 젊은이가 전선으로 동원되었다.[12]

다음으로 학병에 대해 살펴보면, 중등학교 이상의 모든 학교에서 현역장교에 의해 이루어지던 군사교육에서 그 뿌리를 찾을 수 있다. 1943년에 들어 일제는 육군특별지원병 임시채용규칙을 공포하였는데 이것이 바로 학도병 지원병제이다. 이것은 이공과 및 사범학교 계통을 제외한 법문계 대학 및 전문학교 교육을 일시 정지하고 현역병으로 강제 동원한다는 내용을 담고 있다. 이후에 이 규칙은 '중등학교 졸업 정도를 입학자격으로 하는 수업연한 2년 이상의 학교'에 다녔거나 다니는 졸업생과 재학생 모두에게 일괄적으로 적용된다. 그 결과 지원자들은 그 이듬해 1월 20일에 입영[13]하게 되었다.

---

12) 육군 특별지원병제도는 처음 '내선일체'의 구현책으로서 교육령의 개정과 함께 선전되어 '황국정신'이나 '국체관념'에서의 청년층의 재교육과 제대 후의 생활이 기대되었다. 그러나 중일전쟁으로부터 태평양전쟁으로 전장이 확대됨에 따라 전력으로서도 기대하게 되었다.(君島和彦, 「조선에 있어서 전쟁동원체제의 전개과정」, 『일제말기 파시즘과 한국사회』, 최원규 옮김, 청아 출판사, 1988, 187–196쪽)

13) 『關釜連絡船』에서 유태림을 비롯한 학병들은 1944년 1월 20일 오전 9시 입영한다.(『관부연락선 1』, 신구문화사, 1972, 75쪽) 『關釜連絡船』에서 인용할 경우, 본문 중에

군대 및 군인의 일상화는 징병제에서 완성된다고 볼 수 있는데, 징병제도를 실시하겠다는 발표가 있었던 것은 1942년 5월 8일이다. 징병제 실시의 가장 큰 이유는 태평양전쟁의 발발과 그에 따른 병력의 부족을 들 수 있다. 일제는 징병제 실시를 위해 의무교육제도의 도입을 결정하였고, 내선일체론에 바탕한 각종 선전을 실시하였다. 나아가 징병 대상자를 정확하게 파악하기 위한 호적 정비와 징병 대상자들에 대한 훈련과 교육의 방법까지 마련하였다. 이상과 같은 준비작업을 거쳐 1943년 10월 1일을 기하여 징병 적령 신청이 이루어졌는데, 그 결과는 예정 적령자 인원 266,643명 중에서 254,753명이 신청하여 약 96%의 신청률을 보였다. 1944년 4월 1일부터 8월 20일까지 최초의 징병검사가 실시되었고, 입영한 인원을 보면 1944년 9월 15,936명, 10월 5,922명, 11월 1,886명, 12월 6,583명으로 나타나고 그 이후의 상황은 알기 어렵다. 제2회 징병검사는 1945년 1월부터 5월에 걸쳐 실시되었다.[14]

위에서 살펴본 지원병, 학병, 징병으로 태평양 전쟁에 동원된 인원은 '징병 2기'(1945년 8월)의 숫자를 제외해도 총 26만 1천 554명에 이르며, 여기에 군속으로 동원된 숫자까지 포함하면 41만 7천 121명에 이르는 것으로 파악되고 있다.[15] 이러한 통계 숫자는 당시 일본군으

쪽수만 표시한다.

14) 최유리, 「일제 말기 징병제 도입의 배경과 그 성격」, 『한국외대사학』 12, 2000.8. 지원병제도의 실시가 조선인의 황민화 작업의 일환 가운데 하나로 강조된 것과는 달리 징병제는 내선일체화된 현실을 제도의 면에서 완성시킨다는 의미로 설명되었다. (위의 책, 407쪽)

15) 군인·군속 등 징병의 경우 44년 조선총독부가 작성한 '85제국의회 설명자료'에 의하면 일본이 항복하기 직전인 45년 8월 이른바 '징병 2기'로 끌려간 숫자를 제외해도 총 41만 7천 121명이 태평양 전쟁에 강제동원된 것으로 나와 있다. 일제는 징병

로 전선에 동원된 숫자가 결코 적지 않으며, 일제 말기를 이해하기
위해서는 태평양 전쟁 체험의 고찰이 필수적임을 보여주는 것이라
할 수 있다.

일본군 체험의 의미를 알기 위해서는 군사제도에 대한 이해가 선행
되어야 하는데, 근대 사회에서의 군대가 갖는 의미에 대한 가장 심화
된 이해는 푸코에게서 얻을 수 있다. 푸코는 신체의 효율성과 경제성
을 극대화시키는 새로운 기법이 18세기부터 본격적으로 도입된다고
보았는데, 이러한 기법을 '규율·훈련'이라고 불렀다. 규율·훈련은 사
회 전체가 근대로 변용될 때 생긴 것으로 학교나 공장과 함께 군대가
중요한 그 발현의 장이 된다.[16] 일본에서는 민주적인 사회제도와 병
행해서 국민개병제도가 생긴 다른 나라와는 달리, 헌법을 비롯한 어
떠한 대의제도도 확립되기 전에 징병제(1972-1973)가 우선적으로 실
시됨으로써, 군대가 신체를 근대화시키기 위한 특수한 장소가 되었
다.[17] 푸코는 인간에게 약간의 자유와 권리를 부여하는 법적 개인화
와, 신체가 규율·훈련에 의해서 구성됨으로써 개인이 형성되는 것,
이 두 가지가 서로 관련을 맺으면서 서구적인 근대 권력이 작용한다

1기로 21만 8천 189명, 1938년부터 1943년까지 실시된 육군특별지원병 1만 7천
664명, 해군 특별지원병 2만 1천 316명(43-45) 그리고 학도병으로 4천 385명
(44.1.20)을 동원했다.(정운현, 「일제동원 8백만의 잔혹사」, 『친일파Ⅱ』, 학민사,
1992, 136-144쪽)

16) 푸코에 의하면 근대 사회에서 사람의 몸은 통제하고 금지하고 조절하는 권력에 노출
된다. 인간의 사회화 과정 자체가 인간의 정신과 몸을 한 사회가 요구하는 대로 효과적
인 방식으로 통제하기 위한 과정이라는 것이다. 사회의 전 영역에 퍼진 규율적 권력은
사회를 철저히 규율화하며, 규율적 권력은 감옥뿐만 아니라 학교, 군대, 공장, 병원,
가족 관계에서도 차용된다.(미셸 푸코, 『감시와 처벌』, 오생근 옮김, 나남, 1994)

17) 다키 고지, 『전쟁론』, 지명관 옮김, 소화, 2001, 58쪽.

고 보았다. 그러나 일본의 경우는 자유와 권리가 주어지지 않은 채 '규율·훈련'에 의해서 인간이 개별적으로 계측되고 기재된다는 의미에서의 개별화만이 진행되었다. 그럼으로써 개인이 정치적으로 주체화되는 일은 전혀 없고, 단지 끊임없는 복종을 지향하는 황국신민으로 획일화되어 갔던 것이다.[18]

태평양 전쟁 말기에 일본군이 된다는 것은 규율·훈련에 의해 근대적 사회가 필요로 하는 개인으로 탄생한다는 일반적인 의미보다는 자유로운 한 개인이 어떠한 굴욕적인 명령에도 무조건적인 복종만을 하는 노예가 되어 가는 과정과 일치했다. ≪關釜連絡船≫에서 유태림이 초년병 시절에 겪는 다음과 같은 일들은 이를 잘 보여준다.

> 초년병 시절의 훈련은 어디에서나 마찬가지로 가혹했다. 뺨은 노상 맡겨놓아야 했고 구두의 밑바닥을 핥아야 했고 마루 위를 기어다니며 개처럼 짖기도 해야 했다.(81)

> 마구간에 깔려 있는 똥 오줌 섞인 짚을 손으로 – 꼭 손으로 해야만 한다. 기구를 써선 안 된다. 그러니 말발톱을 씻을 시간은 있어도 자기 낯짝을 씻을 시간은 없게 된다. 어쩌다보면 칙간에 갈 시간도 없어지는데 나오는 것을 어떻게 할 수 없어 칙간에 가 놓고 보면 뒤엔 벌에 쏘인 만큼 부풀어오르도록 따귀를 얻어맞아야 한다. 말 부대에서의 서열은 장교, 하사관, 말, 그리고 병정이란 순서다. 이건 결코 과장된 얘기가 아니다.(82)

노상 뺨을 맞는 행위나 구두 밑바닥을 핥는 행위 혹은 개처럼 짖는 행위[19]는 국가 방위를 위한 전투력 제고와는 무관한 행위이다. 그것

---

18) 위의 책, 56–59쪽.

은 단지 철저하게 인간성을 빼앗는 인간 모멸의 행위에 불과하다. 기구를 사용하면 더욱 효율을 높일 수 있는 말똥 치우는 행위를 굳이 손으로만 하게 하는 행위 역시 자존의 근거를 빼앗고, 인간을 오직 명령과 그에 따른 복종만이 있는 하나의 기계로 만드는 행위에 불과 하다. 복종의 기술을 통해 훈련을 위한 신체, 권력에 의해 조작되는 새로운 객체, 즉 황국신민을 만들어내는 장소가 일본군대였던 것이 다. 이 곳에서 인간의 존엄성은 전혀 보장되지 않아 결국에는 인간의 가치가 말에도 미치지 못 하는 지경에까지 떨어진다. 이런 과정을 거치는 동안에 최고의 교육과정을 받은 학병들조차도 "어느덧 먹는 것과 잠자는 것 외엔 아무 것도 생각하지 않는 동물이 되어 스스로를 느"(84)끼게 된다. 아무런 의식조차 없어진 그들은 이러한 가혹행위에 못 이겨 "차라리 전쟁에 나가 죽어버리는 게 낫다는 생각을 갖게 돼 그것이 바로 '가미가제 정신'이나 '황군의 정신'이니 하는 것으로 둔감 케"[20]되는 것이다.

이러한 일본 군대의 노예화와 짝을 이루는 중요한 장치는 철저한 위계제이다. 그것은 어떠한 조직에나 있게 마련인 효율성과 합리성으로 뒷받침 된 근대적 의미의 위계질서가 아니라, 자기 분에 만족한다

---

19) 이와 비슷한 행위는 다음의 징병 출신 탈출자의 증언에서도 확인되듯이 당시 일본군에서 널리 행해졌던 것이다. "졸병들에게 구두바닥을 핥게 하고, 이른바 신병의 신고식 때 '매미 소리 내기'등의 비인간적인 기합은 일본식 군인정신을 만드는 밑천 바로 그것이다."(이용구, 「징병탈출자 끝없는 迷路 – 대륙 2만리 떠돈 李用九씨의 抗日記」, 『정경문화』 234, 1984.8, 319쪽)

20) (이용구, 앞의 글, 319쪽) 일본인에게도 이는 예외가 아니었다. 태평양 전쟁 당시 일본 군의였던 오가와는 "훈련은 더욱 지독해졌다. 어차피 죽는 거라면 빨리 전쟁터에서 가서 죽었으면 좋겠다고 바라게 된다."(노다 마사아키, 『전쟁과 인간 – 군국주의 일본의 정신분석』, 서혜영 옮김, 길, 2000, 85쪽)고 말하고 있다.

는 신분사회적인 본분론(本分論)[21]에 가까운 것이다. 그것은 우선 장교와 병정 사이에서 이루어지는데, 복장에 있어서부터 "장교복은 아무리 못난 놈이라도 그것을 입기만 하면 잘나 뵈도록 하기 위해서 고안된 것임에 틀림이 없"는 것이고 "이와는 반대로 병정이 입는 군복은 아무리 잘난 놈이라도 되도록이면 못나 뵈도록 하기 위해서 고안된 것"(76)으로 보일 만큼 차이가 확연하다. 또한 병정들 사이에서도 위계질서는 엄격해, 이는 조직을 유지하는 기본 골격이 된다. 유태림조차 한 칸 아래의 계급이 생기자 일본군대 내에서의 고통을 덜 느끼게 된다. 이는 유태림의 아래 예문과 같은 분석을 통해 설득력 있게 제시되고 있다.

일본 군대에서는 어떤 일이 있어도 병정들끼리 단결해서 상층부에 반항하지 못하는 것은 병정들의 계급이 세분되어 있고 각 계급의 이해관계가 판이한 까닭에 있다. 초년병 때 적개심은 2년병이 되어 새로 들어온 신병들에게 군림하는 맛으로 가셔지는 것이 그 예다.(85)

맹목적인 복종만을 지향하는 황국신민으로의 획일화와 더불어 일본군대의 중요한 목적은 감수성이 마비된 살인 기계를 만들어내는 것이다. 이를 위해 가장 널리 사용된 방법이 중국인 민간인을 상대로 한 총검 연습이다.[22] 유태림은 외출에서 만난 R부대에 배치된 친구

---

21) 다키 고지, 앞의 책, 79쪽.
22) 중일 전쟁과 태평양 전쟁 당시 일본군은 총검술의 연습 재료로 살아 있는 민간인을 사용할 뿐만 아니라 담력을 키운다든가, 장교 신고식을 한다든가 하는 여러 가지 일에서도 예사로 민간인을 학살하고는 했다. 이외에도 강간, 토끼몰이식 양민 학살, 동네 전체의 소각 등 여러 가지 만행을 저질렀다.(노다 마사아키, 앞의 책) 이러한 만행에서 한국인들도 벗어날 수는 없었다. 1944년에 각각 학병출신과 징병출신으로

로부터 "포로로 끌려온 7명의 중국인을 살아 있는 채 기둥에다 묶어 놓고 총검술의 연습 재료로 했다"(120)는 이야기를 듣는다. 이것은 사람을 죽이는 일에 아무런 느낌도 갖지 않도록 하는 훈련방법인 것이다. 인간이라면 누구나 가책을 받을 이러한 행위를 하면서도 실제 일본군들은 양심의 가책을 받지 않았는데 여기에는 천황제가 대단한 위력을 발휘했다. 자신들은 '동양 평화', '오족 협화'를 위해 헌신하고 있다는 자기 멋대로의 망상과 이데올로기상의 미사여구가 병사들의 야수적인 행동을 정당화했던 것이다.

  자신들의 만행을 결국에는 천황의 숭고한 뜻에서 나온 의로운 행동으로 인식하고 있는 것인데, 이는 몸이 조금만 불결해도 행해지는 구타에서 사용되는 언어가 "천황폐하의 팔다리가 그처럼 불결해서 쓰겠느냐"(83)에서도 확인할 수 있다. 최하급 병사의 몸을 천황폐하와 동일시하고 있는 것인데, 이것은 처음 군사제도를 만들 때부터 군령을 천황 직할로 하고 문관을 배제한 일본의 특수성에서 기인한 것으로 이해할 수도 있다. 군령을 천황 직할로 한 것은 통수권을 성역화한 것이자 '국가장치'와 '군사력'을 분리한 것을 의미한다.[23]

  있다가 탈출한 바 있는 김준엽과 이용구의 증언이 이를 증명한다. "더욱 한심하고 분노를 느낀 것은 실탄 사격연습을 하는데 인근 마을을 지나가는 양민들에 대하여 마구 실탄사격을 가하게 하는 일이었다. 담력시험 — 일반훈련을 시작한지 1주일도 못되어 철로 근처에서 훈련을 받고 있는데 고참병 2병이 평복차림의 중국청년을 포박해서 끌고 오는 것을 보았다…… 나는 54명 중의 맨 마지막에 섰다."(김준엽, 「김준엽 학병 탈출기」, 『월간경향』, 1987.4, 246-247쪽) "토벌작전에 나갈 때 농민들의 가축이 눈에 보이기만 하면 모조리 잡아 먹어버리는 것은 말할 것도 없고, 유부녀는 보는 대로 강간한 다음 살해하고, 무고한 양민들은 한 곳에 모아놓고 기관총을 쏘아 몰살시켜 버리며, 그것도 모자라 동네 일대를 소각시켜버리는 등 차마 눈뜨고는 볼 수 없는 만행을 자행했다."(이용구, 앞의 글, 319쪽)
23) 다키 고지, 앞의 책, 62쪽.

태평양 전쟁 당시 일본 병영에서는, 평범한 인간을 맹목적인 복종
만을 지향하는 황국신민이자 타인의 생명에조차 둔감한 일종의 살인
기계로 만들어 내고 있었던 것이다. 그리하여 그들은 자신들의 행위
를 '가미가제 정신'이나 '황군의 정신'으로 미화하며 아무런 죄책감
없이 전장으로 향할 수 있었다. 진정으로 자유로운 인간이 타인을
노예화시킨다는 것은 불가능한 반면, 가장 잔인하고 수치를 모르는
노예는 타인의 자유에 대하여 가장 무자비하고 유력한 강탈자가 될
수 있다. 황군(皇軍), 즉 천황의 군대란 실상 온갖 이데올로기적 미사
여구로 치장된 노예의 군대에 불과했던 것이다.

이와 같은 일본군 되기의 과정을 한국인 병사들이 맹목적으로 받아
들이는 것은 아니다. 때로 목숨을 건 저항으로 이어지기도 하는데,
그것은 병영으로부터의 탈출이다. 그것은 이병주와 이병구의 소설
모두에서 공통적으로 나타난다. 《關釜連絡船》에서 학도병 7명이 집
단 탈출(101)한 일이라든가, 북지 서주에 있는 부대에 배치된 한국 학
도병의 거의 반쯤이 탈출(81)한 일 등이 그것이다. 또한 유태림의 고향
친구인 P는 일본 병영을 탈출하여, 중국군에게 일본의 스파이란 혐의
를 받고 체포되어 1년이 넘는 세월을 중국 군대의 영창에서 보내기도
한다. 이병주의 〈辨明〉에서도 중심 인물인 탁인수는 일본 병영을 탈
출하여 독립 운동에 적극적으로 나선다.

이와 마찬가지로 필리핀을 중심으로 한 이병구의 소설에서도 병사
의 탈출을 다룬 것은 적지 않게 발견된다. 〈無文字 道標〉에서 월파는
필리핀 주민에 대한 일본군의 잔학 행위를 견딜 수 없어, 일본군 대열
에서 벗어나 농민군 우파에 가담해 항일 대열에 나선다. 〈第三의 時間〉
에서도 음대 교수이자 음악가인 선우가 필리핀에 있을 당시 탈영하여

한 필리핀 여인과 살림까지 차리며, 〈餘韻〉에서는 일본군 통신원으로 필리핀에 왔던 '나'가 마닐라에 온 지 석달만에 씨모미 마을의 교포 속으로 숨어든다. 〈두 개의 回歸線〉에서는 탈출이 이루어지고 있지는 않지만, "만일 중국으로 보내만 줬더라면 거기는 땅이 넓으니까, 일본에 항거하며 도망도 했을 것"(368)이라는 생각을 통해 주변 여건만 허락했다면 언제든지 탈출을 시도할 의도가 있었음을 보여준다. 이것은 일본의 한국인을 상대로 한 황군화에 대한 한국인들의 저항을 드러내는 것이라고 할 수 있다.

3. 공감적 시선과 식민주의적 시선

자발적으로든 비자발적으로든 일본군의 일원이 되어 ≪關釜連絡船≫의 학병들과 이병구 소설의 인물들은 다양한 곳으로 배치되어 떠난다. ≪關釜連絡船≫에서 학병들은 "중국으로 만주로 버마로 필리핀으로 각기의 운명"(144)을 안고 떠나는 것이다. 고맹수는 1944년 남방으로 가는 수송선을 타고 버마로 떠나고(123), H촌에서의 좌익 폭동 당시 행동대장이었던 인물은 지원병으로 필리핀에 나갔다(228) 온 것으로 소개된다. 그러나 ≪關釜連絡船≫에서의 전쟁 체험은 유태림이 머물렀던 중국을 중심으로 해서 펼쳐진다. 태평양 전쟁 체험을 다룬 이병구 소설의 인물들은 보르네오가 배경인 〈解胎以前〉과 〈岐路에 나선 意味〉를 제외하고는 모두 필리핀에서 전쟁을 겪는다. 이처럼 다양한 곳에서 이들은 똑같은 군복을 입고 있지만, 상이한 의식과 경험의 양상을 보여준다.

무엇보다 눈에 띄는 차이점은 현주민들을 바라보는 두 작가의 시선
이다. 이병주의 ≪關釜連絡船≫에서 현지의 중국인들을 바라보는 시
선은 우호적이다. 다음의 예문은 중국인을 대하는 이병주의 기본 시
각을 잘 보여주는데, 중국인은 충직한 애국자로, '나'는 용병으로 규
정되고 있다. 〈辨明〉에서도 이병주는 학병으로서의 자신을 '용병'24)
으로 인식하고 있는데, 이러한 인식은 그들에게 큰 내적 갈등과 고통
을 가져다준다.

> 그들은 조국을 위한 충직한 애국자이고 나는 보잘것없는 용병이 아닌
> 가. 용병이 애국자를 쏠 수 있을까. 내 생명이 위태로와진다면? 아마 쏠
> 거다. 아니 나는 쏘지 않을 거다. 나를 죽이지 않는다면 나도 쏘지 않겠다
> 고 말할 게다. 일본 군대는 여기 이 소주 성벽 위에 자기들을 위해선 총
> 한 방 쏘지 않을 보초를 세워 둔 셈이 된다.(122)

이에 반해 이병구의 소설에서 현지인들을 바라보는 시선은 식민지
지배자가 피지배자를 바라보는 시각과 별반 차이가 없다. 이병구의
태평양 전쟁 체험을 다룬 대부분의 소설에서 한국인 주인공을 포함한
일본군들이 현주민들과 관계 맺는 방식은 남녀관계 뿐이다. 남성은
존재하지도 않는다. 〈候鳥의 마음〉에서 남자는 여자를 빼앗기고 바다
에 몸을 던져 갯벌로 떠밀려오는 시체로 등장할 뿐이다. 〈岐路에 나서
意味〉에서는 이미 죽은 존재인 아버지를 제외한 어떤 남자도 등장하
지 않으며, 식욕과 성욕으로만 이루어진 원시인에 가까운 원주민 여
성만이 등장한다. 〈結論〉에서는 무인지경의 산악을 헤매다 마을이

---

24) 『문학사상』, 72.12, 85쪽.

있다고 느껴지자 오직 '여자'만을 생각한다. 그리고 실제로 그들이
만나는 것은 원주민 모녀이고, 남자라고는 원주민 처녀의 애절한 절
규 속에서만 존재할 뿐이다. 〈解胎以前〉은 예외적으로 순만이를 힘으
로 물리치는 원주민 남성이 등장하는데, 그의 존재가 원주민 여성의
구원으로 이어지는 것은 아니다. 〈사라하미 愛華〉에서도 사라하미는
일본군의 필리핀 점령 당시 모녀끼리만 살고 있었고, 그 어머니마저
유탄에 맞아 죽는다.

한국인 출신 일본군과 현지의 여성들이 관계 맺는 방식은 대부분이
정상적인 애정에 바탕한 것이 아니라 강간과 같이 지극히 폭력적인
것이다. 〈解胎以前〉이나 〈岐路에 나선 意味〉와 같이 산 속 원주민 부
락을 배경으로 한 소설은 물론이고, 〈사라하미 愛華〉에서와 같이 마
닐라라는 대도시를 배경으로 한 소설도 예외는 아니다. 마닐라 대학
에서 영문학을 전공하던 사라하미를 사이에 두고 홍운이와 '나'가 삼
각관계에 빠지는데, 그것을 해결하는 방식은 지극히 폭력적이다. "홍
운이는 나'를 쓰러뜨린 후 다짜고짜 사라하미를 붙들고 사라하미의
침실로 드러가서는 이십분 만에 나"오며, 사라하미에게서 나온 피가
묻은 손수건을 내던진다. 그 후 사라하미는 홍운이의 아내가 되어
한국에까지 건너온다.

이와 대응되는 것으로 현주민 여성들은 비정상적으로 비대해진 성
적인 욕망의 소유자로 그려진다. 〈無文字 道標〉에서 월파의 아내인
마타나는 항일 투쟁을 벌이는 독립군 분대장이지만, 화가 나면 "월파
를 함부로 쓰러뜨리며 덮쳐 덤"(119)비고 극도에 이르러 "이그러진 몰
골로 입에 거품을 물며 코밑의 사내 얼굴을 늑대처럼 물어뜯"(120)는
다. 〈第三의 時間〉에서 선우가 필리핀 여성 하마니를 만나는 것은

공습을 피해 엎드린 언덕에서인데, 빨래를 하고 있던 "그녀는 아무런 주저 없이 입술을 찾"(157)으며, "여자의 갈구는 선우가 놀랄만큼 치열"하다.

위에서 살펴본 것처럼, 이병구의 소설들은 한국인 출신 일본군들과 현주민들의 관계를 남녀관계로 표현하고 있다. 그런데, 일반적으로 식민지 지배자는 식민지 피지배자와의 관계를 남성과 여성의 관계로 표현하는 경향이 있다. 제국의 남성성이 정복당한 곳들의 상징적 여성화를 통해 표현되며, 성적 지배와 정치적 지배 사이에는 식민주의적 상동성이 존재하는 것이다.25) 이병구의 태평양 전쟁기를 다룬 소설들에서 동남아를 바라보는 시선 역시 식민지 지배자의 시선과 유사한 것이라고 볼 수 있다.

그렇다면, 똑같은 태평양 전쟁기를 다루고 있으면서도 이병주와 이병구에게 있어 현지인들을 바라보는 시선이 이토록 차이나는 이유는 무엇일까? 기본적으로는 우리 민족이 오래 전부터 갖고 있는 문화적 종주국으로서의 중국인에 대한 생각과 동남아인에 대하여 갖고 있는 인종적 편견을 들 수 있을 것이다. 그러나 이것보다 근본적인 요인으로는 '식민지적 무의식'과 '식민주의적 의식'26)의 분열을 들 수 있다.

---

25) Leela Gandhi, 『포스트식민주의란 무엇인가』, 이영욱 역, 현실문화연구, 2000, 125-127쪽.

26) 개화기에 후쿠자와를 비롯한 일본의 지식인들은 서구 열강의 오리엔탈리즘적 시선에 의해 일본이 조선이나 대만과 같이 야만이나 미개로 취급되어 식민지로 전락하는 것을 두려워했다. 이러한 '식민지적 무의식'은 문명의 타자로서의 야만이나 미개와 대비되는 반개(半開)라는 중간항적인 타자를 설정하는 것으로 나타난다. 반개는 문명이라는 타자로서의 거울에 자기를 비추고, 그 기준에 따라 자기 상을 형성함으로써만 반개일 수 있다. 동시에 반개가 미개 내지는 야만으로 떨어져 문명인 서구 열강의 노예가 되지 않기 위해서는 다른 한쪽의 타자로서의 거울인 미개 내지는 야만을

이병구의 소설 속 주인공들은 ≪關釜連絡船≫의 학병들보다 훨씬 더 민족적 차별을 심하게 받는다. 이병구의 소설에서는 "지게와 행주 치마 사이에서 태났으니 집짐승과 같아서 학대가 싸다"(〈方向〉, p.153) 는 식의 인신 비방은 수시로 등장하고, 심지어는 일본인이 스스럼없이 한국인 병사에게 아내와의 동침을 요구하기도 한다. 이러한 민족적 차별은 "소위였지만 명호는 계급까지 봉변을 하며 혼자서 만만했다."(〈方向〉, p.153)는 진술에서 알 수 있듯이, 때로는 계급적 위계를 넘어설 만큼 강력한 것임을 알 수 있다.

이에 반해 이병주의 소설에서는 그러한 민족적 차별은 약화되어 나타난다. 물론 쓰레기 뭉치에서 〈반도출신 학도병을 취급하는 요령〉 같은 문건을 발견하기도 하지만, 그것은 버리려고 하던 종이 뭉치에 서만 확인될 뿐이고, 서사 속에 구체적으로 개입하지는 않는다. 유태 림은 일본인과 자유롭고도 진지한 대화를 나누기도 하며, 동경 상과 대학 교수를 하다가 학병으로 전쟁터에 나온 이시하라 같은 사람에게 서는 비굴함이 느껴질 정도의 대우를 받기도 한다.[27) 이것은 ≪關釜

새롭게 발견하거나 날조하여 거기에 자기를 비추면서, 그들에 비하면 자신들은 충분히 문명에 속한다는 사실을 발견하지 않으면 안 된다. 그 확인이 행해지는 순간 미개나 야만으로 간주될지도 모른다는 공포와 불안을, 거울인, 즉 새롭게 발견한 미개와 야만을 식민지화함으로써 전혀 존재하지 않았던 것처럼 기억에서 소거하고 망각의 심연에 떨어뜨려 다시는 떠오르지 못하도록 뚜껑을 닫아 버리고 의식하지 않을 수 있는 것이다. 이러한 조작을 통해 형성된 의식의 원형이 바로 식민지적 무의식과 식민주의적 의식인 것이다.(고모리 요이치, 『포스트 콜로니얼』, 송태욱 옮김, 삼인, 2002, 33-36쪽)

27) 그러나 이를 중국에 배치된 한국인 출신 일본군 전부에게 확대 해석할 수는 없다. 징병 출신의 이용구는 다음과 같이 증언하고 있다. "'내가 본국에 있을 적에는 이렇게까지 하는 줄 몰랐다. 內鮮一體니 皇國臣民이니 하기 때문에 나도 일본사람이라고 자부해 왔는데 막상 일선에 나와 보니까 그게 아니었다. 너희들은 너무나 민족차별

連絡船≫의 인물들보다 이병구 소설에 등장하는 인물들이 훨씬 더 큰
식민지적 불안과 공포를 느꼈을 가능성이 높음을 의미한다. 이러한
식민지적 공포와 불안은 이병구 소설의 한국 출신 일본군들에게 동남
아의 현지인들에 대한 식민주의적 의식을 불러일으킨 것으로 이해할
수 있다.

4. 일제의 존재 유무에 따른 행동의 변화 양상

4장에서는 이병구의 〈候鳥의 마음〉, 〈解胎以前〉, 〈岐路에 나선 意
味〉, 〈結論〉을 중점적으로 살펴볼 것이다. 이들 작품은 모두 44년
중반 이후[28] 미군에게 밀려 산 속에서 패잔병 생활하는 것을 시·공간적
배경[29]으로 하고 있으며, 3장에서 살펴본 '식민지적 무의식'과 '식민주

을 했다. 우리가 훈련받을 때 아사히소대장이란 놈이 '조선놈은 도망갈 궁리만 한다',
'이 전쟁에 지면 너희놈들도 노예가 된다', '조선놈은 똥 같은 새끼들'이라고 소리
지른 게 한두번이 아니다. 이런 데서 어떻게 치욕을 안 느끼겠느냐?"(317)라고 탈출
에 실패한 후 일본군 장교에게 항의하는 장면이 나온다.

28) 1941년 12월 7일 일본은 진주만 공격을 감행하고, 이로부터 4시간 뒤에 필리핀 곳곳
에 공습을 개시한다. 일본군의 주력군은 12월 22일 상륙을 시작하고, 42년 1월 2일에
는 마닐라를 점령한다. 이에 필리핀은 5월 6일 최종적으로 항복한다. 그러나 1944년
중반이후 미군은 전쟁초기에 상실했던 지역들을 회복하면서 일본군의 목을 조여
나갔다. 44년 10월 23일 한시적인 과도정부가 레이테만에 위치한 타크로반(Tacloban)
에 수립되었다. 1945년 2월 27일 독립과도정부는 마닐라에 재수립되었다. 연합군
태평양 지역 사령관으로 필리핀 전시내각을 대표해오던 맥아더는 45년 7월 4일을
기해 필리핀에서 일본세력은 완전히 제거되었다고 발표하기에 이른다.(양승윤 외
9인, 『필리핀』, 한국외국어대학교 출판부, 1998, 57~60쪽)

29) 〈사라하미 愛華〉, 〈第三의 時間〉만 각기 일본군이 마닐라를 점령하던 시절과 1943년
7월 무렵을 다루고 있을 뿐, 이병구의 나머지 작품들은 일본군이 미군에게 밀리던
44년 중반 이후를 다루고 있다.

의적 의식'이 서사구성의 기본원리로서 작동하고 있는 작품들이다.30)

1) 일제로부터 비롯된 폭력과 교화에의 욕망

〈候鳥의 마음〉은 미군에게 쫓긴 일본군 패잔병 60여명이 필리핀의 정글에 숨어 들어, 병영을 이룬 채 그 곳의 원주민들과 함께 지내는 소설이다. 이 곳 둔병영은 '軍人法典'과 '저 본 일이 없는'31) 일본이라는 폐쇄된 언어 체계 속에 갇힌 곳이다. 이는 일종의 천황제 파시즘에 의해 유지되던 당시 일본 사회에 대한 알레고리로도 읽을 수 있다.32) 이 소설의 기본갈등은 일본인과 김동수 그리고 원주민이라는 서로 다른 인종 사이에서 발생한다. 주인공 김동수는 둔병영(屯兵營)의 규칙대로 원주민 여성 쌔리마의 선택을 받아 그녀를 아내로 삼는다. 이 때부터 김동수는 "半島人", "김가 새끼"(16)라는 민족적 차별을 받게 된다. 이러한 차별은 일본인들의 요구, 즉 쌔리마와의 동침이라는 김동수가 도저히 받아들일 수 없는 요구를 거절함에 따라 심화되어 간다. 이미 원주민 여성과 결혼한 다른 일본인들에게는 있을 수 없는

---

30) 베트남전 작가인 Tim O'Brien은 진정한 전쟁이야기는 결코 시련을 극복한 인간승리의 이야기나 참혹한 전쟁의 재발을 방지하기 위한 교훈적인 이야기가 아니라 정말로 듣기에 거북하고, 들으면 당혹스러워 듣기 싫은 이야기, 나아가 시대적 분위기와 영합하지 않는 이야기, 듣기 싫어도 인정할 수밖에 없는 이야기, 정말로 외설스럽고 거북한 이야기, 아무도 믿으려 하지 않으며 또 믿을 수 없는 이야기라고 말한다. (정연선, 『미국전쟁소설 – 남북전쟁으로부터 월남전까지』, 서울대학교 출판부, 2002, 20쪽)

31) 『현대한국문학전집』15, 신구문화사, 1968, 36쪽.

32) 전쟁은 하나의 결정적인 담론, 그 근거가 분명하지 않음에도 불구하고 확실한 실체가 보이는 듯한 언어공간을 기반으로 해서 발생하고 전개되는 것이다.(다키 고지, 앞의 책, 31쪽)

요구가 김동수에게는 지속적이고도 자연스럽게 이어지고, 그러한 요구는 "식민지 백성"(23)이라는 호명으로 정당화되는 것이다.

그동안 일본군으로서 아무런 정체성의 위기를 겪지 않던 김동수에게 있어 공통의 욕망 대상인 쌔리마와의 결혼은, 그동안 은폐되어 있던 식민지 피지배자로서의 위치를 적나라하게 드러내는 계기가 된다. 민족적 차별은 점점 더 심해져, 김동수는 일본인들로부터 집단 폭행을 당하고, 병영 내에서 유일한 知己였던 야마다로부터도 쌔리마와의 동침이라는 똑같은 요구를 받는다. 이를 거절하자 동수는 야마다로부터 "너는 지게와 행주치마 사이에서 태어난 백성이란 것을 잊어선 안된다."(38)라는 친절한 설명을 듣게 된다.

이제 김동수는 더 이상 둔병영에서 일본군으로서 살아갈 수 없는 상황에까지 이른 것이다. 김동수가 겪는 주체로서의 위협은 여기서 그치지 않고, 가정에서까지 나타난다. 계속된 일본군의 농락과 강간 시도에 지친 쌔리마의 부모는 김동수가 다른 집 사위와는 다른 "필경 큰 죄인"(39)이며, "나중에는 딸 자식 하나 있는 거 못 볼 꼴"(39) 보게 만들 위인이라고 말한다. 장인 장모에게서도 그는 온전한 인간으로 대우받지 못 하며, 더 이상 일본군(일본인) 김동수로서는 존재할 수 없는 시점에 이른 것이다. 그 때 동수의 귀에는 아리랑의 고운 가락이 들리는데, 이것은 일본군이라는 그동안의 정체성에서 벗어나 한국인으로서 새롭게 태어나는 순간이라 하지 않을 수 없다.

그러나 이러한 새로운 주체로서의 탄생은 쌔리마를 살해하는 것에 의해 완성된다. 그날 밤 동수는 쌔리마를 죽이는데, 이것이 보통의 정사(情死)와는 확연히 구분되는 것임은 쌔리마를 죽인 후의 동수가 보여주는 이상 행동을 통해 확인할 수 있다. 동수는 둔병영을 찾아가서 쌔리마를 내려 놓고, "어제까지는 너는 만만한 사내의 아내였다. 허나 오늘의 나는 다르다!"(44)라고 외친다. 쌔리마의 시신을 굳이 둔 병영까지 가지고 가는 행위나, 어제와 다른 오늘의 자신을 소리 높여 외치는 행위는 살인의 목적이 일본인에게 알리는 데에 있었음을 보여 주는 것이다.

이것은 일종의 식민지적 무의식이 낳은 식민주의적 의식의 결과라고 할 수 있다. 똑같은 일본 군복을 입고 일본군이라는 정체성을 받고 전쟁에 참여하고 있으나, 실제에 있어 동수는 언제든지 일본군에게 죽임을 당할 수도 있는 피식민지 인종에 불과했던 것이다. 따라서 동수는 자신이 처한 식민지적 공포와 불안을 망각하기 위해서 타자로서의 거울인 미개와 야만을 발견할 필요가 있었다. 이로 볼 때, 쌔리마를 살해하는 것은 야만과의 분명한 구별을 선언하는 것이라고 할 수 있다. 동수에 의한 쌔리마의 살해는 태평양 전쟁에 참가한 한국인이 가질 수 있었던 일종의 '식민지적 무의식'과 '식민주의적 의식'의 분열이 낳은 결과라고 판단할 수 있다.

〈岐路에 나선 意味〉도 이와 같은 의식의 전개가 작품의 기본 구조를 이루고 있다. 이 작품은 이미 "성전(聖戰)이니 군기(軍紀)니는 벌써 그 때가 아"[33]닌, 즉 더 이상의 폐쇄적 언어 담론의 유효성마저 사라진 태평양 전쟁 말기, 미군에게 쫓긴 '나'가 보르네오의 산악 지대에서 겪은 이야기를 담고 있다. 그곳에서 '나'는 스가리라는 한 토인 여성을 만나는데, 그녀는 식인종으로서 인간이라기 보다는 식욕과 성욕으로만 가득찬 짐승에 가까운 존재로 그려진다. '나'는 인간이 한 마리

---

33) 『자유문학』, 60.4, 58쪽.

맹수를 다루듯이, 그녀를 통해 성욕을 해소하고, 의식주를 해결하고
자 한다. 일본군이 나타나기 전까지 '나'는 스가리를 향해 교화라는
이름의 폭력적인 동화에의 욕망을 일으키지는 않는다. 배가 고프거나
성교 끝이면 '나'를 잡아먹으려는 스가리에 맞서, 다만 "늘 배부르도
록 짐승이나 새를 쏘아다가 먹"(46)이고 "밤이면 육체의 향락 끝에 웃
방으로 넘어 가서 문을 잠궈 놓고"(46) 잠을 자는 정도로 둘의 관계를
지속시켜 나간다.

그러던 '나'와 스가리의 사이에 어느날 나까무라라는 일본인 패잔
병이 끼어든다. 그는 스가리라는 존재를 파악한 즉시 "이런 껌둥이
계집애에 대해서 아내나 애인 의식을 갖는다면 자네가 황색인종 전체
의 낯짝에다 침을 뱉"(49)는 것이라며 자신과 공유할 것을 제안한다.
나까무라가 비록 일본인이기는 하지만, 그는 혼자이며 더군다나 양발
에 발가락이 두 개씩 밖에 없는 장애인이기에 '나'의 식민지적 공포나
불안을 자극하지는 않는다. 나까무라 역시 스가리와의 공유를 제안할
뿐, 빼앗을 생각은 하지 못 하는 것이다. 그러나 나까무라 개인이 지
닌 현실적 힘과는 상관없이 일본인이라는 사실은, 그 자체만으로 '나'
에게 처음으로 스가리를 향한 교화의 욕망을 작동시킨다. 그것은 스
가리에게 "비록 한 점이라도 나는 네게 인간의 살을 먹이지는 않겠
다!"(55)라는 결심을 통해 드러난다.

그러나 백명 안팎의 일본 패잔병이 이 시메 마을에 들이닥치자 '나'
의 스가리를 향한 교화의 욕망은 강하게 발동하기 시작한다. 물론
이것은 일본인 패잔병에 의한 민족적 차별이 전제가 되었기에 가능한
것이다. 그들은 마을에 들어옴과 동시에 나를 "바지와 치마 사이에서
태난 백성이라고 친절하게 지적해서 공표"(58)하고는 마을 어구로부

터 두 째 집, 지붕이 내려앉은 곳에 머물게 한다. 스가리는 모두의 성적 도구가 되고, '나'는 84호라는 번호표를 부여받는다. 이때부터 '나'는 스가리에 대한 안스런 마음을 느끼기 시작하며, 목숨을 걸고라도 스가리를 건져 내겠다는 다짐을 한다. 스가리를 탈출시키겠다는 생각 속에는 스가리에 대한 애정과 함께 스가리를 야만으로부터 탈출시키겠다는 교화의 의지가 강하게 작용하고 있다. 그러나 스가리는 마지막 눈을 감는 순간까지 사람의 육체를 먹는다. 이러한 행위에 '나'는 스가리의 무심함을 한탄하며, 눈물까지 흘린다.

〈候鳥의 마음〉에서 타자로서의 거울인 야만과 자신을 구별하는 방식이 살인이라는 파괴적 양식이었다면, 〈岐路에 나선 意味〉에서는 야만에 대한 교화라는 양식으로 드러나고 있다. 이들의 공통된 행동의 변화과정은 다음과 같이 정리해 볼 수 있다. 우선 그들은 자기 식민지화된 상태로 존재한다.[34] 이런 상황에서 민족적 차별을 받아 그들은 일본인으로부터 분리되어 노예로 떨어질지도 모른다는 극심한 식민지적 공포와 불안을 느낀다. 이러한 공포와 불안을 해소하기 위한 방편으로 등장하는 것이 원주민들과의 구별짓기 욕망이다.

문제는 열심히 전쟁에 임하는 일이 사실은 식민지화 되는 일일 수밖에 없는 식민지적 무의식을 은폐하기 위해서, 한국인 스스로가 자

---

[34] 미야다로부터 일본의 패전 소식을 전해 들었을 때, 보이는 동수의 반응을 통해 그가 빠진 자기식민지화의 상황을 확인할 수 있다. 그는 "청천 벽력 같아서, 동수는 똑 한 대가리 얻어 맞은 사람"(36)이 되며, "눈 앞이 캄캄해 지는" 경험을 한다. 이러한 동수의 반응은 엄청난 희생을 치렀던 오키나와인들이 일본의 항복 소식을 듣고, 기쁨보다는 타자에 대한 분노와 과거의 자신에 대한 격렬한 내적 성찰이 섞여 있는 복잡한 감정을 우선적으로 느끼는 것과 유사한 것이라 할 수 있다.(도미야마 이치로, 『전장의 기억』, 임성모 역, 이산, 2002, 84–85쪽)

신이 일본과 똑같은 존재임을 확인할 필요가 있었다는 것이다. 즉, 한국인 병사들에게는 자신과 차이화되는 야만의 발견이 필요했던 셈이다. 그들의 야만성은 한국인 병사들이 원주민들을 동화시키거나 배제시킬 수 있는 이유이기도 했으며, 이러한 숨은 의식을 이병구 소설의 주인공이 지닌 식민주의적 의식이라 말할 수 있을 것이다.

2) 일제의 소멸과 인간성 회복의 과정

식민지적 공포와 불안을 낳는 힘이 약하게 작용할 때, 태평양 전쟁에 일본군으로 참전한 한국인의 행동양상은 다르게 나타난다. 이는 〈解胎以前〉과 〈結論〉에서 확인할 수 있다. 〈解胎以前〉에서는 일본의 힘이 약화된 정도가 아니라 완전히 제거되어 있다. 보르네오의 볼네이시에서 미군의 공격을 받고, 산 속으로 들어간 이후에 일본군은 시체로도 등장하지 않는다. 이 작품의 주인공 김순만은 3년 전 징용으로 나와서 비행장을 닦으며 끌려 다니다가 젊다는 이유로 병정이 된 사람으로서, 토인군 32명을 찔러 죽이고 받은 훈장을 무엇보다 자랑스럽게 생각하는 살인기계이다. 〈解胎以前〉은 식민지화된 주변부에 나타나는, 종주국 문화와의 친자 관계를 가장한 양자 관계, 즉 식민지 종주국보다 더욱 식민주 종주국답게 되려는 과도한 욕망[35]이 일본군이 된 한국인에게서 발생한 작품이라고 할 수 있다.

김순만은 같은 부대의 나까무라가 자신보다 10명이 많은 42명을

---

35) 사이드는 문화적 중심에 주변부가 그저 받아들여질 뿐만 아니라 마치 양자처럼 완전한 양자 결연을 맺어 그 일부가 되는 욕망을 가지고 과도한 모방을 하는 현상을 의식적인 '양자 관계' 만들기(affiliation)의 과정이라고 표현했다.(고모리 요이치, 앞의 책, 44쪽.에서 재인용)

죽여 사령관에게서 갑종 무공훈장을 타고, 자신은 을종 무공훈장을 탄 데 대하여 이를 갈 정도로 분해한다. 그는 나까무라를 이기기 위해 시장에 모인 양민들을 더욱 많이 죽이려고 하며, 살인 그 자체에 무한한 쾌감을 느낀다. 순만이는 자신이 죽인 수많은 원주민 시체를 보며, "어디로 가서 갑종 훈장을 타나?"[36]라며 중얼거리지만, 이내 '배반'당한 기분을 느낀다. 이 때의 배반감은 〈候鳥의 마음〉에서 동수가 일본의 패전 소식을 듣고 느낀 감정과 유사한 것으로서, 순만이의 자기 식민지화된 상태를 극명하게 보여주는 것이라 할 수 있다.

이후 소설은 나물을 캐기 위해 살육의 현장을 벗어나 있던 체미성과 순만이의 관계를 중심으로 진행된다. 그녀를 보자마자 순만이는 강간하고, 묶어 놓는다. 이후로도 그는 그녀를 모질게 학대하는데, 체미성은 복수하려는 마음이 있지만 순만이의 야만적인 폭력에 압도당해서 결국 순종의 길을 걷는다. 그럴수록 "순만이는 체미성의 그 생명에 대한 애착을 멸시"(199)하는 마음으로 더 큰 폭력을 휘두른다. 순만이는 생명에 대한 일말의 존엄성을 인정하지 않으며, 오직 파괴적인 욕망 하나로만 가득찬 사람이 되어 가는 것이다. 이러한 파괴적인 욕망은 체미성을 포함한 타인들은 물론이고, 자신을 향하기도 한다. 그는 정글에서 코브라에게 물리고도 "까짓거 죽으면 그만이지, 내가 목숨을 겁낼 줄 알구?"(201)라고 말하며, 아무런 조치도 취하지 않는다. 체미성이 자신의 아이를 배었을 때도, 그 배를 때리고, 더 심한 학대를 가하는 것이다.

이런 순만이에게 생명에 대한 강렬한 욕구와 존엄이 생기는 것은

36) 『자유문학』, 58.12, 196쪽.

토인 사내와의 결투에서 칼에 맞아 죽을 고비를 넘기고 간신히 살아
난 이후이다. 그는 그러한 가사(假死) 체험 이후 생명에의 강렬한 요구
를 느껴서는, "피가 부족하면 죽는다!"(203)며 주변에 흘린 피를 핥아
먹기까지 한다. 이러한 욕구는 주위로도 확산되어 체미성을 보고는
자기도 모를 지극한 반가움으로 안아 보기도 하고, 볼을 쥐어 보기도
한다. 그로부터 며칠 후 체미성은 심한 산통을 느끼고 아이를 낳는다.
이 아이를 보며 순만이는 "사람이다!", "목숨이다!"며 "생명체가 신비
해서"는 "오싹하는 공포의 정에 사로 잡히"(205)기까지 한다. 그러나
순만이는 태어난 아이와 산모를 연결하는 탯줄을 어떻게 처리해야
할 지 몰라 "아아 저 밧줄!……죽는다! 사람이 죽는다!"(205)며 울음보
를 터뜨린다.

　인간을 인간으로 보지 못하며, 자타(自他)의 아픔과 슬픔에 대한 완
전한 무감각[37]에 빠져 있던 한 명의 살인귀가 세상에 대하여 느낄
줄 아는 인간으로 재탄생한 것이다. 이러한 재탄생의 가장 큰 이유로
는 순만이가 죽음을 가상적으로 경험해 생명의 존귀함을 깨달은 것을
들 수도 있겠지만, 무엇보다도 일본군의 부재를 근본적인 이유로 들
수 있다. 똑같은 동남아의 원주민 마을을 배경으로 하고 있음에도
이 작품에는 흔적으로도 일본군은 존재하고 있지 않은데, 이러한 상
황은 더 이상 순만이의 식민주의적 의식을 자극하지 않았던 것이다.
그리하여 그는 생명의 존엄함을 느낄 수 있는 계기를 얻자 곧 정상적
인 인간으로의 복귀가 가능했던 것으로 짐작해 볼 수도 있다.

　〈結論〉의 결말 역시 한국인 출신 일본군이 필리핀의 현주민을 구원

---

37) 노다 마사아키(앞의 책, 233쪽.)는 군의관, 장교, 헌병, 특무기관원으로 중국인 살육에
　　참가했던 일본군에게서 공통적으로 자타의 비통함에 대한 무감각을 발견하고 있다.

할 정도로 인간성을 회복하는 것으로 끝난다. 이 작품은 1945년 미군의 반격으로 산으로 쫓겨간 다무라와 김, 그리고 상관을 죽이고 탈주병이 된 마케와 그의 위협에 할 수 없이 따라나선 흑인병 죠오가 아무런 희망도 없이 필리핀 산악에서 도주의 세월을 보내는 것이 그 배경이다. 마케와 다무라는 서로의 국가에 대한 자존심으로 늘 언쟁을 벌이며, 거기에 보태 "민족 차별을 반발하는 김이나 죠오의 다무라와 마케에 대한 감정들이 있어서"[38] 이 동행은 언제나 갈등이 끊이지 않는다. 그러한 민족적 갈등은 다무라와 김, 마케와 죠오 사이를 벗어나 다무라와 죠오, 마케와 김 사이로 확대되기도 한다. 그러나 이들의 갈등은 일방적인 차별로 이어지지는 않는데, 그것은 무엇보다도 식민지 지배자가 〈候鳥의 마음〉이나 〈岐路에 나선 意味〉에서와 같이 피지배자의 생존이나 아내를 빼앗을 정도로 강력한 힘을 가지고 있지 않기 때문이다. 일본군은 이제 산천에 널린 시체로만 존재하는 것이다. 그들은 현실적인 힘에 있어, 서로에게 의지할 수밖에 없는 한 명의 패잔병이자 탈주병일 수밖에 없는 처지이다.

그러나 마케와 죠오, 다무라와 김 사이에는 끈질긴 차별이 붙어다닌다. 이익이 걸린 문제에서는 항상 마케와 다무라가 이익을 챙기는데, 그러한 이유로 마케는 죠오가 '인디언'(384)이라는 것을, 다무라는 김이 '식민지인'(384)이라는 것을 강조한다. 이러한 차별과 불이익을 죠오나 김은 커다란 반항 없이 받아들이는데, 그것은 강제에 의한 순종이라기보다는 "되도록 분쟁을 피하고 싶"(384)은, 그리고 "종전만 되면 세상에 나가서 다시 한 번 사람 구실을 해 볼"(382) 생각을 하는

---

38) 『신사조』, 62.8, 382쪽.

김 스스로의 판단에 따른 것이다.

이런 상황에서 김과 죠오는 원주민 모녀를 발견하자 〈候鳥의 마음〉, 〈岐路에 나선 意味〉, 〈解胎以前〉과는 다른 모습을 보여준다. 그들은 자신들의 몫으로 떨어진 쓰하족의 어머니를 돌려 보내고, 성폭행을 하고도 모자라 "자기 부족의 마을을 버리고 떠난다는 것은 극형 이상의 고통"(390)인 여자를 끌고 가려는 다무라와 마케를 향해 총을 쏘아 버리는 것이다. 비교할 수 없이 약화된 일본의 힘 앞에서 죠오나 김은 눈 앞에 나타난 쓰하족의 모녀에게 살인이나 교화의 충동을 느끼는 대신, 비로소 인간을 향한 연민과 정의감을 느끼는 것이다. 이전의 소설에서 토인들을 향했던 총구의 방향이 이번에는 일본을 향한다는 것에서 그 욕망의 분출 양상이 판이하게 달라짐을 확인할 수 있다.

5. 결론

일제 말기는 한반도에서 처음으로 근대적인 군대 및 군인이 일상화되는 시기이다. 그 당시 수많은 젊은이들이 지원병, 학병, 혹은 징병이라는 이름으로 전쟁터에 동원되었다. 지원병, 학병, 징병으로 태평양 전쟁에 동원된 인원은 '징병 2기'(1945년 8월)의 숫자를 제외해도 총 26만 1천 554명에 이르며, 여기에 군속으로 동원된 숫자까지 포함하면 41만 7천 121명에 이르는 것으로 파악된다. 태평양 전쟁 당시 일본 병영에서는, 평범한 인간을 맹목적인 복종만을 지향하는 황국신민이자 타인의 생명에조차 둔감한 일종의 살인 기계로 만들어 내고 있었다. 이에 한국인들은 목숨을 건 저항을 하는데, 그것은 병영으로부터의 탈출로 나타난다. 이병구의 소설은 한국인 출신 일본군들과 현주민들의 관계를 폭력적인 남녀관계로 표현하고 있는데, 이것은 작가의 식민주의적인 시선을 나타내는 것이라 할 수 있다.

이병구의 〈候鳥의 마음〉, 〈解胎以前〉, 〈岐路에 나선 意味〉, 〈結論〉 등의 작품은 '식민지적 무의식'과 '식민주의적 의식'이 서사구성의 기본원리로서 작동하고 있는 작품들이다. 〈候鳥의 마음〉에서 타자로서의 거울인 야만과 자신을 구별하는 방식이 살인이라는 파괴적 양식이었다면, 〈岐路에 나선 意味〉에서는 야만에 대한 교화라는 양식으로 드러나고 있다. 이들 소설의 인물들은 식민지적 공포와 불안에서 비롯된 살인과 교화에의 욕망을 갖게 되는 것이다. 그러나 일본의 존재가 지워진 소설에서는 주인공들이 인간성을 회복하는 것으로 그려지고 있는데, 이것은 더 이상 그들이 식민지적 공포와 불안을 자극 받지 않았기 때문으로 이해할 수 있다.

03

최상규 소설과 욕망

-1950년대 소설을 중심으로

1. 서론

1950년대 소설은 1990년대 이후 활발한 논의의 대상이 되어 오고 있다. 대표적인 논의의 방향으로는 전후 소설이라는 명칭이 나타내듯이 전쟁과의 관련 속에서 그 시대적 의미를 파악한 경향, 구조주의적이거나 기호학적인 경향 등을 들 수 있다. 이러한 경향 이외에 90년대 중반 이후 큰 관심을 끌고 있는 것이 정신분석학적 경향이다. 최근에는 50년대 소설 연구의 태반이 정신분석학의 영향 아래 쓰여지고 있다고 해도 과언은 아니다. "전쟁은 우리가 나중에 얻어 입은 문명의 옷을 발가벗기고, 우리 모두의 마음속에 숨어 있는 원시인을 노출시킨다."1)는 말처럼, 전쟁은 우리가 그동안 억제해 오던 여러 본능과

---

1) S. Freud, 「전쟁과 죽음에 대한 고찰」, 『문명속의 불만』, 김석희 옮김, 열린책들, 1997, 72쪽.
  프로이드는 다른 글에서, "전쟁은 문명 과정이 우리에게 부과한 심리적 태도와 가장 격렬하게 대립한다."(「왜 전쟁인가?」, 『문명속의 불만』, 김석희 옮김, 열린책들, 1997, 365쪽)고 말하고 있다.

충동들을 분출시키는 작용을 한다. 전후 소설의 병리성이 두드러지는 것은 전쟁이 초래한 욕망의 과잉 공급에 기인하는 것이다. 따라서 이러한 병리성을 해명하는데 도움을 줄 수 있는 정신분석학의 활용은 자연스런 결과가 아닐 수 없다.

그런데, 이러한 50년대 소설에 대한 정신분석학적 연구는 나름의 성과를 내고 있음에도 불구하고, 몇 가지 문제점을 드러내고 있다. 첫째는 연구 대상이 한정되어 있다는 것이다. 그동안의 정신분석학적 연구의 절대 다수는 손창섭과 장용학 등의 몇몇 작가에 집중되어 있다. 이것은 이들 작가들이 지닌 문학사적 의미를 증명하는 것이겠지만, 말 그대로의 '1950년대 소설'의 연구라는 측면에서 본다면, 너무나도 협소한 대상설정이라고 하지 않을 수 없다. 이제는 그 대상의 폭을 좀 더 넓힐 필요가 있다. 다음으로 들 수 있는 문제점은 방법론에 있어 프로이드를 크게 넘어서지 못 한다는 점이다. 프로이드가 정신분석이론의 핵심인 것은 사실이겠지만, 각각의 소설이 지닌 다방면의 의미를 파악하기 위해서는 여타 이론가의 논의가 요청된다.

이상의 문제의식을 가지고 1950년대 소설을 바라보았을 때, 관심의 대상으로 부각되는 것이 바로 최상규의 존재이다. 최상규(1934-1994)는 56년에 등단해 94년에 별세하기까지 끊임없는 창작(단편 127편, 중편 15편, 장편 9편)과 문학이론의 번역 작업을 벌여 왔음에도 불구하고, 그동안의 문학사에서는 매우 간략하게만 다루어져 왔다. 일반인에게는 물론이거니와 연구자들 사이에서도 그 이름이 낯선 형편인데, 최상규를 다룬 학위 논문[2]은 7편 정도가 나왔을 뿐이다. 초기의

---

2) 이정윤, 「최상규 소설 연구」, 경원대 박사논문, 1997.
   이대영, 「한국 전후실존주의 소설 연구」, 충남대 박사논문, 1998.

논의들은 대개 단문을 바탕으로 한 이색적인 문체에 주목한 글들3)이 많았다. 이러한 글들은 모두 최상규의 문장과 스타일의 특색을 장점으로, 스토리와 주제의식의 단조로움을 약점으로 꼽고 있다. 이후의 논의들은 모티프나 작가 의식과 같은 주제론적인 측면으로까지 확대4)되고 내고 있다.

이 글에서 논의하고자 하는 최상규의 1950년대 소설만을 논의의

이경재, 「최상규 소설의 환상성 연구」, 서울대 석사논문, 2000.

주성천, 「최상규 소설의 담론 연구」, 충남대 석사논문, 2000.

김지승, 「최상규 장편소설 『새벽기행』 연구」, 중앙대 석사논문, 2001.

손혜숙, 「최상규 소설 연구-주제의식을 중심으로」, 중앙대 석사논문, 2001.

이흥배, 「최상규 소설 연구」, 한양대 석사논문, 2002.

위의 학위논문들은 실존주의적 측면에 초점을 맞춘 연구(이정윤, 이대영, 손혜숙), 환상성에 초점을 맞춘 연구(이경재, 김지승), 서사 담론에 초점을 맞춘 연구(주성천, 이흥배)로 나누어 볼 수 있다.

학위논문은 아니지만 최상규에 대한 본격적인 연구로 『미로의 언어』(김병욱 편저, 예림기획, 1999.)라는 단행본도 빼놓을 수 있다. '최상규의 「새벽기행」론'이라는 부제가 붙은 이 책은 19명의 학자가 공동 집필한 책으로서 다양한 방법론으로 최상규의 대표작이라 할 수 있는 〈새벽기행〉(문학사상사. 1989.)을 분석하고 있다.

3) 황순원, 「小說薦記」, 『문학예술』, 1956.9., 160-161쪽.

곽종원, 「노작이 없는 저조」, 『현대문학』, 1966.2.,127-129쪽.

「암유와 사실」, 『현대문학』, 1966.4., 221-223쪽.

차범석, 「인간의 긍정」, 『현대문학』, 1966.4., 231-232쪽.

정창범, 「최상규의 인간과 문학」, 『현대문학』, 1967.3., 231-233쪽.

천이두, 「인간과 대지의 문학」, 『현대한국문학전집 14』, 신구문화사, 1981, 507-510쪽.

4) 김병욱, 「패각의 해탈」, 『형성기』, 삼성출판사, 1972, 385-389쪽.

정현기, 「시간 속에 홀로 떠 있음, 방황, 그리고 구원을 찾는 세 틀의 이야기 혹은 소설」, 『겨울 잠행』, 정음사, 1984, 391-400쪽.

김양수, 「삶 속의 억압과의 끝없는 싸움」, 『한밤의 목소리』, 일신서적출판사. 1994, 327-333쪽.

이호규, 「이유 없는 자유로움의 충만함을 위해」, 『한국소설문학대계 34』, 동아출판사, 1995, 589-602쪽.

대상으로 한 논문은 두 편5)이 있다. 강경화는 최상규의 50년대 소설이 "전쟁과 전후 상황을 외부 현실로부터 탐구하는 것이 아니라 그러한 현실이 개인에게 굴절된 내면화된 의식을 보여"6)준다고 지적하고 있다. 이 논의는 '고립된 주체'라는 최상규의 50년대 소설이 지닌 중요한 특징을 잘 짚어내고 있지만, 그러한 주체의 성립 과정이나 세부적인 양상에 대하여서까지는 그 논의를 심화시키고 있지 못하다. 그리하여 결론 역시 다른 50년대 작가들과 구별되는 최상규만의 고유한 특성을 밝혀내고 있지는 못하다.

이 글은 1950년대 최상규 소설의 인물들이 '고립된 주체'라는 차원을 뛰어 넘어 다른 50년대 작가들과는 다른 고유한 특성을 보인다는 점에서 논의를 시작하고자 한다. 최상규의 50년대 작품으로는 〈포인트〉(≪문학예술≫, 1956.5.), 〈단면〉(≪문학예술≫, 1956.9.), 〈第一章〉(≪문학예술≫, 1957.3.), 〈農軍〉(≪현대문학≫, 1957.10.), 〈窓을 열자〉(≪문학예술≫, 1957.10.), 〈뚫어진 하늘 아래서〉(≪현대문학≫, 1958.4.), 〈死角〉(≪사상계≫, 1958.8.), 〈非創造者〉(≪현대문학≫, 1958.9.), 〈孤獨〉(≪신태양≫, 1959.4.), 〈秩序〉(≪사상계≫, 1959.9.), 〈虐待〉(≪현대문학≫, 1959.12.)7) 가 있다. 이들 작품에는 그 이전이나 동시대의 작가들에게서 볼 수 없는 고유한 심리적 메커니즘과 주체 구성 양식이 드러나고 있다.8) 본고는

---

5) 강경화, 「최상규론-1950년대 소설을 중심으로」, 『성균어문연구 34』, 1999.
   이홍배, 「최상규 소설 연구」, 한양대 석사논문, 2002.
6) 강경화, 앞의 논문, 108쪽.
   이홍배 역시 강경화의 논리를 이어받고 있으며, 최상규의 소설이 "고립된 주체를 드러내기 위하여 외부 세계로의 진출과 외부 세계의 침입 속에서 반응하는 개인의 내면을 형상화"(앞의 논문, 5쪽)하고 있다고 보고 있다.
7) 작품을 인용할 경우에는 작품이 처음 수록된 잡지의 페이지만을 본문 중에 표기하기로 한다.

라깡의 정신분석이론9)을 바탕으로 하여 1950년대 최상규 소설에 나타난 인물의 세부적인 모습과 그 형성과정을 살펴보고자 한다. 이를 통해 여타의 전후 작가와는 구별되는 최상규의 특징을 조금은 드러내 보일 수 있을 것이다.

2. 남녀관계로 이루어진 서사

최상규가 1950년대에 창작한 대부분의 작품들(〈포인트〉, 〈단면〉, 〈제일장〉, 〈창을 열자〉, 〈비창조자〉, 〈학대〉)은 남녀관계를 중심으로 서사가 진행된다. 대부분의 작품에서는 남편과 아내의 관계로 나타나지만, 시동생과 형수(〈창을 열자〉) 혹은 훈련병과 창부(〈비창조자〉)의 관계로 변형되어 나타나기도 한다. 그런데, 엄밀한 의미에서 최상규 소설의 서사는 남녀관계를 중심으로 해서 이루어지는 것이 아니라 남녀 관계만으로 이루어져 있다. 작품의 서사는 두 인물 사이에서만 벌어지고, 제3의 인물은 거의 등장하지 않는다. 이들은 사회나 가족으로부터 벗어난 채 오직 그들만의 관계 속에 갇혀 있다. 작품 속의 주요한 공간적 배경은 '방'이고, 시간적 배경은 '그날' 혹은 '하루'로서 폐쇄되어 있다.10) 이러한 시·공간적 배경은 사회나 가족으로부터의 고립과

---

8) 정신병리에 있어 특이성을 보여주는 작품은 유작이 된 〈악령의 늪〉에까지 이어지기는 한다. 그럼에도 초창기에 인간의 병적인 내면을 문제삼은 작품이 보다 집중적으로 창작된다. 이경재는 "최상규 소설은 개인의 내면을 문제삼는 차원에서 현실에 대한 문제제기를 하는 차원으로 변모해 나가고 있다."(앞의 논문, 71쪽)고 말하고 있다.
9) 이 논문에서 언급하는 정신분석학적 용어는 J. Lacan의 용법에 준하여 사용할 것이다.
10) 강경화, 앞의 논문, 90쪽.

단절감을 나타내는데 효과적으로 기능한다.

또한 그들의 의식은 온통 남편은 아내에게, 아내는 남편에게 향해 있으며, 밖으로 열려 있지 않다. 서로가 서로를 바라보는 거울이 되어 있는 관계라고 할 수 있다. 50년대 최상규 소설 속 주인공의 주체 위치는 큰타자를 대면하지 않은 채 타인들의 자아와 관계를 맺는 데 머문다는 점에서 상상적 차원에 머문다고 할 수 있다.[11]

〈포인트〉에서 아내는 어머니의 엄청난 반대에도 불구하고, 주인공과 함께 산다. 영장을 받은 주인공은 아내와 외출을 하기 위해 아버지로부터 물려받은 책을 팔러 나간다. 그는 외출시에도 아내를 계속해서 생각하며, 책방 할아버지와 벌이는 짧은 순간의 흥정에서도 "아내가 기다릴텐데."(93)라며 조바심을 내며, 시간을 지체하는 "할아버지 따귀라도 갈겨주고 싶"(93)어 한다. 이들의 관계는 "아내는 남편의 글만을 읽고, 남편은 아내만을 독자로 가"(95)지는 것에서 선명하게 드러난다. 서로가 서로를 독점하는 동시에 독점당하고 있는 것인데, 그들은 이런 상황을 기뻐한다.

〈제일장〉에서도 남편과 아내는 "부모이건, 친구이건"(97) 그들을 방해하려는 사람들을 모두 배제하여 결국 "세상엔 그들 둘만 남"(97)게 된다. 남편은 모든 자극을 피해 집안에만 머물러, 외출복이 낯선 상태에 이른다. 〈창을 열자〉에서도 주인공은 "형수는 오늘까지 그에게 모든 것을 내어던지기를 원했다. 그에게 관계되는 모든 것을 질투

---

11) 상상적 주체는 자아가 자기와 비슷한 타인들의 자아와 관계하는 수준에서 주체의 위치를 설정한다. 그에 비해 상징적 주체는 큰 타자와의 관계 속에서 자신의 위치를 설정한다.(J. Lacan, 「정신분석 경험에서 드러난 주체기능 형성모형으로서의 거울 단계」, 『욕망이론』, 권택영 옮김, 문예출판사, 1994, 38-49쪽)

했으니까······ 그래서 그 것을 위해 애썼다. 그 밖의 다른 것들은 될 수 있는대로 관계를 끊었다. 그의 시간은 그 것을 위해 적당한 형태로 만들기 위해 노력했다."(90)라는 것에서 알 수 있듯이, 서로와의 관계에만 빠져 있다. 남자 주인공은 형수와의 관계를 청산하기를 원하는 부모님의 존재나, 형과 형수가 남겨놓은 세 명의 조카들의 존재에 대해 아무런 의미도 두지 않는다.

〈비창조자〉는 소설의 서사 전체가 훈련병인 지수가 창부인 소영이를 '두시'에, 중국집 '이층 방'에서 만나 나누는 대화와 행위, 그에 따른 지수의 의식으로 채워져 있다. 이러한 폐쇄된 서사적 공간 속에 제3자의 개입 가능성은 원천적으로 봉쇄된다. 이 작품의 시공간적 배경인 '두시'와 '이층'은 지수와 소영간의 이자관계를 나타내는 것으로 해석할 수도 있다. 50년대 최상규 소설에서 남편과 아내는 "'아담'과 '이브'는 이불을 덮고 누어서 조용히 회화를 했다."(119-120)는 표현에서처럼 외부적 환경과는 단절된 채 존재하는 '아담'과 '이브'인 것이다.

이들 소설들은 모두 남자 주인공에게 초점화된 인물시각적 서술상황12)을 보여주고 있다. 이러한 시점 아래에서 여성들은 철저히 남자 주인공의 입장과 내면에 의해서만 파악되고, 독자에게 전달된다. 이들 작품에서 여자들은 주인공의 관념과 욕망이 투사되는 빈 스크린 내지는 거울로서의 기능과, 주인공이 자신의 상상적 주체를 확인하기

---

12) 인물시각적 서술상황은 주석적 서술상황과 대비되는 것으로서, 인물시각적 서술상황에서 독자는 사건이나 인물에 대한 정보를 초점화된 인물로부터 얻게 된다. 독자는 초점화된 인물과 동일시되어 사건의 경과에 관심을 집중시키게 되며, 이를 통해 인물이 자기 체험의 순간에 지니게 되는 내적 세계, 의식의 흐름, 생각들, 그리고 정조를 독자 역시 동일하게 느끼게 된다.(Franz K. Stanzel, 『소설형식의 기본 유형』, 탐구당, 1982, 49-76쪽 참조)

위해 말을 거는 대상으로서의 기능만을 지닐 뿐이다. 여성 인물이
지닌 상상적 타인으로서의 성격은 〈포인트〉와 〈비창조자〉에서 선명
하게 드러난다. 〈포인트〉에서 아내는 아무런 말이 없이 눈물로서만
자신의 감정을 표현할 뿐이며, 〈비창조자〉에서 소영은 지수를 향한
절절한 사랑 고백과 창부라는 자신의 처지에 대한 부끄러움만을 드러
낼 뿐이다. 여기에 소영이라는 주체가 가지는 고유의 의미는 존재하
지 않는다. 〈뚫어진 하늘 아래서〉는 전쟁으로 폐허가 된 예전의 집을
찾아간 주인공이 가끔 환영 속의 아내와 대화를 나누는데, 여타의
작품에서 등장하는 아내들 역시 환영 속의 아내와 크게 다르지 않다.

아내의 시선은 타자의 것이 아니라 주인공들에게 상상적 동일시를
요구하는 자기 응시에 가깝다. 그 응시는 아내의 것이면서 동시에
주인공의 것이다. 이로 볼 때, 주인공들이 욕망 대상으로서의 아내에
게 부여한 성애의 근간은 나르시시즘이라고 할 수 있다. 그는 아내로
부터 타자성을 배제/소거하고, 아내라는 빈 스크린에 자기의 영상,
즉 상상적 주체를 투사했던 것이다. 〈비창조자〉에서 지수는 자신들의
사랑을 "너는 불행히도 아름다웠고 나도 조금은 착했다. 결국 그거다.
그러나 어쨌든 너는 나에게 무엇을 바치기 시작했고 나는 불안과 의
혹과 호기심만으로 그것을 받길 시작했다"(123)라고 정의하는 나르시
시즘적인 태도를 보이고 있다. 그리하여 그는 "인도주의자가 되는 심
정으로 소영의 입술"(126)을 찾는다.

그런데 이러한 남편과 아내의 관계는 정신분석학적 견지에서 볼
때, 일종의 모자관계이다. 대부분의 소설에서 아내가 집안을 이끌어
가고 있으며, 남편은 그러한 아내에게 기생하고 있을 뿐이다. 이러한
남편의 모습은 유아기로 퇴행한 모습으로 그려진다. 〈포인트〉에서는

반복적으로 "아내는 어른이다."라는 말과 자신은 그렇지 못하다는 말이 나온다.

〈단면〉에서는 환상소설이라고 부를 수 있을 만큼 극단적인 유아기적 퇴행의 모습이 그려지고 있다. 남편은 첫 월급을 타서는 술에 만취해 집에 돌아온다. 그리고서는 아내의 무릎에서 오줌을 싼다. 오줌을 싸며 그는 "어떤 아득한 옛날에 겪은 것 같은 싫다 할 수 없는 쾌감"(112)을 기억한다.13) 이러한 남편을 향해 아내는 유두를 면도칼로 잘라준다. 그러한 아내를 책망하며 남편은 "바보, 바보! 붙이면 돼! 붙이면. 바보, 바보! 붙이면 돼! 바보……"(113)라고 말하지만, 돈 뭉치와 반지가 방바닥에 흐트러져 있는 상태에서도 아내의 유두만은 "굳게 쥐고"(114) 놓지 않는다.

유아가 자신의 일부분으로 여기는 어머니의 유방은 자기보존을 가능케 하는 것으로서, 인간이 상실하는 최초의 대상이다. 유방은 어머니의 육체와 관련하여 완전히 상실된 것이기 때문에, 그것을 찾는 것은 어머니와 분리되지 않은 합일의 상태, 주체성의 형성 이전의 상태로 다시 돌아가는 것을 의미한다. 이로 인해 상실된 합일을 다시 찾으려고 하는 것 자체가 근친상간적인 것이다.14) 아내의 무릎에서 오줌을 싸고, 아내의 유두를 손에 굳게 쥔 모습은 주인공이 상상계 속에서 어머니와 맺었던 이자관계 속으로 퇴행한 것을 실제 모습으로 보여주는 것이다.

〈제일장〉에서도 주인공은 아내에게 '복종'하여, 방안에만 머물러

---

13) 이 때 주인공이 느끼는 쾌감은 거세 콤플렉스를 성공적으로 거치지 못해, 주이상스가 신체를 범람한 것이라고 볼 수 있다. 자세한 논의는 4장에서 하기로 한다.

14) P. Widmer, 『욕망의 전복』, 홍준기·이승미 옮김, 한울, 1998, 155쪽, 174쪽 참조.

있다. 그리하여 그는 "먹고 쓰고 사용하는 모든 것들을 세상 아무도 모르는 신비한 방법으로 가지고 노는 것"(104)으로 소일한다. 그러한 장난은 "아내의 젖의 일부분"(105)인 "뼈스트 패드"를 질겅 질겅 껌을 씹듯이 씹어대는 것으로까지 이어진다. 그러면서 그는 "아, 그 진진한 맛이여!"라며 쾌감에 젖는데, 이러한 쾌감은 뼈스트 패드가 단순한 물건이 아니라 최초의 상실한 어머니의 유방임을 보여주는 것이다.

남편과 아내의 관계가 본질적으로는 아들과 어머니의 관계임은 〈포인트〉, 〈비창조자〉 등의 작품에서도 확인할 수 있다. 〈포인트〉에서 외출에서 돌아온 남편은 말끔히 치워진 방을 보고서는 "한번도 보지 못한 어머니가 생각"(95)나며, 곧이어 이러한 갑작스러운 생각에 "왜 엉뚱하게 이런 때 어머닌."(95)이라며 스스로도 의아해한다. 〈비창조자〉에서도 "매춘부! 그는 어머니를 생각했다. 그리고 소영을 보았다. 천만에. 무슨 말씀."(124)이라며, 소영에게서 어머니를 발견한다. 또한 "소영인 '비키니'가 뭔지도 모르고(어머니도 모르시죠?)"(125)라며 다소 엉뚱하게 소영이에의 질문을 어머니에게까지 이어간다. 이것은 남편과 아내의 관계가 아들과 어머니의 관계와 맞닿아 있음을 보여주는 것이다. 1960년에 쓰여진 〈광장과 삼각〉에서는 직접적으로 남성 주인공이 여성 인물과 맺는 관계가 모자 관계임을 다음과 같이 보여주고 있다.

참말, 참말 정옥의 두 젖 사이에 머리를 묻고 있으면…… 아마 옛날에 나에게 정옥이가 있었더라면 어머니는 없었어도 좋았을 것이다. '어머니'가 나에게 주는 것 전체는 바로 내 머리가 정옥의 젖 사이에 있을 때 내가 가지는 것과 거의 같은 것이니까-. 그러고 보면 정옥이 바로 나의 어머니

였어도 좋았을 것이다. 또 어머니가 바로 정옥이었어도 좋고-. (중략)
더 바라는 것도 없고 불편한 것도 없고 불만스러운 것이 하나도 없는 몸과
마음이 어떤 한가지 것으로 녹아들어가는 같은 경지이지만…… 그것은
어디 먼먼 곳에 무엇인가 아주 귀중한 것을 두고 왔는데 그 영원히 어쩔
수 없는 아쉬움과 섭섭함을 두 사람이 완전히 똑같이 경험하고 있고 또
그것을 의식하는…… 더 무엇을 원할 수도 없고 선택할 수도 없는 그런
절대의 상태.(45-46쪽)

위의 인용문에서 드러나듯이 정옥은 곧 어머니이다. 그리고 정옥과
나의 관계는 "몸과 마음이 어떤 한가지 것으로 녹아들어가는" 것처럼,
어머니와 자신이 어떠한 구별도 없이 완전한 동질성 속에서 존재하던
상태, 즉 상상계 속에서의 어머니와 아이의 관계로 표현하고 있다.
이처럼 최상규 소설 속의 인물들은 어머니와의 상상계적 이자 관계로
퇴행하고 있음을 알 수 있다. 이들은 주체를 존재의 수수께끼로 내던
지는 상징적인 것의 작용이 있기 전의 상태에 머물고 있는 것이다.

3. '아버지의 이름'15)의 부재 혹은 거부

최상규 소설 속의 주인공들은 상상적 이자관계에서 벗어나고 있지

---

15) 아버지의 이름(Name of The Father)은 상징적 아버지라고도 불리우며, 실질적인
   존재가 아니라 하나의 위치 또는 기능을 가리킨다. 이 기능은 오이디푸스 콤플렉스
   에서 법을 정하고 욕망을 통제하는 기능에 다름아니다. 뿐만 아니라 어머니와 아이
   사이에 꼭 필요한 상징적 거리를 만들어 주기 위해 그들 모아(母兒)간의 상상적 이자
   관계에 끼어들게 된다.(D. Evans, 『라깡 정신분석 사전』, 김종주 외 옮김, 인간사랑,
   1998, 226-227쪽)

못하며, 어머니와의 관계 속에서 얻는 주이상스를 금지당하지 않았음을 알 수 있다. 이러한 상상적 관계를 돌파하기 위해 필요로 되는 것이 바로 아버지의 이름이다. 아버지는 어머니와 합일하려는 아이의 시도를 방해하거나 어머니가 아이에게서 어떤 만족을 성취하려는 것을 금지함으로써 아이가 어머니에게서 일정 정도 거리를 유지하도록 만든다. 아버지는 어머니와 아이에게 금지령을 내리고, 둘 사이를 방해하고, 그들을 보호하는 자로 자리잡는다. 그는 어머니와 아이에게 무엇이 허용되고 무엇이 허용되지 않는지를 명확히 제시하면서 집안의 법을 제정하는 것이다.[16]

그런데 이 시기의 최상규 소설은 2장에서도 말한 바와 같이, 가족을 중심으로 이야기가 전개됨에도 불구하고 남녀 관계만으로 이루어져 있다. 아버지가 등장하는 경우에도 부재하는 존재이거나, 혹은 자식들에게 받아들여지기를 거부당하는 존재들로 그려지고 있다.

〈포인트〉에서 아버지는 주인공의 삶 전체를 통해 부재하는데, 주인공은 "어머니도 모르는 외아들 아니냐? 그는 자라온 역사를 까맣게

---

16) 부권적 은유는 두 가지 계기로 구성된다. 부권적 은유의 첫 번째 계기가 아버지의 이름이 금지의 형식을 띠며, 주이상스로 가득 찬 아이와 어머니의 관계를 금지하는 것(주이상스의 금지)이라면, 두 번째 계기는 타자의 결여를 상징화하는 과정, 다시 말해서 이름(여기에서 아버지에 의해 부여된 이름으로서의 아버지의 이름, 혹은 어머니의 욕망에 대한 이름으로서의 아버지 자신)을 부여하는 행위를 통해서 결여를 결여로서 자리매김하는 과정이다. 첫 번째 계기는 타자를 분열시키는 것이고, 따라서 아이가 타자에게 만족을 주는 대상으로서 존재하게 되는 과정이다. 반면에 두 번째 계기는 아이가(주이상스의 근원인 타자와 분리되면서) 욕망하는 주체로서 탄생하는 과정이다. 첫 번째 계기가 라캉이 소외라고 말한 것과 일치한다면, 두 번째 계기는 분리와 일치한다. 그리고 첫 번째가 프로이트가 말한 원억압과 관계된다면, 두 번째는 2차 억압과 결부된다.(B, Fink, 『라캉과 정신의학』, 맹정현 옮김, 민음사, 2002, 309-310쪽)

모른다. 제가 남의 집 밥을 얻어 먹는 것을 의식한 날 부터가 제 역사인 줄"(92) 아는 상태이다. 그는 아버지가 군밤장수를 했다는 것을 알고 있을 뿐이다. 그가 아내와의 외출을 위해 아버지에게서 물려 받은 유일한 유산인 책을 팔아버리는 장면은 그에게 있어 아버지가 차지하는 위상을 잘 보여준다.

〈질서〉에서는 아버지가 "혼자 이층 방에 공상의 성을 쌓고 칩거하고 있"(379)다. 그리하여 아버지는 스스로도 "나는 너희들 아무에게도 필요치 않다."(380)고 생각하며, 죽음의 순간에 "나는 너에게 아무것도 줄 것이 없다"(381)는 유언을 남긴다. 이 작품에는 오이디푸스 콤플렉스의 흔적이 곳곳에서 나타나는데, 서사의 진행과는 무관하게 나오는 식모의 가족에 대한 호칭을 일례로 들 수 있다. 식모 아이는 "나보고 아저씨라고 하고 내 누이동생보고는 학생언니라고 하고 어머니보고는 또 아주머니라고 해. '아주머니'의 아들보고는 '아저씨', 딸보고는 '언니', 그런데 또 아버지 보고는 선생님"(374)이라고 칭한다. 이러한 호칭 속에서 어머니의 남편 자리에는 주인공이 놓여 있고, 아버지는 가족 외부의 자리에 놓이게 된다. 또한 무의식적으로 아버지의 자살을 떠올리는 자신을 보며, 놀라기도 한다. 아버지가 자살 시도로부터 살아났다는 말을 전해 듣고, 처음 하는 생각이 "찔긴 생명이었다"(381)는 것은 그가 아직 아버지에 대한 오이디푸스적 증오에서 벗어나지 못했음을 보여주는 것이다.

상상적 관계를 돌파하는데 실패하는 것은 아버지의 이름이 기능하는데 실패했기 때문일 수도 있지만, 다른 한편으로는 아이가 그 금지를 받아들이기를 거부했기 때문일 수도 있다.[17] 〈창을 열자〉가 그러한 경우에 해당한다. 〈창을 열자〉에서는 형수와 부부의 관계로 살아

가는 주인공이 부모들을 귀찮은 존재로만 여긴다. 부모로부터 온 편지를 보며, 주인공은 다음과 같이 생각할 정도이다.

> 뻔하다. 보면 안다. 도대체 틀렸다. 재간도 없으면서 터무이 없이 아들들을 요리하려 드니 말이다. 또 하나 남았으니 그거나 맘대로 하시라지. 쓸데 없이 들. 괜스리 그렇지만 또 지당하기도 하다. 그럼 뭐야 쳇. 도무지 귀찮은게 집엣 일이다.(76)

이외에도 주인공은 "화냥년이나 다루듯이 그년이라니 원 아버지두."(77)라든가, "쳇! 모르는 말씀 억지 말씀 쓸데 없는 말씀 성인인데 왜 내버려 두지는 못하십니까?"(85)라는 표현에서 알 수 있듯이, 아버지의 편지나 말에 대하여 냉소적이며, 비꼬는 자세로 일관한다. 이러한 문장에 사용되고 있는 '원'이라든가 '쳇'과 같은 감탄사는, 아들이 아버지에게 느끼는 냉소적인 태도를 잘 보여주고 있다.18)

---

17) B. Fink, 앞의 책, 335쪽.
18) 아버지의 이름이 부재하거나 아이가 아버지의 금지를 받아들이기를 거부했을 경우 뿐만 아니라 아버지가 아이와 상상적인 관계를 맺을 때도 삼자인 오이디푸스적 관계가 형성되지 않는다. 라캉에 따르면, 일부 아버지들은 과도한 야심과 무절제한 권위주의를 보이며, 아들과 상징적인 협약의 관계가 아닌 상상적인 경쟁 관계나 적대 관계를 맺는 경우가 있다. 무절제한 아버지는 아이에게 일방적으로 행동한다. 그의 요구는 끝이 없으며 만족할 줄 모른다. 아이의 눈에 아버지는 마치 괴물처럼 보이며, 그들 사이엔 상상적 관계만이 있을 뿐이다.(B. Fink, 앞의 책, 174쪽) 62년 7월에 『신사조』에 발표된 〈야수〉는 상징적인 관계가 아닌 상상적인 관계를 맺는 말 그대로의 야수와 같은 아버지의 모습을 보여주고 있는 작품이다. 이 작품의 야수, 즉 아버지는 술잔과 화툿장, 계집질로 평생을 보낸 사람으로서, 주인공의 어린 시절 집 밖으로 떠돌기만 한다. 그러한 아버지는 어느날, 아버지를 피해 서울로 올라와 어렵게 자리를 잡은 주인공의 집에 찾아온다. 그리고는 주인공이 아버지의 온갖 횡포 속에서 고통스런 삶을 살다 죽은 어머니의 장례식에 간 날, 며느리를 겁탈해 버린다. 이 아버지와 주인공은 싸움을 벌이고, 나중 그는 아버지를 죽이게 된다.

〈광장과 삼각〉(『현대문학』, 1960.9.)은 제목에서부터 아버지 – 어머니 – 아이로 이어지는 오이디푸스적 삼각구도를 연상하게 한다. 아버지 – 정옥(술집 여자) – '나'(유진식)의 삼각 구도로 이루어진 이 작품의 중심에는 부자간의 갈등이 놓여 있다. 이십년 전 어머니가 죽고 난 후, "아버지는 아버지 같지 않기 시작"(45)하여져서 유진식은 '가정'을 잃게 된다. 이후 유진식은 거리에서 시간을 보내게 되고, 급기야는 대학 교수마저 폭행하고 군대에서는 한 차례 탈영하기도 한다. 이러한 유진식이 일등병을 달고 나온 휴가에서 귀대 하루를 앞두고, "내게 아버지 이름을 적어가지고 떠날 결심"(45)으로 아버지를 찾아간다. 그야말로 아버지의 이름이라는 부권적 기능을 보충하려는 시도를 하는 것이다.

그러나 이토록 크나큰 의미를 가지고 어렵게 찾아간 아버지이지만, 아버지는 자기만의 세계에 빠져 아들에게 별다른 관심을 보이지 않는다. 그는 아들을 자신이 결혼하려는 정부의 집에 데려가, 아들을 앞에 두고 정부에게만 열중한다. 이런 아버지를 보며 아들은 "저렇게 아들의 앞임을 의식하면서도 무관한 척하고 자기의 애인과 이야기하고 있는 분은 전혀 나하고는 가깝지 않은 생판 남이다. 남이다."(72)라며 절망한다. 아버지의 이름을 받아들여 온전한 주체로 다시 서고자 했던 유진식의 시도는 실패하고 만 것이다.

유진식은 곧 아버지의 집을 나와 다음날까지 귀대해야 함에도 불구하고, 정옥이 있는 술집으로 찾아간다. 그리고는 명정 상태에 이를 정도로 술을 먹고는, 정옥의 품에서 의식을 잃는다. 이러한 유진식의 모습은 상상계적 이자관계로의 퇴행을 의미하는 것이다.

이 작품이 이전의 작품과 비교해서 문제적인 것은 주인공이 아버지를 찾아 떠난다는 것이다. 1950년대에 창작된 작품은 앞에서 말한 바와 같이 아버지가 부재하거나, 존재하더라도 그들의 존재를 거부하고 있다. 이에 반해 4.19라는 혁명기를 거친 60년 9월에 창작된 이 작품에는 결국에 실패로 끝나기는 하지만 아버지를 찾아 떠나는 것이 서사의 중심에 놓여 있다. 4.19라는 정치적 격변기를 중심에 놓고 아버지를 둘러싼 서사의 기본 내용이 판이하게 달라지는 것은, 최상규 소설의 가족로망스가 정치적 의미 즉 집단적 무의식을 나타내는 것으로 해석할 수 있는 가능성을 보여주는 것이다.[19]

〈광장과 삼각〉에서 아버지를 둘러싼 여러 문제가 단순히 유진식이라는 병리적 개인의 문제가 아니라 당대의 보편적인 문제로 확대될 수 있는 가능성은, 작품의 시작 부분에 등장하는 광장에서의 아이들 이야기[20]에서도 발견할 수 있다. 아이들의 대화는 아버지가 부재함을, 그리고 그러한 아버지가 어머니로부터 전혀 인정받지 못하고 있음을 보여주고 있다. 광장에서 집단을 이룬 아이들이 아버지의 부재를 얘기한다는 것은, 그것이 한 개인의 심리적 문제에만 국한되는 것이 아니라 사회 전체의 문제와 관련됨을 보여주는 것이다.

이승만 대통령 통치하의 1950년대는 가정과 국가를 동일시했으며, 나아가 이승만 대통령을 대가정의 대가부장(大家父長)으로 설정하였

---

19) L. Hunt는 프랑스 혁명기를 전후로 한 연구를 통해, 가족 로망스와 정치적 무의식의 긴밀한 관련성을 밝힌 바 있다.(L. Hunt, 『프랑스 혁명의 가족 로망스』, 조한욱 옮김, 새물결, 1999)

20) "너의 아버지는 어디 갔니?"/"울 아버진 죽었대"/"울엄마가 그러는데, 너의 아버진 어디 먼데 갔다던데?"/"피! 그럼 오게? 아냐. 안온대"/(중략)"울아버진 나쁜 사람인가바. 난 엄마가 난게 아니구 아버지가 낳았나바. 엄마는 으레 그래-아버지 닮아 나쁜 사람 되지 말구 남한테 몹쓸짓 하지 않는 훌륭한 사람이 되라구"(42쪽)

다.21) 이러한 상황하에서 가족 내에서의 이야기이기는 하지만 아버지의 존재를 지워버리거나, 존재하더라도 냉소와 비꼼으로 받아들이지 않는 행위는 나름의 사회적 의미를 가질 수 있었다. 정치적 무의식이라는 측면에서 볼 때, 4.19로 인해 대가부장이 사라진 시기에는 나름대로 새로운 정체(正體)를 상상해보려는 창조적 시도의 일환으로 '아버지 찾기'라는 새로운 이야기가 작품 속으로 들어올 수 있었을 것이다. 〈광장과 삼각〉에서 끝내 이상적인 아버지상을 발견하지 못 하고, 올바른 부자관계를 정립하지 못하고 마는 것은, 어떠한 상징 질서로부터도 자유롭고자 하는 작가의식을 드러내는 것이라 할 수 있다.

4. 정신병적 자아가 보이는 다양한 병리 현상들

어머니와의 상상적 이자 관계에서 아버지의 이름을 통한 상징계로의 진입에 실패한 최상규 소설의 인물들은 일종의 정신병22)적 모습을 보인다. 정신병이란 주체 형성의 과정에 있어 아버지로부터 받는 억압을 거부한 상태이기 때문이다. 아버지의 이름과 관련된 것이 폐제

---

21) 이승만 정권은 체제유지를 위한 이데올로기로 일민주의와 오륜을 강조하였다. 양우정은 이대통령의 일민주의에 의해서 세워지는 진정국가는 "국가는 가정의 확대요 민족은 가정의 연장"(따옴표 필자)이라는 이념에서 성립하였다고 설명했다. 가정은 도의에 의해서 움직이는 공동체이고, 그것의 확대판인 국가와 민족도 따라서 도의의 원리에 의해 지배받아야 한다는 것이다. 이승만은 그러한 도의의 세계 실현을 맡은 대가정의 대가부장으로 설정되었다.(서중석, 「이승만의 퍼스낼러티와 유교문화」, 『이승만의 정치이데올로기』, 역사비평사, 2005, 193-195쪽)

22) 라캉은 인간의 정신 질환을 신경증, 정신병, 도착증 등 세 개의 범주만으로 나눈다. (B. Fink, 앞의 책, 133쪽) 이 글에서 말하는 정신병은 일반적으로 쓰이는 광의의 정신병이 아니라, 라캉이 나눈 세 가지 분류 범주 중의 하나인 협의의 정신병을 의미한다.

(foreclosure)된 것이라 할 수 있는데, 이로써 인간에게 인간의 고유한 차원을 부여하는 상징계의 차원이 상당히 축소되어, 상징계는 실재와 상상계의 분리됨 없이 존재한다.

결과적으로 폐제는 거울단계로의 나르시시즘적인 퇴행과 충동분리로 이끈다. 이때 구강충동과 시각충동이 우세해진다. 또한 폐제는 (소)타자에 대한 과도한 의존과 언어의 상실을 불러온다. 언어상실은 정신착란성 헛소리, 광기, 육체와 관련되는 구체적인 언어의 사용, 환각 또는 파편화된 문장 등의 형태로 나타난다. 이외에도 정신병에서는 상상적 관계의 우위, 주이상스의 침입, 통제되지 않는 충동들, 여성화, 질문 부재, 문화적인 차원과 물리적인 차원을 구분짓는 차이의 상실, 자기와 타인을 구별하는 능력의 상실 등의 양상을 나타낸다.[23]

1950년대 최상규 소설의 인물들에게는 위에서 예로 든 정신병적인 모습들이 다양하게 나타난다. 2장에서 살펴본 소타자에 대한 과도한 의존, 구강충동의 우세, 주이상스의 침입, 통제되지 않는 충동들, 문화적인 차원과 물리적인 차원을 구분 짓는 차이의 상실, 자기와 타인을 구별하는 능력의 상실 등을 들 수 있다.

먼저 구강충동에 대하여 살펴보면, 이 시기의 소설들에는 '깨물거나 빠는 행위'가 빈번하게 나온다는 것을 알 수 있다. 몇 가지만 정리해 보면 다음과 같다.

그는 속이 탄다. 흠뻑 익은 수밀도를 와짝 움켜 쥐어 거기서 터져 나오는 노란 액체를 속 시원하도록 빨아 먹고 싶다. 빨갛게 익은 딸기를 한

---

23) P. Widmer, 앞의 책, 163-178쪽.
   B. Fink, 앞의 책, 144-178쪽 참조.

삼태기 주먹으로 처뭉트려 놓고 거기 대가리를 처박고 와작 와작 깨물어 삼키고 싶다.(〈단면〉, 110.)

챗!런닝 위에 엉뚱하게 겹친 두개의 젖. 거기에서 침이 찌르르 흘러내렸다. 더럽다. 손에 들었다. 또 싫다. 더럽다. 그 탄력이 밉다. 밉다. 밉다. 그는 이를 악물고 앗싹! 그것을 한 쪼각 물어 뜯고 말았다.(〈제일장〉, 105.)

그는 애인을 끌어 안았다. 그리고 다소곳이 머리 숙이고 가슴을 파고 드는 매끈한 몸둥아리를 씹어 삼킬 듯이 물어 뜯는 것이었다.(〈창을 열자〉, 90.)

그는 소영의 가슴에 얼굴을 가져갔다. 그리고 거기 그 보드랍고 풍성한 소영의 일부분을 입에 대고 힘껏 빨았다. 소영은 잠자코 있었다. 그는 더 힘들여 빨았다. 입안이 아려 왔다. 그러기를 이분. 그는 고개를 들었다. 그리고 소영의 가슴을 보았다. 하ㅡ얀 살에 송편만큼이나 하게 새빨간 피가 내 비쳐 있었다. 손으로 부벼보았다. 지워질 리가 없었다. (중략) 충동적으로 한 짓이…… 그는 또 하나의 과오를 저지르고 말았다.(〈비창조자〉, 127.)

그는 정옥의 입술을 빨았다. 매끈하게 무에 빨리우고 있다는 느낌 뿐이었다. 정옥은 버둥거렸다. 그러나 그는 자꾸 빨았다.(〈광장과 삼각〉, 83.)

위의 인용문에 나타난 행위는 〈비창조자〉의 주인공이 스스로 말하고 있듯이 그야말로 "충동적으로 한 짓"이다. 또한 구강충동을 느끼고 실행에 옮기는 인물들 역시 거울단계로의 나르시시즘적인 퇴행을 한 상태라는 것을 알 수 있다. 이들은 논리적인 이유 없이, 또한 작품 내적인 서사 구조상의 필연성 없이 이러한 행위를 지속적으로 행하고 있다. 이것은 인물들의 행위가 병적인 차원에서 이루어지고 있음을 보여주는 것이다.

　다음으로 주이상스의 범람에 대하여 살펴보자. 〈단면〉에서는 주인 공이 아내의 무릎 위에서 오줌을 싸는 장면이 나온다. 그런데 이러한 행위를 음주 후에 일어날 수도 있는 단순한 일탈 행위로 보기에는 그 행위에 대하여 느끼는 주인공의 태도가 문제적이다. 그러한 행동을 할 때 그의 표정은 "이상한 표정. 오만과, 체념과, 익살과, 만족과, 비굴이 뒤 섞인 그 미묘한 표정."(112)으로 묘사되고 있다. 또한 그는 그러한 행위를 하며, "어떤 아득한 옛날에 겪은 것 같은 싫다 할 수 없는 쾌감을"(112) 기억한다. 이것은 그의 행위와 그로부터 느끼는 쾌감이 요의의 해소에서 비롯되는 단순한 차원을 뛰어넘어 보다 근원적인 차원의 성적인 쾌감과 연결되어 있다는 것을 보여준다. 즉 주인공은 성감대를 통해 성적 쾌락을 얻는 것이 아니라, 소변보는 행위 자체에서도 쾌락을 얻고 있는 것이다. 이러한 현상은 충동의 위계가 붕괴하여 주이상스가 되돌아와 신체를 범람한 때문이라 볼 수 있다.[24]

　다음으로 문화적인 차원과 물리적인 차원을 구분짓는 차이의 상실, 자기와 타인을 구별하는 능력의 상실 등의 양상을 확인할 수 있다. 이러한 양상은 〈학대〉와 〈창을 열자〉에서 잘 드러난다. 상징계의 담

---

24) 아버지가 어머니를 향한 외디푸스적인 고착을 억압하는 기능을 수행함에 따라, 주이 상스로 뭉쳐진 아이의 다형적인 성욕에 질서가 나타난다. 생물학적인 메커니즘으로 서의 신체는 라캉이 실재계라고 부르는 것이다. 그런 신체는 사회화를 통해 점차 길들여져 극소수의 영역에 숨어들 뿐인데, 그것이 성감대다. 신체는 이 성감대 속에서만 살아 있으며, 실재적일 수 있다. 여기서 리비도(혹은 주이상스)는 경로화되어 있고 억제되어 있다. 하지만 정신병에선 이런 일이 일어나지 않는다. 충동의 위계는 상상적으로 획득된 것이다. 그 위계가 붕괴되면, 주이상스가 격렬하게 되돌아와 신체를 범람한다.(B. Fink, 앞의 책, 171쪽)

지자인 아버지의 이름이 배척당함으로써 주체는 자기를 대리하는 기표의 차원을 상실한다. 이로써 그는 상징계에 남아 있는 것들을 지배하는 무매개적 차원 – 이것은 실재 또는 상상계라고 불릴 수 있다 – 으로 퇴락한다. 그리하여 문화적인 차원과 물리적인 차원을 구분짓는 차이도 사라진다. 정신병적 주체들이 자신을 자신의 이름을 통해서 나타내지 않고 동물이나 그 밖의 다른 눈에 보이는 것과 동일시하는 이유는 바로 거기에 있다. 동시에 그는 자기를 타인과 구별하는 능력을 잃는다.[25] 이는 그 관계의 주체라고 할 수 있는 나라는 것이 사라져 더 이상 지향성의 확실한 중심이 없기 때문이다. 이와 더불어 자아는 또한 누가 말하는지를 결정하기가 어려울 만큼 종종 타인과 혼동되기도 한다. 정신병에선 에고의 울타리가 사라져버리기 때문이다.[26]

〈학대〉는 "개구리 세명이 죽었다. 수영빤츠를 입은 두마리의 수놈과 한마리의 암 놈. 강엔 맥주병도 간다. 죽은 맥주병은 국물을 잃고 산 맥주병은 개구리 시늉을 하며 멋쩍은 물장난을 한다."(113)는 '나'의 독백으로 시작된다. 위의 문장에서 보이듯이, 나는 인간과 개구리를 구별하지 못하고, 맥주병과 개구리를 구별하지 못 한다. 한마디로 사유체계 전반의 혼란을 겪고 있는 것이다. 화가이기도 한 '나'는 술이 곤주가 되어서는 아내를 죽인다. 그리고서는 자신의 아내를 개구리로 인식한다. 아내의 죽음을 "송장 개구리"의 탄생으로, 아내 시체에서 나는 냄새를 "오장이 뒤집힐듯한 개구리 내장 썩는 냄새"(115)로 파악하

---

25) P. Widmer, 앞의 책, 170쪽.
26) 정상적인 상황에서는 상상계는 상징계에 의해서, 다시 말해 부모의 언어에 의해서 다시 구조화되고 덧쓰여져야(overwritten) 한다. 이러한 현상은 정신병자의 경우 덧쓰기가 일어나지 않았고, 그 결과 자기 의식을 불안정하게 남겨놓은 결과이다. (B. Fink, 앞의 책, 154-159쪽 참조)

는 것이다. 작품의 마지막은 "지금부터 몇분 뒤, 아내와 나는 한강에서 정사를 할 것이다. 그리고 이미 개구리인 아내와 새로 개구리가 된 내가 강가에 눕게 되리라."(123)로 끝난다. 아내와 개구리를 구별하지 못하던 것에서 나아가 이제 자신조차 개구리로 인식하고 있는 것이다.

이 작품에서 또 하나 눈여겨보아야 할 것은 바로 시신애호증 (necrophilia)이 작품의 전면에 펼쳐져 있다는 것이다. 제목인 〈학대〉 란 시체에게 가하는 주인공의 병리적인 행동을 말한다. 화가이기도 한 '나'는 죽은 아내에게 정신의 아름다움을 부어 넣은 후, 그 모습을 화폭에 담고자 한다. 그리하여 "아내의 몸둥이에 향수를 뿌리고 땀 한방울 나지 않는 아내의 온몸에 화장"(120)을 한다. 그것도 모자라 아내의 시체에서 피를 보기 위해 칼을 들이대려고까지 한다. 이는 역시 지각체계의 이상을 보여주는 것으로, 살아 있는 자와 죽은 자를 구분하지 못하기 때문에 벌어지는 일이다. 그리고 이러한 시신애호증 은 전쟁으로 인해 만연한 죽음충동의 결과[27]라고 볼 수 있다.

또한 '나'는 아내의 죽음이나, 아내의 시체에 대한 훼손행위에 대하 여 어떠한 죄의식도 느끼지 못한다. 아내의 시체를 훼손하는 것에 대하여 항의하는 아랫집 사람에게도 "내가 내 아내를 학대하든 말든 웬 참견이야? 건방지게 놀지 말아라, 이 병신 같은 소리쟁이야!"(121)

---

27) 전쟁을 겪으면서 작가들은 충분히 죽음과 친숙해진다. 그럴수록, 삶의 본능 저편에 서 억압되어 있던 죽음 충동이 고개를 든다. 그런 이유로 도처에 존재하는 죽음과 주검이 전후 소설 속에 죽음 충동을 각인시켰으리라는 가정은 타당성이 있다. 그리고 그 각인의 일차적 형태가 바로 시신애호증이다.(김형중, 『소설과 정신분석』, 푸른 사상, 2003, 111쪽) 이러한 죽음충동 역시 아버지의 부권적 기능의 실패에서 비롯되는 것이다. 마르쿠제는 "어머니로부터 아이를 떼어내면서 아버지는 또한 죽음의 본 능과 열반충동도 억제하는 것"(H. Mercuse, 『에로스와 문명』, 나남, 1988, 124쪽)이 라고 말했다.

라며 도리어 큰 소리를 칠 정도이다. 이것은 행위를 직접 표출하는 성향이 있고, 살인이나 강간 같은 범죄를 저지르더라도 죄의식을 느끼지 못하는 정신병자의 일반적인 특징에 부합되는 것이다.[28] 또한 조금만 자극을 주어도 충분히 처벌받을 만한 행동을 저지르는 정신병자와 마찬가지로, '나'는 술자리에서 자신의 아내를 비하하는 친구의 말에 곤주가 되도록 술을 먹고는, 살인까지 저지른 것이다.

〈학대〉가 상징계에 제대로 진입하지 못하여, 물리적인 차원과 문화적인 차원의 구별에 문제가 생긴 모습을 보여주었다면, 〈창을 열자〉는 타인과 자기를 구별하는 능력을 잃은 모습을 보여준다. 이 작품에서 동생은 형이 납북되어 없는 형수의 집에서, 부부 아닌 부부의 관계로서 형수와 살아간다. 그런데 이 작품에서 문제적인 것은 동생이 동생이라는 개체로 형수와 관계를 맺는 것이 아니라, 형이 됨으로서 관계를 맺는다는 것이다. 이것은 형수가 동생을 좋아하게 된 계기가 형과 얼굴이 닮았다는 점과 처음 만났을 때 넥타이를 늦추면서 촌사람이라고 말한 그 솔직한 티 때문이었다는 것에서 잘 나타난다. 두 가지 계기 모두 형으로의 전이를 위해 유리한 조건이라고 할 수 있다. 다음은 주인공이 겪는 정체성의 혼란을 잘 보여준다.

> "괜찮아 재미 있을 거야. 우리 의식으로 그 놈의 경계를 한번 툭 튀겨 보는거야. 통쾌한 거사지"
> "……"
> 그래서 처음 일이 있었다. 그래서 그는 그날부터 진짜 가짜 '가짜'가 된 것이다.

---

28) 정신병자는 수치심은 느낄지언정 죄의식은 없는데, 죄의식은 억압을 전제로 하는 것이기 때문이다.(B. Fink, 앞의 책, 172-173쪽)

형수와 처음 성관계를 가질 때의 상황을 나타내고 있는 위 인용문에서, 주인공은 개체로서의 경계를 툭 튀겨 버리고, 형으로 다시 태어났음을 선언하고 있다. 그리하여 그는 "진짜 가짜 '가짜'"가 된 것이다. 이 소설 속에는 "쥐뿔만도 못한 그'가짜'노릇"(83), "'가짜'가 웬 망발이냐 왜 '가짜'냐?'진짜'가 아니니까 '가짜'다. 지구는 내가'진짜' 되는 것을 용서치 않는다. 흔한 놈의 '가짜' 귀한 '가짜'"(86), "나는 가짜 당신은 가짜의 가짜 응?"(90)과 같이 '가짜'라는 말이 빈번하게 등장한다. 타인인 형과 계속해서 혼동을 일으키고 있는 주인공의 모습은, 주인공이 형수와의 관계에서 그 관계의 주체라고 할 수 있는 확실한 중심이 없음을 보여주는 것이다. 이와 같이 〈학대〉와 〈창을 열자〉는 인간과 동물, 자아와 타자를 분리하는 제한들에 대한 위반을 감행하여, 혼돈과 미분화 상태를 추구하고 있다.

이처럼 최상규의 1950년대 소설들은 문화적 연속성을 위해서는 억압되어야 하는 충동을 표현하고 있다. 사회 질서가 의존하고 있는 구조와 의미작용을 해체함으로써 사회적 안전성을 위협하고 있는 것이다. 이러한 정신병적 상태는 어떠한 사회적 질서나 법칙에도 종속되고 싶어 하지 않는 작가의 소망에서 비롯되는 것으로 보인다. 이것은 소설 속 인물들이 이데올로기나 사회구조의 외부에 존재할 수 있다는 것을 의미하는 것이 아니라[29], 기존 상징계의 질서를 해체하거

---

29) 이 글에서는 자세히 다루지 못 했지만, 최상규의 50년대 소설에는 전후의 상황이 적지 않게 녹아들어 있다. 기본적인 것으로, 주요 인물이 군인이거나(〈비창조자〉, 〈광장과 삼각〉), 군에서 전사했거나(〈뚫어진 하늘 아래서〉), 군인이 될 입장이거나 (〈포인트〉), 군에서 막 제대한 상태(〈사각〉)인 경우가 많다. 군인, 즉 戰士로서의 존재 방식은 50년대 청년들에게 있어서는 가장 중심에 놓여 있는 존재방식이었다. 신생국가라는 특성과 한국전쟁의 결과로, 1950년대 청년들은 그 어떠한 존재방식

나 약화시킴으로써 사회와 문화를 변형시킬 수 있는 가능성을 상상한
다는 것을 의미한다.

5. 결론

이 글은 최상규의 50년대 소설 속에 나타나는 고유한 심리적 메커니
즘과 주체 구성 양식을 살펴보고자 했다. 대부분의 작품들은 남녀관계
를 중심으로 서사가 진행된다. 그런데 이러한 남녀관계는 정신분석학
적인 견지에서 볼 때, 어머니와 아이가 어떠한 구별도 없이 완전한
동질성 속에서 존재하던 상상계 속에서의 모자관계이다. 상상계적
이자 관계로 퇴행한 주인공들은 어머니와의 관계 속에서 얻는 쾌락을
금지당하지 않고 있다. 이러한 상상적 관계를 돌파하기 위해 필요로
되는 것이 바로 '아버지의 이름'이다. 그런데 이 시기의 소설은 가족을
중심으로 이야기가 전개됨에도 불구하고 남녀 관계만으로 이루어져
있다. 아버지가 등장하는 경우에도 부재하는 존재이거나, 혹은 자식들
에게 받아들여지기를 거부당하고 있다. 이로 인해 어머니와의 상상적
이자 관계에서 아버지의 이름을 통한 상징계로의 진입에 실패한 최상
규 소설의 인물들은 정신병적 모습을 보인다. 소타자에 대한 과도한
의존, 구강충동의 우세, 주이상스의 침입, 통제되지 않는 충동들, 문화
적인 차원과 물리적인 차원을 구분 짓는 차이의 상실, 자기와 타인을

이전에 전사(戰士)로서 호명되었다. 안보주체로서 전사가 되는 것은 1950년대 청년
들의 삶을 좌우한 정언명령이었다.(최형익, 「한국의 사회구조와 청년 주체의 위기」,
『문화과학』37호, 2004년 봄, 72쪽)

구별하는 능력의 상실 등이 구체적인 정신병적 모습에 해당된다.

이처럼 최상규의 1950년대 소설들은 문화적 연속성을 위해서는 억압되어야 하는 충동들을 표현하고 있다. 사회 질서가 의존하고 있는 구조와 의미작용을 해체함으로써 사회적 안전성을 전복하고 침식시키는 기능을 하고 있는 것이다. 특히 그러한 공격은 오이디푸스적 아버지에게 집중되고는 하는데, 그것은 1950년대의 정치적 상황과 관련된 것으로 보인다. 상징적 질서에 대한 부정은 최상규 소설의 인물들을 정신병적 상태로 이끄는데, 그것은 작가가 지닌 절대적인 자유에 대한 강렬한 소망을 표현하는 것이다.

04

근대화와 모방 메커니즘의 변증법

1. 서론

1970년대 소설은 유신으로 대표되는 당대의 억압적인 정치상황과 급속한 경제 발전이 가져온 부작용에 대한 문학적 대응으로서 이해되어 왔다. 이런 맥락에서 1970년대 문학을 "사회현실의 변화와 민중주의의 대두·성장"[1] 혹은 "저항의 서사"[2]라고 표현해 왔던 것이다. 이러한 70년대 소설의 성격을 이루는 세부 항목으로는 농촌공동체의 해체와 근대화 비판을 담은 농민소설, 부랑 노동자와 공장 노동자 그리고 그들의 맹아적 계급의식을 다룬 노동소설, 반제국주의 의식을 형상한 소설들이 언급되었다. 1970년대에 크게 활성화 된 대중 소설이나 모더니즘 소설을 언급하는 경우에도, 그러한 논의는 1970년대에 들어 본격화 된 산업화와 대중사회로의 진입 등을 중심으로 이루어져 왔다.[3] 실로 1970년대는 사회적 상상력에 의한 문학의 활성화

---

1) 김윤식·정호웅, 『한국소설사』, 예하, 1993, 383쪽.
2) 하정일, 「저항의 서사와 대안적 근대의 모색」, 『1970년대 문학연구』, 민족문학사연구소 현대문학분과, 소명, 2000, 15쪽.
3) 문학사와비평연구회, 『1970년대 문학연구』, 예하, 1994.

가 그 어느 때보다 뚜렷했던 시기로 자리매김 돼 온 것이다.

이러한 1970년대 소설에 대한 연구는 나름의 성과를 내고 있음에도 불구하고, 몇 가지 문제점을 드러내고 있다. 첫째는 연구 대상이 한정되어 있다는 것이다. 그동안 이루어져 온 1970년대 연구의 절대 다수는 황석영, 이문구, 조세희, 최인호 등의 몇몇 작가에 집중되어 왔다. 이것은 이들 작가들이 지닌 문학사적 의미를 증명하는 것이겠지만, 말 그대로의 '1970년대 소설'의 연구라는 측면에서 본다면, 너무나도 협소한 대상설정이라고 하지 않을 수 없다. 이제는 그 대상의 폭을 좀 더 넓힐 필요가 있다. 다음으로 들 수 있는 문제점은 방법론에 있어 당대 사회와의 연관성에 집착하는 문학사회학적 방법에서 벗어나지 못한다는 점이다. 따라서 개개 작품과 작가들이 지닌 다양한 의미를 파악하기 위해서는 다양한 방법론의 적용이 요청된다.

이상의 문제의식을 가지고 1970년대 소설을 바라보았을 때, 관심의 대상으로 부각되는 작가가 바로 유재용이다. 유재용은 1936년 강원도 김화에서 태어나 1968년 〈손 이야기〉로 문공부 신인예술상을 받고 1969년 1월 〈상지대〉로 『현대문학』에 추천 완료되면서 등단하였다. 지속적인 활동을 하여 7권의 소설집과 6편의 장편소설을 출판하였으며, 〈두고 온 사람〉과 〈호도나무골 전설〉로 1979년 현대문학상을, 〈관계〉로 1980년 이상문학상을, 〈어제 울린 총소리〉로 1987년 동인문학상을 수상하였다. 이처럼 활발한 활동에도 불구하고 그동안의 문학사에서는 거의 다루어지지 않았다. 일반인은 물론이고 연구자들 사이에서도 그 이름이 낯선 형편인데, 유재용을 다룬 학위논문은

민족문학사연구소 현대문학분과, 『1970년대 문학연구』, 소명, 2000.

두 편이 나와 있을 뿐이다.[4]

  유재용 소설에 대한 논의는 크게 네 부류로 나누어 볼 수 있다. 첫 번째는 분단문학이라는 시각에서 바라보는 논의들이다. "강원도 이북이 고향인 작가 자신의 체험을 소재 내지 배경으로 한 자전적인 요소가 강"[5]하다거나 "6.25의 상처를 가족 구성원들의 이력과 유전을 통해 조명, 포착"[6]했다거나 "삼팔 이남 쪽에 살면서 이북에 과거를 두고 온 수많은 우리들 동족의 가슴 속에 건널 수 없어 애태우는 강물"[7]을 보여준다든가 "월남인의 시각에서 분단문제에 접근하는 작업을 집요하게"[8] 해왔다거나 "6.25를 거치면서 가족과 사회가 어떻게 훼손되고 그 훼손을 통해 개인들의 삶이 어떻게 왜곡되어 갔는가"[9]를 보여준다는 평가 등이 여기에 해당한다. 이러한 평가는 〈누님의 초상〉(『문예중앙』, 1978.12.)을 기점으로 1980년대에 집중적으로 쓰여진 작품들을 대상으로 한다.

  두번째는 유재용 소설의 서사적 특징을 살핀 글이 있다. 김윤식은 「스토리의 세계와 플롯의 세계」라는 논문에서 유재용은 플롯이 아니라 스토리의 작가라고 평한다. 유재용의 소설세계는 세월의 흐름을

4) 곽경헌, 「유재용의 〈성역〉론」, 동국대 석사논문, 1997.
   장선희, 「유재용 초기 소설의 인물 연구:『꼬리 달린 사람』의 인물제시 방법을 중심으로」, 동국대 석사논문, 2004.
5) 김주연, 「땅을 버리고 서서-유재용의 가계소설」, 『누님의 초상』, 문학과지성사, 1981, 325쪽.
6) 김병익, 「가족사 혹은 사회사」, 『제3세대 한국문학』 14권, 삼성출판사, 1983, 421쪽.
7) 정현기, 「존재근거에 대한 애상적 명상」, 『유재용』, 문학사상사, 1993, 342쪽.
   ____, 「삼팔선의 비극적 의미」, 『화신제』, 한겨레, 1990, 368-382쪽.
8) 이동하, 「여섯장의 스케치」, 『우리 소설과 구도 정신』, 문예출판사, 1994, 217쪽.
9) 우한용, 「성스러움의 상실과 회복」, 『한국현대문학사』, 현대문학사, 1989, 310쪽.

따른 인생유전을 보여줄 뿐이어서, 결말이 없으며 이야기는 언제나 시작될 수 있고 아무 데서나 끝날 수 있다는 것이다.[10] 세번째는 〈사로잡힌 영혼〉(문학사상사, 2007)과 같이 직접적으로 종교성을 드러내는 작품들에 대하여 살핀 논의들이 있다.[11] 기독교적 성격을 드러낸 이러한 작품들은 최근에 집중적으로 창작되었다.

지금까지 유재용 문학에 대한 대부분의 논의는 실향민의 분단체험을 그린 1980년대에 창작된 작품들을 중심으로 이해되어 왔다. 대표적으로 권보드래의 논의를 들 수 있다. 그녀는 유재용의 소설이 "월남 실향민의 삶을 소재로 한 작품들과, 기타의 작품들로"[12] 나눌 수 있을 정도라며, 전자의 작품들을 제외한 다른 작품들을 '기타'라는 말로 묶어 버린다. 이것은 유재용의 작품 세계에 있어 월남 실향민의 삶을 다룬 작품들이 차지하는 자리가 그만큼 본질적인 것임을 드러내는 것이다.

본고가 관심을 갖는 것은 분단소설로 볼 수 없는 "기타의 작품들" 중에서도 인간 욕망의 근원적 특수성을 드러낸 작품들이다. 유재용의 1970년대 작품들이 주로 여기에 해당하는데, 이것이야말로 유재용의 1970년대 소설이 폭넓은 조명을 받지 못한 이유이기도 하다. 사회학적 상상력이 문단의 주류를 이루던 당시에, 유재용은 심오한 인간의 안쪽을 투시하고 있었다. 〈관계〉가 잘 보여주듯이 그는 안정된 서사적 문법 위에서 우리가 애써 감추고자 하는 인간 욕망의 심연을 드러

---

10) 김윤식, 「스토리의 세계와 플롯의 세계」, 『현대문학』, 1980.8, 284-298쪽.
11) 김종회, 「유재용 소설의 종교적 성찰과 그 의미 고찰」, 『조영식 박사 희수기념 논문집』, 1997.
12) 권보드래, 「역사와 이야기의 거리」, 『도둑일기/관계 외』, 동아출판사, 537쪽.

내었다. 그의 작품을 읽은 후에 독자는 모종의 불편함을 느끼게 된다. 이러한 불편은 그의 작품이 우리가 의식하지 않으려고 하는 욕망의 가장 깊은 곳을 건드려 주기 때문이다.

이와 관련해서는 그 동안 세 편의 논의가 있었다.[13] 오생근은 유재용이 "사회학적 상상력보다 심리분석적 접근으로 기울"[14]어 있다고 보며, 같은 맥락에서 "개인과 사회와의 상호관련성을 역동적으로 천착하기보다, 개인의 능력과 성격에 더 큰 관심을 기울인다"[15]고 주장한다. 곽경헌은 라깡의 이론을 가져와서 〈성역〉을 분석하고 있다. 이호규는 〈타인의 생애〉, 〈하인〉, 〈관계〉와 같이 주종관계를 그린 작품들을 고찰하면서, 이들 작품의 주인이 "타인을 통한 자신의 욕망의 충족"을 꿈꾸며, 이러한 욕망은 "자본주의적 소유욕과 맞물려 급격히 범람하는 시대에 살아가는 현대인들의 치명적인 성향"[16]이라고 말한다. 또한 돈을 매개로 한 주인과 하인의 관계는 자본주의적 인간관계의 극단화된 표상으로서 이해된다. 특히 이호규의 논의는 유재용의 가장 개성적인 지점을 예리하게 짚어내었다는 의미가 있지만 몇가지 문제점을 드러낸다. 첫 번째는 위에서 논의한 세 작품이 주인이 아닌 하인의 입장에서 서사가 전개된다는 점, 즉 하인의 욕망이 중심에 놓인다는 점을 놓치고 있다는 사실이다. 다음으로는 이들이 단순히

---

13) 오생근, 「성격과 우연」, 『우리시대 우리작가14 유재용』, 동아출판사, 1988.
  곽경헌, 「유재용의 〈성역〉론:욕망구조를 중심으로」, 동국대 석사논문, 1997.
  이호규, 「욕망의 주체와 실천의 주체, 그 이중적 관계」, 『한국문학논총 49집』, 2008.8.
14) 오생근, 앞의 글, 396쪽.
15) 위의 글, 399쪽.
16) 이호규, 앞의 글, 119쪽.

돈 때문에 하인의 위치에 놓이는 것이 아니라는 점이다. 이들은 그러한 자본의 매개가 사라진 이후에도 주인의 욕망을 모방하는 하인의 지위에 머물고자 한다. 마지막으로 이 세 작품만으로는 유재용 소설에 나타난 욕망의 성격이 온전하게 드러나지 않는다는 점이다.

이상의 논의를 바탕으로 이 글은 유재용 초기 소설의 인물들이 근원적인 차원에서 보여주는 인간욕망의 메커니즘에 주목하고자 한다. 초기 소설들 중에서도 〈상지대〉(『현대문학』, 1969.1.), 〈동거기〉(『현대문학』, 1969.7.), 〈달의 신화〉(『신동아』, 1970.11.), 〈유랑〉(『문학과지성』, 1972.12.), 〈타인의 생애〉(『문학사상』, 1973.9.), 〈가발〉(『현대문학』, 1976.3.), 〈파수꾼〉(『현대문학』, 1977.6.), 〈하인〉(『현대문학』, 1977.11.), 〈어떤 생애〉(『현대문학』, 1978.8.), 〈생존방식〉(『월간문학』, 1979.1.), 〈관계〉(『한국문학』, 1980.8.) 등을 집중적으로 살펴볼 것이다. 이들 작품에는 그 이전이나 동시대의 작가들에게서 볼 수 없는 고유한 심리적 메커니즘과 주체 구성 양식이 드러나고 있다. 본고는 지라르의 욕망 이론을 바탕으로 하여 초기 유재용 소설에 나타난 인물의 고유한 모습과 그 형성과정을 살펴보고자 한다. 유재용이 이 시기 작품들에서 말하고 있는 것은 주체, 대상, 매개자(욕망의 모델)의 세 요소가 이루는 욕망의 삼각형 모델, 즉 모방욕망으로 설명해 볼 수 있다.[17) 나아가 유재용의 초기 작품은 모방적

---

17) 르네 지라르에 의하면 욕망의 주인은 내가 아니다. 어떤 대상을 욕망한다고 할 때 그것은 나의 내부에서 생겨난 감정이 아니라, 나의 외부에서 그 누군가로부터 빌려온 감정에 불과하다. 매개자의 욕망을 모방하여 어떠한 대상을 욕망하게 된다는 것이다. 지라르는 욕망의 자율성이라는 환상, 자율적인 주체성과 자연 발생적인 욕망이라는 환상을 '낭만적 거짓'이라고 명명한다. 위대한 작가들만이 그 환상을 폭로하고, 욕망의 진실을 드러낸다고 보았으며 그것을 '소설적 진실'이라고 불렀다.(R.Girard, 『낭만적 거짓과 소설적 진실』, 김치수·송의경 옮김, 한길사, 2001)

욕망에서 시작하여 모방적 경쟁을 거쳐 모방위기 또는 희생위기로
격화되었다가 마침내 희생양 만들기로 끝나는 과정, 즉 모방 메커니즘
을 보여주고 있다.

2. 모방적 욕망의 세 가지 발현양상

1) 모방적 욕망의 초기 단계

〈어떤 생애〉와 〈가발〉은 모방 메커니즘의 시작점이라고 할 수 있
는 모방적 욕망을 문제삼고 있다. 〈어떤 생애〉는 모방적 욕망으로
인해 자신의 모든 것을 잃어버리는 한 남자의 이야기이다. 키가 일
미터에 지나지 않는 그는 스무살 무렵 곡마다에서 270센티에 달하는
거인을 본 후에 완전히 다른 사람이 된다. 거인을 향한 흠모의 정이
그의 마음을 빈틈없이 가득 채우게 된 것이다. 그는 곡마단 구경을
하면서도, 거인이 물구나무 서는 자신을 보아주기를 "두려워하면서
도 고대"[18]한다. 이후 그의 삶은 거인에 대한 욕망으로 인해, 파멸의
길을 걷는다. 그는 거인이라는 허상에 취해 모든 재산을 잃고 나중에
는 거리의 부랑자가 되고 만다. 이 남자는 '거인'이라는 모델에 완전히
도취되어 있다. 그 표상을 얻을 수 있다면, 자신의 것으로 할 수 있다
면, 모든 것을 이룰 수 있다고 생각하는 것이다. 실제로 거인이 어떠
한 내용과 가치를 지니고 있느냐는 문제가 되지 않는다. 중요한 것은
그(욕망의 주체)가 그 거인(모델)의 의미를 변형시키고 과도한 가치를

---

18) 『현대문학』, 1978.8, 72쪽.

부여했다는 사실이다. 이 남자는 생존에 꼭 필요한 것을 원하는 욕구(need)가 아닌 형이상학적 가치에 대한 욕망(desire)에 자신의 온 몸을 던지고 있다. 그 욕망의 성격은 이후에 살펴볼 작품들에서 보다 선명하게 드러난다.

〈가발〉은 본격적으로 모방적 욕망을 문제 삼은 작품이다. 식품점을 운영하는 이광진은 자신의 귀에만 들린 총소리 이후, 가발과 가수를 쓴 채 새벽산책을 시작한다. 이 가발과 가수는 대학시절의 친구인 김주호가 감옥에 반입해주기를 원했던 물건이다. 그 총소리는 김주호가 감옥에서 탈옥을 시도하다가 죽을 때 발생한 소리이다. 이 사실을 알고 이광진은 그 총소리에 대하여 "주호야, 이제 내 마음속에서 살거라. 내 마음속에서 네 못다한 삶을 이어가거라."[19]라고 의미부여를 한다. 이것은 이광진의 삶이 김주호의 삶과 깊은 연관을 맺게 되었음을 알려주는 암시이다. 이광진은 가발과 가수를 보고, 김주호의 진짜 머리털과 수염을 대하고 있는 듯한 착각에 빠진다. 변장을 하고 거리를 쏘다니고 싶은 충동은 매우 강렬하다.

김주호와 이광진은 대학시절 함께 연극을 하던 사람들이다. 그들이 존경하던 선배, 손달우는 인간의 내부 깊숙이에 다른 자가 되어보고 싶다는 근원적인 원망이 도사리고 있다고 말한다. 손달우는 말에 그치는 것이 아니어서, 연극무대에서는 물론이고 실제 생활에서도 다른 존재가 되어보려고 한다. 〈도둑일기〉라는 연극연습을 할 때는 실제로 도둑질을 하고, 〈영원한 외국인〉이라는 연극을 앞두고는 브라질로 이민을 가버린 것이다.

---

19) 『현대문학』, 1976.3, 85쪽.

그렇게 손달우가 사라지고 난 후, 김주호는 달우를 그대로 흉내
낸다. 김주호는 바람둥이, 철면피, 기회주의자가 되기도 한다. 달우
형이 "외모는 같으면서두 별안간 다른 인간으루 변해버"린 것이라면,
김주호는 "우선 외모부터 변형시켜놓구, 그에 따라 사고와 생활을 변
형시"[20]킨 것이다. 그러나 김주호의 시도는 끝내 모두 실패하고 만
다. 김주호의 변장벽은 군대생활과 직장생활 중에 휴지기를 겪다가,
실직을 하고는 다시 되살아난다. 아내의 퇴근길에 털보사나이가 음탕
한 눈으로 바라보고는 했는데, 김주호는 그 털보사나이로 변장해 아
내를 강간하기에 이른다. 그러나 김주호는 아내가 털보사나이에게
계속해서 겁탈을 당하면서도 자신에게 알리지 않는 것에 분노를 느껴
폭행을 하기에 이른다. 내가 아닌 다른 사람으루 변형되는 것에 끝내
실패한 것이다. 마지막에는 사기꾼노릇을 하다가 감옥에까지 가게
된다.

결국 이 작품에서 김주호는 손달우의 욕망을 모방하고, 이광진은
김주호의 욕망을 모방한 것이라 할 수 있다. 앞에서 살펴보았듯이,
이 때 손달우의 욕망 역시 철저하게 모방적이다. 물론 이광진은 타인
으로 변신한다는 것의 한계, 즉 "끝없이 타인으로 변신해간다는 것은
이룰 수 없는 욕망이었고, 예술 속에서만 그것도 상징적으로만 성취
할 수 있는 일"[21]이라는 것을 뚜렷하게 인식하고 있다. 그럼에도 이광
진은 새벽산책을 그만두지 못한다.

---

20) 『현대문학』, 1976.3, 95쪽.
21) 『현대문학』, 1976.3, 102쪽.

2) 짝패의 출현과 차이 소멸

이처럼 뚜렷하게 모방적 욕망을 보여주고 있는 유재용의 초기 소설은, 한 단계 나아가 격렬한 모방적 경쟁과 그에 따른 모방위기 또는 희생위기를 보여주는 작품들로 이어진다. 〈상지대〉와 〈유랑〉이 그것이다. 〈商地帶〉에서 잡화상인 '나'는 맞은편 가게터에 계속해서 생기는 잡화상에 많은 관심을 기울이고 있다. 그런데 그 가게터에 생기는 잡화상은 개업하는 족족 실패하고, 계속해서 주인이 바뀐다. 그런데 새로 들어온 '녀석'은 이전의 주인과는 달리 빈틈없는 장사꾼이다. "어수룩한 뜨내기가 걸려들었기에 바가지를 푹 씌웠어요."라는 녀석의 말처럼, "내부적 갈등 따위의 사치"22)는 애초부터 존재하지 않는다. 그런데 그는 이러한 녀석에 대하여 철저하게 경멸하면서 동시에 강한 질투를 느낀다. 녀석이 거리낌 없이 행하는 불의와 부정을 철저하게 혐오하고 경멸하면서 동시에 바로 그 부정과 불의를 향해 강렬한 유혹과 질투를 느끼는 것이다. 작품은 녀석이 바라보고 서 있는 앞에서, 그가 녀석과 같은 부정한 상행위에 동참하는 것으로 끝난다.

〈상지대〉의 그는 본래 유능한 상인으로서 자신의 방식으로 가게를 운영해나가고 있었다. 그러나 녀석의 등장으로 말미암아 심한 동요를 보이고, 결국에는 작품의 마지막에 나타나듯이 녀석을 모방한다. 그는 모방 욕망에 자신을 맡기는 것이다. 이러한 모방 욕망에서 욕망의 주체와 매개자가 같은 세계에 속하는 내적 매개의 경우 많은 문제가 발생한다.23) 녀석은 나와 늘 얼굴을 맞대고 있다는 면에서 내적 매개

---

22) 『현대문학』, 1969.1, 160쪽.

23) 욕망이 모방적이라면, 즉 모방에 의해 생겨나면 주체는 그의 모델이 소유하거나 욕망하는 것을 욕망한다. 주체는 그의 모델과 같은 세계에 있을 수도 있고 다른 세계에

자라고 할 수 있다. 그러하기에 그는 유혹과 질투를 동시에 느끼는 것이다. 그는 녀석을 뛰어넘고자 녀석(모델)의 우월성을 인정하면서도 녀석을 증오하고, 자신에 대한 경멸감과 우월감 사이를 오가게 된다.

이상에서 살펴본 그와 녀석 사이의 욕망 관계가 지속되었을 때, 그것은 파멸을 부를 수밖에 없다. 주체와 중개자 사이에 경쟁관계가 있다는 점을 고려할 때, 이들의 관계는 내면적 간접화(m diation interne)의 관계라 부를 수 있다.24) 이러한 내적 매개에 의한 모방 욕망은 그 본성상 강한 전염성을 지닌다. 그가 녀석을 모방하는 행위는 곧 녀석이 그를 모방하는 행위로 이어진다. 이러한 연쇄가 계속되면, 주체와 모델 사이에는 차이가 소멸된다. 마주한 이웃은 서로의 욕망을 모방하면서 서로가 서로에게 매개자, 즉 모델이 되기 때문이다. 이렇게 될 경우, 욕망의 대상은 더 이상의 문제가 되지 않는다. 초점은 욕망의 대상이 아닌 욕망의 모델 즉 경쟁자로서, 경쟁과 승리만이 문제가 될 뿐이다. 경쟁 상태가 지속되고 확대될수록 경쟁자들 사이의 거울효과는 커진다. 이로 인해 경쟁자들 사이의 차이가 사라지고,

---

있을 수도 있다. 후자의 경우, 다른 세계에 있을 경우의 주체는 당연히 그의 모델이 소유하거나 욕망하는 대상을 욕망할 수가 없고, 이때 모델과는 외적 중개라고 이름붙인 관계만 맺게 된다. 외적 중개는 갈등을 불러일으키지 않는다. 그와 반대로 우리가 우리의 모델과 같은 환경에 살고 있다면, 모델이 우리의 이웃이라면 그가 소유하거나 욕망하는 대상을 우리도 소유하고 욕망할 수 있게 된다. 이러한 모방적 관계를 내적 중계라고 하는데, 이 내적 중계는 끝없이 격렬해진다.(R.Girard, 『문화의 기원』, 김진식 옮김, 기파랑, 2006, 66-67쪽)

24) 〈돈키호테〉나 〈보바리 부인〉에서처럼 주체와 중개자 사이에 경쟁관계가 없는 것을 외면적 간접화(m diation exerne)라고 한다.(R.Girard, 『낭만적 거짓과 소설적 진실』, 김치수·송의경 옮김, 한길사, 2001, 28쪽)

오직 동질성만이 그들 사이를 지배할 때 이들은 완벽한 짝패(double) 가 된다.25)

〈유랑〉은 짝패에게 모든 것을 의존하게 되어, 결국에는 자기를 잃어버리게 되는 극단적인 상황을 그리고 있다. 이 작품의 주인공 이광진과 김주호는 고등학교 대학의 동기동창으로 절친한 사이이다. 현재 하는 일도 비슷해 이광진이 은성기업의 관리부장으로, 김주호는 삼칠산업의 총무부장으로 근무한다. 그들 두 사람은 가깝게 지내는 친구들 가운데서도 한짝처럼 친한 사이이다. 이광진과 김주호가 서로의 매개자로 작용하고 있음은 서로 마누라를 바꾸자는 말이 두 번이나 반복되는 것에서도 확인할 수 있다.

문제는 김주호가 뇌출혈로 쓰러지면서 발생한다. 김주호는 사글세 방밖에 남지 않은 빈털터리가 되고, 불과 이년만에 폐인이 되어 가출한다. 이때부터 이광진은 자신을 방어하는 데 지나치게 집착한다. 그럴수록 이광진씨는 허무와 회의와 불안 속으로 깊숙이 빠져들어 간다. 이 무렵 이광진은 거지가 된 김주호를 길에서 우연히 만나고, 김주호를 향해 맹렬한 적개심을 퍼붓는다. 그날 밤 꿈에서 이광진은 김주호를 살해하는 꿈을 꿀 정도이다. 김주호의 가출 이후 이광진이 보이는 이러한 과도한 자기 보호의 태도와 우연히 만난 김주호에 대한 적개심의 표출은, 자신의 모델이자 경쟁자인 김주호를 모방하게 될지 모른다는 자기 욕망에 대한 두려움의 표현이다. 이것은 의사의 "근본적으로는 자기 자신에 대한 신념의 결여에 원인이 있다고 봅니다. 그들은 자기가 자기를 믿지 못하고 있습니다."26)라는 말에서 알

---

25) R.Girard, 『폭력과 성스러움』, 김진석·박무호 옮김, 민음사, 2000, 215-252쪽.
26) 『문학과지성』, 1972.12, 832쪽.

수 있듯이, 타인에 대한 과도한 의존이 불러온 문제임이 은연중에 드러나고 있다.

그후 김주호는 모든 걸인들을 볼 때마다 혐오감이 맹렬하게 치밀어 오르는 것을 느낀다. 이러한 혐오감이 김주호와 같은 거지가 될 것에 대한 두려움, 즉 김주호의 가출을 모방할지도 모른다는 두려움과 관련된 것임은, 이후 이광진에게 나타나는 여러 현상들을 통해 알 수 있다. 이광진은 거지가 되어 있는 꿈을 꾸기도 하고, 거지가 되어 있는 자기 모습을 보는 환상에 시달린다. 그런데 거지가 될 지도 모른다는 이광진의 두려움은, 다음의 인용문에서처럼 실상 김주호가 될지도 모른다는 두려움에 다름아니다.

> 꿈속에서, 또는 환상으로서 수없이 나타나 보이던 모습, 거지가 된 이광진씨의 모습이란 다름 아닌 김 주호씨의 모습 아닌가. 그러고보면 이광진씨가 꿈속에서 또는 환상으로서 본 것은 이 광진씨로 분장한 김 주호씨의 모습인지도 몰랐다.[27]

김주호를 찾기 위해 거리를 떠돌며 느끼는 목마름과 배고픔을 "영원히 헤어날 수 없는 피로, 영원히 가실 수 없는 목마름이요 배고픔"[28]이라고 느낀다. 이것은 모방욕망의 항구적인 속성을 드러내는 것이다. 김주호를 찾는 일이 어려워질수록, 김주호는 이광진의 마음 속에서 더욱 절실한 존재가 되어가고, 나중에 이광진에게 "김주호씨는 마치 신 같은 존재"[29]로 인식된다. 결국 이광진은 김주호를 살해할

27) 『문학과지성』, 1972.12, 835쪽.
28) 『문학과지성』, 1972.12, 837쪽.

결심에 이르고, 김주호 대신 다른 거지를 살해하고 만다. 모델을 살해한 이광진은 그 지긋지긋한 모방욕망으로부터 벗어날 수 있을까? 결말은 회의적이다. "드디어 나는 김 주호의 망령을 없애버렸어. 자 이제부터는 거리를 헤매다니는 일 따위는 집어치우자."고 중얼거리지만, 마지막 문장에서 이광진은 "차를 탈 생각도 않고 거리를 따라 걸음을 이어가고 있었다."[30]고 묘사된다. 모델을 찾기 위한 그의 방황은 계속해서 이어지는 것이다.

모방적 욕망과 그로부터 비롯된 극심한 모방적 경쟁을 통해, 유재용이 그려낸 인물들은 자기만의 세계를 잃어버린다. 그것은 '자기만의 방'을 애타게 찾지만, 결코 그 꿈을 이루지 못하는 사람들의 이야기를 다룬 〈동거기〉에서 극적으로 나타난다. 이 작품의 주인공들은 자기만의 세계 혹은 욕망에 대한 강렬한 추구를 보여준다. 이 작품의 주인공 박희수는 독방을 간절히 염원한다. 박희수는 자신의 인생이 독방을 지니게 되는 날부터 시작되는 것으로 생각한다. 여섯 살 때부터 시작된 독방에 대한 집념은, 6.25로 모든 것을 잃은 후에도 악착같이 살아 남아 그의 의식을 자극한다. 이 작품에서 '독방'이란 '고유한 자기 욕망'을 의미한다. 시간이 지나고 성숙할수록 그 욕망은 다음과 같이 커져간다.

> 그는 생활의 부재를 발견했다. 그의 삶이란 없었다. 그는 남의 삶을 살아온 것이었다. 그나마 그것이 누구의 삶인지도 알지 못하는 남의 삶이었다. 이 뼈아픈 각성 속에서, 그러자 독방은 차츰 강렬하고 뚜렷한 의미

---

29) 『문학과지성』, 1972.12, 837쪽.
30) 『문학과지성』, 1972.12, 839쪽.

를 지녀가기 시작했다.(중략) 독방은 오늘을 사는 그의 생에 의미를 부여하고 있었다.[31)]

독방을 향한 간절한 욕망은 박희수 개인만의 일이 아니라 시대적 보편성을 지닌 것으로 설정되어 있다. "제 집 못 지니고 혼자 사는 사람끼리 어울려 전세방 얻읍시다. 생각있는 사람은 X월X일, 일요일 오후 2시 정각에 파고다공원 팔각정으로 나오시오."[32)]라는 광고를 낸 이두칠이나 그 광고를 보고 찾아온 장웅진도 공유하는 것이다. 결국 독방을 가질 돈이 없는 셋은 3분의 1씩의 돈을 모아 셋이서 공동의 독방을 마련한다. 그 안에서 서로는 자기만의 세계를 지키려는 처절한 노력을 기울인다. 모두가 자기노출에 대한 신경과민에 걸려서는 자기를 남에게 알리려 하지 않는 대신 다른 사람의 일을 묻지도 않는다. 그 때의 공동생활은 희수가 독방을 구한 몇 년 후 다음과 같이 의미부여된다.

> 그때 그들이 가면을 쓰고 있었던 것은 그들이 독방을 지니지 못한 때문일 것이다. 그들의 정체가 드러날까 겁을 내고 숨기려고 애쓴 것은 그렇게 함으로써 그들의 마음속에서나마 남에게 침해받지 않는 자기만의 밀실을 지니고 싶다는 근원적 욕구의 표현이었을 것이다.[33)]

그런데 작품의 마지막에서는 시점의 변화가 온다. 희수를 초점화자로 해서 진행되던 소설이 마지막 단락에 이르러 서술자를 초점화자

---

31) 『현대문학』, 1969.7, 204쪽.
32) 『현대문학』, 1969.7, 196쪽.
33) 『현대문학』, 1969.7, 215쪽.

로 내세운 외적 초점화의 양상으로 변하는 것이다. 서술자가 직접
등장해 다음과 같이 희수가 진정으로 독방을 누릴 수 있는지에 대한
회의를 드러낸다.

> 희수가 지닌 독방, 그것은 밀실이기에는 아직도 아득했다. 희수는 진
> 정한 밀실을 지니기 위해 또다시 고난의 길을 걸어야 할지 모른다. 한데
> 진정한 밀실이 이 땅 위에 존재하고 있기는 한지 모를 노릇이었다.[34]

'독방'으로 상징되는 '자기만의 세계 혹은 욕망'을 가지기 힘든 사회
의 모습은 이두칠의 이상야릇한 버릇에서도 잘 나타난다. 그는 누군
가의 이름이나 얼굴 목소리를 처음 대할 때, 어디선가 이미 듣던 이름
이나 얼굴 목소리로 생각하는 것이다. 이것은 그만큼 사람들의 개성
이 희미해지고 서로가 비슷해진 것을 증명한다. 〈동거기〉는 고유한
욕망을 추구하던 인물들의 전위적 실험과 그 실패를 통해서, 이 시대
욕망의 존재방식에 대한 밑그림을 그리고 있다.

3) '주인과 하인 모티프'와 주체의 소멸

〈가발〉, 〈상지대〉, 〈유랑〉의 주인공들은 모방적 욕망에 들리기 시
작해 격렬한 모방적 경쟁을 겪다가 나중에는 자신의 주체성을 잃어버
리는 단계에 이른다. 대표적으로 〈가발〉의 이광진이 처음 보인 모방
적 욕망은 기껏해야 새벽 산책 정도로만 표출되었던 것이다. 그러나
작품의 마지막에 이광진이 자신의 가게를 터는 도둑과 힘을 합하여

---

34) 『현대문학』, 1969.7, 215쪽.

자신의 물건을 훔치기 시작한다. 이광진 역시 자신의 것이 아닌 도둑의 욕망에 따라 행동을 한다. 일상이 허락하는 범위 내에서 모방적 욕망을 관리하던 이광진이 그 일상의 기본적인 액자를 깨뜨리는 것이라고 할 수 있다. 주체로서의 '나'가 소멸되고 타자의 욕망이 전적으로 '나'의 삶을 제압해 버릴 때, '나'는 욕망의 주체로서 존재할 수 없다.

〈타인의 생애〉, 〈하인〉, 〈관계〉는 주인과 하인 모티프를 통해, 모방적 욕망으로 인해 주체가 소멸되는 과정을 세밀하게 탐구하고 있는 작품들이다. 〈타인의 생애〉에서 형석은 자기와 비슷한 조건의 사람을 찾는다는 신문광고를 보고 한 살림집으로 찾아간다. 그곳에서 형석은 북한강가에서 떨어져 죽은 현석철이 될 것을 요구받는다. 현석철의 어머니가 여전히 아들이 살아있다고 생각해, 석철의 큰 형인 현인철이 형석을 석철로 만들고자 하는 것이다. 형석은 오랜 시간 석철이가 되는 훈련을 받고, 석철이의 어머니에게도 석철로서 인정 받는다. 그러나 해가 바뀌자 석철의 어머니는 석철이가 강물에 빠져죽었다는 소식이 왔으니 어서 가서 석철의 주검을 보아야 한다고 말한다. 현인철은 "너를 거의가 아니라 완전한 작품, 완전한 석출이루 만들어놓구 말 테다."[35]라고 형석에게 말한 그날 오후, 형석을 북한강가의 바위 절벽에서 떨어뜨려 살해한다.

이 작품에서 형석의 욕망은 뚜렷하게 드러나지 않는다. 그것은 작품의 서술 구조에서 비롯되는데, 철저하게 형석은 외면 묘사만으로 그려지고 있는 것이다. 그러나 겉에 드러난 행동만을 본다면, 형석은 현석철이 되는 것에 동의한 것으로 볼 수 있다. 그는 인철의 제안에

---

35) 『문학사상』, 1973.9, 135쪽.

대하여 어떠한 거절도 하지 않으며, 그대로 따른다. 마지막에도 형석의 죽음이 타살인지 자살인지가 불명확하게 처리되고 있다. "내일쯤 월급 육개월분 적금한 것과 조의금 백만원을 박 형석의 본가에 가지구 가서 심심한 조의를 표하도록 하시오."[36]라는 마지막 문장을 통해, 형석의 죽음이 일종의 계약에 의해 이루어진 것일 수도 있음이 암시되기 때문이다. 그렇다면, 형석은 고유한 자신의 정체성을 버리고 현석철이 된 것이라고 볼 수 있다. 실제로 형석은 현석철을 그대로 모방한 것이다. 형석의 죽음은 모방 욕망의 끝을 보여주는 것으로서, 그것이 지닌 폭력적 속성을 그대로 구현하고 있다.

이러한 기본 구도는 〈하인〉과 〈관계〉에도 그대로 나타난다. 〈하인〉의 이만보는 주인이 원하는 것을 그대로 실천하는 사람이다. 이때의 실천은 너무나도 강력해서, 주인의 말과 일체가 되는 것에 해당한다. 이만보는 주인이 누구든 그 지시가 무엇이든, 나를 고용한 사람의 조정과 지시에 우선적으로 충실한 사람이다. 〈타인의 생애〉에 등장했던 형석이 죽지 않고 남의 삶을 반복적으로 복제했을 때, 도달할 최종적인 모습이 바로 이만보이다.

옥귀두는 이만보에게 자신의 손발이 돼줄 것, 즉 자신이 머릿속으로 생각해 낸 것을 행동으로 실천해 줄 것까지 요구한다. 이만보는 이러한 조건을 받아들이고, 옥귀두가 공상 속에서 그려 보았던 여러 가지 범죄 행위를 실행한다. 옥귀두 역시 이만보를 보며 나 자신의 분신이 행동하는 것을 보고 있는 듯한 착각을 느낄 정도이다. 나중에는 이만보가 옥귀두의 공상보다 앞질러 범죄를 저지르고, 그러한 범

---

36) 『문학사상』, 1973.9, 135쪽.

죄는 유괴 살인의 시도에까지 이른다. 결국 이만보는 감옥에 들어간다. 그렇다면 이제 이만보는 자신만의 고유한 욕망을 가지게 되었다고 말할 수 있을까? 아쉽게도 그에게 고유한 욕망은 결코 허락되지 않는다. 면회 온 옥귀두는 "난 요즘 죄수가 되어 옥살이를 해보고 싶은 충동을 받고 있다네."[37]라는 말을 하기 때문이다. 이만보의 수감 생활 역시도 결국 옥귀두의 욕망을 모방한 것에 그치고 마는 것이다. "나는 다시 새로운 주인을 찾아나설 생각이다. 나는 하인의 역할 속에서 생의 진미를 더욱 깊게 맛볼 수가 있는 것이다."[38]라는 마지막 문장에서 나타나듯이, 이만보의 모방 욕망은 무한 증식을 반복할 뿐이다. 결국 남는 것은 모방 욕망이 숙명적으로 잉태할 수밖에 없는 폭력이다.

〈관계〉의 만복과 장현삼의 관계 역시 〈하인〉의 이만보와 옥귀두의 관계가 연속된 것에 지나지 않는다. 만복 역시 두 다리를 못 쓰는 장현삼의 하인이 된다. 처음에는 장현삼의 팔과 다리, 혹은 위장을 대신하는 것에 그치지만, 나중에는 장현삼이 되어 선을 보고, 결혼을 하며 아이를 낳는다. 결말은 장현삼이 적금 통장과 집을 만복의 앞으로 이전하고 사라지는 것이다. 작품은 만복이 "마루 창가 장현삼 씨가 앉아 정원을 내다보곤 하던 안락의자에 몸을 파묻으며 떠나간 사람들을 찾아 나서고 싶은 생각을 눌러 앉"[39]히는 것으로 끝난다. 이것은 만복의 완전한 장현삼 되기라고 할 수 있다. 욕망의 모방은 결국에 완전한 합일의 상태에까지 이르게 되는 것이다.

---

37) 『현대문학』, 1977.11, 146쪽.
38) 『현대문학』, 1977.11, 146쪽.
39) 『한국문학』, 1980.8, 169쪽.

유재용의 소설이 더욱 문제적인 것은, 하인이 아닌 주인 역시도 자율적 욕망을 지닌 인간들로 존재할 수 없다는 사실이다. 〈하인〉과 〈관계〉에서 주인의 자리에 놓인 옥귀두와 장현삼은 새디즘적 주체라고 볼 수 있다40). 모방 욕망의 삼각형 모델에 따를 때, 새디즘은 매개자의 역할 놀이에 해당된다. 욕망의 주체가 매개자의 역할을 연기할 때, 추종자가 아니라 타인보다 우월한 위치에서 내려다 보기를 선택할 때 그는 학대의 주체인 새디스트가 되는 것이다. 이 때 매개자의 세계를 욕망하기 때문에 새디즘적 주체 역시 모방적 욕망에서 벗어날 수 없다. 옥귀두와 장현삼은 계약을 통해 욕망의 삼각형에서 매개자의 자리에 앉아 하인들, 이만보와 만복을 내려다보고자 한다. 결국 육체적인 활동에 어려움을 겪었던 옥귀두와 장현삼은 자신이 가질 수 없었던 것을 가지고 있는 이만보와 만복의 세계, 즉 매개자의 세계를 욕망하는 것이다. 이러한 측면에서 옥귀두와 장현삼 역시 모방 욕망에서 한 치도 벗어나지 못한 자들이다.

3. 모방 메커니즘의 등장 배경

유재용의 초기소설에 등장하는 모방 메커니즘이 더욱 문제적인 것은, 그것이 당대의 경제 사회적 상황과 밀접하게 연동되어 있다는 점이다. 유재용의 초기소설에 나타난 모방적 욕망은 대부분 욕망 주체와 매개자가 같은 세계에 속하는 내적 매개의 양상을 보여준다.41)

---

40) R.Girard, 『낭만적 거짓과 소설적 진실』, 김치수·송의경 옮김, 한길사, 2001, 315-367쪽.

이러한 특성은 욕망의 간접화 현상을 드러내며, 동시에 현대 시장경제체제와의 상동성을 증명한다. 내면적 간접화 현상은 바로 가짜 욕망에 해당하며, 골드만의 표현에 따르면 교환가치에 대한 추구에 해당하기 때문이다. 골드만이 지적한 바와 같이 사용가치에 따라 욕망을 갖는 것이 아니라 다른 사람과의 경쟁 관계, 즉 교환가치에 따라 욕망을 가질 수밖에 없는 사회구조가 작품 속에 반영되고 있는 것이다.[42] 이러한 사회경제적 현상이 본격화 된 것은 우리의 경우 1960년대 후반부터라고 할 수 있으며, 유재용의 초기소설은 이러한 흐름을 반영하고 있다.[43]

〈달의 신화〉는 당대 사회의 일반적인 욕망을 맹목적으로 모방하지 않는 문제적 인물과 그의 좌절을 통하여, 모방적 욕망을 부추기는 당대 사회의 핵심적인 메커니즘을 드러내고 있다. 이 작품에서 주인공인 형은 유재용 초기 소설에서는 특이하게도 자유를 주장하는 인물로서, 모방적 메커니즘에 저항할 수 있는 가능성을 지니고 있다. 형은 재벌로 도약하고 있는 집안의 장남으로서 그야말로 장래가 촉망되는

---

41) 〈타인의 생애〉의 형석과 현석철의 관계, 〈가발〉의 이광진과 김주호의 관계만이 외적 매개에 해당한다. 욕망의 모델이자 매개자인 현석철과 김주호가 죽었기 때문에 욕망 주체와 욕망의 매개자가 다른 세계에 속하는 것이다.

42) L. Goldmann, 『소설사회학을 위하여』, 조경숙 옮김, 청하, 1982.

43) 1960년대에서 1970년대에 걸쳐 한국은 한강의 기적이라고 불리는 고도 성장을 거듭한다. 제1차 경제개발계획(1962-1966) 기간 동안 한국은 연평균 7.9%의 성장률을 기록했고, 제2차 경제개발계획(1967-1971) 기간 동안에는 연평균 9.7%의 높은 경제성장을 이루었다. 이를 통해 한국인의 삶의 질은 크게 향상되었다. 반면 박정희 정부의 경제개발정책은 성장제일주의로 치달았고, 물신숭배사상, 황금만능사상, 지역이기주의 등을 조장하였다.(한국정신문화연구원 편, 『1960년대 한국의 공업화와 경제구조』, 백산서당, 1999, 한국정신문화연구원 편, 『1970년대 전반기의 정치사회변동』, 백산서당, 1999, 서중석, 『한국현대사』, 웅진지식하우스, 2005.)

인물이다. 형에게는 미국 유학과 집안의 사업을 이어받는 물질적 풍요로 가득한 삶이 예비되어 있다. 그러나 형은 동화를 써서 신춘문예에 당선되는 것처럼, 아버지나 주위 사람들의 기대와는 달리 자신만의 길을 묵묵히 걸어간다. "아버지는 이 세상에서 제일 가는 부자가 되구 싶어하시는데 반해 나는 이 세상에서 제일 가는 가난뱅이가 되구 싶은 거야."[44]라는 말에 형의 독특한 욕망이 응축되어 있다.

형은 동화가 자랄 수 없는 황무지가 되었다며 절필을 하기도 하고, 미국 유학 대신 낙도로 가서 가난한 섬사람들과 함께 살아 가겠다고 결심하기도 한다. 형과 아버지로 대표되는 지금 이 곳의 현실은 물질적 가치를 중심으로 나뉘어진다. 그것은 '나'와 형이 나누는 다음의 대화에 잘 나타나 있다.

> 물질적 부만이 구원의 길이라구 한다면 미국사람들이나 유럽사람들, 일본사람들은 가난한 나라사람들보다는 구원받은 백성이라는 말이 되겠구나. 하지만 그들 물질적으루 부한 나라일수록 그 속에서 환멸과 고독과 절망과 구원을 외치는 소리가 요란한 것은 웬일이지?[45]

이러한 형을 아버지는 결혼을 통해 순화시키고자 한다. 형의 욕망을 자본의 욕망이라는 이 시대의 보편적인 욕망으로 순치시키는 과정은 이 소설에서 아폴로 11호의 달정복 시도와 대응된다. 아폴로 11호가 달정복에 성공했을 무렵부터 형은 "누군가 달을 살해했다"고 말하며, 급기야 식구들을 향해 "당신이지? 달을 살해한 자가 바루 당신이

---

44) 『신동아』, 1970.11, 415쪽.
45) 『신동아』, 1970.11, 423쪽.

지?"46)라고 외친다. 다음날 아버지는 형을 병원에 입원시킨다. 병원에서 돌아오는 길로 아버지는 형을 버린 자식으로 취급하고, '나'를 후계자로 점찍는다. '나'는 이러한 상황을 적응력을 지닌 자만이 생존을 계속할 수 있고 승리할 수가 있는 것이라며 당연하게 받아들인다. 형의 좌절과 입원은 물질에 대한 욕망 이외에 다른 것을 허락하지 않는 당대의 풍조를 반영한다.

　유재용 초기 소설에 나타난 모방 메커니즘이 현대 사회의 자본주의적 질서와 관련되어 있음은 〈상지대〉와 〈동거기〉를 통해서도 알 수 있다. 〈상지대〉에서도 그와 녀석의 경쟁은 돈과 관련되어 있었다. 〈동거기〉에서 웅진은 동거인들에게 우리 동거인은 모두 장사꾼이며, "우리 동거인의 상호관계는 철저한 장사꾼 정신에 입각한다"47)는 헌장을 제시한다. 이 헌장은 "장사꾼이야말루 새 시대의 주인공이구, 장사꾼 정신이야말루 새 시대의 주인공이 지녀야 할 참된 사상"48)이라는 웅진의 믿음에서 비롯된다. 이러한 주인공들의 의식과 자세 역시 교환의 원리를 신봉하는 자본주의 질서가 전제되지 않고는 불가능한 것이다. 〈달의 신화〉에서 자기만의 세계를 추구한 형의 패배, 〈상지대〉에서의 그와 녀석의 경쟁, 〈동거기〉에서 장사꾼 정신을 떠받드는 웅진의 자세는 모두 1960년대 후반부터 본격화된 자본주의 질서의 전면화와 관련되어 있다.

---

46) 『신동아』, 1970.11, 428쪽.
47) 『현대문학』, 1969.7, 205쪽.
48) 『현대문학』, 1969.7, 207쪽.

4. 모방 메커니즘이라는 늪에서 벗어나는 길

〈파수꾼〉은 유재용이 선보인 모방 욕망 연작 소설의 마지막에 놓이는 작품이다. 모방 욕망의 폭력적이며 부정적인 속성을 꿰뚫어보고, 그 욕망의 노예상태에서 벗어나는 단계에 놓여 있기 때문이다. 이 작품은 〈상지대〉의 마지막에 그와 녀석이 도달한 지점에서 출발한다. 그들이 돈에 대한 욕망으로 차이를 잃어버린 짝패가 되었듯이, 이 작품에서도 사람들은 물질적인 욕망의 지배로 무차별적인 상태에 빠진다. 이러한 상황은『윤리와 지성』이라는 월간 교양지의 편집장인 김주호의 아내를 통해 드러난다. 그녀는 재산을 늘리려는 단 하나의 목적으로 은학동 빈민촌에서 집장사를 하고, 고리대금업을 하기도 한다. 김주호가 은학동 빈민들을 상대로 부정한 일을 행하는 아내를 질책하자, 아내가 "나 아니면 그런 일 할 사람이 없을 줄 아세요? 어차피 누군가가 그런 일을 하게 돼 있다구요."49)라고 대답하는 것에서 알 수 있듯이, 아내의 욕망은 모든 이들에 의하여 공유된다. 돈이라는 단 하나의 목적을 위해 모든 이가 투쟁하는 전쟁같은 상황이 벌어진 것이다.

서로가 똑같은 것을 욕망하며, 상호적 모방과 폭력에 의해 집단 자체의 존립이 위기에 도달했을 때, 생각할 수 있는 가장 손쉬운 해결책은 희생양 만들기이다. 그것은 폭력의 집단전이로서, 구성원들 모두의 갈등을 단 하나의 대상에게로 집중시키는 것이다. 이 작품에서 은학동 사람들이 바로 그러한 희생양에 해당한다. 어처구니없게도 김주호의 아내는 자신의 부정한 행동의 원인을 은학동 빈민들에게로

---

49)『현대문학』, 1977.6, 204쪽.

돌린다. 사실 은학동 사람들은 그녀의 욕망으로 인한 피해를 고스란히 떠안은 채 살아갈 뿐인데도 말이다. 이러한 면에서 은학동 빈민들은 희생양이라고 할 수 있으며, 다음의 인용에서처럼 그들도 자신들이 처한 억울한 상황을 인식하고 있다.

> "선생님, 억울합니다. 무슨 범죄가 발생했다 하면 사회의 시선이 으레이 저희들한테로 쏠리거든요. 사회를 어지럽히고 더럽히는 것은 은학동 빈민촌 사람들이라는 듯이 말이지요. 은학동 빈민촌 사람들이 아니라면이 사회는 깨끗할 것이라는 듯이 말이에요. 하지만 우리를 그런 눈으루보는 그 양반들이 여기 빈민촌 사람들을 상대루 어떤 짓을 하구 있는지아십니까?"[50]

김주호는 얼큰하게 술기운이 오르면 "제물이 필요해, 피 흘릴 어린양이 필요해, 순교자가 필요해."[51]라고 말하고는 하는데, 이것 역시희생양 만들기에 대한 김주호씨의 무의식적인 고발이라 할 수 있다.

이러한 희생양 만들기는 〈생존방식〉에서도 드러난다. 일종의 알레고리 소설인 이 작품은 점령군이 만든 수용소를 무대로 하고 있다. 수용소에서 혹독한 노동과 열악한 환경으로 사람들은 죽어나가고, 철통같은 경비로 인해 탈출시도는 모두 실패로 돌아간다. 언제가부터각각의 막사에서는 사람들이 동료들을 폭행해서 죽이는 일이 속출한다. 폭행을 당한 이들은 음식을 날라오던 사람들인데, 그들은 동료들의 음식을 중간에 가로챘다는 죄명으로 그런 일을 당한 것이다. 그러

---

50) 『현대문학』, 1977.6, 207쪽.
51) 『현대문학』, 1977.6, 189쪽.

나 이것은 수용소 측에서 갇힌 사람들의 분노와 갈등을 돌리기 위해 만든 계략이었음이 드러난다. 그들은 수용소에 의해 만들어진 희생양들인 것이다.

희생양으로 선택되기 위해서는 공동체에 속해 있으면서도 완전하게 속해 있지는 않은 존재, 공동체와 외부 세계의 경계선상에 위치한 존재가 선택된다.[52] 〈파수꾼〉의 은학동 사람들은 이러한 조건에 어울리는 사람들이다. 은학동의 가장 큰 특징은 맑은 공기, 넓은 들판, 산과 숲이 그대로 보존된 곳이라는 점이다. 또한 은학동은 이름난 철거민촌이자 대표적인 우범지대로 사람들에게 인식된다. 자연과 인위, 문명과 야만의 경계에 서 있는 곳이 바로 은학동인 것이다. 이러한 은학동의 성격은 희생양이 갖추어야 할 조건에 부합된다. 〈생존방식〉에서도 폭행을 당해 죽은 이들은 보통 사람들과는 달리 "막사에서 힘깨나 세고, 말발깨나 서는 사람들"[53]이다.

지라르에 의하면 예수의 죽음은 바로 그러한 희생양 만들기의 전형적인 사례이다. 그리스도는 아무런 잘못이 없지만, 박해자들의 무고와 폭력에 의하여 당대의 여러 가지 문제를 뒤집어 쓴 채 죽어갔다. 희생양 만들기의 비인간성과 문제점을 온몸으로 밝힌 것이 바로 그리스도의 삶인 것이다.[54] 나아가 기독교의 진행과정은 공동체의 갈등

---

52) R. Girard, 『폭력과 성스러움』, 김진석·박무호 옮김, 민음사, 2000, 9-60쪽.

53) 『월간문학』, 1979.1, 119쪽.

54) R. Girard, 『나는 사탄이 번개처럼 떨어지는 것을 본다』, 김진식 옮김, 문학과지성사, 2004, 198-234쪽. 테리 이글턴도 "예수는 어렴풋하게 죽음을 통해서만 아버지의 뜻을 성취할 수 있다고 느낀 듯하다. 여기에서 복음서 기자가 제시하는 신학적인 요지는 예수가 죽기를 원했다는 게 아니라 예수의 삶과 죽음이 논리적으로 일치한다는 사실이다."(T. Eagleton, 『예수』, 대한성서공회·김율희 옮김, 프레시안북, 2009, 26-27쪽)라고 하여, 예수가 자신의 죽음을 통해 진리를 설파하고자 했음을 주장했다.

과 위기를 끝내기 위해 희생양의 처형에 의지하던 것에서 벗어나는 순간, 다시 말해 희생물의 무고함을 의식하게 되는 순간을 나타낸다.[55] 김주호씨는 다음의 인용처럼, 예수의 삶이 지닌 의의를 정확하게 꿰뚫어 보고 있다.

> "크리스마스, 사람들이 성탄을 축하하구 있는줄 아는가? 실상은 예수를 십자가에 못박는 행사를 하구 있는 거라네. 믿는 자, 안 믿는 자, 의로운 자, 죄있는 자, 부귀한 자, 빈천한 자…… 온갖 인간들이 그들이 일년동안 쌓아올린 죄의 동산 마루에 십자가를 세우고는 그 위에 예수를 못박는 행사를 해마다 되풀이하구 있는 거라네."[56]

마지막에 김주호는 그러한 예수의 삶을 실천한다. 그리스도가 희생양의 무고함과 그것을 만들어 내는 사회적 욕망의 폭력성을 증언하기 위해 스스로 희생양이 되었듯이, 김주호는 은학동 빈민들을 범죄인으로 만들어내는 사회의 폭력성을 증언하기 위해 스스로 은학동 빈민들의 대표가 된다. 무고함에도 불구하고, 그는 살인, 강도, 강간, 절도, 사기, 협박, 폭력 등 온갖 불법 행위를 자행해 온 범죄 조직의 우두머리로 몰려 감옥에 수감되는 것이다. 김주호는 계속해서 묵비권을 행사하며, 적극적으로 자신을 변호하려 하지 않는다. 감방에서 그는 은학동을 중심으로 글을 쓴다. 〈파수꾼〉은 김주호가 "자신이 십자가에 못박히는 꿈"[57]을 꾸는 것으로 끝난다. 십자가에 못박히는 꿈은 김주호가 도달한 삶의 자리를 뚜렷하게 이미지화 한 것이다.

---

55) R.Girard, 『문화의 기원』, 김진식 옮김, 기파랑, 2006, 21쪽.
56) 『현대문학』, 1977.6, 205쪽.
57) 『현대문학』, 1977.6, 208쪽.

〈생존방식〉에서도 동료들로부터 음식을 가로챘다는 누명을 쓰고 폭행을 당해 죽은 사람들의 무고함을 밝히고, 그러한 폭력에서 벗어나야 함을 처음으로 주장한 성순오의 직업은 목사이다. 예수가 억울한 누명을 쓰고 죽어간 것처럼, 성순오도 감시병들에 의해 동료들을 배반하고, 점령군과 피수용자 사이에 불화를 심으려고 획책한 자로 몰려 죽음을 당한다. 이러한 성순오에 대하여 서술자는 "성순오씨는 훌륭한 사람이었다."58)고 평가한다.

이러한 성순오의 삶은 수용소 안의 모든 사람들에게 긍정적 모방을 불러일으킨다. 사람들은 자신들의 목숨을 바쳐 탈출을 시도하는 것이다. 이러한 시도는 탈출자들 전원의 죽음으로 이어지지만, 수용소의 사람들은 계속해서 "희생에의 지원"59)을 멈추지 않는다. 이들의 희생은 자유와 풍요를 위한 삶의 조건으로서, 그들의 죽은 시신은 예수의 상한 몸에 가까운 의미를 지닌다.60)

〈파수꾼〉의 김주호와 〈생존방식〉의 성순오를 비롯한 수용소 사람들의 모습은 르네 지라르가 모방적 속성을 본질로 하는 인간에게 제시한 윤리와 상통한다. 지라르는 모방 욕망을 벗어날 수 없는 인간이 선택할 수 있는 삶의 길은 좋은 모방을 하는 것이라고 말한다.61) 소유

---

58) 『월간문학』, 1979.1, 121쪽.

59) 『월간문학』, 1979.1, 125쪽.

60) 이글턴은 "예수가 제시한 아버지의 모습은 상처받기 쉬운 짐승, 갈보리에서 심하게 매질당하고 피 흘리는 희생양이다. 예수의 상한 몸은 율법의 진정한 징표다. 정의와 동지애에 관한 명령을 충실히 따르는 사람들은 권력자들의 손에 죽임을 당할 것이다."(T.Eagleton, 앞의 책, 39쪽)라고 말한다.

61) 르네 지라르는 '인간은 모방으로부터 결코 벗어날 수 없다'고 생각한다. 그리하여 우리 자신의 비자율성을 인정하는 순간을 두고 개종이라 부를 정도이다. 또한 모방 자체는 나쁘거나 좋은 것이 아니어서, 지라르는 "모방이 우리 인간이 행하는 최선과

욕망과 경쟁적이고 상호적인 폭력에 빠지지 않고, 오히려 남을 위해
자기의 전부를 던질 수 있는 모델을 모방할 때 바람직한 사회를 만들
수 있다고 보았다. 김주호와 성순오의 삶이야말로 예수의 삶을 모방
함으로써 지라르가 말한 윤리에 가장 가까이 다가선 모습이다. 유재
용은 최근에 들어 기독교에 깊이 귀의한 모습을 보이고 있다. 그의
작품도 성서적 세계관으로 가득하다. ≪성자여 어디 계십니까≫(동서
문학사, 1992), ≪그들만이 꿈꾸는 세상≫(문예마당, 1996), ≪사로잡힌
영혼≫(문학사상사, 2007) 등을 대표적으로 들 수 있다. 이것은 돌발적
인 것으로 보이기도 하지만, 이상의 논의를 종합해 본다면 자연스러
운 수순이라고 볼 수 있다. 이전 작품에서는 명시적으로 기독교적
교리를 드러내고 있지 않지만, 깊은 세계관적 차원에서는 기독교의
계시가 올바름을 논증하고 있었기 때문이다.

5. 결론

1970년대 소설은 유신으로 대표되는 당대의 억압적인 정치상황과
급속한 경제 발전이 불러온 부작용에 대한 문학적 대응으로서 이해되
어 왔다. 1970년대 소설의 일반적인 경향과는 달리 유재용은 안정된
서사적 문법 위에서 우리가 애써 감추고자 하는 인간 욕망의 심연을
바라보았다. 그러한 작가적 노력은 모방 메커니즘이라는 핵심적인
기제의 탐구로 집중되었다. 1970년대 유재용 소설에 대한 연구는,

최악의 것의 원인"이라고 지적한다.(김진식, 「리얼리즘과 일원론을 통한 르네 지라
르의 이해」, 『그를 통해 스캔들이 왔다』, 문학과지성사, 2007, 194-197쪽)

몇몇 유명작가에 대한 문학사회학적 시각의 연구가 주류를 차지하고 있는 1970년대 소설에 대한 논의에 있어 새로운 돌파구를 열어줄 수 있을 것이다.

유재용의 초기 작품은 모방적 욕망에서 시작하여 모방적 경쟁을 거쳐 모방위기 또는 희생위기로 격화되었다가 마침내 희생양 만들기로 끝나는 과정, 즉 모방 메커니즘을 보여주고 있다. 〈어떤 생애〉와 〈가발〉은 모방 메커니즘의 시작점에 해당하는 모방적 욕망 그 자체를 문제 삼고 있는 작품들이다. 〈상지대〉와 〈유랑〉은 모방적 욕망에서 한 단계 나아가 격렬한 모방적 경쟁과 그에 따른 모방위기 또는 희생위기를 보여주고 있다. 〈상지대〉와 〈유랑〉에서 핵심 인물들의 관계는 내면적 간접화(m diation interne)의 관계라 부를 수 있다. 이러한 내적 매개에 의한 모방 욕망은 주체와 모델 사이의 차이를 소멸시킨다. 마주한 이웃의 경쟁 상태가 지속되고 확대될수록 경쟁자들 사이의 거울효과는 증대되며, 이들은 완벽한 짝패(double)가 된다. 모방적 욕망과 그로부터 비롯된 극심한 모방적 경쟁을 통해, 유재용이 그려낸 인물들은 자기만의 세계를 잃어버리게 된다. 〈타인의 생애〉, 〈하인〉, 〈관계〉는 주인과 하인 모티프를 통해, 모방적 욕망으로 인해 주체가 소멸되는 과정을 세밀하게 탐구하고 있다.

유재용의 초기소설에 등장하는 모방 메커니즘이 중요한 것은 그것이 당대의 경제 사회적 상황과 밀접하게 연동되어 있기 때문이다. 유재용의 초기소설에 나타난 내적 매개의 양상은 욕망의 간접화 현상을 드러내며, 동시에 현대 시장경제체제와의 상동성을 증명한다. 사용가치에 따라 욕망을 갖는 것이 아니라 다른 사람과의 경쟁 관계, 즉 교환가치에 따라 욕망을 가질 수밖에 없는 사회구조가 작품 속에 반영되고 있는 것이다. 이러한 사회경제적 현상이 본격화 된 것은 우리의 경우 1960년대 후반부터라고 할 수 있으며, 유재용의 초기소설은 이러한 흐름을 반영하고 있다.

유재용의 초기 소설은 모방 메커니즘에서 벗어나는 방법까지 제시하고 있다. 그것은 예수의 삶을 모방하는 것이다. 지라르에 의하면 예수는 스스로 희생양이 됨으로써, 희생양 만들기의 비인간성과 문제점을 온몸으로 밝힌 존재이다. 〈파수꾼〉의 김주호, 〈생존방식〉의 성순오를 비롯한 수용소 사람들은 예수의 삶이 지닌 본질적인 의미를 그대로 모방하여 실천하고 있다. 그들은 자신의 전부를 던져 희생양 만들기로 해결되는 모방 메커니즘의 폭력성과 문제점을 고발하고 있다. 유재용은 예수의 삶에 바탕한 실천적 윤리를 제시한다는 점에서 그 독특한 문학사적 의미를 다시 한번 확인할 수 있다.

환상의 사회학

01

식민지 현실과 탈주선으로서의 환상

― 이상 소설의 '동물'모티프

1. 들어가며

이상 문학은 30년대에 이미 김기림[1], 최재서[2] 등에 의하여 고평된 이후, 오늘날까지 활발한 연구가 이루어져오고 있다. 그의 문학세계에 대하여서는 문학 연구의 거의 모든 방법이 동원되었다고 해도 과언이 아니다. 대표적인 것으로 전기적 접근, 심리적 접근, 형식적 접근, 미학적 접근, 철학적 접근 등을 들 수 있다. 이것은 이상 문학이 지닌 다양성과 풍부함 그리고 난해함을 증명하는 것이다. 이 글에서는 이상 소설이 지닌 여러 가지 특성 중에서, 동물 모티프에 주목하고자 한다. 근대 이전의 문학에는 동서양을 가릴 것 없이 동물 변신담 혹은 동물 이야기가 빈번하게 등장하는데 반해, 근대 이후의 소설에서는 동물 모티프를 발견하는 것이 그리 흔한 일은 아니다. 이런 이유로 이상 소설에 나타나는 '동물'의 성격을 고찰하는 것은, 이상 문학의

---

1) 김기림, 「현대시의 발전-난해에 대하야」, 『조선일보』, 1934.7. 12-22.
2) 최재서, 「리얼리즘의 확대와 심화」, 『조선일보』, 1936.11.31-12.7.

특이성을 이해하는 하나의 단서가 될 것이다.

이미 이상 소설에 등장하는 동물 모티프에 대한 연구는 일종의 계보학을 이룬다고 말할 수 있을 정도로 다양하게 이루어져 오고 있다. 오생근[3]은 이상이 동물 이미지를 통해 인간이 지닌 속물적인 속성을 풍자하는 태도를 보이며, 동시에 현실의 아픔과 갈등으로부터 벗어나려는 의지를 나타내고 있다고 지적한다. 이상의 동물 이미지는 날짐승의 이미지로 흡수되는데, 결국 이상이 갈구한 세계는 절대적인 내면의 세계이며, 새로운 삶을 향한 진정한 죽음의 세계라는 것이다. 바슐라르의 상상력 이론을 밑바탕에 깔고 있는 오생근의 논의는 실존적인 차원에서 동물 이미지를 파악하고 있다.

신범순[4]은 그동안 이상 문학 연구에 있어 정신분석적 연구가 지닌 문제점을 상세하게 지적하고, 분열분석적 시각의 도입 필요성을 제기한다. 이상 문학의 심리주의적 측면들이 단지 순수한 개인의 병적 징후들을 표현하는 것에 갇혀서는 안 되며, 그 병을 통해 그것의 궁극적인 원인으로서의 사회조직에 대한 탐색으로까지 나아가야 한다는 것이다. 이상의 텍스트들은 오이디푸스적 체계의 전기적 구속들을 받아들이고는 있지만 거기에 머물러 있지 않고, 오히려 오이디푸스적 체계를 흘러 넘친다는 측면에서 우리의 관심을 끈다는 것이다. 특히 동물적 퇴화 또는 동물 되기(becoming animal)를 통해 〈지주회시〉와 〈날개〉는 성과 노동에 대해 억압적으로 작용하는 현실로부터 도피하고자 하는 분열증적 욕망을 드러낸다고 파악하고 있다.

---

3) 오생근, 「동물의 이미지를 통한 이상의 상상적 세계」, 『이상문학전집4』, 문학사상사, 1995.
4) 신범순, 「이상문학에 있어서의 분열증적 욕망과 우화」, 『국어국문학』, 1990.

'개' 이미지를 〈파우스트〉와의 상호텍스트적 시각에서 밝혀보려고 한 김주현5)은 이상이 자신의 새로운 모습, 즉 또 다른 자아를 황구에 기대어 표현한다고 말한다. 가장 최근에 쓰여진 논문에서 노승욱6)은 동물변신이 이상의 소설 〈지주회시〉와 〈날개〉의 서사구조에서 핵심적인 모티프로 작용한다고 지적한다. 이들 작품에서 동물변신은 억압적 현실로부터의 수동적 도피가 아니라, 창조적 생명체로서의 정체성을 회복하려는 능동적 모색이자 초월욕망으로 이해되고 있다.

그동안 이상 문학에 나타난 동물에 대한 연구는 현상학적 측면, 상호텍스트적 측면, 분열분석(Schizoanalysis)적 측면에서 이루어져 왔다. 연구의 경향이 점차로 이상소설에 등장하는 동물을 개인적 차원이 아닌 사회적 장과의 적극적인 연관을 규명하는 쪽으로 진행되어 오고 있는 것이다. 이러한 경향은 이상 소설의 특이성을 작가 개인의 병리적 측면으로 환원시키는 것에서 벗어나 소설이 지닌 의미의 폭을 넓혀준다는 점에서 그 연구사적 의의를 지닌다. 이 글 역시 이상 소설의 동물 모티프가 지닌 사회조직과의 구체적인 연관을 구명하고자 한다. 이를 위해 들뢰즈가 카프카의 소설에 나오는 동물 변신을 바라보는 시각을 참고하여, 이상 소설의 동물 모티프7)가 지니는 특이성을 밝히고자 한다. 이 글이 기존의 연구사와 달리 가장 큰 역점을 두는

---

5) 김주현, 「이상시의 상호텍스트적 분석 - 특히 '개'의 이미지와 관련된 시를 중심으로」, 『관악어문연구』, 1996.
6) 노승욱, 「이상 소설에 있어서 〈변신〉의 문제」, 『관악어문연구』, 2000.
7) 이 글에서 이상 소설과 비교 대상이 되는 카프카의 소설에서는 동물 변신이 실제로 일어난다. 이에 반해 이상 소설에서의 동물 변신은 단지 의식의 차원에 머무르는 것이다. 따라서 본고에서는 경우에 따라 동물 모티프, 동물 비유, 동물 이미지라는 말을 병행해서 사용하고자 한다.

것은, 단순히 이상 소설이 분열증적 욕망을 드러낸다는 지적에서 나아가 구체적으로 어떠한 방식으로 탈주의 양상이 드러나는가를 살피는 것이다.

2. 카프카 소설의 '동물 변신'이 지니는 의미

들뢰즈와 가타리는 기본적으로 카프카의 글쓰기를 반오이디푸스적인 기계이자, 혁명적인 정치 기계이며, 비의미작용적 언어 기계로 파악한다.[8] 그들은 카프카 소설의 주요인물들, 즉 게오르크 벤데만, 그레고르 잠자, 요제프 K 등을 오이디푸스적으로 불구가 된 저자(카프카)의 수많은 분신들로 보는 정신분석학적 독해들이나 카프카를 부정신학의 제안자로 보는 종교적 해석들, 그리고 그를 인간 영혼의 고통에 대한 비극적인 응시로 고양시키는 표현주의적 독해들에 반대한다.[9] 들뢰즈와 가타리는 기본적으로 카프카를 정치적인 작가로서 이해하고자 하는 것이다.[10]

들뢰즈와 가타리는 카프카의 글쓰기가 기본적으로 오이디푸스적

---

8) Ronald Bogue, 이정우 옮김, 『들뢰즈와 가타리』, 새길, 1995, 176쪽.

9) Ronald Bogue, 앞의 책, 177쪽.

10) 카프카의 소설을 정치적인 측면에서 독해하려는 시도는 밀란 쿤데라에게서도 발견할 수 있다. 쿤데라는 "권력의 최면적인 시선, 자신의 죄를 스스로 찾아내려는 절망적인 노력, 추방과 추방당하는 고통, 절대복종에의 처단, 현실적인 것의 유령적 성격과 서류의 마술적 현실성, 사생활에 대한 끊임없는 침해 등등, 역사가 그 엄청난 시련의 형태로 인간에 대해 자행해온 이 모든 실험들을 카프카는 몇 년 앞서서 자신의 소설 속에 현실화시켰던 것이다."(Milan Kundera(권오룡 옮김), 『소설의 기술』, 책세상, 1990, 132쪽)라고 보고 있다.

올가미들로부터의 탈주를 지향한다고 보고 있다. 장편과는 달리 동물 이미지가 빈번하게 등장하는 카프카의 중단편들[11]도 예외가 아니라고 파악하는데, 카프카의 중단편에 나오는 동물 변신은 오이디푸스의 구조를 벗어나기 위한 하나의 탈주선이라고 할 수 있다. 그런데 들뢰즈와 가타리는 이들 중단편들이 분열증적 에로스와 오이디푸스적 타나토스 사이를 방황하다가[12], 결국에는 재오이디푸스화와 탈주선의 차단으로 끝난다고 파악하고 있다.[13] 「변신」이 대표적인 경우라 할 수 있다.

외판원인 그레고르 잠자는 매일 같이 여행하는 고역과 불규칙적인 식사와 지속적이지 못한 대인관계 등으로 괴로워하며, 이러한 생활을 "악마가 가져갔으면!"(110)이라고 말할 정도로 저주한다. 그럼에도 그는 부모님을 위해 직장을 그만두지 못 하며, 벌레가 되었을 때도 사장이 자신의 집에 와 게으른 아들 때문에 부모님께 욕을 할 것을 무엇보다 먼저 걱정할 정도이다. 이러한 그레고르의 상태는 가족과 직장이

---

11) 이들 작품들에는 주요인물이 인간에서 동물로 변화하거나(대표적인 것으로는 〈변신〉), 동물에서 인간으로 변화한 작품들(대표적인 것으로는 〈학술원에 드리는 보고〉)이 상당수 발견된다. 그러나 엄밀한 의미에서 이들은 인간과 동물 중 어느 하나에 귀속되지 않고, 두가지 상태의 공존 내지는 경계에 존재하고 있다. 그레고르는 자신의 변신을 확인하는 과정에서 목소리에 "억제할 수 없는 고통스러운 찍찍하는 소리가 섞여 있"(Franz Kafka, 이주동 옮김, 『카프카 전집1 – 변신』, 솔출판사, 1997, 112쪽. 앞으로의 작품 인용은 본문 중에 쪽수만 표시한다.)음을 발견한다. 이 것은 '탈영토화된 음악적 소리'로 '자기 자신의 파멸과 밀접한 관계를 맺는 밀도 높은 소리'에 해당한다고 할 수 있다.(Gilles Deleuze and Felix Gattari, 앞의 책, 16p) 〈요제피네, 여가수 또는 서씨족〉에 나오는 휘파람 소리도 여기에 해당한다.

12) Gilles Deleuze and Felix Gattari, 조한경 옮김, 『소수 집단의 문학을 위하여 – 카프카론』, 문학과지성사, 1992, 71쪽.

13) Ronald Bogue, 앞의 책, 183쪽.

라는 제도에 철저하게 속박된 모습을 보여준다.

그레고르에게 일어난 동물(벌레) 되기는 직장이나 가족으로부터의 속박에서 벗어나는 일종의 출구라고 할 수 있다. 이것은 변신이 일어난 날의 혼란을 겪고 취한 잠을 "실컷 쉬고 푹 잠을 잤으니"(128)라고 표현하는데서도 확인할 수 있다. 위의 표현에는 벌레가 된 것에 대한 불안과 혼란보다는 편안함과 안도감이 짙게 드러나 있다. 자신이 한 마리의 벌레로 변신함으로써 그레고르는 지금까지 자신이 누려 온 불행에서 해방된 것인데, 카프카에게 있어 '동물 되기'는 인간적인 것의 절대적인 탈영토화[14)라고 할 수 있다. 카프카 소설의 동물 변신 과정들은 가족적인 삼각형, 특히 관료적인 또는 상업적인 삼각형에 긋는 도피선이다.[15)

벌레가 되었을 때, 가족 중에서 유일하게 그레고르와의 우호적인 관계를 유지하는 것은 그의 누이이다. 이러한 오빠 – 누이 사이의 욕구의 회로는 들뢰즈와 가타리에 따르면 분열증 – 근친상간의 심급이며, 어머니 – 아들의 근친상간이라는 오이디푸스적 개념과 동일시되어서는 안 될 반가족적이고 반부부적인 것이다.[16) 그러나 그레고르는 누이가 자신을 위해 방을 청소할 때, 어머니를 상징하는 모피옷을 입은 부인의 사진에 집착함으로써, 다시 오이디푸스의 구조 속에

---

14) "동물 변신, 그것은 정확하게 말하자면, 동작을 가능하게 하며, 모든 가능한 도피선을 긋게 해주며, 문턱을 넘어서게 해주며, 오직 그 자체로 의미있는 연속적 응집성 속에 이르게 해준다. 동물 변신은 모든 형태, 모든 의미화, 기표 기의를 와해시켜서 비형태, 비영토화의 물결, 무의미의 기호에 자리를 내준다. 카프카의 동물들은 오직 경사가 없는 밀도 높은 자유 영역과 조응한다."(Gilles Deleuze and Felix Gattari, 앞의 책, 27-28쪽)

15) 앞의 책, 30쪽.

16) Ronald Bogue, 앞의 책, 183쪽.

갇히고 만다. 그는 아버지가 던지는 사과에 맞음으로써 완벽한 오이디푸스적 삼각 구도 속에 머물게 되는 것이다. 그레고르가 어머니에 대한 애정을 보이고, 아버지에게 사과를 얻어 맞은 후의 다음과 같은 모습은 그의 재오이디푸스화를 극적으로 보여주고 있다.

> 어머니가 아버지 쪽으로 달려가다가 도중에 끈이 풀어진 치마가 하나씩 방바닥으로 미끄러져 떨어지는 것을 보고, 또 어머니가 비틀거리면서 치마를 밟고 넘어져 아버지에게 엎어지며 아버지와 완전히 한 몸이 되도록 아버지를 포옹하더니 — 그때 그레고르의 눈은 시력을 잃기 시작했다 — 양손으로 아버지의 목덜미를 잡고 그레고르의 목숨을 살려주라고 애걸하는 것도 보았다.(148)

위의 묘사에서 우연이긴 하지만 어머니는 치마가 풀어진 채, 아버지와 완전히 한 몸이 되고, 이 장면을 보는 것이 그레고르에게는 금지된다. 그레고르는 이 일이 있은 후, 완전히 이전의 가족 삼각형 구도 속에 재편입 된다. 그것은 '완전한 보상'(149)이라는 말로 표현되는데, 그는 가족 모두의 모습을 보기도 하고 가족들의 이야기를 엿들을 수 있는 권한이 생기기도 하는 것이다. 그는 결국 아버지에게 철저하게 굴복하여 가족 삼각형을 받아들이는데, 그것은 그레고르가 "자기가 없어져야 한다는 것"은 "여동생의 생각보다 더 확고"(164)하다고 스스로 생각하며 죽는 것에서 완성된다.

카프카에게 있어 동물 변신은 일종의 탈영토화의 시도임을 알 수 있다. 그러나 이러한 탈영토화는 여전히 강력하게 군림하는 가족 삼각형에 빠져서 더 이상 진행되지 못함을 확인할 수 있다.17)

3. 이상 소설의 '동물'이 나타내는 의미

카프카에게 있어 동물 변신이 결국에는 실패하고 마는 탈영토화의 시도라면, 이상에게 있어 동물 모티프는 어떤 의미를 가지는 것일까? 이상 문학에는 시, 소설, 수필에 걸쳐 다양한 동물 이미지가 등장한다.18) 그러나 이 글에서는 이상 소설의 동물 모티프가 가장 선명하게

---

17) 오이디푸스적 구도와 갈등은 이상 문학에 있어서도 핵심적인 요소이다. 주지하다시피 이상은 아이 시절 백부의 집에 입양이 되어, 실질적으로 두 가정의 장남이 된다. 이것은 이상에게 엄청난 심리적 상처와 부담을 안겨주었을 가능성이 농후하며, 특히 생활에는 무능한 예술가의 길을 추구하는 그에게 있어 그러한 부담감은 한층 증폭되었을 것이다. 그리하여 가족을 둘러싼 긴장이 모티프가 된 작품들이 장르를 초월하여 이상의 문학에는 빈번하게 등장한다. 그러나 이상에게 있어 오이디푸스적 욕망은 대단히 혼란스럽게 나타난다. 대개의 경우는 그러한 구도를 부정하려고 하지만 어떤 경우에는 장남으로서 그 구도를 신성하게 받아들이려는 모습으로 나타나기도 하고, 〈十二月 十二日〉에서는 가족 삼각형에서 벗어난 모습이 형상화되기도 한다.

18) 여타의 이상 문학에서 동물이미지(특히 '개'가 많이 등장한다.)는 자의식과 이성과 대비되는 본능이라는 두 가지 의미를 지닌 것으로 보인다. 전자에 해당하는 것은 〈첫번째 放浪〉, 〈무제(2)〉, 〈紙碑〉 등에서이다. 〈첫번째 放浪〉에서 '나'는 열차 안에 있으면서 갑자기 개떼를 발견하고, "개들의 흙투성이 발이 내 위에 포개"(이상, 김윤식 編, 『이상문학전집3-수필』, 문학사상사, 1993, 162쪽. 앞으로의 이상 수필 인용은 쪽수만 표시한다.)지는 경험을 한다. 또한 일종의 환타지라고 할 수 있는 〈무제(2)〉에서의 역원은 '나'를 방문해서는 "貴下는 數百마리의 개를 貴下의 방에서 물어 죽이고 있는 것을 나는 目睹하고 있었읍니다."(300)라고 말하며, 〈紙碑〉에서 개는 아내가 없는 방에서 처음에는 "저쪽을 向하여짖"(199)고, 내가 방을 나서려 하자 "이쪽을向하여 마지막으로 슬프게 짖는"다.

후자에 해당하는 것은 〈황〉과 〈황의 기〉, 〈禁制〉 등이다. 〈황〉과 〈황의 기〉는 모두 개가 이야기의 중심에 놓인 환상적인 수필이다. 이들 작품에서의 개는 이상 자신의 육체성을 나타낸다. 특히 후자의 작품에서 이러한 특징이 선명한데, 그것은 이성이나 지성을 상징하는 R의학박사와의 대비를 통해 나타난다. 이 작품에서 개난 관능, 감성, 본능, 원시적 생명력 등을 나타낸다. 시 〈禁制〉는 〈황의 기〉와 작품의 전반적인 요소가 중첩되는 작품으로서, 이성으로 표상되는 박사와 동물적 본능의 세계를 나타내는 개가 나온다. 화자는 박사를 "學究의未及과生物다운嫉妬"(75)를 지닌 존재로 그리며, 의과대학을 "허전한마당"이라고 표현하고 있다. 이는 이성적 세계의 비대화

드러나며 이 글의 주제의식에 가장 적합한 〈날개〉와 〈지주회시〉를 중심으로 논의를 펼치고자 한다.

두 작품은 모두 백수인 남편과 몸을 파는 아내가 주인공이다. 이들 작품의 제목은 모두 '날개', '지주'(거미), '돼지'와 같은 동물 이미지로 되어 있다. 특히 〈지주회시〉에서는 동물 비유가 빈번하게 등장하여, 모든 인물들은 그에 걸맞는 동물 비유를 하나씩 가지고 있을 정도이다. 그 중에서도 가장 빈번하게 등장하는 것은 바로 거미 비유로, 다음의 예문은 이를 잘 보여준다.

> 이방에 그 외에또생각혀여보면－맥이뼈를디디는것이빤히보이고, 요 밖으로내어놓는팔뚝이밴댕이처럼꼬스르하다－이방이그냥거민게다. 그 는거미속에가넓적하게드러누워있는게다. 거미내음새다. 이후덥지근한 내음새는 아하 거미내음새다. 이방안이거미노릇을하느라고풍기는흉악 한내음새에틀림없다. 그래도그는안해가거미인것을 잘 알고 있다.[19]

위의 예문에서는 '방'과 '아내'는 모두 거미로 표현되고 있다. 〈지주회시〉에서는 이외에도 '그', 친구 吳, 마유미, 돈 등이 모두 거미로 비유된다. 이처럼 여러 차원에 놓여 있는 인물과 대상을 거미라는 동일한 동물로 나타낼 수 있는 근거는, 비유되는 대상들이 '무언가를 빨아들인다는' 속성을 공유한다는 점이다.

> a) 눈물이새금새금맺혀들어왔다. 거미－분명히그자신이거미였다. 물

로 인해 원시적 생명력이 소멸해 가는 것에 대한 아쉬움을 나타낸 것이라 할 수 있다.
19) 이상, 김윤식 編, 『이상문학전집2－소설』, 문학사상사, 1991, 298쪽.
  앞으로의 이상 작품 인용은 본문 중에 쪽수만 표시하기로 한다.

뿌리처럼야외들어가는아내를빨아먹는거미가   너자신인것을깨달아라. 내가거미다. 비린내나는입이다. 아니 아내는그럼그에게서아무것도안빨아먹느냐. 보렴—이파랗게질린수염자국—퀭한눈—늘씬하게만연되나마나하는형영없는營養을—보아라. 아내가아내다. 아내아닐수있으랴. 거미와거미거미와거미냐. 서로빨아먹느냐. 어디로가나. 마주야웨는까닭은무엇인가.(301)

b) 이게마유미야이뚱뚱보가—하릴없이양돼진데좋아좋단말이야—숲알났는게사니이야기알지(알지)즉화수분이야…… 내가거미지, 거민줄알면서도—아니야, 나는또제요구를안들어주는것은아니니까—그렇지만셋방하나얻어가지고 같이살자는데는학질이야—여보게거기까지가면三十까지百만원꿈은세봉이지.(306)

c) 그러니까저를빨아먹는거미를제손으로기르는세음이지요. 그렇지만또이허전한것을저끄나풀이다수굿이채워주거니하면아까운생각은커녕즈이가되려거민가싶습니다.(308)

a)에서 주인공이 자신과 자신의 아내를 거미로 단정짓는 이유는 상대방이 야윌 정도로 서로가 서로에게서 무언가를 빨아먹는 데에 있다. b)에서도 그의 친구 吳는 자신의 물욕을 채우기 위해 여급 마유미를 등쳐 먹으면서, 자신을 거미라고 규정짓는다. c)에서는 마유미의 속내가 드러나는데, 그녀는 그동안 吳를 통해 정신적 공허를 채우기 위해 일부러 '저를빨아먹는거미', 즉 吳를 길렀던 것이다. 마유미는 마유미대로 吳로부터 자신이 필요로 하는 것을 빨아먹었던 것이고, 이로 인해 그녀는 자신을 거미라고 생각한다. 이 때 거미에게는 죄인을 눈멀게 하는 악마 사탄으로서 가난한 자의 피를 짜내는 수전

노라는 기독교적 의미[20]가 부여된다.

　서로가 서로를 빨아먹는 관계를 나타내기 위해 탄생한 거미의 이미지는 더욱 확대되어 당시 사회를 밑바탕에서 움직여나가던 핵심적인 원리, 즉 돈을 의미하기도 한다. 즉 '돈도거미'(308)인 것이다. 〈지주회시〉에는 일제 치하에서 자본을 중심에 놓은 사회의 움직임이 곳곳에 스며 있는데, 친구인 뭇는 백원을 석달만에 오백원으로 만들어주겠다며, 그의 돈을 가로채기도 한다.

　기본적으로 거미를 통해 드러나는 사회적 관계, 즉 서로가 서로를 빨아먹고, 서로에게 빨아먹히는 관계로 인해 거미의 비유에는 또한 '야윈' 이미지가 부여된다. 그는 "아내만은 왜그렇게야위나. 무엇때문에"(305)라며 아내를 떠올리고, "아내-자꾸말라들어가는아내-꼬챙이같은아내-그만좀마르지"(306)라며 안타까워하기도 한다. 자신마저도 "나는거미"라고 선언하며, "연필처럼야위어가는것"(300)이라고 규정짓는다. 그런데 이 작품에서 이처럼 마른 거미의 이미지는 이와는 대비되는 '양돼지'의 이미지를 통해 그 사회적 성격이 크게 증폭된다. 두 이미지의 대비가 가장 극적으로 드러나는 것은 아내가 일하는 R회관에 놀러온 A취인점 전무에게 아내가 폭행을 당해 계단 아래로 굴러 떨어지는 장면에서인데, 그것을 소개하면 다음과 같다.

　　넌왜요렇게빼빼말랐니-아야아야놓세요말좀해봐아야아야놓세요 (눈물이핑돌면서) 당신은왜그렇게양돼지모양으로살이쪘소오-뭐이, 양돼지?-양돼지가아니고-에이발칙한 것, 그래서발길로채였고채워서는층계에서굴러떨어졌고굴러떨어졌으니분하고-모두분하다. (309)

---

20) J.C.Cooper, 이윤기 옮김, 『세계 문화 상징 사전』, 까치, 1994, 372쪽.

이 장면에서 '아내'와 '양돼지'는 사회적 약자와 강자의 관계를 상징한다. 아내나 취인점의 전무나 똑같이 상대방에게 언어적 폭력을 가했음에도, 아내는 아무런 사회적 힘이 없기에 층계 아래로 굴러 떨어지고 마는 것이다. 이처럼 〈지주회시〉에서의 거미 이미지는, 그것이 때로 정신적인 영역으로까지 확대되기도 하지만, 대개의 경우 일제 치하 물질적인 착취의 관계를 나타내는 것으로 표현되고 있다. 〈지주회시〉에서의 거미 이미지는 카프카의 중단편 소설에 나타나는 '동물'과 같은 분열증적 욕망의 기호로만 기능하는 것은 아님을 알 수 있다.

〈지주회시〉에서는 방도 거미로 인식되는데, 이것의 의미를 분명히 파악하기 위해서는 〈날개〉의 주요 배경인 房과 함께 살펴볼 필요가 있다. 〈날개〉의 '나'는 "나는 어데까지든지 내 방이 – 집이 아니다. 집은 없다. –마음에 들었다."(321)라고 말하고 있다. '집'을 애써 부정하고 '방'을 강조하는 것은, 그에게 있어 방이 독특한 위상을 지니고 있음을 보여준다.21) 〈날개〉의 집은 "한 번도 닫힌 일이 없는 한길이나 마찬가지 대문"을 가지고 있다. 대문이라는 것이 공간을 구획하고, 이를 바탕으로 사회의 기본적인 코드와 질서를 만들어내는 상징적인 의미를 지닌다고 할 때, 이것은 〈날개〉의 '집'이 일반적인 가정과는 다른 것임을 보여주는 것이다. 〈날개〉에서 방은 사회규범의 상징적

---

21) '어디갔는지모르는안해'라는 부제가 붙은 〈紙碑〉라는 시는 아내가 남편인 '나'를 속이기도 하는 화류계 여자라는 점에서 〈날개〉와 거의 일치한다. 그런데 이 시에서도 "이房에는 門牌가없다"(199)는 표현이 나온다. 〈家庭〉이라는 시와 〈황〉이라는 수필에서도 "나는우리집내門牌앞에서여간성가신게아니다"와 "미움기 짝없는 문패"(312)라는 표현이 나온다. 여기서의 문패는 가족적인 삶의 제유로 사용되고 있으며, 이상에게 있어 문패로 상징되는 정상적인 대문(가족)의 구조는 부정의 대상임이 드러나는 것이다.

표상체계 등이 범접할 수 없는 절대적인 공간이다. 이곳에서 '나'는 "세상의 아무것과도 교섭을 가지지 않는다. 하느님도 아마 나를 칭찬할 수도 처벌할 수도 없는 것 같다"(339)고 생각한다. 카프카 소설의 가정이, 동물변신이라는 탈영토화를 감행한 주인공들을 결국에는 재오이디푸스화시키는 공간이었다면, 거미로 비유되기도 하는 이상 소설의 방22)은 오히려 탈영토화의 공간이라고 말할 수 있다.

이러한 방의 성격은 〈지주회시〉에서 "피가지나가지않는혈관−생각하지않고도없어지지않는머리−칵막힌머리−코없는생각−거미거미속에서 안나오는것−내다보지않는것−취하는것−정신없는것−房−버선처럼생긴房"(300)이라는 더욱 풍부한 의미를 얻게 된다. '칵막힌머리', '코없는생각', '내다보지않는 것' 등은 방이 지닌 사회와의 단절적인 성격을 드러내는 비유이다. 이러한 방 안에서 주인공은 다음의 예시문에서처럼 '온갖 벗'과 '온갖 관계'에서 벗어나 활발하게 '발광'하는 것이다.

> 쇠와같이독한꽃−독한거미−문을닫자. 생명에뚜껑을덮었고 사람과사람이사귀는버릇을닫았고 그자신을닫았다.온갖벗에서−온갖관계에서−온갖희망에서−온갖慾에서−그리고온갖욕에서−다만방안에서만그는활발하게발광할수있었다. (301)

〈날개〉에서 동물 이미지는 주로 탈영토화된 '방'에서의 주인공 모습을 나타내는데 쓰인다. 이불 속에서의 사색과 유희를 즐기는 '나'는

---

22) 신범순 교수는 "이상에게 있어서 '방'의 의미는 매우 각별한 것이다. 그것은 도피와 거리 및 탈출의 공간이며, 그 불안정한 길목이다."(신범순, 앞의 논문, 174쪽)라고 밝히고 있다.

"가장 게으른 동물처럼 게으른 것이 좋았다."(324)라며 자신의 상태를 동물의 상태에 비유하고 있다. 또한 윗방에서 혼자 밥을 먹는 자신을 "나는 닭이나 강아지처럼 말없이 주는 모이를 넙죽넙죽 받아먹"(326)는다고 표현하거나 누워 있는 자신의 모습을 "몸을 돌쳐 이불을 뒤집어 쓰고는 개구리처럼 엎드리고"(331) 있다고 표현하고 있는 것이다.

이처럼 이들 작품에서 동물 이미지는 다양한 의미를 지닌 것으로 보인다. 그러나 대개의 경우 〈지주회시〉에서는 일제 치하의 물질적인 착취의 관계를 나타내는데 사용되고 있음을 알 수 있다. 그러나 카프카의 중단편 소설에 나타나는 '동물'과 같이 선명하지는 않지만 〈지주회시〉에서 주인공이 '발광'하는 공간인 방을 비유하거나 〈날개〉에서 탈영토화된 주인공의 모습을 나타내기 위해 동물 이미지가 쓰이는 것에서 알 수 있듯이, 이상 소설에 있어서의 동물도 코드화되고 영토화된 기존의 질서로부터 벗어나려는 분열증적 욕망의 기호로 작용한다고 볼 수 있다.

4. '백치가 된 지식인'의 의미와 탈주선으로서의 매저키즘

카프카의 중단편에서 동물 변신이 주로 가족과 직장이라는 사회적 제도로부터 벗어나기 위한 일종의 탈영토화의 시도로 그려지고, 그러한 시도가 결국에는 재오이디푸스화되는 비극으로 끝난다는 사실은 2장에서 살펴보았다. 그러나 이상의 작품은 이와는 다른 구성을 보여준다. 그 중에서도 〈날개〉와 〈지주회시〉의 주인공들은 반대로 탈영토화의 상황에서 시작하여, 기존의 사회적 질서 속으로 들어가고자 노력한다는 점에서 큰 차이가 있다.

〈날개〉가 특히 그러한데, 이 작품의 '나'는 "밤이나 낮이나 잠만 자느라고"(320) 정신이 없는 '精神奔逸者'(318)로서, 깨어 있을 때 하는 일이라곤 부드러운 사루마다를 입고 불장난을 하거나 화장품 냄새를 맡는 일밖에 없다. 이러한 '나'의 모습은 일종의 '백치가 된 지식인'의 모습이라고 할 수 있는데, 이러한 모습은 〈지주회시〉에서도 마찬가지 이다. 아무런 사회적 능력도 없는 '나'는 "사람노릇을하는체대체어디 얼마나기껏게으를수있나좀해보다-게으르자-그저한없이게으르자- 시끄러워도그저모른체하고게으르기만하면된다."(297)라는 지극히 무기력한 삶의 태도를 지니고 있다. 이처럼 퇴화된 주인공들의 모습 은 기존의 사회적 질서나 코드와는 철저히 무관한 삶을 사는 것으로 서, 창작 시기(두 작품 모두 1936년에 발표되었다)를 고려할 때 작가의 현 실에 대한 일종의 전략이 숨겨져 있는 것이라고 할 수 있다.

1930년대 중반에는 파시즘의 광풍과 사회주의의 스탈리니즘으로 의 변질로 인해 세계가 어두운 빛깔로 채색되었다. 1934년 사회주의 와 자유주의가 파시즘에 저항하여 인민전선을 수립한 것, 1935년 4월 '지적협력국제회의'와 1935년 6월 '국제작가대회' 등이 반파시즘과 문 화옹호를 기치로 개최되었다는 것은 당시 지식인들이 느끼던 위기감 을 실감 있게 보여주는 사례들이다. 이러한 세계 정세 속에서 조선의 지식인들이 느꼈던 위기감은 한층 더 컸다. 그것은 무엇보다 일제의 초강경국가주의가 한반도는 물론이고 동아시아 전체를 옥죄고 있었 다는 데서 그 이유를 찾을 수 있다. 이는 직접적으로 카프의 해체를 가져오기도 했으며, 시대정신의 중심에 있던 사회주의 자체도 이미 현실에 대한 설명력을 상실하여 지성계는 바야흐로 정신적 공백기로 접어들고 있었다.

따라서 지식인들의 불안은 단순히 생활적인 것을 넘어서 정신적인 것에까지 깊게 영향을 끼치고 있었던 것이다. 이런 맥락에서 〈지주회시〉와 〈날개〉의 전반부에 나타난 주인공의 모습은 정신적으로나 생활적으로나 완벽하게 무기력해진 당시 지식인의 모습을 반영하면서 동시에 비판을 가하는 일종의 알레고리로 기능한다.

그러나 작품이 전개됨에 따라 〈날개〉와 〈지주회시〉의 주인공들은 조금씩 영토화되려는 움직임을 보여준다. 〈날개〉의 '나'는 아내의 방에 드나드는 내객의 빈도수가 많아질수록, 조금씩 사회의 진상에 눈떠 가기 시작한다. 다르게 표현하자면 그것은 돈의 힘, 즉 돈과 성의 내밀한 관계를 파악하게 되어 가는 것이라고 할 수 있다. 그리하여 아내가 준 돈을 담아둔 저금통을 변소에 갖다 버리던 주인공은 나중에 "돈이 왜 없냐면서……"(336) 이불 속에서 울기까지 한다. 〈지주회시〉의 '그'도 자신의 '방'에서 "그저한없이게이른것"을 추구하지만, 나중에는 서른살이 될 때까지 백만원을 번다는 뭇의 말을 들으며 "모든이런뭇의저속한큰소리가맹탕거짓말같기도하였으나또아니부러워할려야아니부러워할수없는형언안되는것이확실히있는것도같았다."(302)고 고백한다.

그러나 이들은 당연하게도 자본이 물신화된 당시의 사회 구조 속으로 들어가는 데에 실패한다. 〈날개〉의 나는 돈의 효용에 눈을 뜨기는 했지만, 결국 "돈을 구하는 아무런 방법도 알지는 못"(336)한 상태이고, 〈지주회시〉의 나 역시 사회적 무능력자로서 아내가 벌어온 돈 백원을 뭇에게 사기당하는 수준에 불과하기 때문이다. 그리하여 그들은 기존의 사회적 구조나 질서에서 벗어나는 새로운 탈주의 방법을

시도하는데, 그것은 바로 매저키즘의 방식으로 나타난다.[23]

이 때의 매저키즘은 프로이드적인 의미[24]가 아닌 들뢰즈적인 의미에서의 매저키즘이다. 매저키즘에 대한 프로이드의 기본적인 견해는, 매저키즘이 주체의 자아에게 되돌아온 새디즘이라는 것이다.[25] 부친 살해라는 신화적 요소와 관련하여 매저키즘과 죄의식의 상관성에 대해 언급하고 있는「도스토예프스키와 부친 살해」(1928)에서 프로이드는 매저키즘에 대해 말하면서, 아버지에 대한 신화적인 양가 감정과 그로 인해 발생하는 아들의 죄의식이 매저키즘의 근원이라고 밝히고 있다.

들뢰즈는 프로이트를 거꾸로 세워 놓는다.[26] 매저키스트가 느끼

---

23) 이 글에서 살펴보려는 매저키즘적 방식은 이상이 최초로 쓴 소설인〈十二月 十二日〉에서도 나타난다. 업은 나중에 백부에 대한 복수의 방식으로, 백부가 보는 앞에서 해수욕 도구를 불태우고는 죽는 방법을 택하는데, 이것도 일종의 매저키즘이다. 업의 욕망은 단순히 죄의식에서 자신이 처벌받기를 원하는 것이라기보다는, 아버지를 처벌하고자 하는 욕망이라고 할 수 있다.

24) 이상 소설의 매저키즘을 지적한 것으로는 오생근(앞의 논문)의 논의를 들 수 있다. 오생근은 "마조히즘과 사디즘은 동질의 안과 밖과 같은 것" 혹은 "상의 사디즘은 격렬한 부정 정신으로 연결되며 그것은 다시 마조히즘으로 돌아온다."라는 말에서 알 수 있듯이, 매저키즘을 '주체의 자아에게 되돌아온 새디즘'이라는 맥락에서 이해하고 있다.

25)「성욕에 관한 세 편의 에세이」(1905)나「본능과 그 변화」(1915),「매맞는 아이」(1919) 등에서 이러한 견해가 표명되고 있다. 여기에서는 새디즘이 일차적인 것이며 매저키즘은 이차적인 것으로만 표현된다. 그러나「쾌락원칙을 넘어서」(1920)에서 죽음 본능의 존재를 확인한 이후부터는 약간의 변형이 이루어져, 일차적 매저키즘의 존재 가능성에 대해 긍정적으로 표현했고,「마조히즘의 경제적 문제」(1924)에서는 일차적 매저키즘을 확실한 것으로 인식하고 있다. 그러나 새디즘과 매저키즘의 상호보완성이라든지, 본능적인 힘의 방향이 바뀜으로써 매저키즘이 생겨난다는 점은 변하지 않고 있다.

26) 프로이트가「쾌락원칙을 넘어서」에서 본능의 이원론을 주장했던 것과 흡사하게, 들뢰즈는 새디즘과 매저키즘이 서로 다른 질적인 원리에 입각하고 있음을 보여주고자

는 죄의식이 부친 살해와 연관되어 있다고 했던 프로이트와는 달리, 들뢰즈는 거꾸로 아들의 내부에 존재하고 있는 아버지와 닮아 있는 자신의 모습이 죄의식의 근원이라는 것이다. 곧 아버지를 죽이려 했기 때문에 죄의식을 느끼는 것이 아니라, 나쁜 아버지를 자기 안에 용납해 들였기 때문에, 곧 아버지를 닮아가고 있는 자기 모습 때문에 죄의식을 느낀다는 것이다. 따라서 매저키즘은 죄의식이라기보다는 처벌받고자 하는 욕망이고, 아버지를 처벌하고자 하는 욕망이고, 그래서 매저키스트의 죄의식은 대단히 혼란스럽게 나타난다.[27]

법보다 더 높은 단계로 초월해버림으로써 법을 부정하는 것이 새디즘의 아이러니라면, 법을 철저하게 지킴으로써 법의 불합리성을 입증하고 법의 의도를 저지하는 것은 매저키즘이다.[28] 매저키즘의 공식은 바로 '굴욕을 당하는 아버지'인 것이다.[29] 따라서 〈날개〉와 〈지주

한다. 새디즘/매저키즘의 이분법은 스피노자적 논증/플라톤적 변증, 논리/상상, 제도/계약, 부정/부인, 프랑스 혁명과 사드/1848년 혁명과 마조흐, 아이러니/유머 등으로 변주되는데 그가 이러한 비교를 통해 도달하고자 하는 것은 양자의 상보성을 강조함으로써 성립되는 새도-매저키즘이라는 프로이트적 틀에 대한 비판이다.

27) Gilles Deleuze, 이강훈 옮김, 『매저키즘』, 인간사랑, 1996, 114쪽. 다음은 「지주회시」에서 아내가 '양돼지'에게 폭행당했다는 소식을 듣고 경찰서에 가서 보이는 혼란스러운 의식인데, 이러한 의식의 혼란 상태가 바로 여기에 해당한다고 할 수 있다. ("말라쨍이라고그런점잖은손님의농담에어찌외람히말대꾸를하였으며말대꾸도유분수지양돼지라니-그래생각해보아라네가말라쨍이가아니고무엇이냐-암-내라도양돼지소리를듣고는-아니말라쨍이소리를듣고는-아니양돼지소리를듣고는-아니다아니다말라쨍이소리를듣고는-나도사실은말라쨍이지만-그저있을수없다-양돼지라 그래줄밖에-아니그래양돼지라니그런괘씸한소리를듣고내가손님이라면-아니내가여급이라면-당치않은말-내가손님이라면그냥패주겠다. 그렇지만아내야양돼지소리한마디만은잘했다그러니까걷어채었지-아니나는대체누구편이냐누구편을들고있는세음이냐"(310).

28) 위의 책, 91-101쪽.

29) 위의 책, 68쪽.

회시〉에서 자신 혹은 자신의 분신과도 같은 아내를 학대하고자 하는 '나'나 '그'의 심리는, '양돼지'들의 억센 손아귀에 자신의 목을 내맡기는 척하면서 결과적으로는 스스로의 목을 조르게 하는 고통스러운 대응방식이라고 할 수 있다.

〈날개〉의 '나'는 웃방에서 나와 외출도 하고, 몇 차례에 걸쳐 아내와 내객의 행위를 본의 아니게 방해한다. 그러자 아내는 나에게 수면제인 아달린을 먹인다. 세상 속으로 들어가고자 하는 '나'에 대한 아내의 반격이 시작된 것이다. '나'가 그 사실을 확인했을 때, 그는 산에 올라가서는 "가지고 온 아달린을 꺼내 남은 여섯 개를 한꺼번에 질경질경 씹어먹어"(340) 버린다. 이것은 자신에게 아달린을 먹인 아내의 부정적인 힘에 대한 매저키즘적인 응징인 것이다. 그러하기에 밥을 '모이'처럼 먹는 '나'에 어울리지 않게 그것을 '질경질경 씹어먹'는다고 표현하며, 그것을 먹은 후에는 "맛이 익살맞다."(340)는 쾌감까지 느낀다. 아달린을 먹은 것은 '나'이지만, 그로 인해 진정으로 고통받길 원하고 처벌하고자 한 대상은 자신 안에 숨어 있는 아내로 표상되는 사회적 구조와 질서인 것이다.

〈지주회시〉에는 매저키즘적 욕망이 작품의 전체에 걸쳐 구조적으로 나타난다. 〈지주회시〉는 2장으로 구성되어 있는데, 각각의 장은 "그날밤에그의안해가충계에서굴러떨어지고"와 "그날밤에아내는멋없이충계에서굴러떨어졌다.못났다."로 시작된다. 그런데 작품의 마지막은 "걷어차거든두말말고충계에서내리굴러라"로 끝난다. 겉에 드러난 의미만을 따라갈 경우, '아내가 충계에서 떨어지는 일'을 보는 주인공의 시각이 객관적인 서술에서 시작해서, 그러한 상황에 대한 부정적인 인식이 드러나고, 마지막에는 그것을 긍정하는 것으로 끝난다고 정리해 볼 수 있다. 그러나 그 속의 의미를 보면 이것은 단순히 아내가 층계에서 떨어지기를 바라는 것으로 볼 수 없다. 아내가 계단에서 떨어져 상처받기를 원하는 '나'의 욕망 속에는 자신만큼 소중한 아내, 즉 자신을 고통스럽게 하려는 매저키즘적 욕망이 작동하고 있기 때문이다.

〈지주회시〉에서 나와 아내는 3장에서 말한 바와 같이 서로 빨고 빨아 먹히는 사이이다. 그것은 작품 속에서 "거미와거미거미와거미냐. 서로 빨아먹느냐. 어디로가나. 마주야웨는까닭은무엇인가."(301)와 같은 직접적인 표현으로 나타난다. 이 작품에서 아내는 '나'의 분신이며, 작품이 진행될수록 아내에 대한 진한 애정은 곳곳에 드러난다. '나'는 경찰서에서 가해자인 취인점 전무와 피해자인 아내를 보자, 각각 양돼지와 '새앙쥐만한 아내'라고 생각한다. 아내는 어느새 새앙쥐라는 연약하면서도 보호본능을 불러 일으키는 비유를 통해 표현되는 것이다. 현실의 위력 앞에서 아내를 폭행한 범인을 고발하지도 못 하는 자신을 '구더기'라고 생각하며, "눈물이어느사이에뺨을흐르"(311)기까지 한다. 그리고는 경찰서에서 데려온 아내를 보며 "아내야너는이이상더야웨서는안된다절대로안된다명령해둔다"(311)고 다짐하며, 아내가 앓는 모양을 '참새'에 비유한다. 그동안 아내를 거미에 비유하던 것에 비한다면, '새앙쥐'나 '참새'의 비유는 아내를 대하는 주인공의 심정이 얼마나 달라졌는지를 분명하게 보여주는 대목이다. 그동안 현실의 여러 가지 착취로 인해 야위어 가는 것으로 인식되는 아내를 향해 '그'는 속으로 더 이상 야위어서는 안 된다는 명령까지 하고 있다. 즉, 그의 마음은 리비도가 충만한 사랑은 아니지만 아내에 대한 새로운 연민과 애정에 차 있는 것이다. 이런 상황에서 "아내야또

한번전무귀에다대이고 양돼지 그래라. 걷어차거든두말말고층계에서 내리굴러라."(314)라고 말하는 것은 단순히 아내를 괴롭히고 처벌하고 자 하는 것이 아니라, 아내 혹은 자신 속에 숨어 있는 일제 치하 자본 의 물신화라는 사회의 비정한 원리에 대한 응징인 것이다.[30]

　이런 맥락에서 〈날개〉와 〈지주회시〉의 결말 부분은 하나의 짝을 이룬다. 〈날개〉가 "한번만 더 날아 보잤꾸나."(344)라며, 위로의 자기 부정을 꾀한다면, 〈지주회시〉에서는 층계 아래로 내리 구르는 아래로 의 자기 부정을 꾀한다고 할 수 있다. 그러나 이 때의 자기 부정은 단순히 사회에 속하려 했지만 실패하고만 자신에 대한 처벌이 아닌 자신을 실패로 몰고 간 비정한 사회의 물신화 된 원리에 대한 응징이 라고 보아야 한다. 이처럼 〈날개〉와 〈지주회시〉는 매저키즘이라는 새로운 욕망의 탈주선을 창조하며 끝나고 있다. 특히 〈날개〉에서는 '날개'라는 동물 이미지가 하나의 매저키즘적 기호로 사용되고 있음 을 확인할 수 있다.

---

[30] 다음의 인용문들도 여기서 말한 매저키즘적 욕망으로 해석될 수 있다.("또거미. 아내 는꼭거미. 라고그는믿는다. 저것이도로환투를하여서거미형상을나타내었으면－그 러나거미를총으로쏘아죽였다는이야기는들은일이없다. 보통발로밟아죽이는데신발 신기커녕일어나기도싫다.(298)", "어느날아침에나뼈가가죽을찢고내밀리려는지－그 손바닥만한아내의이마에는땀이흐른다. 아내의이마에손을얹고 그래도여전히그는 잔인하게아내를밟았다. 밟히는아내는삼경이면쥐소리를지르며찌그러지곤한다……. 금긋듯이아내는작아들어갔다.(301)."

02

전쟁과 환상의 이중주

- 장용학 소설을 중심으로

1. 서론

장용학 소설에 대한 연구는 비교적 활발하게 이루어진 편이다. 그동안의 논의는 크게 네가지 측면으로 나누어 정리할 수 있다. 첫 번째는 주제론적 측면의 연구[1]로서, 이러한 논의는 장용학의 작품을 현대사회의 문제점과 연결시켜 논한 연구와 그의 작품에 나타난 실존주의의 양상을 밝힌 연구들로 나누어 볼 수 있다.

다음으로는 그의 소설을 관념소설로 구분하여 논의하는 연구들[2]

---

1) 김현, 「에피메니드의 역설 - 장용학론」, 『현대한국문학전집4』, 신구문화사, 1965.
   김현, 「이름없는 세계에의 갈구 - 비인탄생, 역성서설」, 위의 책.
   이철범, 「소외된 인간의 비극 - 현대의 野」, 위의 책.
   김우종, 「전쟁의 상처와 그 철학적 극복」, 『한국현대문학전집』, 삼성출판사, 1978.
   염무웅, 「실존과 자유 - 요한 시집」, 『현대한국문학전집 4』, 신구문화사, 1965.
   임헌영, 『실존주의와 1950년대 문학사상』, 『현대문학』, 1987.11-12.
2) 천이두, 「안타오스의 자유」, 『현대문학』, 1960.11.
   장수익, 「한국 관념소설의 계보」, 『1960년대 문학연구』, 예하, 1993.
   김철, 「냉전체제의 고착과 50년대 문학」, 민족문학사연구소 편, 『민족문학사 강좌 하』, 창작과비평사, 1995.

을 들 수 있다. 이러한 논의는 대개 장용학이 현대인의 문제를 해부하
고 극복하려 했지만, 관념적이고 개인적인 해결을 모색하여 한계를
지니며, 관념의 노출로 인해 소설이 실패했다는 평가를 공통적으로
하고 있다.

다음으로는 알레고리를 중심으로 장용학의 작품 세계를 바라보려
는 연구들3)이 있다. 이들 연구는 그의 작품을 알레고리적인 기호의
연쇄로서 바라보거나, 그 환유적 연쇄가 초월을 전제하는 은유적인
연상으로 변모되고 있다고 파악하기도 한다. 이들의 연구는 장용학
소설을 긍정적으로 평가할 수 있는 계기를 마련했다는 의의가 있다.

마지막으로 문학사적 연속성을 바탕으로 장용학 소설을 바라본 연
구들4)이 있다. 한국의 전후소설이 보편적으로 관념지향성과 추상성
을 지니고 있다는 전제하에 장용학의 소설을 바라보고 있는 유철상은
장용학의 소설에는 합리주의적 이성비판이 두드러지게 나타나는데,
이것이 주로 에세이즘을 통해 형상화된다고 지적한다. 구재진은 1960
년대 문학사 속에서 장용학의「원형의 전설」을 바라보고 있는데,「원
형의 전설」에서 주체는 근대 초월에 대한 기획을 바탕으로 하여 구성

황순재,「장용학의 원형의 전설 연구」,『국어국문학』, 부산대, 1992.
3) 김윤식,「우화성과 이데올로기 비판」,『문예중앙』, 1981.3.
　방민호,『전후소설에 나타난 알레고리 연구』, 서울대 석사논문, 1993.
　김건우,『장용학 소설 연구』, 서울대 석사논문, 1995.
　이현석,『전후소설의 서사구조와 수사적 성격 연구』, 서울대 석사논문, 1997.
　한민주,『장용학 소설의 알레고리적 특성 연구』, 서강대 석사논문, 1998.
4) 김윤식 정호웅,『한국소설사』, 예하출판사, 1993.
　김동환,「한국 전후소설에 나타난 현실의 추상화 방법 연구」, 한국 현대문학연구회
　편,『한국의 전후문학』, 태학사, 1991.
　유철상,『한국 전후소설의 관념지향성 연구』, 서울대 박사논문, 1999.
　구재진,『1960년대 장편소설 연구』, 서울대 박사논문, 1999.

되고 있다고 파악하고 있다.

　그동안의 연구는 장용학의 소설이 한국소설사의 주류를 이루는 사실주의적 소설과는 달리 반사실주의적 경향을 보인다는 점에서는 의견의 일치를 보고 있다. 이러한 장용학 소설의 특성을 논자에 따라 관념 혹은 알레고리 등의 각기 다른 미학적 범주로 파악하고 있으며, 그러한 바탕 위에 작가의 문학사적 의의를 매기고 있는 것이다. 본고에서는 이러한 장용학 소설의 고유한 특성을 파악함에 있어 환상(fantasy)이라는 개념을 이용하고자 한다. 이러한 연구 시각은 장용학 소설을 좀 더 폭넓게 다룰 수 있을 뿐만 아니라 그 서사적 특수성과 그 의미를 밝힘에도 유용할 것이다.

　이 글에서는 환상을 모방 충동과 함께 문학을 이루는 중요한 하나의 충동으로 보고자 한다. 캐스린 흄5)에 의하면 문학은 미메시스와 환상으로 이루어져 있다. 미메시스는 사건, 사람, 상황, 대상을 모사하려는 욕구로서 사람들이 공유할 수 있는 핍진감을 무엇보다 중요하

---

5) 그 이전의 다른 비평가들은 환상에 관해 기술하면서 환상을 하나의 장르나 형식으로 규정하려 시도했다. 캐스린 흄은 문학을 작가, 작품, 독자, 작가와 관련을 맺는 세계-1, 독자와 관련을 맺는 세계-2라는 다섯 가지 요소로 이루어져 있다고 파악한다. 배제적 정의는 이 중의 몇 가지 요소만으로 환상을 정의한다고 파악하고 있다. 한 가지 요소만을 가지고 정의한 경우로는 루이스 벡스와 브라이언 애트베리를, 두 가지 요소로 정의한 경우는 토도로프와 브룩-로스를, 세 가지 요소로 정의를 내린 경우는 해롤드 블룸과 마르셀 슈나이더, W.R.어윈, 앤 스윈팬 등을, 네 가지 요소로 정의를 내린 경우는 다르코 수빈을, 다섯 가지 요소로 정의를 내린 경우로는 톨킨과 로즈마리 잭슨을 들고 있다.
　흄은 배제적 정의들이나 환상을 장르나 형식으로 국한하려는 논의는 다음과 같은 것을 전제로 하고 있다고 파악하고 있다. 1. 문학에 내재된 주요한 충동은 미메시스이다. 2. 환상은 분리될 수 있는 주변현상이다. 3. 분리된 것이기에, 배제적 정의만이 환상을 가장 잘 정의내릴 수 있다. Kathryn Hume, *Fantasy and Mimesis*(New York and London : Methuen, 1984), pp. 3-28.

게 생각하는데 반해, 환상은 주어진 것과 기존의 리얼리티를 바꾸려
는 욕구로서, 놀이, 환영, 독자의 언어 습관을 깨뜨리는 은유적 심상
등을 통해 나타난다. 그녀는 환상을 사실적이고 정상적인 것들이 갖
는 제약에 대한 의도적인 일탈로서 바라보고 있는 것이다. 본고에서
는 환상에 대한 이러한 포괄적인 규정을 바탕으로 장용학의 소설에
나타난 환상성의 특질을 살펴보고자 한다.

장용학은 자신의 문학관을 피력한 한 글에서, 넓은 의미의 리얼리
즘이라고 할 수 있는 자연주의가 우리 문학풍토를 불모지로 만드는
요소라고 지적하고 있다.

> 自然主義는 자연과학의 발달을 배경으로 해서 이루어진 것이어서, 眞
> 實 探究라는 이름 아래 실은 사실을 묘사해낸 것에 지나지 않았다. 自然科
> 學이라는 렌즈에 비쳐들 수 있는 것은 事實뿐이고 진실은 비쳐들 수 없다.
> 그리고 과학이란 대상을 過去形으로 보는 것이기 때문에 그들이 그려낸
> 것은 보여진 過去이고 보는 현재가 아니었다. 그들이 그리려고 한 것은
> 거울 속에 비쳐진 인간이고 살아있는 인간이 아니었다. 그들에게 있어서
> 는 객관성이 神이었다. 生物學的人間이 곧 인간이었고 인간의 조건이란
> 환경과 遺傳이었다. 구름 위에 떠 있는 인간을 인간을 노래할 줄만 알았던
> 그 당시로서는 그것만으로도 큰 발견이었다.6)

> 反自然主義. 自然主義를 排擊한다고 해서 레알리티를 排擊한다는 것은
> 아닐 것이다. 自然主義的 레알리티만이 레알리티가 아니라는 것이다. 日
> 常的 눈에 비쳐드는 것에만 레알리티가 있는 것이 아니라는 것이다. 科學
> 萬能을 信奉하던 다이나마이트時節의 레알리티는 原子彈과 神話의 季節

6) 장용학, 「불모의 문학풍토」, 『사상계』, 1965.7, 305쪽.

인 오늘날의 레알리티가 되기는 어렵다는 것이다.7)

　위의 인용문들은 과학적인 관찰을 모델로 하여 만들어진 리얼리즘 문학만이 현재의 인간 모습을 담아낼 수 있는 것은 아니라는 장용학의 강한 확신을 보여준다. 더 나아가 과학만능 시절의 리얼리티는 오늘날의 리얼리티가 되기 어렵다는 급진적인 주장도 보이고 있다. 그는 이어서 자신의 창작태도를 비현실적이라고 보는 것은 자연주의적으로만 자신의 문학을 바라보기 때문이며, 자신이 보이는 비현실성은 현대적으로 사고하고 비판한 결과라고 주장한다. 자신의 문학이 난해한 이유는 근원적으로 현대 자체가 난해해졌기 때문이며, 자신의 창작의욕은 '현대에 있어서의 인간의 몰락'을 담아내는 데 있다는 것이다. 이 글은 장용학이 현대인의 모습을 제대로 담아내기 위해 비현실적인 요소를 작품속에 적극적으로 끌어들였음을 보여준다. 또한 그가 지닌 환상의 성격이 현대라고 하는 리얼리티와의 강렬한 연관 속에서 이루어지고 있는 것임을 드러내고 있다.

　전후 소설들이 당대 현실을 다루는 방식은 체험의 직접성에 근거하는 감상주의나 전후 체험의 극복이라는 당위성에 근거하는 도식적인 휴머니즘이 대부분이었다. 이러한 방식 속에서 당대의 사회에 대한 전반적인 의미 규정은 이루어질 수 없었다.8) 이러한 상황에서 장용학

---

7) 장용학, 「感傷的 發言」, 『문학예술』, 1956.9, 174쪽.
8) 문학사와 비평 연구회 編, 『1950년대 문학연구』, 예하, 1991.
　또한 기성세대는 기존의 형상화 방식에서 조금도 벗어나지 못 했다. 그리하여 그들은 "천편일률적으로 인정의 기미의 탐색이요 가정사의 추러블이나 애정문제의 간격을 묘사하는 정도에서 한걸음도 더 진전을 못 보이고 있"(곽종원, 「1955년도 창작계 별견」, 『현대문학』, 1956.1.)거나 "해방전의 문학의 연장이자 신변소설 풍속 시정소

은 근대 문명에 대한 포괄적인 비판을 가하기 위해 환상을 작품의
전면으로 적극 끌어들였다고 판단할 수 있다.

2. 환상적 기법을 통한 근대성 비판

장용학의 초기소설인 〈地動說〉(『문예』, 1950.5)과 〈未練素描〉(『문예』,
1952.1)에는 근대성의 핵심원리라 할 수 있는 합리주의의 한계가 드러나
고 있다.9)

〈地動說〉은 "비과학적이지만 과학적이 아니랄 수도 따지고 보면
없을"10) 파자놀이가 서사의 중심에 놓여 있다. 이 작품에서 서술자인
동길과 원님댁 몸종인 춘란, 그리고 개명한 서당 선생인 유선생은
삼각관계이다. 유선생은 평소 지구가 돌고, 땅의 반대편에는 서양인이
살며, 우리의 속도 개구리의 속과 다를바 없다는 말을 할 정도의 근대적
인 인물이다. 그런 그가 손가락 끝을 잘라 사랑의 약조를 맺을 정도로

설 세태묘사 등에 머물렀다"(백철, 「신세대적인 것과 문학」, 『사상계』, 1955.2.)는
평가를 받기도 했다.

9) 합리주의는 우리가 살고 있는 세상에서 초자연적인 것을 제거하고 오직 자연적인
것만을 남기려고 하는 노력이며, 자연적인 것은 언젠가 인간의 이성으로 이해할 수
있다는 생각이다. 근대인들은 오로지 이성의 능력과 이성을 올바르게 사용하는 방법
에 의해 자연을 설명하려고 하였고, 이러한 방법에 의해 성취된 결과는 인간 스스로
의 능력에 의한 진보를 확신하게 하였다. 이러한 근대 정신을 완성시킨 인물은 데카
르트와 뉴턴이다. 데카르트는 이성과 이성적 방법의 확신을 이론적으로 정당화 체계
화했으며, 뉴턴은 16세기의 과학적 성과들을 하나의 원리로 체계화시켜 기계적 세계
관을 확립했다.(이성환, 「근대와 탈근대」, 『모더니티란 무엇인가』, 민음사, 1994,
156-160쪽)

10) 『문예』, 1950.5, 92쪽.

춘란과 깊은 사이가 된다. 그러나 춘란이 쓴 籍자를 해석하지 못해 춘란과 유선생은 모두 죽고 만다. '籍'이라는 글자는 20일에 대나무 밭으로 오라는 뜻을 담은 일종의 파자인데, 평소 '글작난'이라며 제자들에게 파자놀이를 못 하게 했던 유선생은 맞출 수 없었던 것이다. 이 작품은 '작난'을 금기시해온 이성의 독단이 가져온 폐해, 즉 합리주의의 한계를 드러낸 것이라고 볼 수 있다.

〈未練素描〉의 주인공은 모더니스트로 알려진 시인이다. 그런 그가 복뚜꺼비를 놓고 느끼는 심적 동요가 작품의 주요 내용이다. 그는 어머니가 '이제부터 모든 일을 도와서 해 주겠다'는 귀신의 말을 무당으로부터 듣고 온 후, 집으로 들어온 복두꺼비에 집착한다. 그는 두꺼비가 없어지자 불안해 하며, 그것을 다시 찾아온 후에는 흐뭇하여 '아주 近代的인 詩句'를 만들어 내느라 시간 가는 줄을 모를 정도이다. 그날 밤 다시 두꺼비가 없어지자 그는 두꺼비를 찾아 나서고, 두꺼비에게 다시 집으로 돌아올 것을 애원한다. 그러자 정말 두꺼비는 집 안에 나타나고 그는 너무 놀란 나머지 두꺼비를 멀리 던져 버린다. 그 와중에 그는 '내일 아침에 눈을 떴을 때 그 두꺼비가 그 궤짝 밑에 혹시라도 들어와 있으면 어쩌나?'라고 걱정한다. 이를 통해 모더니스트로 표상되는 시인의 합리성이 그리 단단하지 않음을 알 수 있다. 다음의 인용문은 미신으로 표상되는 비합리성과 과학으로 표상되는 합리성 사이에서 갈피를 못 잡고 헤매는 주인공의 모습을 단적으로 드러내고 있다.

그는 요즈음 迷信과 科學 사이에 일맥상통하는 무엇이 있지 않을까 하는 非論理的으로 빚어진 冥想 속에서 하품을 하고 있을 때가 많았다.

"하여간 무엇이 있다." 하면서 그 하품에서 깨고 보면 아무것도 아니고 아무것도 아니라고 하자면 또 무엇이 있어야 할 것 같고……11)

〈圓形의 傳說〉12)에서는 비인간 서술자라는 환상적 장치13)를 통해 합리주의가 지닌 이분법적 사유체계14)에 대한 비판이 이루어지고 있다. 이 작품은 "이것은 세계가 自由와 平等, 이 두 진영으로 갈라져서 싸우고 있던 시절, 朝鮮이라고 하는 조그만 나라에 있은 한 私生兒의 이야깁니다."(11)로 시작된다. 이를 통해 서술자가 서술하는 시간과

---

11) 장용학, 〈未練素描〉, 『장용학 대표작품선집』, 책세상, 1995, 77~78쪽.

12) 본래 『사상계』에 1962년 3월부터 11월까지 연재되었다가, 후에 『한국현대문학전집 4』(신구문화사, 1965)으로 출판되었다. 둘 사이에 차이가 없으므로 본고에서는 신구 문화사판을 텍스트로 삼았다. 본문 중의 인용 표시는 인용문의 끝에 쪽수만 기록하기로 한다.

13) 서술자는 소설에 있어 핵심적인 기능을 한다. 서술자는 작가의 사상을 드러내는 직접적인 통로로서, 소설의 분위기나 주제에 직접적인 영향을 미치는 요소이다. (Seymour Chatman(한용환 옮김), 『이야기와 담론』, 고려원, 1991, 228쪽) 비인간적 서술자는 환상소설에서 흔히 쓰이는 문학적 장치로서, 인간적 결점을 노출시켜주는데 효율적인 장치로 기능한다. 비인간적 서술자는 우리의 종과 우리의 사회화되는 유형으로 인하여 가질 수밖에 없는 인간의 한계를 드러낸다. 이러한 소설들은 대개 인간의 야만성과 부주의한 자기중심주의를 다루고 있다.(Kathryn Hume, op.cit., pp.135-137.) 대부분의 플롯은 행동의 플롯, 인물의 플롯, 아이디어의 플롯으로 구분된다. 환상 역시 행동의 환상, 인물의 환상, 아이디어의 환상 등으로 나누어 생각해 볼 수 있다. 비인간적인 서술자가 설정된 소설은 대부분 인물에 기반을 둔 환상에 속한다.(Ibid, pp.159-163)

14) 모더니즘의 핵심정신인 합리주의는 데카르트에 의해 구체화된 의식-주체(자아), 수학적 이성, 이성 중심주의, 보편적 주체나 보편적 이성, 이원론, 뉴턴에 의해 체계화된 기계적 세계관, 그에 따른 실험적 방법의 성립, 자연을 지배하는 하나의 법칙과 발견, 인과율과 결정론, 환원주의, 가역성 그리고 로크와 루소에 의해 주창된 자연법, 자연권 등으로 파악할 수가 있다. 또한 계몽에 대한 열광과 진보에 대한 믿음 그리고 메타 이론이나 거대 이론에 대한 확신도 합리주의의 특징으로 들 수 있다. (이성환, 앞의 책, 173-174쪽)

서술되는 시간이 상이함을 알 수 있다. 그러나 이러한 시간상의 거리는 회상의 형식을 가지는 모든 소설이 당연히 갖게 마련인 거리와는 질적으로 다르다. 그것은 절대적인 것이라고 할 수 있는데, 서술자에 의해 서술되고 있는 인물들은 '人類前史'에 속하는 데 반해, 서술자는 '人類前史'가 끝나고 새롭게 수립된 세계에 살고 있기 때문이다. 이 작품의 서술자는 현재의 인류와는 질적으로 다른 존재이다.

서술자의 진술은 주로 서술자가 존재하는 미래와 인류 전사와의 차이로 집중되고, 서술자는 '전설의 세계'를 살고 있는 이장보다 훨씬 우월한 위치를 확보하게 된다. 서술자는 '원형의 전설'이 '쑥스러운 시절에 있었던 이야기'라고 말하고, 전설의 세계를 살았던 그들을 '語不成의 존재'라고 지칭한다. 이러한 비인간적 서술자의 존재를 통해 인간들이 볼 수 없는 오늘날의 문제를 인식할 수 있으며, 현재의 조건을 유동적인 것으로 받아들이는 것이 가능하게 된다. 현대의 시공 밖으로 나감으로써 오늘날의 인간들이 갖고 있는 편견 내지는 모순을 전면적으로 비판할 수 있는 것이다.

다음 인용문에서 드러난 서술자의 진술은 그가 인간과는 분명 다른 존재에 속함을 보여주고 있다. 또한 인간의 감각이라는 것이 하나의 구속이며, 절대적인 기준일 수 없음이 드러난다.

> 世界는 東西南北으로 되어 있는 것이기 때문에 세 개의 窓으로 내다본 세계가 세계의 全貌일 수 없는 것이라면, 다섯 가지의 感覺만을 통해서 본 세계가 完全한 세계가 아니라는 것도 인정해야 할 것입니다…… 인간에게 다섯 가지의 感覺밖에 없다고 해서 世界에도 다섯 가지의 屬性밖에 없다고 하는 것은 群盲의 무상과 같은 愚濫이라 할 것입니다.(121)

이러한 비인간적 서술자의 설정은 이미 〈死火山〉(『문학예술』, 1955.10)에서 시도된 바 있다. 이 작품의 서술자는 전선으로 향하는 도중 사고로 숨진 군인이다. 그는 죽은 애인인 梨那와의 지난 일을 회상하기도 하고, "머리가 뜯겨나가서 없어진 어머니의 젖꼭지에 매달려 젖을 빨고 있는 갓난아이의 포동포동 살찐 장딴지"[15]같이 전쟁의 참상을 보여주는 地獄道를 보기도 한다. 나중에는 죽은 애인을 만나 신과 도덕에 대한 강렬한 항거의 정신을 드러내기도 한다. 구체적인 시공에 규정된 인간적 서술자가 아닌 독특한 성격의 서술자는 자신들의 우월한 처지를 이용하여 현실적 인간들이 볼 수 없고 말할 수 없는 것들에 대하여 포괄적으로 이야기하는 것이다.

비인간적 서술자를 택하고 있는 〈圓形의 傳說〉이 드러내는 근대의 핵심적인 문제는 이분법적 사유 체계이다. 근대의 사유체계는 이분법을 기본바탕으로 해서 이루어져 있음은 주지의 사실이다.

> 그들이 眞理에 도달 못하고 있는 것은 對立癖 때문이었는데, 무엇이든 對立시켜야 심성이 풀렸던 것입니다. 대립되어야 悲壯해질 수 있었고, 비장해져야 食慾이 돋는 것이었습니다.(134)

> 모두 二分法이란 것 때문이오. 세상에는 分法이 여러 가지 있지만 이 二分法이라는 것이 압도적으로 많고 따라서 가장 人間的인 分法인데, 그래서 가장 주먹九九로 돼 있는 거요. 二分이란 바꾸어 말하면 對立인데 소위 科學的이라는 입장에서 볼 때 세상에 對立이라는 것은 없는 것이오. 한줄로 '나라비'를 시켜 놓으면 서로 이웃이 되어서 모두 親戚이란 말이오.(137)

---

15) 장용학, 앞의 책, 57쪽.

첫 번째 인용문은 모든 것을 이분법으로 파악하는 것이 오히려 진리에의 도달을 불가능하게 만든다고 말한다. 두 번째 인용문에서는 실제로 세상에 이분법이라는 것은 있을 수 없는데, 사람들이 임의로 모든 것을 대립시킨 결과 세상을 엉망으로 만들어 버린 것이라는 인식이 피력되고 있다. 이분법에 대한 이러한 부정적인 인식은 작품의 서두에서 6.25를 르네쌍스가 낳은 '자유'와 '평등'이라는 남매의 충돌로 파악하는 시각에도 연결된다.

이분법적 사유 체계는 근대의 핵심적인 원리이다. 주체는 미성숙에서 벗어나 이성을 자각함으로써 계몽에 이르지만, 그 이성을 주체 내부에 한정시킴으로써 타자와의 관계를 폐쇄시킨다. 폐쇄된 이성적 주체들 사이에서의 특정한 주체의 자율성은 타자의 지배를 요구하며, 이로써 자율성을 보장하는 주체 내부의 원리는 타자를 수단화하는 도구적 이성이 된다. 이러한 도구적 이성은 필연적으로 인간관계를 단절시키고 사물화와 소외를 낳는 것이다.16) 이분법적 사유 체계와 인간 소외가 분리될 수 없는 근대의 양면인 것처럼, 장용학의 소설 속에도 이분법적 사유 체계에 대한 비판과 함께 인간 소외에 대한 비판이 함께 드러나고 있다.

소외된 인간의 모습은 '현대의 야사'를 겨냥하고 쓴 〈現代의 野〉(『사상계』, 1960.3)에 잘 나타나 있다. 주인공 玄宇는 전쟁 중 '민주사업'

16) 이성적 권력은 효율적인 통제를 위해 세계를 자신의 체계화 원리에 종속시킨다. 그리고 이 효율성을 목적으로 한 이성의 지배가 바로 도구적 이성이다. 능동적 주체가 도구적 이성이 지닌 체계화 원리의 객체로 변화되는 것이 사물화 현상이다. 그리고 주객의 단절과 그로 인한 주체의 객체화에 의해, 주체가 세계를 잃어버리고, 자기 자신을 상실하는 것이 소외이다.(호르크하이머 아도르노(김유동 옮김), 『계몽의 변증법』, 문예출판사, 1995)

이라는 부역에 끌려간다. 그곳에서 그는 당의 간부로부터 "보여 주어
야 할 것은 組織이오! 조직이 곧 眞理요."[17]라는 말을 듣고, 시체 나르
던 작업을 하다가 시체더미에 깔리고도 시간이 없다는 이유로 구출되
지 못 한다. 간신히 그곳에서 탈출한 그는 전쟁 이후 朴萬同이라는
이름의 은행원으로 살아간다. 이 萬同이라는 이름은 '모두와 같다'라
는 뜻으로, 수량화와 추상화된 자본주의 사회 속에서 주체성을 잃은
상태를 암시한 것으로 볼 수 있다. 나중에 간첩죄로 재판을 받으며,
"나는 朴萬同이 아니란 말인가. 朴萬同은 내가 아니란 말인가. 나는
朴萬同이면서 박만동이 아니다."[18]라는 말을 통해 이는 다시 한번 확
인된다. 9시 병의 우화로 시작되는 〈非人誕生〉(『사상계』, 1956.10-1957.1)
역시 집단 속에서 소외되는 인간의 모습을 드러내고 있다. 모든 것을
법규대로만 처리하려 하는 교장의 모습이나 무작정 경찰서로 데리고
가 지호의 어머니를 죽게 만드는 경찰의 모습이 그러하다.[19]

〈易姓序說〉(『사상계』, 1958.3-6)은 〈非人誕生〉의 2부로서 이름을 상
실한 지호의 모습을 통해 근대의 여러 문제를 집약적으로 다루고 있
다. 이 소설은 사실적이고 정상적인 것들이 갖는 제약으로부터의 의
도적인 일탈이라는 기준에서 볼 때, 환상성이 가장 강하다. 인격의
복수화, 주객 사이의 경계 파괴, 시공간의 변형이 너무나 심해 플롯을

---

17) 장용학, 『한국현대문학전집 4』, 신구문화사, 1965, 335쪽.
18) 위의 책, 355쪽.
19) 김현은 「이름 없는 세계에의 갈구」(『한국현대문학전집 4』, 신구문화사, 1965)라는
    글에서 9시 병의 우화와 지호의 이야기가 이름만으로 존재하는 인간, 이름만으로
    자기를 둘러싸고 있는 인간의 모습을 나타냈다고 보고 있다. 여기서 이름만으로 존
    재하는 인간의 모습이란 수량화되고 추상화된 근대 사회에서 인간이 겪는 소외의
    모습을 의미한다.

밝혀 낸다는 것이 사실상 불가능할 정도이다.[20] 이 작품에서 지호는 삼수로 등장하여, 세계와 단절된 괄호 안과 같은 공간에서 녹두대사와 함께 지낸다. 이것은 비인으로 다시 탄생한 지호가 지동시대에 종말을 고하고 천동시대에 들어선 것으로 볼 수 있다. 그런데, 인과율, 합리성, 이분법적 사유방식 등을 해체하고만 있을 뿐이지, 비인이 살아가는 세상의 구체적인 모습이 드러나지 않는다. 그리하여 결국에는 또 한번 야만시대의 종결과 비인의 탄생을 외치는 것으로 작품이 끝난다. 이것은 〈非人誕生〉을 그대로 반복한 것일 뿐이다.

이것은 이 작품의 환상이 리얼리티와의 관련에 있어 우리를 각성 (disillusion)시키는 데 주요한 목적이 있음을 알려준다.[21] 이런 계열의 작품들은 리얼리티를 알 수 없는 것이라고 주장한다. 우리의 편안한 신화들을 해체하고자 하면서도, 그 대용품을 제공하지는 않는 것이다. 독자를 불편하게 만들고 유리시키는 것이 이런 작품들의 목표이다. 우리를 각성시키는 소설들은 긍정적인 접근은 단념하고, 부정적

---

20) 작품의 배경이 되었던 절은 공장으로 변하고, 녹두대사는 용왕·금강역사·백년묵은 구미호·인조인간으로 변하며, 삼수가 둘이 되고, 유희와 관세음보살은 서로 구별되지 않는다.

21) 캐스린 흄은 환상이 소설속에서 리얼리티에 대하여 반응하는 방식을 기준으로 환상 소설들을 네가지 군으로 나누고 있다. 첫째는 환영 문학(literature of illusion)이다. 환영 문학은 일반적으로 도피 문학으로 알려져 있다. 현실의 음울한 불쾌함에서 벗어나 환영들에 안기기를 권한다. 둘째는 성찰의 문학(literature of vision)이다. 리얼리티에 대한 새로운 느낌, 흔히 우리 자신의 것보다 다채롭고 열정적인 것으로 생각되는 새로운 해석을 경험하도록 유도한다. 셋째는 교정 문학(literature of revision)이다. 리얼리티의 수정과 미래의 형성을 위한 계획들을 제공한다. 작가가 독자를 수동적인 동의 상태에서 행동으로 밀어낸다. 넷째는 각성의 문학(literature of disillusion)이다. 리얼리티란 알 수 없는 것이라고 주장한다. 기존의 현실에 대한 강력한 부정성과 파괴성을 지니고 있다.(Kathryn Hume, op.cit., 55-147쪽)

인 가능성들로 끝난다. 위에서 살펴본 작품들의 비인간적 서술자나 인격의 복수화, 주객의 경계 파괴, 시공간의 변형 등은 근대성의 핵심 원리인 합리성, 인과율, 이분법적 사유 방식 등이 절대적인 현실의 법칙일 수 없음을 드러내고 있다.

3. 금기의 위반을 통한 전복적 사고의 표출

장용학의 소설에는 금기에 대한 위반22)이 여러 양상으로 나타난다. 〈人間의 終焉〉(『문화세계』, 1953.11)에서는 나병에 신음하던 한 천재 수학자가 가족들과 동반자살을 하려다가 깨어나, 아들의 오장육부를 열어 간을 빼어 먹는 장면이 나온다. 〈요한詩集〉에서는 동호가 고양이가 잡아온 쥐를 먹으며 연명하는 누혜의 어머니를 살해하는 장면이 등장하며, 〈非人誕生〉에서는 죽어서 까마귀에 뜯긴 어머니의 시체를 태우는 장면이 나온다. 〈大關嶺〉에서는 아버지가 어머니를 강간해 태어난 후 부모로부터 버림받은 사생아가, 아버지를 찾아가 도끼로 내려치려다가 벽을 치는 장면이 등장한다. 〈大關嶺〉의 이러한 기본설정은 아버지의 강간으로 태어난 주인공 이장이 결말부에 간접적인 방식으로나마 아버지인 오택부를 살해하는 〈圓形의 傳說〉의 전형이라고 할 수 있다.

---

22) 환상소설에서 근친상간, 동성애, 난교, 시체사랑, 육감적 과잉, 광기, 신경증, 마약의 환각 등은 자주 다루어지는 소재들이다. 이러한 소재는 기본적으로 검열과 억압에 대한 위반의 한 양식으로서 기능한다. 이러한 위반은 문화적 연속성을 위해 억압되었던 충동들이 나타난 것으로 볼 수 있다.(Tzvetan Todorov, *The Fantastic : A Structural Approach to a Literary Genre*, Cornell University Press, 1973)

　이들의 행위를 패륜아들의 우발적인 행동으로 치부할 수는 없다. 그들의 이러한 도발적 행동은 그들이 가진 사상의 연속선상에서 이루어지고 있기 때문이다. 그것은 한 연구자의 지적처럼, "현대가 비인간적인 세계라면 이 세계에서 인간적이라고 인정되는 덕목 및 제도와 관습은 비인간적인 이 세계의 마지막 선이며, 이 금기를 무너뜨림으로써 진정한 인간성을 획득할 수 있는 것"[23]이다. 즉 이들의 행위는 근본적으로 비인간적인 사회의 핵심적인 가치 기준을 어김으로써, 타락한 사회에 균열을 일으키고자 하는 시도인 것이다. 〈非人誕生〉의 지호는 어머니의 시체를 태우며, "人間은 廢棄되었다! 一連番號가 내가 아니다. 이웃사람이 내가 아니다. 내가 내다! 人間은 非人으로서 人間이었다! 孝子가 人間이 아니라 蕩兒가 人間이었다."라며 몸부림치는데, '비인간'이 '인간'이고, '효자'가 아닌 '탕아'가 인간이라는 부르짖음은, 타락한 기존 사회의 도덕에 대한 전면적 부정을 의미한다고 볼 수 있다.[24]

　〈圓形의 傳說〉에서는 근친상간[25]이라는 금기의 위반이 서사를 이

---

23) 방민호, 「알레고리적 상상력의 의미」, 『한국소설문학대계』, 동아출판사, 1995, 530–531쪽.

24) 〈人間의 終焉〉의 상화는 "善惡의 대립은 假想이다. 人類는 무슨 '도구마' 위에 도사리고 있는 것이다. 生과 善, '個'와 '多'는 같은 平面에 서 있는 것이 아니다. 이미 그 '反對者'로 전락되어 버린지 오랜 '휴매니즘'. 生과 法이 양립할 수 있는 地域의 어디에 있나. 市場에서 매매되기에 生은 너무 高貴하다."(『문화세계』, 1953.11, 214쪽)라고 말하고 있다. 〈大關嶺〉의 주인공도 무죄인 자신을 놓고, "檢事는 人道主義的 見地에서 死刑을 구형했는데 辯護人은 人道主義的 見地에서 나를 辯護한다는 것이다. 裁判長은 人道主義的 見地에서 어떤 判決을 내려야 할 것인가. 그 숨박곡질 속에서 나는 외로웠다. 돌아보니 모두가 敵이었다."(『자유문학』, 1959.1, 6쪽)라고 느낀다. 이들은 현대가 인간의 편에 서 있지 못함을 절감하며, 휴머니즘에서 말하는 인간에서 벗어나는 것이 오히려 인간을 위한 길이라고 생각하고 있다.

끌어 나가는 근본적인 추동력으로 작용하고 있다. 이 작품은 근친상 간으로 시작해서 근친상간으로 끝난다. 오택부와 그의 여동생인 오기 미의 근친상간으로 태어난 이장이 자신의 배다른 여동생인 안지야와 근친상간을 하고, 벼락에 맞아 죽음으로써 서사는 종결되는 것이다. 그 사이에 오택부와 안지야, 털보와 윤희의 근친상간이 끼어든다. 그 러나 이 작품에서 나타나는 근친상간을 모두 동일한 의미로 묶을 수 는 없다. 이 작품의 근친상간은 크게 오택부를 중심으로 한 근친상간 과 안지야와 이장의 근친상간으로 나눌 수 있는데, 둘은 그 성격이 판이하게 다르기 때문이다.

오택부와 오기미의 관계에는 오택부와 안지야, 그리고 털보 영감 과 윤희를 넣을 수 있다. 오택부의 집안은 대대로 백정 일을 해왔으며, 조부는 청일전쟁 때 일본군에 소, 돼지를 잡아 바치는 일을 독점해 서 한 밑천 잡고, 아버지는 그 돈을 기반으로 고무신을 만드는 공장을 세워서 벼락 부자가 되었다. 오택부는 자신의 기업체가 위치한 지방 에 출마해서 국회의원이 된다. 그는 열녀, 효녀를 표창하는 모습에서 알 수 있듯이 우리 사회의 지도층에 속해 있으며 도덕적인 인사로 행세한다. 그럼에도 그는 자신의 누이동생을 동물적인 육욕에 이끌려 강간하고, 자신의 죄를 부인하기 위해 하인을 범인으로 몰아 내쫓는

---

25) 장용학은 근친상간이라는 모티프를 현대와의 대결을 위한 가장 유력한 수단으로 사용했음을 말하고 있다. "근친상간은 현대의 상황을 나타내는 매개체로서 가장 적 합한 소재라고 생각되었다. 우선 소재 그 자체만 가지고 말할 때, 인간이 범할 수 있는 죄 가운데서 이것만큼 깊은 불륜은 없을 것 같다. 그만큼, 이것을 죄악시하는 도덕관념은 기성의 도덕관념 중에서 가장 뿌리가 깊고, 인간을 둘러싸고 있는 가장 두꺼운 벽이라고 할 수 있어서, 이 벽과의 대립은 그대로 현대적인 대결이라고 할 수 있을 것이다."(「소재 노우트 - 〈원형의 전설〉의 근친상간」, 『한국문학』, 1966.봄. 145쪽)

다. 오택부에게 있어 근친상간은 그가 얼마나 타락하고 위선적인 인물인가를 드러내는 장치로 기능한다.

털보영감의 근친상간도 같은 맥락에서 이해할 수 있다. 북한의 한 동굴에서 만난 털보 영감은 북한 사회의 야만적인 속성을 나타내는 인물이다. 털보 영감은 딸인 윤희가 자신의 아이를 갖자 이를 은폐하기 위해 이장을 끌어들이려 한다. 털보영감은 자신의 근친상간 행각이 들통날 것을 염려해 발광의 상태를 보이는 오택부와 마찬가지로 자신들의 타락한 행위를 속이려고 하는 이중적인 인물이다. 이들의 근친상간은 도덕이나 규범이라는 것이 결코 그 이름에 값하는 역할을 하지 못 하고, 힘 있는 사람들에 의해서 유린되고 있음을 드러낸다. 그것은 다음과 같은 인용문을 통해 확인할 수 있다.

> 우리가 살고 있는 이 세상이라는 것도 따지고 보면 그런 몇 사람의 勢道家들이 만들어 놓은 거란 말이오. 알아들었소? 그렇지만 말을 사슴이라고 하든, 말을 말이라고 하든 피장파장인데 문제는요, 그따위 이름 때문에 피투성이가 돼서 서로 물고 뜯고 하고 있다는 사실이오.(136)

> "道德이요 人倫이니 하는 것은 그런 優生兒들이 옹기종기할 수 있게끔 人間牧場을 둘러막은 말뚝에 지나지 않는 거요."
> "……"
> "그런데 이 말뚝은 배보다 배꼽이 더 커. 말뚝만 건드리지 않고 살짝 빠져 나가서 이것저것 훔쳐 먹구 그 구멍으로 도로 살짝 들어와서 시치미만 잘 떼면 훔쳐두 훔치치 않은 것으로 쳐준다는 不文律이 보다 優位에 자리잡고 있는 거야. 이따위 말뚝은 그러니까 그 말뚝 안에서 소꿉질하는 것이 健康에 좋고 대견스러운 幸福人이냐. 그렇지 않으면 살짝살짝 드나

드는 데에 天才的인 嗅覺을 갖춘 모랄리스트들이나 열심히 지킬 만한 것
이지, 우리와 같은 私生兒가 그런 흉내를 내는 것은, 우스운 것은 고사하
고 우선 허용되어 있지 않은 걸 알아야 해. 그러나 우리가 結婚한다는
것은 理由가 있는 反抗이야!"

......

"말뚝이 박히기 전에 거기는 푸른 벌판이었다! 우리 거기 가서 살자!
우리가 人間답게 살 곳은 거기밖에 없다!"(182)

세상이란 단지 몇몇의 세도가들에 의해 만들어진 것에 불과하며,
도덕이나 인륜은 단지 '우생아'로 표현되는 힘 있는 자들을 위해 존재
하는 것이라고 이장은 말한다. 더군다나 이러한 도덕이나 인륜이라는
말뚝은 시치미만 잘 떼거나 천재적인 후각만 있으면 얼마든지 드나들
수 있는 것에 불과하다. 근친상간을 저지르고도 끄덕없이 살아 가는
오택부나 털보영감의 모습이 바로 우생아들에게만 유리하게 적용되
는 도덕을 실증하는 것이다. 결코 사생아와 같은 사회적 타자들을
위해서 도덕이 존재하지는 않는 것이다. 따라서 인간이 인간답게 살
기 위해서는 말뚝(도덕이나 인륜)이 존재하지 않던 '푸른 벌판'으로 가
는 수밖에 없다.26)

오택부에 의해 동굴에 갇힌 이장의 의식에 나타나는 다음의 환
상27)은 기존의 규범이나 도덕을 바라보는 작가의 시각28)을 잘 드러

---

26) 장용학의 "우리가 〈1+1=3〉의 세계를 갈망하게 된 것이 〈1+1=2〉의 세계에서
〈1+1=3〉의 현상이 공공연하게 자행되고 있기 때문이라면 〈1+1=3〉의 질서를 갈망한
다는 것은, 〈1+1〉이 〈2〉가 되는 세계를 갈망한다는 것이 된다."(장용학, 「감상적
발언」, 문학예술, 1956. 9)라는 말은 이러한 해석을 뒷받침한다.

27) 인간의 의식에 나타나는 환상은 다음의 세가지로 정리할 수 있다. 첫째는 환각, 착각
등의 거짓지각이고, 둘째는 인간의 의식을 이루는 감각지각과 심상이 작품 속에서

내고 있다. 재판장은 인간이고, 검사는 차라투스트라이며, 변호사는 라스콜리니코프인 이 재판의 피고는 24시간을 필두로 하여 진, 선, 미를 비롯한 모든 성직자, 음악가, 문학가, 과학자, 철학자 등으로 설정된다. 증인석에는 예수, 석가 등의 사대성인이 앉아 있는데, 재판장인 인간은 이들을 향해 다음과 같이 말한다.

> "證人들에게 묻노니, 그대들은 이 자리를 빌려서 저 被告들에게, 나아가서는 全人類에게 第二의 說敎를 할 誠實과 勇氣는 없는가. 저들에게, 그대들이 엮어 낸 世界像에 反抗하여 그것을 破壞하는 것이 現代의 良心이고, 그것이 人間이 人間이 되는 길이며, 人間이 人間이 되는 것만이 人間의 길이라는 것을 說敎할 勇氣는 없겠는가……"(148)

위의 인용문에서는 사대성인으로 상징되는 기존의 윤리 규범에 바탕한 세계상을 파괴하는 것이, 현대의 양심이며 진정한 인간이 되는 길로 언급되고 있다. 이장과 안지야의 근친상간은 바로 이와 같은 맥락에서 이해할 수 있으며, 그들의 행위는 인류를 구속하는 핵심적인 규범인 근친상간의 금지를 깨뜨림으로써 기존의 사회에 대한 강렬

그대로 나타나는 것이다. 이는 의식의 흐름 소설에 자주 나타난다. 셋째는 욕망충족 및 희망과 기대의 투영으로서의 환상이다.(조보라미, 『최인훈 소설의 환상성 연구』, 서울대 석사논문, 1999) 이장의 의식 속에 나타난 환상은 두 번째 경우에 해당한다.

28) 서술자는 이장과 안지야의 근친상간이 행해지는 소설의 후반부로 갈수록 이장과의 차이를 상실하고 이장에 동화되어 간다. 서술자의 서술이 이장을 중심으로 하는 실제 서사와 일정한 거리를 두고 있던 작품의 초반과는 달리 후반으로 갈수록 이장의 사유와 서술자의 서술 사이의 구분이 모호해진다. 이장이 오택부의 집 동굴에 갇혀서 사유를 전개하는 부분부터는 두 서술체가 교대로 사용되면서 서술 내용의 주체가 누구인지 불분명해진다. 이를 통해 작품의 후반부에서는 이장을 초점인물화한 인물시각적 서술상황이 쓰이고 있으며, 이장이 서술자의 역할을 떠맡고 있다고 판단할 수 있다.

한 전복의 의지를 나타내고 있는 것이다.[29]

　그런데, 기존의 사회에 대한 강렬한 문제의식을 가지고 금기를 위반했던 주인공들은 모두 비참한 종말을 맞거나 기존의 사회에 순응한다. 〈非人誕生〉에서 어머니의 시체를 태우며, 비인이 되기를 선언했던 지호는 〈易姓序說〉에서 무의미한 행위의 연속만을 보여주며, 〈現代의 野는〉의 주인공은 어이없게도 감옥문에 끼어 죽는다. 〈大關嶺〉의 주인공은 강릉 가는 대관령 근처의 산비탈에서 나무뿌리 돌뿌리를 캐면서 밭을 만든다. 〈圓形의 傳說〉에서 근친상간을 감행했던 이장과 안지야는 곧 동굴이 무너져 내림으로써 죽음을 맞고 만다. 그들의 근친상간이라는 행위가 오택부의 근친상간으로 대표되는 기존의 타락한 현실에 대한 대안으로서의 의미를 가지기 위해서는, 그들은 가능성으로 머물지라도 의미 있는 세계를 보여주어야 한다. 그럼에도 그들은 아무런 행동이나 가능성도 보여주지 못한 채 죽고 만다. 현대의 도덕을 파괴하는 상징적 행위들은 모두 단순히 하나의 포즈에 머물고 만 것이다.

　〈圓形의 傳說〉의 주인공인 이장과 그의 파트너가 된 안지야가 새로운 이상적인 세계를 구원하는 것이 아니라 단지 죽음으로 끝나는 것은 환상소설, 그 중에서도 우리를 각성시키는 소설로서의 특성을 잘

---

29) 환상은 한 사회가 존립을 위하여 억압하는 욕망을 숨김없이 표현한다는 점에서 제도적 질서에 정면으로 맞선다. 현재의 질서에 대하여 불만과 좌절을 드러낸다든지, 사회가 정한 금기를 깨뜨린다든지 하는 것은 곧 사회 규범에 대한 위협을 뜻하는 것이다. 이렇듯 현재 체제나 질서에 대한 비판과 도전은 곧 사회 개혁이나 변혁으로 이어진다. 이러한 점에서 환상성은 궁극적으로 세계를 변혁하는 힘을 지닌다고 볼 수도 있다. Rosemary Jackson, *Fantasy : The Literature of subversion* (London : Methuen, 1981).

보여주는 것이라고 할 수 있다. 다음의 인용문들은 그러한 특징을 잘 보여주고 있다.

> 芝夜를 犯하는 것은 오택부 殺害보다 더 못 할 그것은 〈罪〉이다. 그 罪는 그보다 더 높은 次元, 이를테면 四次元에의 길목이 되어야 한다!
> 四次元, 그것은 어떤 世界인가?
> 모른다. 모르지만 나는 그것이 옆으로 스쳐 지나가 버렸지만, 가끔 그 것을 느꼈다. 아까는 그 幻想을 보기까지 했다. 그 환상에 이끌려 여기에 돌아온 것이 아니었던가. 그것은 있어야 하는 것이다. 이 世界만이 世界일 理 없다. 있어야 하는 것은 있다.(177)

> "〈금지〉, 〈죄〉, 〈신〉, 이 三次元을 어느 方向으로 遊牧시키면 그 四次元 이 出現할 것인가? 아무도 몰라. 몰라야 하고 알 도리가 없지만, 한 가지 움직일 수 없는 사실은 그 方向은 현재도 보고는 있으면서도 보지 못하고 있다는 것."(196)

위의 인용문들은 우리가 현실이라고 믿고 있는 것이 절대적인 것일 수 없으며, 4차원이 출현해야 한다고 말한다. 그것은 기존의 현실에 대한 강렬한 부정을 보여주며, 독자가 가진 기존의 세계에 대한 믿음을 뒤흔드는 역할을 한다. 그러나 곧이어 아무도 사차원의 출현 여부는 알 수 없다고 말한다. 더 나아가 사차원은 현재 존재하면서, 동시에 존재하지 않는다고 주장한다. 이러한 현실에 대한 애매모호한 관념은 〈圓形의 傳說〉의 환상이 지니는 기본적인 속성이라고 할 수 있다.

4. 결론

본고에서는 장용학 소설의 환상성을 크게 환상적인 기법과 금기에 대한 위반으로 나누어 살펴 보았다. 환상적인 기법으로는 비인간 서술자와 시공간의 변형, 주객의 경계 파괴, 인격의 복수화 등을 들 수 있다. 다음으로는 금기의 위반을 통해 펼쳐지는 환상성은 근친상간을 대표적으로 들 수 있다. 환상적인 기법은 서술자의 시각을 현실의 한 제한된 국면이 아닌 전체를 포괄할 수 있는 위치로 설정함으로써 당대 사회가 지닌 근본적인 문제점에 대한 인식을 가능하게 하였다. 근친상간과 같은 금기에 대한 위반은 기존의 제도적 질서에 대한 전복적 성격을 지닌다고 볼 수 있다. 비인간적 서술자의 설정이나 근친상간 모티프 등은 우리에게 대안이 되는 새로운 현실의 모습은 구체적으로 제공하지 못 하지만, 기존에 우리가 가지고 있던 신념이나 현실에 대한 상을 뒤흔들며, 독자를 각성시키는 역할을 한다.

마지막으로 한자의 사용과 관념어의 빈번한 사용도 장용학 소설이 지닌 환상성의 한 요소라고 볼 수 있다. 종래의 우리 소설에서 한자는 거의 쓰지 않고, 쓰더라도 괄호 속에 넣어 사용하고는 했다. 장용학의 초기소설에서도 이러한 원칙은 비교적 잘 지켜지고 있는 편이다. 그런데 작품 속에 환상이 전면화되는 〈易姓序說〉이나 〈圓形의 傳說〉 등의 작품에서는 한자가 아무런 제한없이 사용되고 있다. 이러한 언어의 조작은 소설 속의 세계가 일상적인 세계와는 구별되는 또 다른 가상의 세계임을 나타내는 유력한 증표가 되고 있다.

03

최상규 소설의 환상성 연구

1. 서론

1) 연구사 검토와 문제제기

최상규는 1956년 『문학예술』에 〈포인트〉와 〈斷面〉이 추천되어 등단한 이래로 1994년 1월 16일 별세하기까지 단편 127편, 중편 15편, 장편 9편을 발표한 작가이다. 이 기간 동안 그는 현대문학 신인상, 대전문화상, 대한민국 문화상, 박영준 문학상, 조연현 문학상 등을 수상했다. 한 작가의 문학성을 판단하는 일반적인 기준으로 작품의 질, 작품의 양, 활동기간을 들 수 있다면, 최상규는 어떤 항목에서도 뒤지지 않는 성과를 남긴 것이다. 그럼에도 그는 생전에 큰 주목을 받지 못했고, 지금까지도 큰 주목을 받고 있지 못하다. 이러한 무관심의 원인으로는 김윤식 교수의 지적처럼,[1] 지난 기간 우리 사회와 문단을 들끓게 했던 민주화, 분단 문제, 노사 문제와는 상관없이 끊임없이 문학 그 자체의 천착과 실험에만 전념해 온데서 그 이유를 찾을 수 있다.

---

[1] 김윤식, 「'악령의 늪'에 이른 길」, 『악령의 늪』, 문학사상사, 1994.

최상규를 문단에 데뷔시킨 사람은 황순원[2]이다. 추천의 글에서 황순원은 이 작가를 추천하는 이유가 "이 작자의 작가적 기량을 높이 보기 때문"이라고 쓰고 있다. 그 판단의 근거로 황순원은 작중 인물들로 하여금 자기대로의 생활을 시킬 줄 아는 솜씨를 들고 있다. 최상규 소설의 가장 큰 특징으로 문장을 들고 있는데, 선과 선이 얽키는 문장이 아니고 어디까지나 점적으로 연발돼 나가는 것이 문학적 효과를 거두고 있다고 지적한다. 황순원은 최상규의 장점으로 문체와 작가의 서사적 능력을 꼽고 있는데, 이러한 평가는 이후 최상규 소설을 평가하는 데 있어 하나의 공식과도 같은 역할을 하고 있다. 이후 최상규에 대한 모든 논의에서 빠지지 않는 것은 그의 문체가 지닌 전후세대적 신선함과 미학적 특징에 대한 언급인 것이다.

곽종원[3]은 〈下午의 巡遊〉를 문장표현에 있어서 특징있는 작품으로 들고 있다. 의식의 흐름을 잡으려는 작가들 중에 가장 밀도 높은 문장을 구사하고 있다고 고평한다. 또한 곽종원은 작가 자신의 의지를 완전히 말살시켜 버린 객관묘사이면서도 추상에 접근하려는 동양화적 표현방식을 차용하고 있다고 주장한다. 상대적으로 사건이 적은 것을, 구성의 소홀함으로 지적하고 있다. 이후 그는 〈早春〉을 논하는 자리에서 비슷한 논조의 주장을 하고 있다.[4] 스타일에서는 강한 밀도를 느낄 수 있으며 그것이 강점인데, 상대적으로 테마가 약해지고 있는 것이 문제라는 평가를 내리고 있다. 영화 카메라적인 묘사를 구사하고 있는 것도 새로운 점으로 들고 있다. 차범석[5]은 〈早春〉을

---

2) 황순원, 「小說薦記」, 『문학예술』, 1956.9, 160-161쪽.

3) 곽종원, 「노작이 없는 저조」, 『현대문학』, 1966.2, 127-129쪽.

4) 곽종원, 「암유와 사실」, 『현대문학』, 1966.4, 221-223쪽.

줄거리 없는 소설로 꼽는다. 그는 이 작품이 보여주는 삶을 긍정하는 따사로운 애정을 높이 사면서도 드라마가 없음을 아쉬움으로 지적한다. 정창범6)은 그의 문학적 특징으로 강렬한 예술의식에 의해서 작품을 쓰는 점, 시선을 자주 이동해서 가지각색의 자기완결적인 주제를 추구하는 점, 역설적인 아폴리즘을 발산하여 관념적인 분위기를 빚어놓는 점을 내세우고 있다. 천이두7)는 〈포유도〉를 분석하면서, 이 작품이 어머니와 태아 사이 동시에 대지와 인간 사이에 유대를 드러내고 있다고 지적한다. 앞의 평자들과 마찬가지로 테마가 약하다는 것과, 표현의 밀도가 높다는 점에 대하여 언급하고 있다. 이들은 모두 최상규의 문장과 스타일의 특색을 장점으로, 스토리와 주제의식이 단조로운 것을 약점으로 꼽는 공통점을 보이고 있다.

본론에서 구체적으로 논의하겠지만, 최상규의 소설은 일반적인 소설과는 다른 독특한 장르적 특징을 보여주고 있다. 만약 이러한 작품들을 일반소설과 똑같은 독법으로 읽을 경우, 그것은 별다른 사건이나 주제를 전달하지 못한 채 단지 작가의 기괴한 요설을 펼쳐놓은 것으로 읽힐 수도 있다. 위에서 살펴본 평론들은 최상규의 소설을 적절하게 다룰 수 있는 방법론적인 틀이 미비할 경우, 최상규 소설이 어떠한 평가를 받을 수 있는가를 잘 보여준 예들이다.

위의 논의들이 주로 최상규의 소설이 지닌 형식적 측면에 관심을 집중했다면, 작가의 모티프나 세계관에 논의의 초점을 맞춘 평문들도 확인할 수 있다. 김병욱8)은 장편 〈形成期〉가 인간이 관계를 통하여

5) 차범석, 「인간의 긍정」, 『현대문학』, 1966.4, 231-232쪽.
6) 정창범, 「최상규의 인간과 문학」, 『현대문학』, 1967.3, 231-233쪽.
7) 천이두, 「인간과 대지의 유대」, 『현대한국문학전집14』, 신구문화사, 1981, 507-510쪽.

어떻게 성숙해 가는가를 추구하고 있다고 지적한다. 장편으로는 유일하게 단문과 명사문만으로 이어지는 문체를 사용한 점에서 문학사적 의의를 찾고 있다. 정현기9)는 최상규 소설에서 세 가지 공통된 철학을 발견할 수 있다고 본다. '나'라고 하는 인간적인 주체란 무한한 시간 속에 고독한 존재라는 통찰, 부자들이란 필연적으로 부도덕하고 음험한 사람들이라는 통찰, 부유한 안타고니스트들에 의해 소외된 사람들은 구원받아야 한다는 통찰이 그것이다. 김양수10)는 최상규의 소설이 내뿜는 철학적이며 관념적인 분위기를 고평하는데, 이러한 분위기는 간결한 문체를 바탕으로 이루어진다고 보고 있다. 이호규11)는 최상규의 작품이 일관되게 존재의 조건 없는 자유로움을 추구한다고 지적한다. 이들의 평가는 최상규 문학의 성숙이 반영된 결과이겠지만, 단순한 문체의 특이성과 밀도만을 고평하던 초기의 태도와는 달리 모티프나 세계관과 같은 문제에까지 논의를 확장하고 있다. 문학사적인 평가를 시도하고 있는 김윤식, 정호웅12)은 짧은 단문을 이어 등장인물의 내면을 숨가쁘게 추적하는 문체와 인간의 일반적 본성에 대한 탐구를 최상규 문학의 핵심으로 들고 있다.

한편, 학위논문들은 모두 최상규의 소설을 실존주의라는 틀로 다루고 있다는 공통점을 보이고 있다. 이대영13)은 장용학, 오상원과

---

8) 김병욱, 「패각의 해탈」, 『형성기』, 삼성출판사, 1972, 385–389쪽.

9) 정현기, 「시간 속에 홀로 떠 있음, 방황, 그리고 구원을 찾는 세 틀의 이야기 혹은 소설」, 『겨울 잠행』, 정음사, 1984, 391–400쪽.

10) 김양수, 「삶 속의 억압과의 끝없는 싸움」, 『한밤의 목소리』, 일신서적출판사, 1994, 327–333쪽.

11) 이호규, 「이유 없는 자유로움의 충만함을 위해」, 『한국소설문학대계 34』, 동아출판사, 1995, 589–602쪽.

12) 김윤식 정호웅 공저, 『한국소설사』, 예하, 1993, 415쪽.

함께 최상규를 대표적인 전후 실존주의 작가로 다루고 있다. 그는 최상규의 소설이 현대문명과 여기에서 비롯되는 인간소외를 다루고 있으며, 끊임없는 존재확인 작업으로 이루어져 있다고 말한다. 이정윤[14] 역시 실존주의라는 틀로 최상규 문학을 바라보고 있다. 최상규의 서사적 테마는 개인의 존재성과 인간의 일반적 본성에 대한 것이고, 이는 전후세대 작가들이 보여준 실존적인 경향에 부합된다는 것이다. 최상규의 소설을 실존주의라는 시각으로 다루는 것은 그가 1950년대 작가라는 것을 생각할 때, 일면 타당하다. 그러나 이러한 연구는 그의 작품이 지니는 1950년대 작가와의 공통적 기반만을 강조함으로써 그의 소설만이 지니는 독특한 문학적 특질을 놓칠 염려가 있다.

마지막으로 최상규 소설이 지닌 특질로서 환상적 측면에 주목한 연구들이 있다. 조남현 교수[15]는 최상규가 다른 작가보다 훨씬 짜임새있고 신기한 면을 보여주며, 예리한 시선과 기발한 상상력을 실감케 한다고 고평한다. 소설이 단순한 기록이나 보고서의 형태를 넘어서서 현상의 밑바닥에 괴어있는 비의를 건져 올리려 하는 점을 이러한 성취의 원인으로 꼽고 있다. 권영민 교수[16] 역시 그의 작품이 특이한 상황의식을 지속적으로 유지하고 있음을 특징으로 들고 있다. 김병욱[17]은 최상규의 작품을 현실에 바탕을 둔 작품군과 환상에 바탕을

---

13) 이대영, 「한국 전후실존주의 소설 연구」, 충남대 박사, 1998.

14) 이정윤, 「최상규 소설 연구」, 경원대 박사, 1997.

15) 조남현, 「최상규 '초식', 조정래 '신문을 사절함'」, 『국제신보』, 1977.1.19. 조남현, 「최상규 '한밤의 목소리', 현길언 '정오표'」, 『동아일보』, 1986.4.28. 조남현, 「리얼리티의 독특한 조립법」, 『한국문학』, 1988.10, 410-414쪽.

16) 권영민, 「작가의식의 심화와 확대」, 『한국단편문학 10』, 금성출판사, 1990, 453-456쪽.

둔 작품으로 나누고 있으며, 특징으로 단문과 명사문을 주로 사용하는 문체와 토운을 꼽고 있다. 이러한 작품의 토운이 환상적이며 경쾌한 분위기를 자아낸다고 주장한다. 그리고 그의 상상력과 환상은 우리 문학의 빛깔을 다양하게 해 주고 있다고 고평한다. 김윤식 교수[18]는 최상규의 등단작인 〈포인트〉가 전후 세대의 실체를 문체로 표현했다고 문학사적 의미를 부여하고 난 후에, 〈악령의 늪〉이 인간 내면의 악마스런 무의식을 바탕으로 인간의 본질을 밝혀 내고자 했다고 주장한다. 그리고 전후 세대의 작가로서 40여년의 창작활동을 이어간 지속성의 바탕을 실험성에서 찾고 있다. 최상규에 대한 최초의 본격적인 논의라 할 수 있는 이정윤의 글에서도 현실적 공간을 담아냄에 있어 환상적 수법을 거침없이 동원하여 형상화해내는 특징을 그의 소설 세계의 백미로 들고 있다.

이러한 논의들은 최상규의 소설이 지닌 환상성에 주목했으며, 그것의 핵심적인 성격을 지적했다는 점에서 그 선구적 의의를 찾을 수 있다. 그러나 발표매체의 한계로 인해 이들 논의는 대개 단편적인 수준에 머물고 있다. 또한 논의의 대상으로 하고 있는 작품들도 최상규 소설의 전반을 대표한다기에는 미흡하다. 이 글에서는 최상규 소설의 전반에 나타나는 환상성의 의미와 그것이 작품 내에서 어떻게 기능하는지를 밝혀 보고자 한다. 이러한 연구를 통해 최상규의 소설이 지닌 독특한 미적 특질을 밝히는 것을 일차적 목표로 하고, 더 나아가서는 비정상적으로 환상성이 결여되어 있다[19]고 평가받는 한

---

17) 김병욱, 「탐색과 자기완성」, 『한국현대문학전집 33』, 삼성출판사, 1981, 435-441쪽.
18) 김윤식, 「'악령의 늪'에 이른 길」, 『악령의 늪』, 문학사상사, 1994, 5-13쪽.
19) "한국의 근대문학은 다른 나라 소설에 비해 이상할이만큼 환상성이 결여되어 있다."

국의 근대문학에도 수준높은 환상문학이 존재하고 있음을 증명하고
자 한다.

2) 연구방법론

환상(fantasy)[20]이 본격적인 논의의 대상이 된 것은 19세기 코울리
지에 의해서이다.[21] 그는 공상과 상상이 모두 감각을 토대로 하고
있다는 점에서는 동일하다고 보았다. 그러나 상상이 감각의 심상들을
새로 조직하고 통합하여 변모시키는 것이라면, 공상은 이미지를 형성
하는 과정에서 고정된 심상들을 이리저리 끼워 맞추는 유희의 단면을

(최혜실, 『한국현대소설의 이론』, 국학자료원, 1994, 225쪽)

20) 문학의 환상성에 대한 논의는 동양문학에서 활발하게 이루어졌다. 중국문학의 경우
환상성과 관련하여 빈번하게 출현하는 어휘로는 '환(幻)', '현(玄)', '괴(怪)', '기(奇)',
'비(秘)', '이(異)', '신(神)', '선(仙)', '영(靈)', '귀(鬼)', '요(妖)', '마(魔)', '묘(妙)' 등을
들 수 있다. 중국문학사에서 환상성을 바탕에 깔고 있는 문학장르에는, 「山海經」으
로 대표되는 신화(神話), 지괴소설(志怪小說), 전기소설(傳奇小說), 신마소설(神魔小
說), 무협소설(武俠小說), 유선시(遊仙詩), 현언시(玄言詩), 신선도화극(神仙道化劇)
등이 있다. 중국에서도 공자로 대표되는 유학자들에 의하여 문학에서의 환상성은
늘 견제받고 억압받아 왔다. 공자의 "괴상하고 신비스런 일들은 말하지 않는다(不語
怪力亂神)"라는 말은 이를 단적으로 나타낸다. 그러나 위진남북조 시대 이후에 이르
르면 환상성에 대한 논의도 본격적으로 이루어져, 대표적인 논의로 환기론(幻奇論)
과 허실론(虛實論)을 들 수 있다. 환기론은 환상을 허구적인 것으로 보지 않고 나름의
진실성을 가진 별개의 지식체계로 보는 입장과 환상을 허구로 인식하면서 그것이
소설이라면 당연히 지녀야 할 특성으로 파악하는 두 가지 입장으로 나뉘어진다. 두
가지 모두 환상성에 대한 적극적인 가치부여를 하고 있다고 볼 수 있다. 다음으로
허실론은 진(眞)과 환(幻), 진(眞)과 가(假), 정(正)과 기(奇) 사이의 관계에 대한 면밀
한 탐구를 하고 있는 논의이다. 이러한 논의들은 모두 환상문학을 불가해한 세계에
대한 심미적 표현 혹은 소망스럽지 못한 현실에 대한 우의적 진술로서 파악하는
공통점을 지니고 있다.(정재서, 「동양문학에서의 판타지의 역사와 이론」, 한국 판타
지 문학 심포지엄 발표논문, 1999.8.25, 16–24쪽)

21) R. L. Brett(심명호 옮김), 『공상과 상상력』, 서울대학교 출판부, 1979.

지니는 저급한 것으로 인식되었다. 이러한 성격으로 인해 상상에 의해 창조된 작품들이 깊이를 가지고 심각한 것으로 받아들여진 데 반해, 공상에 의한 작품들은 경쾌하고 익살스러운 작품으로 받아들여졌다. 이러한 낮은 평가는 프로이드 심리학의 출현으로 인해 새로운 의미를 부여받게 된다. 그것은 환상이란 인간의 잠재의식에 바탕을 두고 나타나는 것으로, 인간의 비사실적이며 비합리적 본질을 나타낸다는 것이다.[22]

이러한 환상을 문학작품의 구조적인 특징과 연결시켜 본격적인 논의를 펼친 이는 토도로프[23]이다. 그는 환상문학이 세 가지 조건을 충족시킬 때 성립한다고 주장한다. 첫째, 자연의 법칙밖에 모르는 사람이 초자연적, 비정상적, 비현실적 성격을 지닌 사건에 직면해서 체험하는 망설임(hesitation)이 드러나야 한다. 이 때의 망설임은 그러한 사건이나 현상을 어떻게 받아들여야 할 지 몰라서 느끼는 독자의 망설임이다. 이러한 망설임이 환상 효과를 낳는다. 독자(텍스트에 암시되어 있는 독자)의 망설임이야말로 환상의 제 1조건이다. 둘째로 작중 인물의 망설임이 있어야 한다. 마지막으로 독자에게 특정한 읽음의 방식이 전제로 되어야 한다. 즉 초자연적 성격을 띠는 사건을 우의적이거나 시적으로 해석해서는 안 된다.[24]

---

22) Sigmund Freud, "Der Dichter und das Phantasieren", 「창조적인 작가와 몽상」, 『창조적인 작가와 몽상』, 프로이트 전집 18권, 정장진 옮김, 열린책들, 1996, 79-96쪽.

23) Tzvetan Todorov, *The Fantastic : a structural approach to a literary genre*, tr. by Richard Howard, Cornell Univ. Press, 1975.

24) 우화에서는 동물이 말을 한다고 해도 그것은 현실과 비현실의 차원에 있어 망설임을 불러 일으키지 않는다. 독자가 그것을 다른 뜻으로 받아 들여야 한다는 것을 전제로 텍스트를 읽기 때문이다. 반대의 현상이 시와 관련하여 일어난다. 시적 이미지들이란 소설과는 달리 자신들이 지시하고 있는 대상의 관점이 아닌 자신들이 구성하고

다음으로 토도로프는 환상 장르를 경이(the marvelous)와 괴기(the uncanny) 사이의 중간 단계로 설정하고 있다. 텍스트가 제시하는 초자연적 사건이 자연적 방식으로 설명되면 괴기 문학이요, 초자연적인 방식으로 설명되면 경이 문학이다. 이러한 구분은 다음과 같이 더욱 세분화 된다.

> 순수한 괴기(the uncanny) − 환상적 괴기(the fantastic uncanny) − 환상(the fantastic) − 환상적 경이(the fantastic marvelous) − 순수한 경이(the marvelous)

순수한 괴기는 이야기된 사건들이 본래는 이성의 법칙으로 완전히 설명이 되는 것이다. 환상적 괴기는 이야기를 통해서 초자연적인 것으로 보였던 사건이 마지막에 와서야 합리적인 설명을 받게 된다. 괴기는 환상을 위한 조건들 중 작중 인물의 반응에만 관련되어 있다. 반대로 순수한 경이는 초자연적 요소가 작중 인물은 물론 텍스트에 암시되어 있는 독자에게도 특별한 반응을 일으키지 않는다. 환상적 경이는 환상적 이야기로 시작해서 마지막에는 초자연의 수용으로 끝나는 이야기다. 환상적 괴기와 환상적 경이에서는 환상의 핵심적인 요소인 주저함이 오랫동안 유지되기는 하나 결국에는 괴기 또는 경이로 결말이 나고 만다.25)

있는 언어적 연쇄의 관점에서 순전히 문자적으로 읽히기 때문에, 작품 안에서 일어나는 사건들에 대한 독자들의 망설임은 생기지 않기 때문이다.
(Tzvetan Todorov, op. cit., pp.24−41 참조)
25) 이러한 토도로프의 견해는 이후 바레네체아, 크리스틴 브룩−로스 등에 의해 반박을 받는다. 시와 알레고리도 환상문학에 포함되어야 하며, 정상적인 것과 비정상적인

이후에도 환상문학에 관한 정의는 많은 사람들에 의하여 다양하게 내려졌다. 대표적인 경우로 톨킨[26]을 들 수 있다. 그는 경험적 세계와는 구분되는 나름의 내적 리얼리티를 가지는 세계가 창조된 작품을 환타지로 보고 있다. 이러한 2차 세계는 독자에게 압도적 기이함의 느낌을 주며, 이로 인해 우리를 낡은 실존에서 탈출해 1차 세계에 대해 새롭고 신선한 시각을 유지하도록 도와준다.

어윈[27]은 환상문학을 불가능의 문학이라고 부른다. 환타지 작가들은 우리의 리얼리티에 대한 관습적인 개념에서 필수적인 것으로 간주되는 사실이나 규칙들을 고의적으로 위반한다. 이들은 문학에 있어 환상성을 반현실(anti-real)로 규정된다. 환타지란 가능한 것으로 일반적으로 받아들인 것을 명백하게 위반하고, 그러한 위반에 기초지워진 이야기이다. 맨러프[28]는 환타지를 놀라움을 불러 일으키며 실제적이고 다른 것으로 바꿀 수 없는 초자연적이고 불가능한 세계와 존재 또는 사물들을 포함하고 있는 이야기로 정리하고 있다. 이 때의 초자연적이고 불가능한 것은 우리의 리얼리티와는 다른 질서를 의미한다. 자호르스키와 보이어[29]는 상위 환타지와 하위 환타지를 구분

것의 대비라는 것도 고려되어야 한다는 것이다. 그들은 환상 문학에 대한 개념의 확장을 시도하고 있지만, 이론적 근간은 토도로프를 벗어나고 있지 못 하다. Christine Brooke-Rose, *A Rhetoric of the Unreal* (Cambridge University Press, 1981), pp.55-71.

26) J.R.R.Tolkien, "On Fairy-Stories", *The Tolkien Reader* (New York : Ballantine, 1974), pp.33-99.

27) W. R. Irwin, *The Game of the Impossible : A Rhetoric of Fantasy* (Urbana : University of Illinois Press, 1976), p.4.

28) C. N. Manlove, "On the Nature of fantasy", *The Aesthetics of Fantasy Literature and Art*, Ed. Roger C. Schlobin(Norte Dame : University of Norte Dame Press, 1982), pp.16-36.

한다. 상위 환상은 비합리적 현상이 2차 세계에서 일어나는 경우를 뜻한다. 이 때 그러한 현상들에 대해서는 매우 그럴 듯한 설명이 제공된다. 반면에 하위 환상은 비합리적 현상이 우리의 일상적인 세계, 지금 여기에서 벌어진다. 이 때 텍스트 내에서는 그러한 비합리적 현상에 대한 어떠한 설명도 제공되지 않는다. 그러나 하위 환타지도 상위 환타지와 마찬가지로 비이성적인 현상, 리얼한 우리의 규범에 따라 과학적이거나 이성적으로는 설명할 수 없는 생물체나 사건들을 포함한다는 점에서는 공통된다. 토도로프의 개념에 의지할 경우, 상위 환상은 경이에, 하위 환상은 환상에 속한다고 할 수 있다.

이들의 공통점은 경이를 오히려 환상의 정수로 파악하는 경향이 있다는 사실이다. 이것은 그들이 바탕으로 하고 있는 작품의 차이점에서 그 원인을 발견할 수 있는데, 토도로프가 주로 18세기 말에서 19세기의 고딕소설가들을 다루고 있는데 반해, 이들은 19세기 말에서 20세기 중반에 이르는 작품들을 그 대상으로 하고 있다.

이러한 이론가들의 의견을 정리할 때, 문학작품에 있어 환상성을 토도로프의 분류에 따라 정의하는 것은 지나치게 협소하다는 것을 알 수 있다. 토도로프 자신도 환상소설이 어떠한 경우든지 괴기 양식과 경이 양식으로부터 완전히 자유로울 수 없음을 밝히고 있다. 즉 환상소설은 그것들과 어떠한 연관을 맺고 있는 것이다. 그리해서 이 글은 토도로프가 정의한 협의의 환상소설((The)Fantastic)이 아닌, 여기에 괴기와 경이를 모두 포함하는 광의의 환상소설(Fantasy)을 그 대

---

29) Kenneth J. Zahorski and Robert H. Boyer, "The Secondary Worlds of High Fantast", *The Aesthetics of Fantasy Literature and Art*, Ed. Roger C. Schlobin(Norte Dame : University of Norte Dame Press, 1982), pp.56~59.

상으로 하고자 한다. 따라서 이 글에서는 환상성을 작품 안에 등장하는 비현실적이거나 초자연적인 인물, 사건, 배경 등의 요소를 모두 의미하는 것으로 사용하고자 한다.

또한 이들의 논의는 공통적으로 환상성이라는 것이 역설적인 의미에서 리얼리티와 긴밀하게 관련되어 있다는 것을 보여준다. 환상문학은 끊임없이 리얼리티에 대한 관습적인 고정관념에 대하여 의문을 제기한다. 캐스린 흄[30]은 구체적으로 환상이 소설 속에서 리얼리티에 대하여 어떻게 반응하는지를 밝힌 후, 그것을 다음의 네가지로 나누고 있다. 현실로부터의 도피[31], 새로운 리얼리티의 소개, 기존의 현실의 강화, 합의된 리얼리티의 부인이 그것이다. 현대에 올수록 현실에 대한 새로운 시각과 각성을 제공하는 환상성의 비중은 높아지고 있다.[32] 그리하여 오늘날의 환상문학은 동시대 사회가 안고 있는 여러 문제에 대하여 진지한 논평을 가할 뿐만 아니라 도덕적, 철학적 문제에 대한 깊이 있는 문제들을 다루고는 한다.[33] 궁극적으로 환상

---

30) Kathryn Hume, *Fantasy and Mimesis* (New York and London : Methuen, 1984).

31) 환상이 현실로부터의 도피를 위해 사용되는 문학작품에는 목가 소설, 로망스, 정복과 모험 이야기, 코믹 소설, 탐정 소설, 스릴러, 포르노그라피, 스릴러 로망스 등이 있다. 이것들을 캐스린 흄은 탈출구 문학(escape literature)이라 하여 환상문학에서 제외한다.(Kathryn Hume, op. cit., p.22)

32) 고대신화나 동화에서 환상은 현실로부터의 도피이자, 새로운 희망이나 소원성취를 위한 장치에 불과했으나, 현대의 환상소설에서 환상은 현실의 허구성이나 끔찍함을 드러내기 위한 효과적인 장치로 기능하고 있다.(김성곤, 「환상문학 : 또 다른 리얼리티의 탐색」, 『영문화권연구 제 6호』, 1998, 204쪽)

33) Ann Swinfen, *In Defence of fantasy : A Study of the Genre in English and American Literature since 1945* (London : Routledge and Kegan Paul, 1984), p.231.
Lin Carter, *Imaginary Worlds : The Art of Fantasy* (New York : Ballantine Books, 1975), p.2.

문학은 환상세계에서 일어나는 일들을 다루지만, 현실에 대한 풍자와 비판을 겨냥한다고 할 수 있다. 동서양 모두에서 환상은 결국 현실로 귀의한다. 환상은 우리 인식의 지평을 현저하게 넓혀 주고 지적인 자유와 유희를 허용해 줌으로써, 궁극적으로는 현실에 대한 또 다른 시각과 현세에 대한 다각도의 점검을 가능하게 해준다. 환상은 일종의 현실에 대한 '낯설게 하기'(defamiliarization)를 감행함으로써, 현실에 대한 자동화된 의식에서 벗어나 현실을 새롭게 바라볼 수 있게 해주는 것이다. 환상은 현실의 새로운 면을 제공하는 효과적인 장치라고 할 수 있다.

우리가 일상적으로 살고 있는 현실에 대한 끊임없는 문제제기와 함께 환상문학에서 빼놓을 수 없는 또 하나의 특징은, 환상문학이 인간의 욕망과 긴밀하게 관련을 맺는다는 사실이다. 프로이드는 판타지를 백일몽과 동의어로, 검열 기제가 허락하는 범위 안에서 의식이 상상과 욕망을 자유로이 활동하게 놓아두는 명상의 상태로 사용하고 있다. 충족되지 못한 욕망은 몽상을 움직이는 힘이고, 모든 몽상은 욕망의 완결이며 동시에 만족을 주지 못하는 현실에 대한 보정(補整)으로 작용한다.[34] 환상문학은 이처럼 욕망을 추구하는 특징을 지닌다고 할 수 있다. 이러한 환상문학의 특징은 로즈마리 잭슨[35]에 의해 더욱 정치하게 밝혀진다. 그녀는 정신분석학적인 방법론을 바탕으로 환상문학이 인간의 문화가 지속되기 위해서는 억압되어야만 하는 충동들을 표현한다고 밝힌다. 궁극적으로 환상문학은 상상계와 상징계

---

34) Sigmund Freud, op. cit., pp.86-87.
35) Rosemary Jackson, *Fantasy : The Literature of Subversion* (London : Methuen, 1981).

사이의 관계들을 유동적인 것으로 만들거나 주체 구성의 과정에 대한 역전 또는 거절을 통해 급진적인 문화적 변화의 가능성을 가져올 수 있다고 보고 있다.

환상문학의 가장 본질적인 특징은 우리의 현실에 대한 문제제기와 억압되고 감추어진 욕망의 폭로로 정리해 볼 수 있다. 최상규의 소설은 현실에 바탕을 둔 소설과 환상에 바탕을 둔 소설로 크게 나누어 볼 수 있다. 그것이 비록 자연적 법칙에 의해 설명이 되는 소설일 경우라도 최상규의 소설은 일상생활에서는 쉽게 받아들일 수 없는 특이한 상황설정을 바탕으로 한 소설을 많이 발견할 수 있다. 이러한 소설들을 리얼리즘적인 독법에 따라 읽을 경우, 그것은 근대 이전의 이야기로 밖에 받아들여질 수 없다. 그리해서 이 글에서는 환상이 문학내에서 가지는 본질적 성격을 바탕으로 해서 그의 작품을 살펴보고자 한다. 한 작가의 작품들이 결국에는 같은 뿌리에서 나온 여러 열매라고 할 수 있다면, 그것들은 서로 긴밀하게 연결되어 있을 것이다. 이런 전제하에 본고에서는 최상규 소설의 '환상성'을 밝히는 것에도 힘을 기울이겠지만, '최상규 소설'의 환상성을 밝히는 것에도 소홀히 하지 않고자 한다.

본고에서는 최상규의 환상을 '괴기적 환상', '구조적 환상', '기법으로서의 환상'으로 나누어 살펴보고자 한다. 이러한 환상의 유형은 기계적으로 들어맞는 것은 아니지만 현실에 대한 관심의 폭을 넓혀간다는 것을 기준으로 할 때, 일종의 계기적인 관계를 보여준다. 2장에서는 한 사회나 지배문화가 유지되기 위해서는 반드시 억압되어야만 하는 욕망들을 형상화한 괴기적 환상의 유형에 대하여 살펴 보도록 하겠다. 3장에서는 일상의 현실에서 일탈함으로써 현실에 대한 새로

운 시각을 보여주는 구조적 환상에 대하여 알아 보겠다. 이 유형의 작품
들은 순수한 환상(the fantastic)과 환상적 경이(the fantastic marvelous)의
구조에 해당한다. 마지막으로 4장에서는 변신모티프와 비인간 서술
자와 같은 환상의 기법을 통해 나타나는 환상에 대하여 살펴 보겠다.

2. 괴기적 환상을 통해 드러난 금기시된 욕망의 양상

1) 유아기로의 퇴행 상태의 형상화

2장에서는 괴기적 환상(the uncanny)을 보여주는 작품들36)을 살펴
보고자 한다. 순수한 괴기는 자연적 법칙을 넘어서는 요소가 작품에
나오지 않는다는 점에서 본격적인 환상이라고 할 수는 없다. 그러나
작품 속의 사건이 어쩐지 믿기 어렵고, 이상하고, 징글맞고, 괴기스럽
고, 불안을 불러일으키기 때문에, 환상적 텍스트와 유사한 괴기감
(Das Unheimliche)37)을 작중 인물이나 독자에게 불러 일으킨다.

---

36) 이들 작품은 토도로프의 분류에 의할 경우 〈너〉의 테마에 속하는 것들이다. 〈너〉의
   테마는 욕망(성욕)과 무의식에서 나오는 문제들을 다룬다. 〈나〉의 테마가 인간과
   세계의 관계를 다룬다면, 〈너〉의 테마는 인간과 그 욕망의 관계, 따라서 인간과 무의
   식의 관계에 초점을 맞춘다. 이 테마는 악마를 통해 인간의 성적 욕망을 드러내기도
   하고, 정상적인 사랑 뿐만 아니라 근친상간, 동성애, 두 사람 이상에서의 사랑, 사디
   즘에서 보이는 성적 욕망의 갖가지 변형도 그려낸다. 성적인 욕망과 그 갖가지 변종
   은 본능을 문제삼는다는 데서 거기에는 인간 내적 조직의 문제가 드러나게 된다.
   또한 〈나〉의 테마가 수동적인 자리매김이라는 것을 전제로 함에 비해서, 〈너〉의
   테마에서는 주위의 세계에 대한 강력한 작용이 인식된다. 인간은 이미 고립된 관찰
   자에 그치는 일이 없이, 다른 인간들과의 역동적인 관계 상태에 들어간다.(Todorov,
   op. cit., pp.124-139)
37) 마음을 불안하게 하는 괴기감은 개인 내지 종족의 유년기에 뿌리 내린 이미지의
   나타남과 결부되어 있다.(Sigmund Freud, 「두려운 낯설음」, 『창조적인 작가와 몽상』,

〈斷面〉(『문학예술』, 1956.9), 〈第 一 章〉(『문학예술』, 1957.3), 《악령의 늪》(문학사상사, 1994)의 주인공은 모두 유아기로 퇴행한 상태를 보여준다. 〈斷面〉은 아내에게 얹혀 살던 남편이 첫월급을 받는 것으로 시작된다. 그는 아내를 위해 도금한 구리 반지를 사서는 술에 만취해 집으로 돌아온다. 집에서 그는 아내의 무릎에서 오줌을 싸고, 이에 아내는 젖꼭지를 자른다. 오줌을 싸며 그는 "어떤 아득한 옛날에 겪은 것 같은 싫다 할 수 없는 쾌감을"[38] 기억한다. 오줌을 싼다는 행위는 법과 규범에 따른 생활을 하는 성인이 할 수 있는 행동이 아니다. 그것은 오직 아이만이 할 수 있는 행위이다. 아내가 자신의 유두를 자른 행위 역시 젖이 의미하는 성숙한 여인의 상태에서 젖이 없는 아이의 상태로 되돌아간 것을 의미한다.

유아기로의 퇴행은 주위의 반대를 뿌리치고 동거생활을 하는 부부가 주인공인 〈第 一 章〉에서도 나타난다. 아내는 그들의 삼주년 기념일을 맞이하여 눈이 번쩍 띄일 것을 가져오겠다며 외출하고, 그 사이 남편은 아내가 없는 집에서 장난을 친다. 그러한 장난치는 행동은 주인공도 밝히고 있는 바와 같이, '아내의 젖의 일부분'인 '뻐스트 패드'를 질겅 질겅 씹어대는 행위에까지 이르고 있다. 성숙한 어른에서 아이로 다시 어머니의 젖으로 자신의 생존을 이어가는 유아의 상태로 퇴행한 것이다.

아내 역시 유아기로 퇴행하고 있는데, 그것은 외출에서 돌아온 아내가 뱃속에 들어 있었던 것이라며 내놓는 '페니시링 병'을 통해 드러난다. 목이 잘린 아이가 있는 병을 놓고, 아내는 "일부러 그 달에는

열린책들, 정장진 옮김, 1996, 97-150쪽)

38) 『문학예술』, 1956.9, 112쪽.

약을 넣지 않았어요. 우리가 아이를 만들 수 있는가를 알고도 싶었고
또…… 결국 알았어. 우리 둘이 다 건강하다는 것을. 넉달 째래. 난
반가웠어. 그렇지만…… 생각다 못해 수술하고 말았지. 오늘. 사내 아
이래. 할 수 없어요. 그렇지만……우리 좀 더 있다가 정식으로 결혼해
요."[39]라고 말한다. 아내 역시 성숙한 어른으로서 요구되는 어머니로
서의 자리를 거절하고 있는 것이다. 그것은 물론 다른 어른으로서의
활동을 위한 정상적인 육아의 포기와는 궤를 달리한다. 그녀는 단순
히 아이를 자신의 건강을 체크하기 위한 리트머스 용지 정도로 생각
하고 있다. 이러한 행위 역시 어른으로서의 역할을 포기한 채, 유아로
퇴행하고 있음을 보여주는 것이다.

〈斷面〉과 〈第 一 章〉은 모두 아내가 집안의 주도권을 쥐고 있으며,
남편은 아내에게 기생하는 무기력한 모습으로 그려지고 있다. 이들은
'남성다움'이나 '인간다움'에서 완전히 소외된 인물들[40]이다. 〈斷面〉
에서는 그러한 무기력의 이유가 언급되고 있는데, 그것은 다음의 인
용문에서 드러나는 것처럼, 6.25로 분출된 이데올로기적 대립이라는
시대적 상황에서 기인하는 것이다.

사실 그들은 여태 애를 만들지 못했다. 안 했다. 그게 육년이다. 사변나
기 직전이다. 그는 그무렵 지금 생각하면 해롭기만 한 친구들과 얼렸다.

---

39) 『문학예술』, 1957.3, 108쪽.
40) 손창섭 역시 이런 인물들을 자주 그려내고 있다. 이러한 인물이 가지는 소설사적
    의미를 조남현 교수는 다음과 같이 지적하고 있는데, 이것은 최상규에게도 적용될
    수 있는 설명이다. "손창섭은 1950년대 발표한 소설들에서 '남성다움'이나 '인간다
    움'에서 소외된 남자들을 내내 그려 내었으며, 바로 이들 존재들을 통해 1950년대의
    우리 사회와 삶의 모습을 가장 정확하게 투시할 수 있을 것이라고 생각한 것인지도
    모른다."(조남현, 『한국현대문학사상논구』, 서울대출판부, 1999, 340쪽)

그래 사변이 나자 엉뚱한 잘못을 저지르고 말았다. 무슨 큰 일을 일으켰던
가 저질렀던 것은 아니다. 그러나 수복되기가 좀 늦었드라면 정말 큰 일을
저질렀을런지도 모른다. 한 몸둥이, - 또 하나는 아니다. 가급적(可及
的)-아주 망쳐 버릴 정도의 큰 일 말이다. 어쨌던 엉뚱한 데 발을 드디어,
결국 수복 후엔 매를 좀 맞고 석방되긴 했다. 내가 한 일은 내가 책임지겠
노라, 해 왔었던 그다. 그러나 그는 그때, 자신이 책임 운운 할 수 없는
일도 할 수가 있다는 것을 알았다. 그래 자신에게 불신(不信)을 선언하고
만 것이다.[41]

이 시기의 다른 작품들에서도 6.25의 폭력성은 일종의 배경음처럼
울리고 있는 형국이다. 〈斷面〉에서 주인공을 유아기적 상태로 퇴행시
킨 주범이 전쟁으로 상징되는 이데올로기의 폭력성이었던 것처럼,
〈窓을 열자〉(『문학예술』, 1957.10)에서 주인공으로 하여금 개체성을 잃
어버리는 단계에 빠뜨린 것 역시 간접적인 원인이기는 하지만 형의
납북이라는 6.25의 파생물에서 기인한다. 〈뚫어진 하늘 아래서〉(『현대
문학』, 1958.4), 〈死角〉(『사상계』, 1958.8), 〈深夜의 饗應〉(『사상계』, 1961.2)
등에서도 6.25의 흔적은 찾아볼 수 있다. 〈뚫어진 하늘 아래서〉는
포탄에 허물어진 폐허가 작품의 기본적인 상황으로 설정된다. 〈死角〉
에서는 전투 중 부상당한 제대 군인이 등장하고, 〈深夜의 饗應〉에서는
심야에 부상을 당해 유혈이 낭자한 남파간첩이 매부의 방에 나타나는
그로테스크한 일이 벌어지기도 한다.

이외에도 〈포인트〉(『문학예술』, 1956.5), 〈非創造者〉(『현대문학』, 1958.9),
〈廣場과 三脚〉(『현대문학』, 1960.9), 〈손의 意味〉(『자유문학』, 1960.10) 등이

41) 『문학예술』, 1956.9, 96-97쪽.

직간접적으로 전쟁과 관련되어 있다. 〈포인트〉와 〈손의 意味〉는 입대를 앞둔 주인공이, 〈非創造者〉와 〈廣場과 三脚〉에는 실제로 군인이 등장한다. 이처럼 최상규의 1950년대 소설에서 전쟁은 일종의 배경음으로 작용하고 있으며, 〈斷面〉이나 〈第 一 章〉의 주인공들은 전쟁으로 인하여 자기동일성이 파괴되거나 자기분열증을 일으키고 있는 것이다. 이러한 주인공들의 모습은 온전한 성인의 삶을 살 수 없게 만든 당대의 현실에 대한 강력한 저항의 뜻을 포함하고 있다.

이 시기 소설에서 또 하나 주목할 것은 아버지라는 존재가 갖는 의미이다. 아버지의 의미는 남성 원리와 연결됨으로써 어머니가 무의식을 상징함에 반해 의식을 상징한다. 이런 사실과 동시에 그가 전통적 힘을 대신한다는 사실 때문에 아버지는 도덕의 세계를 상징하며 본능과 파괴의 세력들을 규제한다는 상징적 의미를 지닌다.[42] 그런데 위에서 언급한 최상규의 초기 소설들에서 아버지는 부재하거나, 무능하거나, 비도덕적이어서 아들(주인공)에게 어떠한 영향도 끼치지 않는다. 이것은 아버지로 상징되는 도덕이 파괴되고 본능과 욕망이 아무런 통제없이 움직일 수 있는 상황을 의미한다.

아버지의 무능은 〈포인트〉에서는 아들에게 수많은 책을 물려 주었지만 자신은 군밤장수인 모습으로, 〈秩序〉(『사상계』, 1959.9)에서는 아픈 몸으로 이층의 자기 방에만 머무르며, 결국에는 "나는 너에게 아무것도 줄 것이 없다"[43]는 유언을 남기고 자살을 기도하는 모습으로

---

42) 아버지의 이런 상징적 의미는 공기, 불, 하늘, 빛, 천둥, 무기 등에 의해 재현된다. 아들에게 적절한 정신적 능력이 영웅주의인 것처럼 아버지에게 적절한 능력은 지배력이다.(이승훈 편저, 『문학상징사전』, 고려원, 1995, 353–354쪽)
43) 『사상계』, 1959.9, 381쪽.

그려진다. 〈손의 意味〉와 〈野獸〉(『신사조』, 1962.7)에서 아버지는 무능을 넘어 부도덕한 모습으로 그려진다. 〈손의 意味〉에서의 아버지는 전쟁 전 주인공의 누나를 자신의 정부로 삼는다. 〈野獸〉에서 아버지는 아들의 칼에 맞아 죽는 한 마리 괴물의 상태에까지 이르른다. 아들에 의해 사나이라 칭해지는 아버지는 술잔과 화툿장, 계집질로 인생을 보낸 사람이다. 그 결과 아내와 자식들에게는 폭력과 철빈의 고통만을 고스란히 남겨준다. 그런 그가 어느날 어렵사리 서울에 자리를 마련한 아들을 찾아와서는 며느리를 겁탈한다.

이러한 아버지들이 아들의 욕망을 통제하고 규제한다는 건 기대할 수 없다. 이것은 전후의 영점과 같은 상황에서 그들을 제대로 인도해줄, 정신적 지주로서의 아버지가 존재하지 않는다는 것을 의미한다. 이런 상황에서 그들은 의식이 아닌 무의식의 상태를 지향하고, 그러한 욕망이 초기소설에 꿈틀거리고 있는 것이다. 이와 동시에 주인공들은 아버지를 거부하는 경향마저 보여준다.

〈포인트〉와 〈第一章〉의 주인공들은 모두 주위 어른들의 반대를 무릅쓰고, 당사자들만의 사랑으로 가정을 이루어 생활해 나간다. 〈窓을 열자〉(『문학예술』, 1957.10)에서는 부모들이 며느리로 인정하지도 않은 형수의 집에 머무는 주인공이 부모들을 귀찮은 존재로만 여긴다. 부모로부터 온 편지를 보며, 주인공은 다음과 같이 생각할 정도이다.

> 뻔하다. 보면 안다. 도대체 틀렸다. 재간도 없으면서 터무이 없이 아들들을 요리하려 드니 말이다. 또 하나 남았으니 그거나 맘대로 하시라지. 쓸데 없이 들. 괜스리 그렇지만 또 지당하기도 하다. 그럼 뭐야 쳇. 도무지 귀찮은게 집엣 일이다.44)

〈廣場과 三脚〉에서는 본격적으로 부자간의 갈등이 다루어지고 있다. 유진식은 어머니를 잃고, 자기 세계에만 침잠한 아버지의 탓으로 사회의 아웃사이더가 된다. 대학에서는 젊은 강사를 구타하고, 군대에서는 한 차례 탈영하기도 한다. 서로에게 소외된 부자간의 상태는 다음과 같이 주인공의 내면을 통해 극단적으로 드러난다.

> 사실 우리는 거의 남들처럼 서로를 모르고 있다. 또 알아보려고도 하지 않았다. 아버지와 아들이라는 관계 - 이것만은 틀림없다고 생각하고 세상에서 가장 가깝고 밀접한 사이 가운데 하나로 알아두고 있을 뿐이지 우리는 피차의 성격도 취미도 인생관도 세계관도 전혀 모르고 있다싶이 한다. 그렇다. 우린 누구보다도 가깝고 서로 잘 이해하고 돕고 있어야 할 일이었건만 사실은 전혀 그 반대였다.45)

아들은 이제부터라도 이해하고 도우며, 서로를 사랑하는 부자관계를 만들어 가기 위해 힘들게 얻은 휴가 마지막 날에 아버지를 찾는다. 그러나 아들에 대한 별다른 관심도 없으며, 이해하려는 노력도 보이지 않는 채, 자신이 결혼하려는 젊은 여인에게만 열중하는 아버지를 보며, 주인공은 "저렇게 아들의 앞임을 의식하면서도 무관한 척하고 자기의 애인과 이야기하고 있는 분은 전혀 나하고는 가깝지 않은 생판 남이다. 남이다."46)라고 생각한다. 주인공은 아버지와의 단절을 뼈저리게 실감하며, 아버지라는 존재를 삶에서 지우고, 자신의 삶에만 충실할 것을 결심한다.

---

44) 『문학예술』, 1957.10, 76쪽.
45) 『현대문학』, 1960.9, 64쪽.
46) 『현대문학』, 1960.9, 72쪽.

유아기적 상태의 극복은 ≪악령의 늪≫에서 이루어지고 있다. ≪악령의 늪≫은 주인공 장리백이 유아기적 상태로 퇴행한 것에서 이야기가 시작된다. 장리백은 말을 잃어 버리고, 오줌을 못 가리는 존재이다. 그런 그에게 성숙한 어른으로서의 사회적 역할을 기대할 수는 없다. 그가 그렇게 된 것은 지난 시절의 독재 정권 때문이다. 그는 그들에게 끌려가 고문을 받고, 그 후유증의 늪에서 헤어나지 못하고 있다.

이 작품은 이런 유아기적 상태에 머물고 있는 주인공 장리백이, 자신을 계속 그런 상태로 묶어 두려고 하는 악령과의 싸움에 맞서 정상적인 성인의 상태로 돌아오는 과정을 그린 작품으로 정리해 볼 수 있다. 그런데, 그러한 성인의 상태로 돌아오는 것은 성관계를 맺을 수 있으며, 오줌을 싸지 않으며, 말을 할 수 있는 단계로의 옮아감으로 그려진다.

환상소설에서는 오래 전부터 악마가 많이 등장한다. 그것은 초기의 로망스 환상문학에서는 사악한 존재, 그야말로 악마적인 것으로 묘사되었다. 그러나 19세기에 들어서면 타자는 자기자신의 은밀한 내면적 근원 또는 자신의 또 다른 자아로 묘사되기 시작한다. 이 글에 등장하는 악령도 실제의 파시즘을 의미한다기 보다는 장리백의 마음 속에 감추어진 생을 거부하는 죽음의 본능이라고 봄이 타당하다.[47] 괴기의 영역에서 만나게 되는 것이, 그것이 정신이건 천사이건 유령이건 괴물이건 간에 단지 무의식적인 투사에 불과하기 때문이다.[48]

---

47) 김윤식 교수도 이미 이러한 해석의 가능성을 지적한 바 있다. "이 악령과의 싸움이라기실은, 저 거대한 철장화를 신은 파시즘과의 싸움이 아니라, 인간 내면에 은밀히 자리잡고 있는 악마스런 요인과의 싸움이 아니었을까"(김윤식, 「악령의 늪'에 이른 길」, 『악령의 늪』, 문학사상사, 1994, 13쪽)
48) 괴기의 영역에서 무의식적 욕망은 다른 사람이나 물건을 통해 나타난다.(Rosemary

그것은 장리백이 회복되는 과정을 통해 확인할 수 있다. 장리백은 현실이 아닌 꿈 속에서 악령의 유혹을 물리침으로써, 건강한 사람으로 다시 태어난다. 악령의 늪에서 벗어나는 길은 외부적 세력에 대한 저항과 투쟁을 통한 것이 아니라, 자기 자신의 내면적 결단을 통해서 이루어지는 것이었음을 이 작품은 보여주고 있다. 다음의 인용문은 장리백이 회복되는 계기가 된 꿈 속의 장면이다.

> "미련한 놈이 똑똑한 척하지 마라. 너는 때를 잘못 알고 기어 나온 거야. 넌 아직 멀었어. 지금은 아직 네가 나올 때가 아니란 말이야. 그러니까 우선 늪으로 가란 말이다. 생각해 보라구. 네가 하는 짓은 모두가 서툴러. 그런 식으로는 모두가 되는 일이 없고, 될 일이 없어. 그런 서투른 방법으로는 아무것도 안된단 말이야."
>
> ......
>
> 이제 네 효력은 끝이다. 내가 철 이르게 기어 나온 것이 아니라 네가 이젠 때가 늦은 것이다. 나타나라. 나타나기 싫거든 물러가라. 나는 그런 것에 상관없이 누가 뭐래도, 왼쪽도 아니고 오른쪽도 아닌, 똑바로 앞쪽만을 향해 나아갈 것이다. 설사 내 발목이 부러지고 무릎뼈가 으스러지고 만신창이가 되는 한이 있을지라도 말이다!49)

≪악령의 늪≫에서 주인공을 유아기적 상태로 만든 것은 장리백의 청춘 시절을 어둠으로 물들였던 독재정권으로 그려지고 있다. 〈斷面〉과 〈第 一 章〉이 유아기적 퇴행의 상태로 끝나고 있는 데 반해, 최상규의 유작이 되어 버린 ≪악령의 늪≫에서는 그것의 극복 방안이 그려지

Jackson, op. cit., pp.63-72)

49) 최상규, 『악령의 늪』, 문학사상사, 1994, 291-292쪽.

고 있다. 그것은 자신의 존재론적 결단을 통한 것이다. 그리고 그것은
어떠한 이데올로기와의 동일시도 거부하며, 생활세계에 적극적인 가
치부여를 하는 것으로 그려지고 있다.50) 〈斷面〉이 〈포인트〉와 함께
최상규의 추천작이며, 《악령의 늪》이 최상규의 마지막 작품이라는
것을 생각할 때, 최상규의 40여년에 걸친 문학활동은 6.25의 억압에
서 벗어나 온전한 주체로 발돋움하기 까지의 과정을 보여주고 있다고
정리해 볼 수도 있다.

　이들 작품은 괴기적 환상51)을 보여준다. 아내의 무릎에서 오줌을
싸거나, 유두를 자르거나, 아내의 속옷을 가지고 장난을 치는 것이나,
유산한 아이를 페니실린 병에 담는 것이 초자연적인 사건이라고 할
수는 없기 때문이다. 또한 장리백이 경험하는 악령의 존재도 결국에
는 자연적 법칙에 의해 설명이 되기 때문이다. 괴기를 일으키는 두
가지 요소인 우연의 일치와 극한 체험 중 이들 작품은 후자의 이유로

---

50) 《악령의 늪》과 비슷한 시기에 창작된 〈杲卵의 밤〉(문학정신, 1991.10)에서도 이데
　　올로기적 대립을 생활세계에의 적극적인 가치부여를 통해 극복하고자 하는 작가의
　　입장이 드러난다. 바깥 세상과는 완전히 격절된 외딴집에 살고 있는 노인에게 운동
　　권의 주동 학생인 셋째 아들과 그를 잡으러 왔을지도 모르는 첫째 아들이 찾아온다.
　　노인은 이들 중 어느 편의 손도 선뜻 들어주지 않고, 성실한 농군인 둘째야말로 세상
　　주인이 될 자격이 있는 아이라고 말한다. 마지막에 셋째를 잡으러 온 기관원이 죽인
　　개 대신에 닭을 키우겠다는 노인의 태도에서, 이데올로기적 대립을 무화하는 가치로
　　서 생활세계가 등장하고 있음을 알 수 있다.
51) 괴기의 장르는 환상과는 달라서 확실히 경계가 정해진 장르는 아니다. 이 장르는
　　한 쪽에서만, 즉 환상 쪽에서만 경계가 정해져 있고, 반대 쪽에서는 문학의 일반적인
　　영역으로 녹아 들어가 있다. 괴기는 환상을 위한 조건들 중 단 하나만을 실현하고
　　있다. 즉 혹종의 반응, 그 중에서도 공포의 반응(지적 불안)을 기술한다는 조건만이
　　실현되어 있는 것이다. 괴기는 작중 인물의 감정에만 결부되어 있으며, 이성에 도전
　　하는 것과 같은 물리적인 사건과 결부되어 있는 것은 아니다.(Todorov, op. cit.,
　　pp.46-51)

괴기감을 안겨 준다. 잔혹한 장면, 악의, 향락, 살인과 같은 극한 체험에서 오는 괴기감은 대부분 기원이 오래된 금기의 위반과 결부되어 있다.[52] 이들 작품은 상징적 질서에서 살아가는 성숙된 사회적 자아에게는 당연히 억압되어야만 하는 욕망들을 그대로 드러내고 있다. 주인공들은 모두 금지, 명령, 기대, 차별, 의무와 같은 말로 대표되는 상징적 질서를 벗어나 어머니의 품 속에서 뛰놀던 유아기로 퇴행하는 것이다. 이러한 퇴행을 통해 상징적 질서에서 금기시된 원초적 욕망들이 부활하여 움직이고 있다. 이들 소설은 자아 형성 과정의 순서를 거꾸로 돌려 놓거나 파괴하려고 함으로써, 그들을 불구적 상태에 빠뜨린 당대 사회에 대한 전복적 성격을 갖는다.[53]

2) 주객 미분화 상태의 형상화

〈斷面〉과 〈第 一 章〉, 《악령의 늪》이 유아기로의 퇴행이라는 단계에 머물렀다면, 〈窓을 열자〉(『문학예술』, 1957.10), 〈哺乳圖〉(『문학춘추』, 1964.7) 〈同素體〉(『현대문학』, 1969.5), 〈加減法〉(『현대문학』, 1969.12)에 이르면 자신의 개체성을 완전히 잃어버린 상태에 다다르고자 하는 열망이 드러나고 있다. 이러한 열망은 프로이드의 용어로 말한다면, 죽음본능(death instinct)에 해당한다. 죽음의 본능은 대상들로부터 리비도의 분열과 분리, 생명으로부터의 무긴장, 즉 무기체적 상태로의 회귀를 지향한다.[54]

---

52) Todorov, op. cit., pp.152-153.
53) 대부분의 파괴적인 환상소설들은 상상계와 상징계의 관계를 바꾸려고 한다. 주체의 형성 과정에서의 급격한 역전과 거절을 통해 상징계의 해체를 기도한다.(Rosemary Jackson, op. cit., p.91)

〈窓을 열자〉에서는 이러한 죽음본능이 근친상간이라는 행위를 통해 드러나고 있다. 동생은 형이 납북되어 없는 형수의 집에서, 부부 아닌 부부의 관계로서 형수와 살아간다. 형수가 화자를 좋아하게 된 계기는 형과 얼굴이 닮았다는 점과 처음 만났을 때 넥타이를 늦추면서 촌사람이라고 말한 그 솔직한 티 때문이다. 백지상태는 형이라는 존재로의 전이를 위해 유리한 조건이 된다는 것을 생각할 때, 그는 형으로 인식됨으로써 형수와 관계를 가지게 된 것이다. 다음의 예문은 동생이 동생으로서의 존재가 아닌, 형의 존재로서 형수에게 다가가고 있음을 직접적으로 보여준다.

> 그일이 있은 뒤 응당 서로 서먹서먹 했어야 할 일이었다. 그러나 그것은 너무나 당연한 일이고 너무나 자연스러운 일이었다. 피차에 그 것을 안다. 그러므로 서먹 서먹하지 않다.[55]
>
> "인젠 할 일이 있어."
> "무슨 할 일이?"
> "안 해 본 일말야."
> "……"
> "하나 남았지?"

---

54) 프로이드는 「쾌락원칙을 넘어서」에서 서로 대립하는 힘으로 파악했던 쾌락본능과 자기보존본능을 생명본능으로 통합하고, 이에 대립하는 개념으로 죽음본능을 제시한다. 죽음본능은 정신적 긴장을 영도로 줄여 유기체를 무생물적 상태로 복귀시키는 것을 목적으로 한다. 생명본능이 항상성의 원칙에 따라 새로운 통일체를 창출하고 주어진 수준에서 흥분을 보존하려고 하는 반면에 죽음본능은 현존하는 통일체들을 와해시키고 궁극적으로는 흥분을 완전히 폐기하고자 한다.(Sigmund Freud, 「쾌락원칙을 넘어서」, 『쾌락원칙을 넘어서』, 박찬부 옮김, 열린책들, 1997, 17-91쪽)
55) 『문학예술』, 1957.10, 84쪽.

"싫어!"

"괜찮아 재미 있을 거야. 우리 의식으로 그 놈의 경계를 한번 툭 튀겨
보는거야. 통쾌한 거사지."

"......"

그래서 처음 일이 있었다. 그래서 그는 그날부터 진짜 가짜 〈가짜〉가
된 것이다.[56]

전자는 형수와 처음으로 입을 맞춘 후의 상황이고, 후자는 형수와
처음 성관계를 가질 때의 상황이다. 동생과 형수의 키스라는 비정상
적인 상황이 그들에게는 조금도 서먹서먹하지 않다. 서로가 너무나
당연하고 자연스러운 일로 받아들이는 것이다. 이것은 형수에게는
동생이 형과 동일한 존재로서, 동생에게는 자신이 형과 동일한 존재
로서 인식되고 있음을 보여준다. 후자의 대화는 동생이 자신이 가지
는 개체로서의 경계를 툭 튀겨 버리고, 형으로 다시 태어났음을 선언
한 것이라고 볼 수 있다. 자아와 타자 사이의 구분이 없어지는 것은
주체의 구성과 함께 떠났던 무차별성의 상태로 돌아가는 것을 의미한
다. 이 작품에는 아래의 예문들에서 처럼 '가짜'라는 말이 빈번하게
사용된다.

"쥐뿔만도 못한 그〈가짜〉노릇"[57]

"진짜 가짜 〈가짜〉"[58]

---

56) 『문학예술』, 1957.10, 85쪽.
57) 『문학예술』, 1957.10, 83쪽.
58) 『문학예술』, 1957.10, 85쪽.

　　"〈가짜〉가 웬 망발이냐 왜 〈가짜〉냐? 〈진짜〉가 아니니까 〈가짜〉다. 지구
는 내가 〈진짜〉되는 것을 용서치 않는다. 흔한 놈의 〈가짜〉 귀한 〈가짜〉"[59]

　　"나는 가짜 당신은 가짜의 가짜 응? (창을 열자 활짝 열어 재껴 보자!)
응?"[60]

　나 역시 내가 아닌 다른 존재가 되고, 형수 역시 형수가 아닌 다른
존재가 됨으로써 그들은 본래의 개체로서의 한계를 돌파하고 있다.
이 작품의 제목이기도 한 '창을 열자'는 말은 존재의 구속에서 벗어나
자아와 타자 사이의 구분을 초월한 상태에의 지향을 보여준다. 전후
상황을 배경으로 한 이 작품이 보여주는 이러한 죽음 충동은 50년대
를 나타내는 가장 근본적인 상상력으로 가능했을 수도 있다.[61]

　이러한 주객미분화 상태에 대한 열망과 형상화는 60년대까지 이어
진다. 〈同素體〉의 전반부는 두 개의 서사공간으로 이루어져 있다. 동
생이 죽어가는 아버지를 홀로 지키고 있는 시골집과 그 집을 향해
가는 형과 그의 애인의 여로가 그 두 개의 공간이다. 작품의 후반부에
가서 형과 그의 애인은 시골집에 도착하고, 네 명의 등장인물은 한
공간에 모인다. 그런데 이제 형제의 위치는 완전히 뒤바뀌게 된다.
그날 밤 형은 아버지 곁에서 동생이 했던 것과 같이 아버지의 임종을

---

59) 『문학예술』, 1957.10, 86쪽.

60) 『문학예술』, 1957.10, 90쪽.

61) 다음 고은의 말에서 알 수 있는 것처럼, 전쟁이 가져다 준 가장 근본적인 영향력은
　　죽음 그 자체라고 할 수 있다.
　　"50년대 - 무엇보다도 그것은 두 가지 근원으로 만들어졌다. 처절하고 무모한 듯한
　　죽음과 삶이 그것이다. 죽음은 동작동 묘지, 삶은 손창섭 장용학의 세계가 대표한다."
　　(고은, 『1950년대』, 청하, 1989, 19쪽)

지키고, 동생은 형의 애인을 겁탈해 버린다. 동생 – 아버지, 형 – 여자의 짝은 형 – 아버지, 동생 – 여자의 짝으로 변한 것이다. 아침이 되자 아버지는 죽고, 여자는 도망가 버림으로써 시골집에는 형과 동생만이 남는다. 동소체란 흑연과 다이아몬드와 같이 동일한 원소로 되어 있으나 모양과 성질이 다른 홑원소 물질을 말한다. 형과 동생은 서로 다른 두 개의 개체가 아닌 결국에 있어서는 동일한 개체로서의 역할과 의미를 획득하는 것이다. 형과 동생이라는 두 개체는 이 소설 속에서 분명한 경계를 잃게 되며 둘은 동일한 위치에 놓이게 된다. 이 소설 역시 주체와 객체 사이의 경계가 파괴된 상태를 그리고 있다.

〈哺乳圖〉에도 주요 인물로 형수와 시동생이 나온다. 형은 빚만 지고 금광으로 떠난 후, 기아의 둘은 기아의 극한에서 허덕이다가 이웃집 닭서리에 나선다. 도둑질이 성공하던 순간에 둘은 주인에게 잡혀 토굴에 갇힌다. 주인에게 맞아 큰 부상을 당한 시동생을 자신의 무릎 위에 눕히고 있는 형수는 물을 애타게 찾는 그를 보며, "넉달 전에 목구멍이 메어 사흘 만에 죽은 어린 것"[62]을 생각한다. 다음에 그들이 발견되었을 때, 동생은 시체가 되어서는 형수의 젖꼭지를 꼭 물고 있는 모습으로 발견된다. 현실적 상황의 극한 속에서 그들은 하나의 육체가 된 것이다. 시동생은 시동생으로서 형수에게 인식되는 것이 아니라, 형수에게는 굶어 죽은 자신의 어린 자식으로 인식된다. 시동생도 갈증이라는 절대적인 조건 앞에서 형수를 생명의 젖줄로 받아들인다. 시동생은 이제 형수에게 자식으로서, 형수는 시동생에게 어머니로서 인식되고 있는 것이다. 생존이라는 절대적 조건 앞에서 그들

---

62) 『문학춘추』, 1964.7, 150쪽.

은 자신의 개체성을 잃고 있으며, 더 나아가 젖줄을 매개로 하나가
되고 있다.

〈加減法〉은 달표에게 초점화된 인물시각적 서술상황을 통해 달표
의 주객 미분화 상태를 향한 욕망이 생생하게 드러나고 있다. 달표는
학사로서 석사인 아내와의 관계에 있어 "욕구를 욕구하는 공전만 되
풀이 하는 무료함"63)을 달래기 위해 삼륜차 운전에 뛰어든다. 그가
말하는 욕구의 공전이란 자기 것이 되어 버린 것에 대해서는 더 이상
아무런 흥미를 느끼지 못하는 상태를 말한다. 이를 타개하기 위해
달표는 직장 동료인 권을 이용해 아내에 대한 자신의 욕망을 새롭게
변형시키려 한다. 이 때의 변형은 아내와 자신의 관계를 아내와 권의
관계로 바꾸는 것을 의미한다. 달표는 권과 일체화가 됨으로써 욕망
의 공전 상태를 타개하고자 한다. 그것은 다음과 같은 인용문을 통해
서 확인할 수 있다.

> 그는 권의 어깨, 가슴, 배…의 피부 위에 자신의 어깨 가슴 배……를
> 느꼈다. 그는 권의 육신을 꼭 맞는 옷처럼 입고 있는 자신의 육신의 감각
> 을, 얼음처럼 차갑게 실감하고 있었다. 문지르고 싶었다. 뜨겁게 닳아오
> 르도록, 불같이 뜨겁게 닳아오르도록 부벼대고 싶었다. (중략) 그는 그
> 위를 손으로 문질렀다. 피부는 씻겨내려가지 않았다. 그는 손끝에서 뽀드
> 득거리는 자신의 피부에서 밝고 탄력있는 권의 피부를 느끼면서, 매큼하
> 고 서글픈 아쉬움과 쾌감을 동시에 느끼고 있었다.64)

> 권은 먹고 있었다. 그가 제공하는 음식을. 권은 맛있어하고 있었다.

---

63) 『현대문학』, 1969.12, 89쪽.
64) 『현대문학』, 1969.12, 93쪽.

그는 조금씩 씹으면서, 싸늘한 새우의 몸을 혓바닥으로 굴리고 뎁히고 있었다. 그리고 그는 권의 이빨과 권의 혀를 통하여 새우의 맛을 느끼려 하고 있었다.[65]

달표는 자신에게서 권의 피부를 느끼려 하고, 권의 이빨과 혀를 통해 새우의 맛을 느끼려 한다. 달표라는 개체성을 떠나 권과의 완전한 동일시를 이루고자 하는 것이다. 이것은 아내와 자신의 관계에 있어 권이 자신의 자리를 차지하는 것으로 완성될 수 있다. 이를 위해 달표는 식모를 밖으로 보내고, 친구를 이용해 아내와 권을 남겨놓고 자신만 외출한다. 달표는 둘만 집안에 남겨두고 외출하면서, "어떻겐가 변화가 생겨있겠지. 벗어보자. 한번만이라도 벗어보자. 이 무겁고 칙칙한 껍질을"[66]이라고 되뇌인다. 이 때의 칙칙한 껍질이란 달표라는 그의 개체성을 의미하고, 그것을 벗어보자는 것은 개체로서 가지는 불연속성을 극복하고자 하는 열망을 의미한다. 그러나 귀가한 달표는 더 이상 기다릴 수 없어, 밖으로 나갔다는 아내의 편지를 발견한다. 달표는 자신의 집에서 권이 자신이 되어 아내와 관계를 맺는 것이 아니라 새로운 공간에서 저희끼리의 체계를 새우기 위해 나갔다는 생각에, "온몸을 엄습하는 낭패감과 좌절감에 이를 뿌드득"[67] 갈 정도의 분노를 느낀다. 달표에게는 권이 자신이 된다는 사실이 중요한 것이지 권과 아내가 관계를 맺는가의 여부는 중요한 것이 아니다. 이것은 달표가 단순히 권을 욕망의 중개자[68]로 여기고 있는 것이 아

---

65) 『현대문학』, 1969.12, 95쪽.
66) 『현대문학』, 1969.12, 97쪽.
67) 『현대문학』, 1969.12, 97쪽.
68) 인간의 욕망은 기본적으로 욕망의 중개자를 매개로 하여 대상에 이르게 되는 삼각형

님을 보여준다. 그것은 권과 아내가 자신은 그대로 내버려 둔 채, 자신들만의 체계를 세우는 것을 막기 위해 서두르는 모습에서도 분명히 드러난다. 그러나 삼륜차 안에서 어린애처럼 잠이 든 아내를 발견함으로써, 달표는 한 개체로서 갖는 불연속성을 극복하고 주객미분화의 상태에 다다르고자 했던 자신의 욕망이 무위로 돌아갔음을 깨닫는다.

환상소설은 프로이드가 말한 계통 발생론적 단계에서의 애니미즘 단계와 개체 발생론적 단계에서의 나르시시즘의 단계에 상응한다. 이 단계에서는 자아와 타자 사이에 주체와 객관적 세계 사이의 분리를 인식하지 못한다. 분화되지 않은 상태를 향한 충동(drive)은 인간의 가장 기본적인 본능으로서, 프로이드는 이것을 죽음본능이라고 이름 지었다. 라캉도 프로이드와 마찬가지로 통합에 대한 갈망을 주체의 가장 심오한 욕망으로서 인정했다. 영점(zero point)의 아무런 관련도 맺지 않으려는 영원한 요구, 거기서 아이덴티티란 무의미하다. 이처럼 환상소설은 분화되지 않은 상태(undifferentiation)를 지향하는 경향이 있다.69)

의 욕망, 곧 모방적 욕망(mimetic desire)이다. 이것은 인간이 욕망의 대상이 갖는 가치를 스스로 부여할 수 없다는 것을 의미한다. 인간의 욕망이 타자의 욕망을 모방하는 욕망인 한, 욕망의 대상이 갖는 가치는 그것이 가지고 있는 고유한 힘에서 비롯되거나 주체 자신의 판단에서 비롯될 수 없고, 그것을 인정해 주는 타자의 존재와 결부되어 정해질 수밖에 없다.(A.J.Mckenna, *Violence and Difference - Girard, Derrida, and Deconstruction*, University of Illinois Press, 1992, 80쪽)

69) 이러한 계열의 대표적인 예는 사드의 작품이다. 사드는 타자로부터 자아를 여자로부터 남자를 동물로부터 인간을 무기물로부터 유기물을 나누는 것을 위반(transgression)하고자 한다. 그는 극단적인 무질서와 유동적인 상태를 추구한다. 별개의 자아들로 나뉘어지는 것 대신에 사드는 모든 존재의 보편적인 매춘을 제안한다. 사드의 욕망에 대한 언급은 모든 문화적 터부를 깨뜨린다. 사드의 목적은 모든 환상적인 예술 작품과 정도의 차이만 있을 뿐 자아와 타자의 통합, 주체와 객체의 통합,

〈窓을 열자〉, 〈哺乳圖〉, 〈同素體〉, 〈加減法〉 등이 미분화된 상태에
의 욕망을 드러냈다면, 〈발짝소리〉(현대문학, 1991.3)[70]에서는 직접적
으로 미분화된 상태가 펼쳐지고 있다. 한 남자가 지하의 한 공간에서
깨어난다. 그는 자신의 이름, 직업, 주소 등을 모르며, 나아가 자신의
신체마저도 자신의 것인지 남의 것인지 의심스러워 한다. 그는 지나
가는 모든 사람을 자신의 어머니, 아내, 아들, 딸로 생각할 정도의
의식상태에 놓여 있다. 오십대의 한 남자가 지나가자, 주인공은 그
남자를 본래의 자신이라고 생각한다. 주인공은 자신을 보며 미친 사
람이라고 말하는 오십대의 행인에게 오히려 "내가 미쳤다는 것. 미쳤
다면 그건 당신이지. 당신은 당신 자신의 정체와 타인의 정체를 혼동
하고 있으니까."[71]라며 반대로 되받아친다. 주인공은 자신이라는 주
체와 오십대의 행인이라는 객체를 파악함에 있어 극도의 혼란을 보여
준다. 나는 내가 아니며, 그렇다고 상대방이 나도 아닌 상태에까지
이르고 있는 것이다. 마지막에 주인공이 죽는 것은 언어와 인간성을
잃어버림 없이 상상계로 돌아갈 수 없는 인간 주체가 죽음을 통해
존재하기를 완전히 그치고 타자와 통합된 무기물의 상태에 이르렀음

완전한 미분화 상태의 지향이라는 점에서 동일하다.(Rosemary Jackson, op. cit.,
pp.72-78)

70) 이 작품은 구조에 있어서도 환상적 구조를 잘 보여준다. 엄격히 구획된 지하의 한
공간에서 깨어난 '그'는 자신이 어떻게 여기에 왔으며, 자신이 누구인지를 전혀 모른
다. 이 작품은 '그'에 초점화된 인물시각적 시점으로 쓰여져 있다. 그가 직접 초자연
적 사건을 경험하고 그것을 서술하고 있다. 우리는 그의 의견을 거의 그대로 따라갈
수밖에 없다. 그는 자신이 경험하고 있는 지금의 무중력 상태와도 같은 비정상적인
상태를 어떻게 받아들여야 할 지 모른다. 우리는 이것을 그의 단순한 광기로 받아들
이거나, 실제로 정상적인 그에게 지금의 초자연적인 사건이 일어난 것으로 해석해야
할 지 작품의 마지막까지 망설이게 된다.

71) 『현대문학』, 1991.3, 143쪽.

을 보여준다.[72)

위에서 살펴본 작품들에는 주객 미분리의 상상계적 세계가 펼쳐지고 있다. 주인공들은 상징계적 질서를 파괴하거나, 상상계와 상징계의 관계[73)를 역전시키고자 한다. 상상계와 상징계 사이의 관계들을 유동적인 것으로 만듦으로써, 주체 구성의 과정에 대한 극렬한 역전 또는 거절을 기도하는 데 있어, 유아기로의 퇴행에만 머문 2.1.장의 작품들보다 2.2.장의 작품들은 더욱 전복적인 특성을 보여주고 있다.

---

72) 분화되지 않는 상태로 돌아가고자 시도하는 인물들은 실패하도록 운명지어져 있다. 미침, 자살, 죽음으로 종결된다. 자아는 존재하기를 그치지 않고서는 타자와 통합될 수 없다.(Rosemary Jackson, op. cit., pp.90—91)

73) 상상계는 거울단계와 동일한데, 아이는 이 단계에서 타자를 구분하지 못하며 거울에 비친 이미지와 자신을 동일시한다. 이 때, 오인에 의해 아이는 총체성을 체험하고 주체와 타자는 구분되지 않는다. 자신과는 별개인 전체성의 환영으로 신체를 파악함으로써 신체의 통일성에 승복하는 이 최초의 과정은 상상계를 특징짓는 모든 이중적 관계의 원형이 된다. 상징계는 아주 단순하게 언어 그 자체, 그리고 언어를 본떠 구조화된 상징체계라고 생각되는 문화의 전 영역을 가리킨다. 언어에 의해 지배되는 상징계의 경우, 사회화를 통해 주체를 형성하지만 언어로 대표되는 상징의 불완전성으로 인해 주체는 소외를 겪고 타자와의 분리에 의해 욕망이 발생한다. 그러나 상상계적 동일시에 대한 상징체계의 억압으로 인해 욕망의 충족은 끝없이 지연된다.(J. Lacan, *Ecrits : A Selection*, trans. by Alan Sheridan(New York : Norton, 1977. 아니카 르메르, 『자크 라캉』, 이미선 옮김, 문예출판사, 1994)

3. 구조적 환상을 통해 나타난 니힐리즘의 양상

1) 순수한 환상(the fantastic)을 통해 표현된 삶의 부조리

〈列外〉(『사상계』, 1964.7), 〈말이 있는 팬터마임〉(『문예중앙』, 1979.3), 〈한밤의 목소리〉(『현대문학』, 1986.4) 등의 소설은 인간들 사이의 의사 소통이라는 문제를 다루고 있다. 우리가 서로간의 의사소통을 통해서만이 합의된 진리에 이를 수 있다는 점을 생각할 때, 이것은 리얼리티에 대한 작가적 시각에 곧바로 연결되는 문제이다.

〈列外〉, 〈말이 있는 팬터마임〉, 〈한밤의 목소리〉는 모두 의사소통이 불가능한 상황을 펼쳐 보이고 있다. 세 작품 모두 환상소설의 일반적인 통사적 특징[74]에 부합되게 평화로운 일상의 공간에 이질적인 사건이 등장하여 그 안전상태가 깨지는 것으로 서사가 시작된다. 〈列外〉는 "레지! 거 전축이라도 좀 틀라구. 답답해서 견딜 수 있나……" 라는 말이 드러내는 것처럼 무료하기 이를 데 없는 다방의 모습으로 시작된다. 〈한밤의 목소리〉의 도입부도 지극히 평범하고 안정적인

---

74) 초자연적이고 비정상적인 요소는 통사론적 기능과 관련해, 작품 내에서 유효한 기능을 발휘한다. 그것이 없으면 이야기도 없는 그런 핵과 같은 최소 이야기에는 반드시 두 가지 유형의 에피소드가 포함되어 있다. 어떠한 균형과 비균형의 상태를 기술하고 있는 에피소드와, 그 사이의 이행을 기술하는 에피소드이다. 제 1의 타입과 제 2의 타입의 대립은 말하자면 정적인 것과 동적인 것, 안정과 변화, 형용사와 동사의 대립이다. 이 기본적인 요소는 모든 이야기에 포함되어 있다. 초자연적이고 비정상적인 사건은 하나의 상태에서 또 하나의 상태에의 이행을 나타내는 일련의 에피소드 안에서 나타나는 것이다. 모든 이들이 당연한 것으로 받아들이는 최초의 안전 상태를 흔드는 데는, 해당 상황뿐 아니라 세계 자체에 대해서도 낯설고 외적인 초자연적이고 비자연적인 사건 이상으로 적절한 것은 없다. 이러한 특성 때문에 근대의 환상이야기를 쓴 작가들은 모두 뛰어난 이야기 작가들이었던 것이다.(Todorov, op. cit., pp.288-292)

일상의 모습이다. "모자라는 것을 불평하기보다는 뜻대로 된 부분을 조용히 기뻐하는"[75] 두 부부의 모습은 안정적이고 평범한 가정의 모습을 단적으로 나타낸다. 〈列外〉에서 최초의 안전 상태를 깨뜨리는 것은 자살하기 위해 고층건물의 옥상에 올라갔다가 갑자기 식욕을 느껴 지상에 내려와 사람을 두 명이나 죽인 주인공이 벌이는 경찰과의 대치극이다. 〈말이 있는 팬터마임〉에서는 거리의 북쪽으로부터 나타난 가족을 최초의 안전 상태를 깨뜨린 요소로 들 수 있다. 그 가족은 가장을 따라 손을 들고 하늘을 우러러 보며, 여섯 소절의 휘파람 소리를 내기도 한다. 도시의 '우리들'이 이해할 수 없는 기쁨과 평화가 넘쳐나는 표정과 '우리들'로서는 들어본 적도 없는 화려함과 청아함이 넘쳐나는 휘파람 소리는 우리들의 일상적 평안을 깨뜨린다. 〈한밤의 목소리〉에서는 딸아이의 괴성을 들 수 있다. 위 작품들에서 드러나는 비정상적이고 초자연적인 사건의 개입은 최초의 안전 상태를 깨고 이야기를 전개시키는 데 유효하게 기능하고 있다.

〈列外〉에서 환상적 요소에 해당하는 것은 자연적인 법칙에 의해 살고 있는 평범한 사람들과의 분명한 선을 그은 바탕 위에서 행동하는 살인자이다. 〈列外〉에서 살인자는 경찰과 대치하며 자살을 하기 전에 "당신네들의 대열에서 서서는 나를 알 수가 없습니다. 따라서 나를 평가할 수가 없습니다. 그러므로 그 대열에서 내가 떠난 순간 이후의 나의 행동을 당신들은 제한할 수가 없는 것입니다"[76]라는 유언을 남긴다. 살인자와 일반인들 사이에서 드러나는 의사소통의 불가능성은 정상적인 사람들 내부에서도 세분화된다. 다방, 신문사, 보험

---

75) 『현대문학』, 1986.4, 117쪽.
76) 『사상계』, 1964.7, 340쪽.

회사, 경찰팀 등이 번갈아 나오는 몽타주적 구성은 각각의 사람들이 자신의 입장에서만 살인자를 바라볼 뿐, 하나의 통일된 시각을 가질 수 없음을 보여준다.

〈말이 있는 팬터마임〉역시 정상인과 비정상인의 대립과 양쪽 사이에서 나타나는 의사소통의 불가능성을 드러내고 있다. 이 작품은 호칭을 통해서도 비정상적인 인물과 정상적인 인물들 사이의 대립을 분명하게 보여준다. 도시의 일반적인 사람들은 '우리'라는 화자로서 호칭되고, 거리의 북쪽에서 나타난 소수의 가족은 '당신들', 당신들의 가장은 '당신'이라 칭해지며, 그들은 '우리'에 의해 관찰되는 것으로 짜여져 있다. 이들의 대립은 폭력적인 사태로까지 이어지는데, 그것은 소수의 색다름을 이해할 수 없는 다수의 공격성 때문이다. 은행 빌딩의 석벽 앞에 의자를 놓고 '우리'를 향해 앉은 '당신들'을 향해, 우리는 더 이상 어떠한 행동도 보이지 않는 '당신들'에게 초조함과 함께 자신들이 구경거리가 되고 있음을 느낀다. 우리들은 자신들이 무대에 있는 배우가 아닌 관객이기 위해서 돈을 던지고, 나중에는 육체적인 위협을 가하며 자신들에게 사과할 것을 요구한다. 그런데, 아래의 인용문에서와 같이, '당신들'의 입장에서는 '우리'가 무대 위에 오른 배우로서 인식된다는 사실을 통해 극적 반전이 이루어지고 있다.

> "여러분의---"…
> "호의에 --- 감사합니다"…
> "그리고 여러분이---보여주신 연극을---"
> "잘 보았습니다. 그 사례로 여기--쌓여 있는 돈을--드리겠습니다. 골고루--나누어 가지십시오"[77]

뒤이은 욕설, 폭언, 쓰레기의 난무는 응시하는 자가 아닌 응시되는 자가 된 다수의 폭력을 의미한다. 우리들과 당신들은 서로를 이해하지 못 하며, 단지 서로가 서로를 무대 위에 선 사람들로만 인식한다. 그것은 동일한 지평 내에서 서로가 서로의 숨결을 느낄 수 있는 존재로서 서로를 인식하는 것이 아니라 무대와 객석이라는 시선을 주는 자와 응시당하는 자의 관계로서만 서로를 인식하는 것을 의미한다. 작품은 이러한 대립과 갈등의 증폭으로 인한 폭력 사태 후에 그들이 완전히 서로간의 접근 내지 소통의 시도마저 포기하는 것으로 귀결된다. 다음날 폭설로 인해 반구체의 무덤처럼 변해버린 '당신들'의 처소로 간 '우리'는 '당신들'의 아침을 시작하는 소리를 듣고, 우리는 우리의 법도대로 생을 꾸려나갈 것이고, 당신에게는 또 당신대로의 존속의 비밀이 있을 것이라고 생각한다. 결국 '우리'는 한시라도 빨리 '당신들'이 우리의 시야에서 사라져 주기를 바라는 것으로 자신들의 행동을 끝맺는다. "우리의 등 뒤에서 그 작은 무대의 막이 내리고 안 내리고는 우리의 알 바가 아니었다."[78]라는 문장에서 알 수 있듯이, 우리들과 당신들의 합의 내지는 소통의 가능성은 끝내 의문에 부쳐지고 있다. 〈말이 있는 팬터마임〉은 작중인물들이 언어를 사용하고는 있으나 그것이 의사소통을 위해 전혀 기능하지 못해 못해 결국에는 말이 없는 무언극과 같은 상황을 그려내고 있다.

〈列外〉와 〈말이 있는 팬터마임〉이 사람들 사이의 의사소통이 불가능하며, 이로 인해 단일한 리얼리티의 합의가능성을 부인하고 있다면, 〈한밤의 목소리〉에서는 언어 자체의 신뢰성을 부인함으로써 절대

---

77) 『문예중앙』, 1979.3, 144쪽.
78) 『문예중앙』, 1979.3, 147쪽.

적인 진리와 가치에 대한 회의의 농도를 더욱 짙게 하고 있다.

〈한밤의 목소리〉에서 희아라는 아이가 새벽 두 시만 되면 내지르는 일곱 음절의 괴성은 여러 사람들에 의해 다양하게 해석된다. 이웃집 노파에게는 기가 허해서 내는 잠꼬대로, 왕진 온 의사에게는 의미는 알 수 없지만 무언가를 표현하는 소리로, 그 소리를 듣고 병을 고친 사람들에게는 천상의 은혜이자 구원의 목소리로 이해된다. 결국 희아의 목소리는 초자연적인 현상으로도, 자연적인 현상으로도 설명되지 못 한다. 말 그대로 희아의 목소리는 환상 그 자체로 남는 것이다. 이 작품은 언어 그 자체가 결코 쉽게 파악될 수 있는 것이 아님을 드러내고 있다. 희아의 목소리를 해석해 내는 사람들은 여럿이다. 하지만 그것 중에 어느 것도 분명한 것이 되지는 못 한다. 이처럼 이 작품은 직접적으로 커뮤니케이션의 기본적인 수단인 언어의 불투명성을 통해 소통불가능성을 드러내보이고 있다.[79] 우리는 커뮤니티케이션을 통해서 우리가 겪는 경험의 사실성 여부를 확신한다. 〈한밤의 목소리〉에서는 우리가 의사소통을 하는데 절대적으로 의존하는 말을 정체불명의 것으로 만들어 버리고 있다. 이것은 곧바로 인간 사이의 커뮤니케이션이 불가능한 상황으로 이어진다. 이러한 상황에서 합의된 리얼리티에 도달한다는 것, 혹은 우리가 리얼리티를 파악한다는 것은 불가능할 수밖에 없다.

〈한밤의 목소리〉는 환상적 구조를 선명하게 보여준다. 이 작품은 두 부부에게 초점을 맞춘 인물시각적 상황으로 서술되고 있다. 여섯

---

79) 몇몇 작품들은 커뮤니케이션을 위한 우리의 수단에 대한 우리의 신뢰를 파괴한다. 이를 통해 합의된 리얼리티의 존재 가능성을 부인한다.(Kathryn Hume, op. cit., 131–132쪽)

살 난 여자 아이인 희아가 처음 이상한 소리를 냈을 때, 부모들은 단지 "극성스럽게 까불거나 요란스럽게 뛰노는 아이도 아닌데 웬 잠꼬대를 저렇게 하나"[80]하고 생각할 뿐이다. 하지만 그것이 반복됨에 따라 그 소리에 대한 부모들의 불안과 의구는 점점 증폭된다. 자연의 법칙 밖에는 모르는 두 부부에게 찾아온 이러한 초자연적인 사건은 환상의 기본적인 조건에 잘 부합된다. 소아과에서 다시 종합병원으로 아이를 데리고 가는 것, 옆집 노인에서 통장까지 찾아오는 사람들의 범위가 확대되는 것이 부모들이 느끼는 불안과 의구의 증폭과 궤를 같이 한다. 더군다나 희아의 목소리에 대해서는 여러 가지 해석들이 이루어진다. 이러한 것들은 희아의 목소리에 대한 지적 불안을 해소한다기 보다는 오히려 그것을 증폭시킨다. 그러나 끝내 그 목소리의 정체는 밝혀지지 않는다. 소설의 마지막에서 우리는 무엇으로도 완벽하게 설명이 되지 않는 완전히 낯설고 두려운 느낌에 빠지게 된다. 초자연의 객관적 실재와 독자의 기괴한 반응이라는 환상적 장르가 요구하는 두 가지 성격을 동시에 충족시키고 있는 것이다.

〈제外〉, 〈말이 있는 팬터마임〉, 〈한밤의 목소리〉는 자연적인 시간의 흐름에 따라 구성되어 있다. 환상소설(the fantastic)은 완전히 자연스런 상황에서 시작해서 초자연에 이르르는 것이다. 기괴한 사건이라는 것이 일련의 간접적 지시를 겹쳐가는 점층법의 클라이막스로서 나타나는 것이다. 이러한 효과를 만들어 내기 위해서 환상 소설은 구성에 있어 시간의 불가역성을 기본 원칙으로 한다.[81] 즉 달력적 순서라 일컬어지는 자연적 시간 순서를 뒤집거나 비트는 역전이나

---

80) 『현대문학』, 1986.4, 118쪽.
81) Todorov, op. cit., p.200.

예시는 환상문학에 적합하지 않다. 독자가 미리 결말을 알고 있을 경우에는 망설임과 의심을 통해 환상을 유발하기 위한 모든 문학적 장치가 무용지물이 되는 까닭이다. 즉, 독자가 망설임을 느끼며 한발 한발 동일화(identification)의 과정에 빠져드는 것이 불가능하게 된다. 이런 까닭으로 환상적인 이야기를 두 번 읽는 경우에는 다른 타입의 이야기와는 훨씬 더 큰 강도로 다른 인상을 받는다. 이들 작품에도 일반적인 소설에 흔히 나타나는 회상은 전혀 나타나지 않는다. 독자들은 사건의 경과를 그저 지켜보며, 앞으로 어떻게 진행될 것인지를 추측할 수밖에 없다. 이러한 상황은 독자가 느끼는 망설임을 극대화하는 데 기여한다.

이러한 환상적 구조는 합의된 리얼리티에 대한 부정이라는 작품의 주제로 이어진다. 희아의 괴성을 놓고 벌이는 여러 사람들의 견해와 그로 인해 발생하는 환상적 구조는 우리에게 리얼리티라는 것의 결정불능성(undecidability)을 일깨워주는 것이다. 결정불능성이란 서로 경쟁하거나 모순되는 의미들 중에서 선택이 불가능하다고 하는 개념을 말한다. 앞에서도 말했지만, 이 작품은 희아의 목소리를 놓고 벌이는 여러 사람들 사이의 견해 중 어떠한 의견도 분명한 해답으로 제시되지 않는다. 이러한 입장은 해석자의 입각점과의 관계에 따라 해석이 달라진다는 관점주의(perspectivism)[82]와도 통하는 것이다. 모든 사람은 자신의 관점의 수인으로서, 모든 해석들은 똑같이 옳으면서 동시에 똑같이 잘못된 것일 수 있다. 이러한 입장에서 리얼리티를 파악할

---

82) 관점주의는 해석자의 입장에 따라 해석이 달라진다는 이론을 설명하기 위해 E. D. Hirsch가 사용한 말이다.(E. D. Hirsch, 『문학의 해석론』, 김화자 옮김, 이화여자대학교출판부, 1988)

경우 리얼리티의 파악이란 불가능한 것일 수밖에 없다. 이 작품의 제목인 '한밤의 목소리'는 의미의 파악과 그것에 대한 해석이 명확할 수 없음을 한밤이라는 이미지를 통해 압축적으로 나타냈다고 볼 수 있다.

이러한 작가적 입장은 이미 〈서울 案內員〉(『문학』, 1966.6)에서 드러난 바 있다. 지방의 교사로 있는 '나'는 별다른 이유없이 도안사로 있는 친구를 찾아간다. '나'는 친구에게 서울 안내원으로 임명할테니, 자신에게 서울의 핵심을 보여달라고 말한다. 그러나 단지 그들은 술집에 들러 술을 마시는 것으로 시간을 보낼 뿐이다. 헤어지면서 친구인 윤창구가 자신은 서울 안내원 자격이 없으니, 다음에는 다른 사람을 고르라고 말한다. 그러자 '나'는 다음과 같이 반응한다.

> 누구에게 그 자격이 있을까. 아니 누구에게나 그 자격은 있을 것이다. 없는 것은 내용이다. 그것은 서울 뿐만이 아니고 어디에나 없다. 그리고 있었던 것은 열의다. 안내 받으려 했고 안내를 하려 했던 열의[83]

그는 서울안내원의 자격은 그 누구에게도 있으나, 단지 내용이 없다고 말한다. 여기까지는 단지 서울이라는 도시의 복잡성과 모호함을 이야기하는 것으로 받아들일 수 있다. 그러나 여기서 더 나아가 '나'는 서울 뿐만이 아니라 그 어디에도 내용은 없다고 말한다. 이것은 우리가 찾는 리얼리티란 그 어디에도 존재하지 않음을 직접적으로 드러내는 것이다.

서로간의 의사소통이 불가능하며, 그로 인한 고정된 하나의 진리

---

83) 『문학』, 1966.6, 83쪽.

를 파악할 수 없다는 인식은 가치와 의미를 지닌 것은 아무것도 없다고 여기는 니힐리즘으로 우리를 인도한다. 19세기 전반기부터 막연한 경멸감이나 만용을 의미하는 말로 사용되던 니힐리즘은 니체에 의해 본격적인 의미부여를 받는다. 니체에게 있어 모든 기존의 가치는 죽은 것이다. 모든 것은 덧없고, 삶이란 아무런 목적도 없으며, 우리가 존재의 속성으로 보고 있는 어떤 목적도, 존재에 대한 해석에 불과하며 허구적인 것에 불과하다. 현실이 전적으로 무의미하다는 인식은 파멸적인 것이다. 니힐리스트는 고통을 당하고 있으면서도 그에 대처할 어떤 일도 할 수가 없으며, 철저한 허무감에 빠져 있을 뿐이다.84) 니체가 말한 목적의 상실, 모든 가치의 평가절하, 허무감과 같은 말은 20세기에 들어와 많은 철학자들에 의해, '중심의 상실', '무와의 조우', '권태로부터의 탈출 불능', '적합한 생활 철학의 결여' 등으로 설명된다.85)

〈待合室〉(『신동아』, 1971.2), 〈獨夜行〉(『한국문학』, 1976.2), 〈마지막 週末〉(『현대문학』, 1983.8), 〈최후의 江〉(『현대문학』, 1987.3), 〈그날의 山行〉(『문학사상』, 1991.6) 등은 환상성을 이용해 위에서 살펴본 삶의 무의미성을 직접적으로 드러내고 있는 소설들이다. 이들 작품들은 대합실, 버스 안, 외딴 섬, 삭막한 산과 같은 한정된 공간을 배경으로 이야기가 펼쳐지고 있다.86) 이러한 상황성의 강조는 리얼리즘적 시각에서 사회역사적 조건하의 인간으로서 작중인물들을 다루는 것이 아니라 인간

---

84) Johan Goudsblom, 『니힐리즘과 문화』, 천형균 옮김, 문학과지성사, 1988, 34쪽.
85) Ibid., p.42.
86) 이들 작품 외에도 제한된 공간을 설정하고 있는 작품들은 최상규 소설의 전반에 나타난다. 이것은 사회의 총체적인 모습을 그리려는 리얼리즘적 시각과는 달리 인간 삶의 비의를 건져 올리려는 작품의 주제와 관련된 것으로 판단할 수 있다.

조건의 현상태와 그 의미를 찾으려는 데서 기인하는 것으로 보인다.

이들 소설의 주인공들은 분명한 의미없는 행위를 연장시키고 있을 뿐이다. 〈待合室〉의 바바리 코트를 입은 사내와 심하게 앓고 있는 사내, 그리고 무작정 하나의 소매만을 수미터가 이어지도록 뜨고 있는 여인은 언제 올 지 모르는 기차를 무작정 기다리기만 한다. 그들이 아무리 기다려도 기차는 제 시간에 와주지 않는다. 오랜 기다림 후에 기차가 오기는 하지만, 그것은 역을 지나쳐 가 버린다. 이에 여자는 그토록 기다리던 기차를 "훼방꾼이었어요."[87]라는 말로 부정해 버린다. 이 소설은 무한을 닮은 정지가 다시 시작되는 것으로 끝난다.

이 작품에서 바바리 코트는 지루해 하고 있다. 니힐리즘은 필연적으로 쾌락 경험의 불가능성을 나타내는 권태를 동반한다. 권태의 경험은 따라서 결핍, 형이상학적으로 말해서, 세계가 그 자체로 정당화되는 것을 거부하는 태도이다. 설날 하루전 귀성객으로 사람이 붐비는 가운데, 44장의 차표를 모두 가진 채 홀로 고속버스를 타고 가는 〈獨夜行〉의 노인 역시 아무런 목적도 없는 행위를 하고 있다.

> 노인의 내부는 그 외형속에 밀폐되어 있었다. 외계는 노인의 내부에 개의치 않고 쉴새없이 진행하고 있었다. 노인은 그 진행의 방향에 관심을 가질 필요가 없었다. 그의 말대로 그가 가는 곳도 없었고 가는 방향도 없었기 때문에. 오직 그는 홀로 가고 있을 뿐이었다.[88]

낚시를 위해 섬에 내렸다가 고립된 부자만이 등장하는 〈마지막 週

---

87) 『신동아』, 1971.2, 400쪽.
88) 『한국문학』, 1976.2, 49쪽.

末〉에서는 물이 차오름에도 그들을 태울 배가 오지 않는 상황을 배경으로 하고 있다. 이들에게는 물이 완전히 섬에 차오르기 전에 배가 온다는 보장이 없다. 그런 상황에서 "그러나 여하튼 그때까지는 잠자코 기다려야 한다. 그것밖에는 우리가 할 수 있는 일이 없다."[89]며, 낚시에만 전념하고, 그들은 차차 물 속에 잠기어 간다. 낚시라는 행위가 결코 그들의 생명을 구해 줄 수 없는 상황임에도 그들은 낚시를 유일한 행동의 방책으로 삼고 있다.

〈최후의 江〉에서 인생의 맹목성과 무의미성은 그 강도를 더해 간다. 이 작품은 산속에 숨어 사는 한 가족이 목숨을 건 도주를 하는 이야기이다. 남편은 누군가 자신들을 쫓아 온다고 말하며, 아무런 소리도 듣지 못 했다는 아내를 채근해서 한밤중 필사의 탈출을 감행한다. 그들은 만약 남편이 쫓아오고 있다고 믿는 사람들에게 잡힐 경우 죽음의 형벌을 면하지 못할 운명이다. 도중에 딸은 발을 헛디뎌 죽고, 결국 그들 부부도 강을 건너다 죽는다. 그들은 어딘가에 도달해야 한다는 뚜렷한 목적의식이 없다. 다만 쫓아오는 사람들로부터 달아나는 것만이 그들이 가진 유일한 목표이다. 그런데 그들의 그러한 행동이 단지 니힐리즘으로 수렴되는 것은 그들을 쫓아오는 사람들의 존재 여부마저도 불확실하다는 사실이다. 아무것도 확인할 수 없는 상황에서 그들은 그야말로 목숨을 건 필사의 도주를 하고, 나중에 아들만이 보따리를 뗏목 삼아 강물을 타고 떠내려 간다.

〈최후의 강〉은 〈한밤의 목소리〉와 마찬가지로 환상적 구조를 잘 보여준다. 남편이 가족 모두의 목숨을 걸고 도망치도록 하는 존재가

---

89) 『현대문학』, 1983.8, 230쪽.

실제로 존재하는지, 존재한다면 그것의 정체는 과연 무엇인지 하는 의문이 작품의 마지막까지 이어지는 것이다.

〈그날의 山行〉는 온 세상이 타는 듯한 가뭄과 폭염을 배경으로 시작된다. 두 남녀는 남자의 제안으로 아무도 가지 않을 정도로 삭막하기 이를 데 없는 산을 오른다. 그 산은 돌, 가파른 풀밭, 관목 덤불로 이루어져 있어, 이들의 등산이란 〈최후의 江〉에서의 도주와 맞먹는 인내와 고통을 요구한다. 그들은 그 산을 올라야 할 아무런 이유가 없음에도, 한 단계 한 단계 오를 때마다 온 길이 아깝고, 남은 길이 더 가깝다는 이유로 고행과도 같은 산행을 이어간다. 힘들게 오른 산의 정상에서 그들이 경험하는 것은 물마저도 바닥이 나는 생존의 극한 상황이다. 조용히 물화되어 가며 읊조리는, "결국 우리는 마지막에 가서 고통만을 겪다가 죽음으로 끝난다. 그리고 우리가 마지막으로 체험할 수 있는 것은 고통뿐이다."[90]라는 남자의 말은 우리 인간의 삶을 압축적으로 표현한 말이라고 할 수 있다. 그들이 한 번 산에 발을 들여 놓자 계속해서 오를 수밖에 없는 것, 그리고 별다른 이유도 없이 단지 산이 있어서 오르는 그들의 마음은 목적없는 인생의 허무를 의미한다.

이들 작품에 나타나는 무의미성과 목적의 상실은 권태와 체념을 낳고, 도처에 편재해 있는 무의미성으로부터 벗어날 수 있는 방도를 찾지 못하게 하며, 만성적인 환멸의 상태를 촉진시킬 뿐이다. 그것은 정신적 활력을 쇠퇴시키고, 목적과 가치의 융합을 깨뜨린다. 이와 같은 소극적인 니힐리즘은 발전적인 활력의 결핍 때문에, 사람을 피동

---

90) 『문학사상』, 1991.6, 330쪽.

적인 행동으로 이끈다. 〈待合室〉의 세 사람, 〈獨夜行〉의 노인, 〈마지막 週末〉의 부자, 〈최후의 江〉의 가족, 〈그날의 山行〉의 남녀가 모두 자신들의 지금 행동을 지속해야 할 어떠한 이유도 찾지 못 하면서, 처해진 상황에 수동적으로 충실을 기하고 있다.

이들 작품에는 초자연적인 성질을 띠는 사건이 작품의 지배적인 요소로 등장하지 않는다. 그럼에도 이들 작품은 낯선 배경이 창조되어 있으며, 이것은 읽는 이로 하여금 망설임을 경험하게 한다. 새로운 리얼리티를 창조하는 방법에는 우리의 일상적인 리얼리티에 새로운 것을 부가하거나 생략하는 방법이 있다.[91] 〈待合室〉에서 그들이 그토록 와주지 않는 기차를 기다려야 하는 현실적인 이유가 나와 있다면, 〈마지막 週末〉에서 배가 오지 못한 이유가 구체적으로 제시되어 있다면, 이들 작품이 주는 효과는 판이하게 다를 것이다. 〈최후의 江〉에서는 인물들의 행동을 논리적으로 연결시켜 주는 많은 요소들이 생략되어 있다. 그들이 외딴 산골에 살아야 하는 이유, 목숨을 건 도주를 해야 하는 이유, 남편이 듣고 본 것이 사실인지 아닌지가 분명하게 드러나 있지 않다. 만약 이 작품에 그와 같은 사실들이 분명히

---

91) 일상적인 현실보다 더욱 생생하고 다양하고 풍부하고 부유한 것으로 창조된 세계가 제시된다면 또는 우리가 무의식적으로 지나쳐버린 많은 것들을 상기시킨다면 우리는 그것을 부가적인 혹은 추가된 세계라고 부를 수 있다. 추가된 세계를 창조하는 데에는 마술적 장치와 신화적 은유적 차원의 장치가 사용되고는 한다. 이와는 반대로 인간 경험의 대부분을 제거한 세계를 리얼리티가 삭제된 세계라고 부를 수 있다. 이것은 인물들이 벌이는 행동들 사이의 논리적 연결들을 일부러 제거한 세계들이다. 대표적인 경우로 부조리 문학을 들 수 있다. 이러한 작품들은 그것들을 이전에 본 적이 없기 때문에, 우리의 일상을 별 의식없이 바라보는 자동화된 반응을 일으키지 않고, 리얼리티에 대한 새로운 시각을 유지하게 해준다.(Kathryn Hume, op. cit., 82-94쪽)

주어져 있다면, 독자에게 지적 불안은 줄 수 없을 것이다. 그러나 심하게 현실의 연관성이 생략되어 있음으로 해서 이 작품은 우리의 현실에 대한 새로운 느낌을 준다. 그것은 물론 우리 삶의 근원적 부조리[92]와 허무함에 대한 인식이다.

작품을 창작하는 데 있어 작가가 비본질적이라고 생각하는 요소들을 배제하는 것은 재현에 바탕한 모든 예술적 창조에 공통되는 것이다. 그럼에도 불구하고, 몇몇 삭제는 작품 속의 리얼리티와 우리가 사는 일상적 세계의 리얼리티 사이에 차이점을 가져오기에 충분할 만큼 심한 경우가 있다. 이로 인해 우리는 자연적인 법칙으로는 쉽게 이해되지 않는 미묘한 지적 불안에 휩싸인다. 이러한 삭제는 우리가 어떠한 사물을 이해하는 데 있어 필수적으로 요구되는 논리적 연결의 의도적인 파괴를 수반한다. 이러한 결과 그것은 분명 자연적인 법칙에 의해 일반인들이 살고 있는 현실의 이야기이기는 하지만, 우리의 리얼리티와는 다른 새로운 리얼리티를 창조한 효과를 발휘해 우리의 현실에 대한 재가치화를 가능하게 한다.[93]

최상규의 작품들은 많은 평자들에 의해 지적된 바처럼, 주로 단문으로 이루어져 있다.[94] 이러한 단문은 필연적으로 사건의 진행을 빠

---

92) 알베르 카뮈로 대표되는 부조리주의(absurdism)는 신의 죽음 이후 인간의 삶과 인간의 고통이 어떠한 의미도 갖지 못한다는 것을 중심사상으로 삼는다. 인간과 인간의 실존 조건 사이에는 근본적인 부조화가 존재한다는 것을 깨닫는 것이 부조리의 확인이며, 이러한 확인은 유머와 절망이 뒤섞인 반응을 유발한다.(Arnold P. Hinchliffe, 『부조리문학』, 황동규 옮김, 서울대학교 출판부, 1978)

93) Ibid., pp.100-101.

94) 이에 대한 대표적인 논의로 다음과 같은 것을 들 수 있다.
　　황순원, 「小說薦記」, 『문학예술』, 1959. 9, 160-161쪽.
　　김병욱, 「패가의 해탈」, 『형성기』, 삼성출판사, 1972, 385-389쪽.

르게 하며, 사고과정에 대한 과감한 생략을 드러낸다. 위의 작품들도 모두 단문으로 인한 속도감 있는 진행을 보여주고 있다. 즉 생략이라는 방법을 통해 이 작품은 우리가 받아들이는 리얼리티와는 다른 세계를 창조하고, 이것은 우리에게 자동화되어서 받아들이는 현실에 대한 새로운 감각과 의미를 발견할 수 있게 해준다. 이를 통해 보여주는 우리의 삶에 대한 최상규의 통찰은 모든 것의 가치와 의미를 부정하는 니힐리즘적인 세계인식이라고 할 수 있다.

2) 환상적 경이(the fantastic marvelous)를 통한 현실의 풍자와 비판

3.1장에서 살펴본 것처럼, 니힐리즘은 소극적인 의미에서 권태와 체념을 낳고, 이로 인해 사람들은 도처에 편재해 있는 무의미성으로부터 벗어날 수 있는 방도를 찾지 못한다. 이로 인해 소극적인 니힐리즘은 사람들에게 만성적인 환멸의 상태를 촉진시켜 정신적 활력을 쇠퇴시키고, 목적과 가치의 추구를 불가능하게 만드는 것이다. 이와 같은 소극적인 니힐리즘은 〈待合室〉, 〈마지막 週末〉, 〈최후의 江〉, 〈그날의 山行〉에서 처럼, 작중 인물을 피동적인 행동으로 이끈다.

그러나 기존의 목표, 확신, 신앙 등을 파괴하는 니힐리즘의 기본 성격은 잘못된 가설과 가치로부터 벗어나 새로운 존재 양식의 시계를 열어주기도 한다. 적극적인 의미의 니힐리즘은 거대하고도 풍부한 활력과 힘을 방출하기도 한다. 이처럼 기존의 것으로부터 벗어나려고

김병욱, 「탐색과 자기완성」, 『한국현대문학전집 33』, 삼성출판사, 1981, 435-441쪽.
김윤식 정호웅 공저, 『한국소설사』, 예하, 1993, 415쪽.
김양수, 「삶 속의 억압과의 끝없는 싸움」, 『한밤의 목소리』, 일신서적출판부, 1994, 327-333쪽.

하는 강렬한 의지와 힘은 〈午餐會〉(『문학춘추』, 1964.10), 〈유리의 城〉(『현대문학』, 1970.6), 〈작은 暴動〉(『신동아』, 1976.9) 등의 작품을 통해 나타나고 있다. 기존의 가치와 의미들을 정화시키고자 하는 이러한 적극적인 의미의 니힐리즘적 태도는 홍수신화[95])를 바탕으로 펼쳐지고 있다.

〈午餐會〉에서 여름 휴가를 맞은 네 명의 남자는 6일 동안 아내들 몰래 8평의 작은 공간에 모형 마을을 만든다. 이들은 7일이 되는 날 완성된 마을을 아내들에게 보여주고, 한 노인에게 물뿌리개로 대홍수를 일으켜 마을을 휩쓸어 버리게 한다. 아내들은 실제의 대홍수라도 경험하는 것처럼 행동하고, 곧 모형 마을에는 원시의 황폐만이 남는다. 이 상황에서 들리는 다음과 같은 남자들의 말은 기존의 모든 가치로부터 벗어난 새로운 세계에 대한 강력한 열망을 보여준다.

> "우리에게 필요한 것은 휴식이 아니야. 우리에게 있어서 좋은 것은 레크리에이션도 아니야. 이거야. 바로 이거야. 이 모든 것을 쓸어가버리는 대홍수란 말이야. 그리고 이 바닥에 다시 우뚝 일어서는 강하고 새로운 우리 자신의 의지란 말이야!"[96])

창조를 향한 강력한 의지를 내보이고 있는 이들의 행동은, 남편들의 행동을 이해하지 못하고 기존의 가치에만 머물러 있는 아내들을 향한 부정적 태도를 통해 더욱 더 부각된다. 서술자는 남편들의 행동

---

95) 홍수는 일차적으로 파국이라는 의미를 갖는다. 그러나 형태를 지닌 사물을 파괴하는 홍수는 사물의 힘마저 파괴하지는 않는다. 따라서 생명이 거듭날 수 있는 길을 남겨 둔다. 즉 순화와 재생을 상징하며, 이것은 추방과 완성이라는 기본적 관념을 암시한다.(이승훈 편저, 『문학상징사전』, 고려원, 1995, 525쪽)

96) 『문학춘추』, 1964.10, 245쪽.

을 궁금해 하며 아내들이 나누는 대화를 "그 무의미하게 너절한 말들,
이야기들……"97)이라며 깎아내리고 있다.

　이러한 적극적인 의미의 니힐리즘적 태도는 〈유리의 城〉에서도 확
인할 수 있다. 〈유리의 城〉은 집 안에 물을 가득 채운 후, 그것을 얼려
기존의 집을 부수고 유리의 성을 만든다는 내용의 환상소설이다. 이
작품은 이원적 대립을 기본축으로 이루어져 있다. 소년들과 어른들,
유리의 성과 기존의 집이 각각의 대립항이다. 소년들이 지으려고 하
는 유리의 성은 작품의 마지막에 나오는 "깨어져라! 깨어져라, 더러운
벽아!"98)라는 소년들의 절규에서도 알 수 있듯이, 어른들이 사는 기
존의 집을 부수어 버림으로써 가능한 것이다. 이 작품은 사람들을
구속하는 일상의 틀을 벗어나 새로운 세계로 비상하려고 하는 강력한
의지를 드러내고 있다.

　〈작은 暴動〉은 〈유리의 城〉의 연장선상에 놓여 있는 작품이다. 〈유
리의 城〉에서 보이던 소년과 어른이라는 대립축이, 노인과 아들 내외
라는 대립축으로 바뀌었지만, 소년들이나 노인이 모두 현실적으로
무력한 존재라는 점에서는 동일하다. 부도덕한 아들 내외로부터 집을
지키는 하인 쯤으로 취급받는 노인이 한 선량한 청년을 집으로 데려
온다. 식모와 노인만이 머무는 낮시간에는 화장실과 식당방만 빼 놓
고는 모든 문이 잠겨 있는 집에서 생활하는 노인은 "밖으로부터 갇혀
있는 위에다 또 안으로부터도 갇혀 있는"99) 처지에 놓여 있다. 이런
상황에서 청년은 노인의 묵인 하에, 살아 있는 사람의 집을 만들기

---

97) 『문학춘추』, 1964.10, 240쪽.
98) 『현대문학』, 1970.6, 106쪽.
99) 『신동아』, 1976.9, 397쪽.

위해 모든 문을 부수고, 전기가 들어오는 모든 것들을 가동시킨다. 그런 후에 일시에 전기를 차단시킴으로써 집안을 원초의 혼동상태로 만들어 버린다. 이로 인해 집안에는 하수구멍을 막아놓은 후에 틀어 놓은 집안의 모든 수도꼭지에서 뿜어져나오는 물줄기의 소리만이 들리게 된다.

위의 소설들에서 드러나는 것과 같은 태도, 즉 기존의 것들을 부정하려고 하는 적극적인 의미의 니힐리즘적 태도는 단순히 의지의 문제만으로 끝나지 않는다. 때로는 현실을 사유하는, 생산적이며 유용한 방법으로 작용할 수도 있다.[100] 모든 것을 부정하려고 드는 니힐리즘적 태도는 누구나 당연하게 생각하는 기존의 현실이나 이데올로기에 대하여 의심의 촉수를 민감하게 세우기 때문이다. 실제로 〈뒤로 가기〉와 〈정글짐〉은 환상적 경이(the fantastic marvelous)의 구조를 바탕으로 당대 현실에 대한 정확한 풍자와 비판을 감행하고 있다.

〈뒤로 가기〉(『문학사상』, 1980.6)는 우리가 당연하게 받아들이는 관습적인 리얼리티를 부정하는 작품이다. 서술자인 '나'는 애인과의 약속장소에 가던 중 '낮도깨비 같은 괴물'을 만난다. 그 괴물의 정체는 단지 뒤로 걸을 뿐인 노인에 불과하다. 앞과 뒤가 바뀌었다는 그 단순한 사실이 노인을 괴물과 같은 존재로 인식하게 만든 것이다. 노인은 3년 전 "팔십평생을 살아오면서 앞이라고 생각했던 것이 뒤가 되어버리고, 뒤가 앞이라는 것"[101]을 깨달은 상태이다. 노인에게는 모든

---

100) 진리란 전혀 존재하지 않는다는 니힐리스트들의 신념은 추악하며 그릇된 진리와 싸우고 있는 사람을 위한 위대한 전환점이 될 수 있으며, 그러한 신념은 현존하는 사회에 대한 유용한 비판의 수단이 될 수 있다.(Johan Goudsblom, op. cit., pp.36-68)

101) 『문학사상』, 1980.6, 150쪽.

사람들이 앞이라고 생각하는 것이 뒤가 되고, 뒤라고 생각하는 것이
앞이 되어 버린 것이다. 이러한 노인의 경험은 '나'의 설명처럼, 다수
결의 신봉자는 절대로 이해할 수 없다.

여기서 노인을 기존관념으로부터 벗어나게 해주는 안경의 존재는
주목할 만하다. '나' 역시 안경을 쓰자 기존의 자신이 느끼던 현실에
대한 관념에서 완전히 탈피해 오히려 새로운 관념을 받아들이게 된
다. 〈뒤로 가기〉에 등장하는 안경은 환상문학에 등장하는 가시성과
관련이 깊다.102) 이 안경은 일반적인 안경알의 양 옆에 자동차의 백
밀러처럼 거울이 달려 있는 모습이다. 이 작품에서 노인이 주인공에
게 건네준 안경 역시 주인공으로 하여금 앞과 뒤라는 고정된 관념을
부인하게 만들고, 더 나아가 뒤집어 생각하게 해준다.103) 이 안경은
'뒤로 가기'에 대한 가상과 실재 사이의 관계를 전도시킬 뿐만 아니라,
실재 자체를 소멸시키고 오히려 가상의 실재화를 가능하게 만드는

---

102) 환상문학에서는 거울, 화상, 유리, 렌즈, 반영, 굴절 같은 시각적 장치가 자주 활용
된다. 거울이나 유리나 렌즈 같은 것들은 반사와 굴절과 왜곡을 통해 낯익은 것들을
낯설게 해주며, 그 낯선 또 하나의 세상은 주인공으로 하여금 자신의 또 다른 모습과
또 다른 리얼리티를 대면할 수 있게 해준다.(김성곤, 「환상문학 : 또 다른 리얼리티
의 탐색」, 『영문화권연구 제 6호』, 1998, 188–189쪽)
103) 이 안경은 보르헤스의 문학에 등장하는 거울 이미지와도 유사한 기능을 수행한다.
거울은 동일성의 무한 확장을 암시하는 상징이다. 거울은 이미지의 단순한 이중
복제뿐만 아니라 무한 복제도 가능하게 한다. 거울은 실상만 복제하는 것이 아니라
그것이 만든 허상도 다시 복제한다. 이와 같은 거울이미지는 이중 복제에서 시작한
무한 복제의 가능성과 유사 현실 창조의 원리라는 서사적 구조를 갖는다. 이중 복제
된 이미지를 현실처럼 다시 복제하는 과정이 무한히 반복되면 유사 현실은 현실에
접근한다. 거울이 실상만을 복제하는 것이 아니라 허상도 복제하는 것이라면, 실상/
허상, 허상/복제된 허상의 거리는 점점 줄어든다. 한마디로 거울의 복제 이미지는
그 어떤 우주의 중심도 부인한다고 할 수 있다.(김춘진 엮음,『보르헤스』, 문학과지
성사, 1996, 11–50쪽)

도구이다.104)

주인공은 앞이 앞이라고 생각하는 사람들에 의해 '괴상한 안경을 끼고', '뒷걸음질을 치며', '통행을 방해하는', '미친 놈'이라는 소리를 듣는다. 다수는 이에 그치지 않고 '나'를 때리고, 또 다른 리얼리티를 대면하게 해주던 안경마저 부수어 버린다. 이것은 고정된 실체나 진리가 존재할 수 없음에도 불구하고, 다수가 숫자와 힘의 우월함을 바탕으로 소수를 핍박하는 것이 얼마나 부당한 것인가를 드러낸 행위라고 볼 수 있다. 우리가 너무도 당연하게 받아들이는 '앞으로 걷는다'는 것이 사실은 '뒤로 걷는' 것일 수도 있다는 것을 보여주고 있는 이 작품은 기존의 확신이나 신념을 부정하는 니힐리즘적 태도와 통한다.

그런데, 단순히 이 작품은 '걷는다'은 사실에 대한 우리의 고정관념에 의문을 제기하는 것에서 그치지 않는다. 이 작품이 가지는 리얼리티에 대한 강력한 부정의 태도는 당대 현실에 대한 비판적이며 구체적인 인식으로 발전할 수 있는 가능성이 있기 때문이다. 즉 이 작품은 일종의 알레고리로서 읽힐 수도 있다.105) 이러한 독법의 가능성은

---

104) 보드리야르는 이미지의 살상력과 재현력을 구별한다. 전자의 예로는 신상의 이미지를 들고 있는데, 신을 하나의 거대한 시뮬라크르로 만드는 신상의 이미지는 자기 자신의 모델인 실재를 죽이는 살상력을 가진다. 반면에 이에 대립하는, 이미지의 재현력은 실재를 눈에 보이며 이해 가능하게 중재하여 주는 힘이다. 「뒤로 가기」에 등장하는 안경은 강력한 이미지의 살상력을 발휘한다고 볼 수 있다.(J. Baudrillard 『시뮬라시옹』, 하태환 옮김, 민음사, 1992, 19-28쪽)

105) 조남현 교수는 1980년대 임철우, 양귀자, 윤후명, 김향숙, 이승우, 이창동, 현길언, 이청준 등의 작가가 리얼리즘이 전반적으로 허용되지 않았을 때, 의도적으로 상징적인 수법을 써서 어려운 현실을 타개해 나갔다고 보고 있다. 이 때의 상징적 장치는 작품의 평가기준이 될 수 있는 것은 아니지만, 우리 소설의 리얼리즘 수준을 끌어올리는 징검다리로서의 역할을 했다고 평가하고 있다.(조남현, 「80년대 단편소설의 상징지향성」, 『삶과 문학적 인식』, 문학과지성사, 1988, 165-193쪽. 조남현, 『한국

작품이 창작되던 시기의 상황과 이 작품을 전후로 한 작가적 경향을
생각할 때 더욱 높아진다.

이 작품이 창작되기 바로 이전 네 작품은 〈캄팔라의 饗宴〉(『월간중앙』,
1979.8), 〈黃金의 누에〉(『한국문학』, 1979.9), 〈새 共和國 告知〉(『월간중앙』,
1980.1), 〈나방과 거품〉(『월간조선』, 1980.4)이다. 이 중 〈黃金의 누에〉를
제외한 나머지 작품은 모두 당대의 현실에 대한 알레고리로 읽을 수
있다. 알레고리적 형식을 통한 것이긴 하지만, 역사적 현실에 대한
본격적인 관심을 담고 있는 작품은 최상규의 150여편에 달하는 작품을
생각할 때, 제로에 수렴된다고 할 정도로 적은 비중을 차지하고 있다.[106]
이것은 1979년에서 1980년에 이르는 시기에 최상규의 작가적 관심이
이례적으로 당대 현실에 기울어져 있었음을 보여준다.

〈캄팔라의 饗宴〉, 〈새 共和國 告知〉, 〈나방과 거품〉은 모두 전체주
의 사회가 배경이며, 그 사회의 우두머리를 주인공으로 삼고 있다.
실제 우간다의 수도이기도 한 캄팔라를 배경으로 하고 있는 「캄팔라
의 饗宴」은 20세기 중반 우간다 원수로서 엽기적인 수단을 동원해
독재정치를 펼친 이디 아민을 모델로 한 소설이다. 작품 속 원수인
D는 서구 열강의 제국주의적 성격을 강조하며, 그것에 바탕한 공포감
을 조성하여 반대파에 대한 무자비한 살인과 탄압을 통해 자신의 독
재를 이어간다. 이러한 세력에 반대하는 세력으로 오쿤과 영국인 헤

현대문학사상 논구』, 서울대학교 출판부, 1999, 354-363쪽.) 이러한 상징지향성을
보이는 작품으로는 〈뒤로 가기〉 이외에도 80년대에 창작된 〈한밤의 목소리〉(『현대
문학』, 1986.4)와 〈정글짐〉(『문학정신』, 1988.9)을 들 수 있다.

106) 구체적인 역사적 현실이 작품의 핵심적인 요소로 등장하는 소설은 〈돌팔매질〉(『현
대문학』, 1988.5), 〈바람부는 양지〉(『문학사상』, 1988.7), 〈누란의 밤〉(『문학정신』,
1991.10), 『악령의 늪』(문학사상사, 1994) 정도가 있다.

이즈 등이 등장하지만, 그들의 힘은 D와 그들을 둘러싼 세력에 비해 턱없이 모자라며, D가 주재하는 광란의 축연은 계속되는 것으로 소설은 끝난다.

〈나방과 거품〉역시 1977년 말 인민사원(people's temple)의 신자 600여명이 가이아나에서 집단자살한 실제 사건을 작품의 소재로 삼고 있다. 작품의 소재가 종교적인 사건을 담고 있지만, 이 작품은 이 사건을 종교적 문제로 국한시켜 바라보지 않고, 전체주의적 메커니즘과 그것이 가져오는 비극적인 파멸에 초점을 맞추고 있다. 불우하고 소외된 성장과정을 거친 주인공 J는 목사가 되어 불우한 이웃들, 특히 흑인들을 위해 헌신적으로 봉사하고 희생한다. 편집광적이며 자신의 행위의 올바름에 대한 광적인 믿음을 갖고 있는 J는 교인수가 많아짐에 따라 지도위원회와 같은 심복을 두어 교인들을 감시하고 탄압한다. 한 번 구르기 시작한 불법과 악행은 점점 속력이 빨라지고, 결국 모두의 파멸로 끝난다. J는 다수의 행복을 위한다는 명목하에 자신을 포함한 주위 사람들을 파멸로 몰아넣고 있다. 이러한 메커니즘은 권위주의적 정치구조에서 나타나는 것이며, 유신의 막바지에 이르던 1970년대 말기 한국의 정치상황에 부합된다.

적도에 인접해 있는 코오뉴코피어라는 나라를 배경으로 하고 있는 〈새 共和國 告知〉는 좀 더 직접적으로 당대 상황을 나타내고 있다. 2차 대전 이후 서구 열강으로부터 독립한 신생국의 종신 대통령인 C는 어느날 실종된다. 그런데, 이 작품에서 C는 다음과 같이 묘사된다.

> C는 국내의 혼란과 지배층의 부패를 막기 위하여 역사상 유례없을만큼 강력한 체제를 구축했고, 가부장적인 엄격한 권위로서 국민앞에 군림했

다. 그는 관제의 치밀한 대중조직으로 지도체제를 굳혔고, 언론을 통제하고 불순한 민중지도자를 과단성있게 체포 처형함으로써 국가 안보를 공고히 관리했다.

그러는 한편으로 오직 국가의 번영과 부강을 위하여 전력을 경주하기를 이십여년, 이 태양과 바다와 밀림의 나라는 명실상부하는 코오뉴코피어를 이룩하기 위하여 흔들리지 않는 걸음을 계속해왔다.107)

위의 C는 박정희를 코오뉴코피어는 대한민국을 의미한다는 것을 알 수 있다. C의 갑작스런 밀림으로의 실종을 다루고 있는 위 작품은 10.26이라는 역사적인 사건을 나타낸 정치적, 역사적 알레고리라고 할 수 있다.

이들 소설들이 유신상황과 뒤이은 정치사적 격변기를 알레고리화하고 있음은 쉽게 확인할 수 있다. 〈뒤로 가기〉 역시도 위의 소설들과 같은 맥락에서 해석된다. 〈뒤로 가기〉가 창작된 1980년 6월은 〈새 공화국 告知〉에서 작가가 염원하던 "짓밟을 중의를 찾지 말고 짓밟지 말아야 할 총의만을 찾아나가야 할"108) 새 공화국 대신 새로운 군사정권인 5공화국의 탄생을 향해 정국이 숨가쁘게 굴러가던 시기이다.

1980년 6월이라는 상황은 그야말로 한국사의 시계바퀴가 '서울의 봄'으로 상징되는 국민적 여망과는 무관하게 거꾸로 굴러가고 있었던 것이다. 이러한 상황에서 최상규는 환상이 아니고서는 가능하지 않은 '걷는다'는 사실의 전복을 통해 정국의 상태를 비판적으로 드러낼 수 있었다. 당대의 현실이 무언가 다수 혹은 힘있는 자들에 의해 거꾸로

---

107) 『월간중앙』, 1980.1, 154쪽.
108) 『월간중앙』, 1980.1, 169쪽.

진행되고 있는 것일 수도 있다는 문제제기를 하고 있는 것이다. 이러한 풍자와 비판은 기존의 리얼리티로부터 이탈해 현실을 새롭게 보여주는 환상의 본질적 속성에서 기인한다고 볼 수 있다.

〈정글짐〉(『문학정신』, 1988.9) 역시 환상적인 공간의 창조를 통해서 우리로 하여금 현실을 새롭게 바라보도록 해준다. 화가인 황진명은 세밑에 산책을 나왔다가 공원에 있는 정글짐에 오른다. 정글짐의 중심으로 향하면서 그는 새로운 공간이 수없이 생겨나는 것을 발견하고 소스라치게 놀란다. 이 공간 속에서 그는 몸이 움직이지 않음을 느끼며, 구원의 외침과 함께 의식을 잃는다. 이 작품은 황진명이라는 인물에 초점화 된 인물시각적 서술상황으로 쓰여져 있다. 이러한 특성으로 인하여 우리는 황진명의 입장에 서서 소설 속에서 일어난 일들을 바라보고, 정글짐에서 경험한 새로운 공간에 대한 황진명의 주장을 믿게 된다.

이 일이 있은 한달 후 황진명은 법정에 가기 전에 신청인과 피신청인 사이를 원만하게 조정하여 타결을 보도록 해주는 사문위원회로부터 출석요구를 받는다. 신청인은 시민생활의 편익과 사회복지 구현을 위해 구성된 민간단체인 사회복지회로서, 정글짐의 설치비용을 요구한 것이다. 사문회는 객관적이며 공정한 입장을 강조하며, 황진명으로부터 잘못의 인정과 배상을 요구한다. 그러나 실제에 있어 그들은 상식과 도의 감각을 내세우며, 황진명을 평범한 상식과 도의 감각에 의거해서 '철면피'로 그 날의 행동을 '몰지각하고 가증스런 행위'로 몰아붙일 뿐이다. 황진명이 자신의 진실을 끝까지 주장하자, 공정과 객관을 가장하여 시민사회의 이익을 주장하는 사문위원회는 자신들의 본성을 드러낸다.

그러니까 너는 멸시를 받아 마땅하고 이런 곤욕을 치러 마땅한 거야. 그러니까 너는 아무데도 발 붙일 곳이 없고, 한 사람도 네 편이 되어 줄 사람은 없어. 그러니까 너는 두 손 번쩍 들고 항복하는 게 아니라, 두 무릎을 꿇고 굴복을 해야 되는 거야. 그래도 할 말이 있나? 할 말 있으면 해보라구! 대관절 처음에 거기는 왜 기어들어갔나? 처음부터 그런 못된 장난질을 칠 계획을 세우고 들어간 것은 아니었겠지? 무슨 철학을 하기 위해서였나? 무슨 미친 진리라도 찾기 위해서였나? 상식과 도의의 세계를 무너뜨리고 싶은 욕구에서였나? 그러나 그 세계는 너 같은 미숙아의 놀림감이 아니야. 그것은 중장비를 동원해서야 해체가 가능했던 그 철골 구조물보다도 훨씬 더 중대하고 견고한 거야. 그런데 감히 거기에 부딪쳐 오다니. 그 점에서 너는 또 저능한 어린애였던 거야. ……네가 그 구조물로부터 구제되어 단 한 사람의 동정이라도 받을 수 있는 경우는 세 가지밖에 없다. 그것은 그 기구가 노후해서 네 체중을 감당치 못하고 부서지거나 우그러져서 네 몸이 자유를 잃었을 경우와, 그 기구 자체에 어떤 하자가 있어서 생체에 비정상적인 부담이나 작용을 가하여 신체동작을 불가능하게 했을 경우이고, 그 밖에 천재지변 등에 의해 기구 전체가 일그러져 너를 감금시켜 놓는 따위의 불가항력적 상황이다. 그 이외의 것은 일체 인정될 수가 없다. 그러므로 네 경우가 그 세 가지 중의 하나였음을 입증하지 못하는 한, 너의 행위는 사회의 지탄을 받아 마땅한 가증스러운 행위이므로, 너는 거기에 대한 책임을 면할 길이 없는 것이다.[109)]

그들은 세가지의 가능한 조건들을 만들어 놓고, 거기에 맞추어 황진명을 재단하려고 했던 것이다. 그리고 그러한 재단은 정글짐보다도 중대하고 견고한 구조물인 사회적 조직을 지켜내기 위해서이다. 사문위원회는 진실을 구한 것이 아니라 다수의 일치된 독단으로 황진명을

---

109) 『문학정신』, 1988.9, 183-184쪽.

234 한국 현대소설의 환상과 욕망

핍박하여 기존의 관념과 입장만을 고수하려 했던 것이다.110) 이 작품
은 기존 현실의 절대성을 주장하며 그것을 지켜내려는 사람들이 저지
르는 폭력을 고발하고 있다.

〈정글짐〉 역시 〈뒤로 가기〉와 마찬가지로 일탈된 공간의 창조를
통해 현재 우리가 당연하다고 굳게 믿는 현실의 미약한 지반을 폭로
하고 있는 것이다. 일상적 리얼리티로부터의 이탈을 통해 현실의 권
위에 대한 문제제기를 하고 있는 〈정글짐〉 역시 당대 현실에 대한
구체적이며 비판적인 인식을 보여주는 작품으로 해석할 수 있다.

일탈된 세상을 창조함으로써 우리가 당연시하는 현실을 문제시하
고 있는 이 계열의 작품들은 환상적 경이의 구조를 보여주고 있다.
〈뒤로 가기〉와 〈정글짐〉은 모두 인물시각적 서술상황111)을 취하고

---

110) 조남현 교수는 이 작품의 서술의도를 "법이라든가 도덕의식과 같은 보편적 기준은
때로는 한 개인의 특수성을 얼마나 쉽게 또 무책임하게 무너뜨리는가를 환기시키
려" 한 것으로 파악하고 있다.(조남현, 「리얼리티의 독특한 조립법」, 『한국문학』,
1988.10, 413쪽)

111) 토도로프는 환상을 불러 일으키기 위한 가장 이상적인 조건으로 3인칭 서술보다는
1인칭 서술을 들고 있다. 이야기 안에 모습을 드러내는 화자는 독자에게 필요한
작중 인물과의 동일화를 용이하게 하며, 작중인물이면서 서술자이기 때문에 갖는
이중적인 성격이 독특한 효과를 발휘하기 때문이다. 이중적인 성격이란 서술자이기
때문에 의심하지 않지만, 한편으로는 작중 인물이기에 의심할 수도 있다는 것을
말한다. 그러한 효과로 독자는 망설임을 느끼게 된다.(Tzvetan Todorov, op. cit.,
pp. 82-86)
그러나 1인칭 소설로 쓰여져 있지 않더라도 주석적 서술상황이 아닌 인물시각적
서술상황으로 쓰여졌을 경우, 망설임의 효과를 가져올 수 있다. 주석적 서술상황은
모든 것이 분명히 정리된 가운데 서술되기 때문에 망설임이라는 환상적인 효과를
일으키기 어렵다. 그러나 인물시각적 서술상황으로 쓰여졌을 경우, 사건에 대한
정확한 정보를 알지 못한 채 진행을 따라가게 된다. 독자는 초점화된 인물과 동일시되
어 사건의 긴장된 경과에 관심을 집중시키게 된다. 이를 통해 인물이 자기 체험의
순간에 지니게 되는 내적 세계, 의식의 흐름, 생각들, 그리고 정조를 독자 역시 동일하
게 느낄 수 있다.(Franz K. Stanzel, 『소설형식의 기본유형』, 안삼환 옮김, 탐구당,

있다. 〈뒤로 가기〉에서는 '나'에게, 〈정글짐〉에서는 황진명에게 초점
이 맞추어져 있다. 두 명의 초점인물은 모두 자연적인 법칙 밖에는
모르던 평범한 사람들이다. 그런 그들이 '뒤로 가는 노인'과 '새로운
공간'이라는 초자연적이고 비정상적인 사건을 접하며, 이에 각각의
인물들은 그것의 실재성 여부를 놓고 망설임을 느낀다. 이러한 망설
임은 인물시각적 서술상황으로 인하여 독자에게까지 이어진다. 그러
나 이러한 망설임은 작품의 마지막까지 지속되지 않는다. 독자가 동
일시를 하고 있는 초점인물들이 작품 속에 등장하는 초자연적인 사건
을 초자연적인 방식으로 받아들이기 때문이다. 〈뒤로 가기〉에서 '나'
는 노인이 건네준 안경을 쓰자, 정말로 앞과 뒤를 완전히 바꾸어 생각
한다. 〈정글짐〉에서도 황진명은 다시 한 번 주위의 공간에서 "철골구
조물과 같은 일정한 거리와 간격을 지닌 고형질의 감각으로 그의 전
신을 압박"[112]하는 새로운 공간을 체험하게 된다. 결국 그는 그 힘에
못 이겨 몸은 물처럼 방바닥에 쏟아져 내리고, 두개골은 쇳덩어리처
럼 무겁고 단단하게 굳어 버린다. 황진명이 정글짐에 올라 경험한
초자연적 공간의 실재성을 인정하는 것으로 작품은 끝나는 것이다.

환상적 경이는 환상적 이야기로 시작해서 마지막은 초자연의 수용
으로 끝나는 이야기이다. 이러한 이야기들은 마지막에 이르러 독자에
게 자연적 법칙으로는 설명될 수 없는 초자연의 실재를 드러낸다.[113]
위에서 살펴본 것처럼, 〈뒤로 가기〉, 〈정글짐〉에서는 우리가 당연한
것으로 받아들이는 관습적인 리얼리티로는 설명될 수 없는 세계가

1982, 49-76쪽 참조)

112) 『문학정신』, 1988,9, 184쪽.

113) Todorov, op. cit., 51-57쪽.

창조되고 있다. 이들 작품은 모두 비합리적 현상이 일상적인 경험 세계에서 일어나는 하위 환상(low fantasy)[114]으로서의 특징을 지닌다. 이것은 최상규가 현실에 대한 문제의식을 끊임없이 의식했음을 보여준다. 이러한 작품에서 창조된 세계는 모두 독자에게 기이한 느낌을 주며, 이로 인해 우리는 경험적 세계에서 벗어나 관습적으로 당연하게 받아들이는 현실에 대하여 새로운 시각을 갖게 된다. 즉 작품에 등장하는 새로운 세계가 기존관념과 현실에 대한 고정 관념을 깨뜨리고 우리의 인식 지평을 넓혀 주는 것이다. 이러한 넓혀진 지평으로 일상의 현실을 바라볼 경우, 〈뒤로 가기〉나 〈정글짐〉에서처럼 절대적이지도 고정되어 있지도 않은 현실의 문제점은 더욱 더 잘 보이게 된다.

위에서 살펴본 작품들은 기존의 관습적인 리얼리티의 고정관념에 빠져 있는 우리들에게 각성의 효과를 가져오고 있다.[115] 우리의 의식은 존재하는 자극의 많은 것을 제거시키기 때문에, 우리의 일상은

---

114) 상위 환상(high fantasy)은 비합리적 현상이 2차 세계에서 일어나는 경우를 말하고, 하위 환상(low fantasy)은 비합리적 현상이 우리의 일상적인 세계에서 일어나는 경우를 말한다.(Kenneth J. Zahorski and Robert H. Boyer, op. cit., p.56) 이들 작품 뿐만 아니라 최상규의 환상소설은 모두 하위 환상(low fantasy)으로서의 특징을 보인다. 이것은 최상규의 거의 모든 환상소설이 현실과의 긴장관계 아래에서 창작되었음을 보여주는 하나의 단서가 된다.

115) 캐스린 흄은 구체적으로 환상이 소설 속에서 리얼리티에 대하여 어떻게 반응하는지를 밝히고 있다. 이를 근거로 현실로부터의 도피, 새로운 리얼리티의 소개, 기존의 현실의 강화, 합의된 리얼리티의 부인의 4가지로 리얼리티에 대한 대응양상을 나누고 있다. 합의된 리얼리티의 부인을 위주로 하는 작품들은 독자들을 각성시키는 작용을 한다. 이러한 작품들은 일반인들의 고정관념과 인식의 시각에 강력한 도전을 제공한다. 그것은 우리의 기본적인 생각의 틀을 파괴할 수 있고 그리해서 문학의 가장 높은 기능을 수행할 수 있다. 그것은 우리에게 자유를 떠올리게 한다.(Kathryn Hume, op. cit., pp.55-146)

매우 지루하다. 우리의 일상에 대해 의문을 가져오는 문학은 우리의 자동화된 여과장치로부터 우리를 자유롭게 하는 것을 돕는다. 그리고 이것은 우리로 하여금 현실에 대한 새로운 비젼을 의식하게 만든다.116) 이들 작품에서 환상은 자동화된 감각으로는 쉽게 파악할 수 없는 현실의 폭력성과 허구성을 비판하는 데 유용하게 기능한다. 이들 작품들은 우리의 감각들이 잘못일 수 있으며, 우리가 당연하게 생각하는 일상적 현실이 사실은 다수자의 편견에 불과한 것일 수 있음을 암시한다. 어떠한 진리나 현실적 상황도 고정되어 있거나 절대적인 것일 수 없다는 사실을 일깨움으로써 새로운 인식의 장을 열어주고 있는 것이다. 더군다나 이들 작품들이 창작된 시기의 한국은 아무런 정당성 없는 정권이 군림하여 획일화된 의식을 강제하던 시기였다. 이러한 상황에서 창작된 이러한 현실에 대한 의문을 제기하는 소설은 즉각적으로 당대 한국의 지배적 현실에 대한 풍자와 비판으로 작용할 수 있었던 것이다. 문학에서 환상은 본래 현실을 비판하고 풍자하는 데 탁월한 기능을 발휘하게 마련이다.117) 〈뒤로 가기〉와 〈정글짐〉은 현실로부터 떠남으로써, 오히려 현실의 본질을 더욱 부각시키고 있다.

3장에서 다룬 소설들은 2장에서 살펴본 작품들과는 달리 자연적 법칙을 위반함으로써 발생한다. 이러한 위반은 단순히 현실로부터 도피하기 위한 것이 아니라 오히려 현실을 더욱 더 잘 바라보기 위해서이다. 이러한 위반을 통해 이들 소설은 우리가 당연한 것으로 받아들이는 가치와 의미의 절대성을 부인하도록 이끈다. 〈列外〉, 〈말이

---

116) Kathryn Hume, op. cit., p.100.
117) Ann Swinfen, op. cit., p.231.

있는 팬터마임〉, 〈午餐會〉, 〈유리의 城〉, 〈작은 暴動〉 등의 소설들은
모든 이상과 가치와 목표에 대한 전적인 부정을 의미하는 니힐리즘적
태도와 인식을 보여준다. 최상규 소설에 있어 이러한 니힐리즘적 태
도는 〈待合室〉, 〈獨夜行〉, 〈마지막 週末〉, 〈최후의 江〉, 〈그날의 山行〉
에서와 같이 삶의 권태와 무의미만을 강조하는 소극적 허무주의로
나타나기도 하지만, 적극적으로는 〈뒤로 가기〉나 〈정글짐〉에서처럼
현실에 대한 시야를 넓혀주어 부정적 현실에 저항할 수 있는 출발점
으로 작용하기도 한다. 이러한 비판은 권위주의적 정권과 전체주의적
인 사회 메커니즘을 향하고 있다. 각각의 구조적인 특성에 따른 필연
적인 결과로, 소극적인 니힐리즘은 초자연의 실재성에 대하여 애매한
태도를 취하는 순수한 환상에서 나타나고, 적극적인 니힐리즘은 초자
연의 실재성에 대하여 강한 확신을 주는 환상적 경이에서 나타난다.

4. 기법으로서의 환상으로 표현된 소외 문제와 현대문명 비판

1) 변신 모티프로 표현된 인간소외의 문제

4장에서 다루려는 소설들은 주요 작중 인물 자체가 환상적인 존재
가 되어 버린 것들이다.[118] 이들 작품에는 변신을 감행한 주인공들과

---

118) 4장에서 다루는 작품들이 보여주는 환상은 '괴기 – 환상 – 경이'라는 틀로는 규정할
수 없는 것들이다. 토도로프는 자신의 환상문학론의 마지막에서 카프카의 작품들은
자신의 체제로 다룰 수 없음을 고백하고 있다. 카프카의 모든 작품은 토도로프 자신
이 비반립적인 장르라고 한 경이와 괴기의 쌍방에 속하기 때문이다. 〈변신〉은 망설
임도 없거니와 놀라움도 없는 채로 초자연적인 요소가 존재하기 때문에, 경이에
속한다고 볼 수 있다. 그러나 역설적인 차원에서는 그와 같은 사건이 작품의 마지막

비인간적 서술자가 서사의 전면에 등장한다. 〈陷穽〉(『문학춘추』, 1965.2), ≪새벽기행≫(문학사상사, 1989), 〈마네킨 파티〉(『문학사상』, 1983.10) 등은 변신모티프를 통해 이중적이고 복합적인 주체의 모습을 그리고 있다. 이 작품들은 해체된 자아를 통해 통일된 주체로서의 개인이라는 개념을 부정한다. 이러한 주체의 모습은 급격한 산업화가 이루어지던 당시 시대와 맞물려, 산업화에 따른 소외의 문제를 직접적으로 보여주는 데 유효하게 기능한다. 소외(alienation)는 인간이 그 자신을 행위의 주체자로 느끼지 못하고 그 자신을 이질적인 존재로서 경험하는 심리적 현상이다. 특히 소외는 급격히 기계화, 조직화, 분업화하는 자본주의 사회에서 인간이 그 자신의 정체성을 찾지 못함으로써 야기된다.119)

에 가서는 가능한 일로 보이게 된다. 즉 괴기가 되는 것이다.(Todorov, op. cit., p.172) 이러한 한계는 그가 18세기 말에서 19세기에 창작된 고딕소설들만을 대상으로 자신의 환상문학론을 세운 데서 비롯된다.(Christine Brooke-Rose, op. cit., p.67)

119) 소외론에는 크게 존재론적 소외론과 사회현상론적 소외론이 있다. 존재론적 소외론에는 헤겔, 카우프만, 하이데거, 사르트르 등의 이론을 들 수 있다. 헤겔은 소외현상을 정신의 자기 실현 혹은 자기인식의 한 계기 또는 과정으로 규정했다. 카우프만은 소외를 인간실존의 핵심적인 모습으로 파악하기 때문에, 소외를 특별히 현대적인 현상으로 규정하는 것은 잘못이라고 주장한다. 하이데거는 인간이 고유의 자기존재에서 멀리 나와 타성화된 일상적 평균적 존재 속에 몰입한 상태를 소외라고 규정한다. 사르트르는 대자존재가 즉자존재화하는 의식의 물화현상을 소외로 규정하고 있다. 사회현상론적 소외론으로는 마르크스, 막스 베버, 에릭 프롬 등의 이론을 들 수 있다. 마르크스에게 소외는 노동자들이 자신들의 노동의 산물로부터 실제적으로나 심리적으로나 동떨어진 상태를 가리키며, 궁극적으로는 자본주의 권력에 의해서 인간적 가족적 유대가 파괴된 상태를 가리킨다. 에릭 프롬은 소외를 인간이 자기 자신을 낯선 사람인 양 경험하는 경험 양식으로 규정한다. 이러한 소외 현상은 어느 시대, 어느 사회에서나 발견될 수 있는 것이지만 소외의 규모나 양상, 성격으로 보아 현대 사회의 소외는 과거보다 전면화, 보편화 된 것이라고 볼 수 있다. 이러한 소외의 가장 큰 원인으로 자본주의적 경제구조가 가지는 특질인 수량화와 추상화를

해방 후 한국 사회는 60년대를 기점으로 조직 사회로 급격하게 변모하기 시작한다.[120] 조직 사회로의 이행과 더불어 국가 조직, 기업 조직은 모두 개별 조직 규모의 증대와 조직 구조의 관료제화를 겪게 된 것이다.[121] 관료제는 기술적인 관점에서만 볼 때, 최고도의 능률을 얻을 수 있고, 형식적으로는 인간 존재에 대한 권위 행사에 있어 가장 합리적일 수 있지만, 그것은 새로운 예속체제를 가져올 수 있다.[122] 즉 관료제가 더 이상 인간과 인간의 욕구에 봉사하지 않고, 독자적인 활동체가 될 수도 있는 것이다. 이 경우에 인간은 그 자체가 목적이 되어 버린 경직된 관료제적 기계에 종속되어 버릴 수 있다. 관료제의 최후 단계가 요구하는 인간상은 정신을 갖지 않은 전문가이다. 그래서 관료제 속의 인간이란 고유한 가치를 인정받을 수 없고,

들고 있다. 이들에게 소외는 근대 사회를 분석하는 데 핵심개념으로 사용되고 있다. 본고에서는 소외를 사회현상론적 의미로 사용하기로 하겠다. 최상규 소설에 나오는 소외 현상은 사회현상론적 소외론으로 파악했을 때, 그 의미가 분명히 드러나기 때문이다.(Erich Fromm(김병익 옮김), 『건전한 사회』, 범우사, 1975 ; 정문길, 『소외론 연구』, 문학과지성사, 1978 ; 신오현, 「소외이론의 구조와 유형」, 『소외』, 정문길 편, 문학과지성사, 1984)

120) 한국 사회는 1960년대부터 본격적인 국가 주도의 산업화에 돌입하게 된다. 자본주의적 산업화로 인해 한국사회는 기계화, 대형화, 관료화, 합리화, 조직화되어 갔고, 그에 발맞추어 인간은 평준화, 타성화, 원자화되어 갔다.(한국사특강편찬위원회 편, 『한국사특강』, 서울대학교 출판부, 1994, 283-288쪽 참조)

121) 김필동 김병조, 「조직 사회로의 이행과 그 사회적 의미」, 한국사회사학회 엮음, 『한국 현대사와 사회 변동』, 문학과지성사, 1997, 260-284쪽.

122) 베버는 자본주의적 생산 양식의 선행 조건으로 합리성을 들고 있다. 합리성은 형식적 합리성과 실질적 합리성으로 나뉘어지는데, 형식적 합리성은 가치 자유적이며 효율성을 가장 우선시한다. 이에 반해 실질적 합리성은 외부의 가치에 입각해 있으며 사회적 생산물의 정의로운 분배를 강조한다. 이 중 형식적 합리성으로부터 자본주의 정신, 기업을 관리하는 기술적 수단, 자본주의적 생산 양식의 결과인 관료제, 사회 체제가 파생된다고 보고 있다.(요아힘 이스라엘, 「베버의 합리성과 소외의 관계」, 『소외』, 이영철 옮김, 문학과지성사, 1984, 141-167쪽)

하나의 수치로 간주될 수 있다.[123)]

복종과 기계와 추상의 세계로서의 관료제적 모습은 최상규의 소설 곳곳에서 발견된다. 평범한 농민이 불쾌한 일만 겪게 되는 하루 동안의 이야기를 담고 있는 〈厄日〉(『문학춘추』, 1966.2)에서는 역전 운송회사의 직원과 교통경찰을 통해 그 일단이 드러나 보이고 있다. 김치독을 탁송하기 위해 찾아간 역전 운송회사에서 그는 "창고로 가보시오."[124)]라는 간단한 말을 듣기 위해 "난 여기 사람이 아니니 모르겠시다."[125)], "난 계원이 아닌데요……"[126)] 혹은 "그걸 내가 알아요? 계원이 아니라는데 왜 바쁜 사람을 붙잡고 이러는거요?"[127)]와 같이 자기 책임이 아닌 일은 절대 관여할 수 없다는 공무원의 고압적인 말과 온갖 무례한 태도를 접한다. 돌아오는 길에서는 대형 트럭을 피하려다 교통순경의 발을 밟게 되고, 이 일로 "정신 나갔어. 이 새끼!"[128)]라는 욕설을 듣기도 한다.

---

123) 이러한 관료제의 부정적 성격은 카프카에 의해 가장 설득력있게 설명되었다. 카프 카는 제도를 그 자체의 법칙만을 따르는 메커니즘으로 이해한다. 그 법칙이란 인간 적 이해관계와는 아무런 상관도 없고, 이해되지도 않는다. 관료주의적 세계의 특징 은 다음과 같다. 첫째, 창의성도 행동의 자유도 없으며, 오직 명령과 규율이 존재할 뿐이다. 둘째, 관료는 거대한 행정활동의 극히 작은 부분만을 맡아 할 뿐이며, 그 거대한 활동의 목적과 지평은 그에게 보이지 않는다. 이 조직 속에서 사람들은 자기 가 하는 일의 의미를 알지 못한다. 셋째, 관료들은 단지 익명의 사람들 및 서류하고 만 관계하고 있을 뿐이다. 관료제적 사회의 본질을 카프카는 복종과 기계와 추상의 세 단어로써 요약하고 있다.(Milan Kundera, 「저 뒤쪽 어디에」, 『소설의 기술』, 권오룡 옮김, 책세상, 1990, 115-133쪽)
124) 『문학춘추』, 1966.2, 79쪽.
125) 『문학춘추』, 1966.2, 77쪽.
126) 『문학춘추』, 1966.2, 78쪽.
127) 『문학춘추』, 1966.2, 79쪽.
128) 『문학춘추』, 1966.2, 81쪽.

〈脫線〉(『신동아』, 1967.11)에서는 의자 다리가 하나 부러진 것마저도 누군가에게 책임을 지우려는 소장의 태도를 통해 조직사회의 비인간화를 고발하고 있다. 분단위로 해야 할 일이 정해질 만큼 꽉 짜여진 이 사무실은 소장의 "내게는 여러분을 지배할 권리는 없지만 한 조직체라는 이름아래 여러분을 통합해야되고 그 원활화를 위하여 여러분을 감독 독려할 책임이 있는 것이요."[129]라는 말처럼, 관료제적 특성을 보여준다. 소장과 부장의 태도에 강하게 반발한 김부현은 해직된다. 이를 두고 장선생이 하는 "무조건 탈선은 하지 말아야 돼"[130]라는 말은 복종만이 강요되는 기계처럼 꽉 짜인 조직사회의 생리를 잘 보여준다.

〈密使〉(『현대문학』, 1974.5)는 한 평범한 샐러리맨이 자신만 알지 못하는 조직의 메커니즘에 의해 파멸해 가는 이야기이다. 부장은 주인공에게 "우리 두 사람 이외에는 아는 사람이 있어서는 안 된다"[131]는 말과 부산에 사는 사람에게 봉투를 전달할 것을 요구한다. 주인공은 서울역의 구내식당에서 식사를 하던 중 부산에 간다는 한 여인에게 자기 대신 봉투를 전달하라고 부탁한다. 여자는 승낙하고 주인공은 자신의 밀실로 들어가기 위해 술을 마시고는 처음 만난 젊은 여성과 호텔에서 하룻밤을 보낸다. 그러나 다음날 그가 회사에 가자, 아내는 정문 앞에서 그를 기다리고 있으며, 이미 아내는 남편의 지난밤 일을 모두 알고 있다. 부장 역시 그가 부산에 가지 않은 사실은 물론이고 지난 밤의 일도 모두 알고 있다. 주인공은 자신이 겪은 일이 어떻게

---

129) 『신동아』, 1967.11, 453쪽.
130) 『신동아』, 1967.11, 459쪽.
131) 『현대문학』, 1974.5, 100쪽.

일어난 것인가를 묻지만 부장은 "해줄 수 있는 말은 그렇게 되도록 되어 있다는 것뿐이다"[132]는 취지의 말만을 되풀이한다. 결국 주인공은 눈물을 흘리며 자살한다.

〈땅거미〉(『동서문학』, 1987.4)에서도 한 회사원의 무력감과 소외의식이 잘 드러나 있다. 서응섭 과장은 자신의 밑에 있는 계장이 배임수증재죄로 처벌이 되자 책임을 지고 원하지 않는 퇴직을 하게 된다. 회사를 떠나기 위해 마지막으로 들린 사무실에서 느끼는 서과장의 심리는 조직 속에서 하나의 부품이 되어 버린 인간의 왜소한 위상을 잘 나타내고 있다.

> 새삼스럽게 정리를 할 것도 없었다. 끝난 일은 이미 다 정리되어 있었고, 진행중인 업무는 그가 없대도 아무 지장이 없이 진행되어 나갈 것이었다. 그러므로 새 과장만 부임하게 되면 언제라도 사무인계를 할 수 있었다. 과장이란 게 무언가. 계장들과 부장 사이의 연결장치 밖에 더 되는가. 인원보고를 할 때 소대장들과 대대장 사이를 연결하는 중대장격 밖에 더 될 게 무언가. 그런데 이젠 그 노릇조차도 딴 사람이 하게 되었으니, 그가 그 자리에 한시라도 더 앉아 있을 게 무언가.[133]

이들 작품들에서 개인들이 겪는 무력감과 고립감은 하나의 원인에서 비롯된다는 의식을 엿볼 수 있다. 〈厄日〉에서 주인공은 자신이 겪은 불행을 운의 탓으로 돌리지 않고, "분명 어떤 알 수 없는 것의 고의"[134]로 돌리고 있다. 귀가 중에 그는 친척이라며 자신을 외딴 집

132) 『현대문학』, 1974.5, 118쪽.
133) 『동서문학』, 1987.4, 68쪽.
134) 『문학춘추』, 1966.2, 88쪽.

으로 인도한 사람에게서 강도를 당한다. 경찰과 함께 그 사건 현장으로 가지만 범죄의 흔적은 어디에서도 찾을 수 없다. 그러나 경찰이 마지막으로 건네는 "그 대청 창문으로 보이던 굴뚝은 틀림없이 제도공장의 굴뚝이었죠? 그것만 틀림없다면 범인을 찾기는 용이하죠."[135] 라는 말은 그가 겪은 액운의 책임이 결국은 공장의 굴뚝으로 상징되는 산업화에 있음을 암시한다.

〈密使〉에서도 모든 일은 주인공만 깨닫지 못 하고 있었을 뿐이지 정해진 규칙에 따라 한 치의 빈 틈도 없이 이루어지고 있었다. 구내 식당에 가고, 행선지가 부산인 여자를 만난 것을 우연이라고 생각한 것은 단지 주인공 뿐이였던 것이다. 모든 일은 회사라는 거대한 관료적 조직의 메커니즘에 의해 진행되었던 것이다.

이처럼, 〈厄日〉, 〈脫線〉, 〈密使〉, 〈땅거미〉 등의 작품은 급격히 기계화, 조직화, 분업화하는 자본주의 사회에서 자신의 정체성을 찾지 못하고 있는 인간들의 모습을 보여주고 있다. 이런 작품의 연장선상에서 우리는 〈陷穽〉(『문학춘추』, 1965.2), 《새벽기행》(문학사상사, 1989), 〈마네킹 파티〉(『문학사상』, 1983.10) 등을 산업화에 따른 인간의 소외를 그린 작품으로 읽을 수 있다. 변신모티프[136]를 통해 이중적이고 복합적인 주체의 모습을 그리고 있는 이들 작품은 급격한 산업화가 이루어지던 당시 시대와 맞물려, 산업화에 따른 소외의 문제를 직접적으

---

135) 『문학춘추』, 1966.2, 88쪽.

136) 문학에서 변신모티프는 대상을 객관화해서 바라보기 위한 장치로서 활용된다. 대표적인 것으로 카프카의 〈변신〉을 들 수 있는데, 벌레로 변신한 그레고르 잠자는 인간 외적인 세계에서 인간을 객관화시켜 바라볼 수 있는 계기를 얻는다. 변신을 통해 그는 가족과 그가 몸담고 있는 사회의 허위를 뚫고 진실을 포착하게 되는 것이다. (오현일, 「카프카의 단편 〈변신〉의 해석시도」, 『카프카문학론』, 범우사, 1987)

로 보여주는 데 유효하게 기능한다.

소외를 인간이 자신을 행위의 주체자로 느끼지 못하고 자신을 이질 적인 존재로서 경험하는 심리적 현상이라고 할 때, 변신으로 인해 자신들의 존재를 타자가 되어 바라보아야만 하는 주인공들은 이미 자신을 자신의 존재방식으로서 인식하는 것이 아니라 추상화, 대상화 해서 바라보기 때문에, 소외된 존재들이라 볼 수 있다. 본래 인격은 자기를 자기 자신으로 확인하는 자기 존재, 자기 의식의 존재이다. 인격을 자기 의식 또는 자기 인식의 관계라고 할 때 이러한 관계는 사물적, 외면적 관계가 아니라 내면적 자기 관계이다. 그런데 이러한 관계가 균형을 상실하여 자기 관계가 타자간의 관계로 분리되거나 또는 관계가 합일로 환원되었을 때 자아 동일성은 파괴되고, 소외가 시작된다. 이와 같이 자기소외는 자신의 존재와 자신의 존재에 대한 자기 인식이 주관, 객관의 관계로 전락했을 때, 본격적으로 시작되는 것이다. 이러한 존재와 인식의 괴리가 장기화 상습화되어 정상적인 방법으로 통합이 불가능하게 되었을 때, 자기 소외는 하나의 뚜렷한 현상으로 등장하게 된다.[137)

〈陷穽〉의 주인공은 자기 행위와 존재의 주체성을 상실한 소외자의 모습을 보여주고 있다. 바닷가에 산책을 나왔다 모르는 사람들에 의 해 부장이라 불리워지며, 정체를 알 수 없는 배에 태워진다. 그는 오 직 부장인 동시에 남편과 아버지로서만 선원과 두 여자에게 인식된 다. 그는 분명 자신이 김**라고 생각하고 주장하지만, 그것을 받아들 이는 사람은 아무도 없다. 그는 부장님이라는 호칭으로 암시되는 직

---

137) 신오현, 앞의 책, 47-52쪽.

장에서의 역할과 두 여자의 남편과 아버지로서의 가정 내에서의 위치로만 그의 현존을 인정받는 것이다.

　방으로 돌아온 그는 울면서, 어머니의 품 안을 본다. 이것은 그가 완전한 또 하나의 생명체로 다시 태어나는 과정을 의미한다. 성인에서 어린 아이로 어린 아이에서 어머니의 품 속으로, 그는 인간 성장의 과정을 고스란히 역방향으로 경험하는 것이다. 그는 "이제서야 자신이 제대로의 궤도에 들어선 것 같은 안정감"과 "머리속은 점점 텅 비어가는"138) 느낌을 경험한다. 김**라는 평범한 주체는 낯선 사내들의 부장이며, 두 여자의 남편이자 아버지로 다시 태어난 것이다. 선장의 "진실은 아프리오리한 것이 아닙니다. 그것은 만들어지는 겁니다."139)라는 말은 통합되어 있는 단일한 주체란 존재하지 않으며, 단지 구성될 뿐임을 직접적으로 드러내는 구절이다. 이 작품에서 김**로서의 가치는 오직 선장과 두 여자에 의해서만 평가되고 절대화 된다.

　≪새벽기행≫에서도 〈陷穽〉에서와 같은 다른 존재로서의 변신이 이루어진다. 외래 강사인 주인공 '나'는 어느날 출근 도중, 자신과 똑같이 생긴 '그'를 발견하고, 그의 존재성을 박탈당한다. 그는 나 대신 강의를 하고, 집안 식구들도 그를 나로 받아들인다. 심지어 집에서 기르는 개조차도 나를 다른 사람으로 인식해 짖을 정도이다. 한 가정의 가장이자 외래 강사인 Q라는 존재를 상정할 때, 나는 분명 Q이며, 그도 Q이다. 그러나 나와 그는 같은 존재가 아니다. 나의 의식속에서는 분명 내가 Q이지만, 가족을 포함한 사람들의 의식 속에서 나는 Q가 아니며, 그가 Q로 인식된다. 따라서 "이 Q는 환상이어도 좋고

---

138) 『문학춘추』, 1965.2, 130쪽.
139) 『문학춘추』, 1965.2, 134쪽.

허구이어도 좋은 것이다"140)라는 '나'의 생각은 Q란 주체는 구성되는 것이며, 하나의 환상 혹은 허구일 수 있음을 보여준다.

이들 작품에서 주인공들의 존재는 오직 타인의 평가에 의해서만 가능하다. 〈陷穽〉에서 그는 부장이라는 조직의 직함으로서만 그리고 한 가족의 남편과 아버지로서만 그의 존재를 인정받을 수 있었다. ≪새벽기행≫에서도 역시 그는 외래 강사이자 한 가족의 아버지로서만 존재할 수 있다. 그들은 얼마든지 대체 가능하며, 자신들만의 본질로서 평가되지 않는다. 그 결과 다른 존재가 담당하는 조직과 가정 내에서의 역할에만 충실하면 얼마든지 다른 존재가 될 수도 있고, 역으로 다른 존재가 그 역할에 충실하다면 하루 아침에 자신의 존재 근거를 잃을 수도 있는 것이다. 이들은 모두 스스로 자신의 정체성을 찾지 못 하며, 현재의 자신을 이질적인 존재로서 경험하고 있다. 〈陷穽〉과 ≪새벽기행≫의 주인공들은 자신들의 존재와 인식의 괴리가 극단화되어 정상적인 방법으로 통합이 불가능한 상황에 처해 있는 것이다. 이러한 주인공들의 모습은 현대인들이 겪는 자기 소외를 직접적으로 나타낸다.

〈마네킨 파티〉는 인간이 마네킨이라는 물건의 상태로까지 변한다는 점에서 인간소외의 정도가 가장 크다. 이 작품은 마네킨들이 연차대회를 여는 것으로 시작된다. 무생물인 마네킨이 연차대회를 여는 것은 사물의 인간화 현상을 직접적으로 보여준다. 이것은 인간의 사물화 현상에 대응되는 것으로서, 인간성의 해체와 조소를 나타낸다고 볼 수 있다.

---

140) 최상규, 『새벽기행』, 문학사상사, 1989, 64쪽.

이 모임에 한 인간이 찾아와 자신도 참여시켜 줄 것을 요구한다. 그는 돈을 받고 복장 백화점 '날개' 앞에서 로보토와 똑같이 네가지 동작만으로 이루어진 춤을 몇시간씩 추어댄다. 그러던 어느 날인가는 인근 상가의 상인 둘이서 내기를 건다. 운동구점 주인은 그것이 진짜 로봇일 것이라 주장하고 약방 주인은 인간이라고 주장한다. 몇시간을 기다리다 한 사람이 석궁을 가져와 그를 겨눈다. 이에 인간 로봇은 두 사람을 다 이겨내기 위해 목숨을 걸고 춤을 춘다. 끝내 그들은 활을 다른 곳에 쏘고, 그는 둘을 모두 이겨낸다. 그러나 "승리에는 패배보다도 더 사람을 갈곳이 없게 만드는 승리가 있다. 나는 승자다. 그렇기 때문에 나는 이제부터 새로 내가 있을 곳을 찾아야 한다"[141]고 생각한다. 그는 인간이기를 포기함으로써 승리를 거두었고, 이제 그는 인간이 아닌 진정한 마네킹이 된 것이다. 그가 발딛고 있는 사회에서 그는 하나의 마네킹이지 인간일 수 없는 것이다. 자신의 목숨을 담보로 한 내기는 주인공에게 자신의 처지를 의식하는 계기로 작동했던 것이다. 인간에서 마네킹으로의 변신은 그가 자신이 처한 상황을 의식했을 때 비로소 일어난 것으로 볼 수 있다.

마르크스는 소외된 노동의 형태를, 1) 노동 생산물로부터의 노동자가 겪는 소외, 2) 생산 활동 즉 노동 그 자체로부터 겪는 노동자의 소외, 3) 유적 존재로부터의 인간의 소외 및 4) 인간으로부터의 인간의 소외를 들었다.[142] 이 작품은 특히 생산 활동으로부터의 노동자의 소외와 유적 존재로부터의 인간의 소외를 직접적으로 드러내고 있다. 주인공은 인간의 본성을 실현한다고 하는 노동의 본질로부터 완전히 유리된

---

141) 『문학사상』, 1983.10, 206쪽.
142) 정문길, 앞의 책, 64~83쪽.

삶을 살고 있다. 그는 인간의 특유한 활동적 기능인 생산 활동으로부터 소외된 상태에 놓여 있는 것이다. 주인공에게 노동은 자신의 본질의 일부가 아니라 오히려 스스로를 부정하게 하는 근본적인 원인이되고 있다. 이러한 마네킨의 상태에까지 이른 주인공은 극단화된 자기소외의 양상을 나타내고 있는 것이다. 더 나아가 인간이란 선험적으로 존재하는 맑고 투명한 주체적인 존재가 아니며, 사회적 상황, 특히 자본주의가 강제하는 사회적 질서에 의해서 얼마든지 사물적인 존재로까지 구성될 수도 있음을 보여주고 있다.

인간이 사물의 상태에 이를 정도의 극심한 소외상태는 이미 〈뛰뛰 클럽〉(『신동아』, 1981.10)에서 어느 정도 예고 된 것이다. 뛰뛰클럽은 테니스 클럽 운동화 빨기, 헌혈, 집 지키기, 이삿짐 나르기, 표사기, 사고 현장 복구, 간병, 여자 친구 노릇 대신해 주기, 변태적 욕망 채워주기 등의 온갖 궂은일을 처리해 주는 곳이다. 이 클럽의 이름이기도 한 '뛰뛰'는 회장이 직원들에게 늘 외치는 "뛰어라 뛰어."[143]라는 말에서 비롯된 것이다. 이 말은 클럽의 성격과 그것의 강박성을 잘 압축해서 보여준다. 뛰뛰클럽은 현대사회이 축소판으로 그리고 완전한 소외의 상태에 빠진 그곳의 근무하는 사람들은 그토록 뛰지 않고는 살아남을 수 없는 현대인들을 암시한다. 이 곳의 직원들은 모두가 자기소외를 경험하며, 이러한 자기소외는 뛰뛰 클럽의 회장을 통해 극적으로 드러난다.

〈뛰뛰 클럽〉의 회장은 한 노신사의 부탁으로 그 노신사의 애인이 신부인 결혼식에 대신 참석해 노신사가 느낄 고통, 안타까움, 슬픔을

---

143) 『신동아』, 1981.10, 415쪽.

느끼는 임무를 맡는다. 그런데, 식장에서 나오는 길에 회장은 그 노신사를 만난다. 노신사는 그동안 자신이 고용한 뛰뛰클럽의 직원이 아닌 식장에 들어갔다 나오는 자기 자신을 기다렸던 것이다. "그 노인과 같이 있는 동안에는 도저히 다시 나를 되찾아 그에게서 빠져나올 수가 없었어. 그리고 노인 역시 자신의 옆에 앉혀놓고 있는 또 하나의 자신을 내게 빼앗기기를 싫어하는 눈치였어."[144]라는 회장의 말은 클럽 일을 하면서 완전히 자신을 잃어버린 처지, 즉 자신을 객관화해서 바라보는 자기소외의 단계를 경험하고 있음을 보여준다. 그의 아내는 뛰뛰클럽으로 남편을 구한다는 전화를 하고, 그는 남편노릇을 하기 위해 밖으로 나간다. 아내마저도 본래의 자신이 아닌 뛰뛰클럽의 한 직원으로서 만나고 있는 것이다. 뛰뛰클럽에 새로 고용된 신희숙은 보통 위치에서도 서로 대면하기가 싫은 사람 앞에서 나체 모델이 되어, "아주 보기 흉한 물체"[145]가 되는 경험을 한다. 그녀 역시 사물의 상태에까지 도달한 것이다.

〈딱딱한 뺨〉(『현대문학』, 1992.8)은 유한신이 텔레비전에만 정신이 나간 딸아이와 자신과 가정에 소홀한 아내를 떠나 일요일임에도 불구하고 외출을 하는 것으로 시작된다. 〈땅거미〉의 서웅섭 과장이 회사를 떠난 후 어느 곳으로 가야 할 지 몰랐던 것처럼, 유한신도 '잘 길들여진 동물처럼' 회사에 가는 버스에 오르고, 버스에서 내린 후에는 '누구의 부름이라도 받은 사람처럼' 회사를 향해 걷기 시작한다. 사무실에 들어서서 그는 일하는 것의 안락함을 느끼며, 그것이 최대의 행복이자 행운이라고 생각한다. 유한신은 일종의 일중독자로서 이미

---

144) 『신동아』, 1981.10, 411쪽.
145) 『신동아』, 1981.10, 413쪽.

회사가 요구하는 하나의 정해진 인격으로 자신의 모든 것이 길들여진 모습이라고 할 수 있다. 일 속에서만 자신의 가치와 의미를 찾을 수 있는 유한신의 모습은 다음에 잘 나타나 있다.

> 그는 휴일이 싫었다. 무엇이든 일을 하고 있어야 마음의 안정을 찾을 수 있었다. 일을 안하고 두 손 놓고 있노라면 사지가 뒤틀리고 심중이 비비 꼬여, 심신이 갈가리 찢어지는 고통을 당해야만 했다. 그날도 그랬다.146)

휴일이 되어도 주인공은 강제된 조직과 그 안에서의 기계적인 생활에서 조금도 벗어날 수 없다. 오히려 휴일은 그에게 말할 수 없는 권태와 고통을 가져다 준다. 자발성에 따른 생활을 할 수 있는 기회가 주어져도 그것으로부터 도피하는 유한신의 모습은 현대 사회에서 조직의 강제력에 의한 자발성과 개성의 포기가 얼마나 심각한 것인가를 설득력 있게 보여준다. 이것은 자기 행위의 주체성을 상실한 소외자의 극단적인 모습이다.

이 작품에는 머리는 헝클어져 있고, 얼굴은 흙먼지 투성이며, 더러워진 수의의 남루 아래 빠져 나온 맨발을 한 거인이 세 번 등장한다. 거인이 전하는 일관된 메시지는 엄연히 존재하여 유한신을 계속해서 침범하고 간섭하는 모든 것들을, "용서할 수 없거든 무시해버려! 그까짓 걸 가지고 뭘 속 썩이고 있는 거야?"147)라는 것이다. 이것은 "이처럼 살만한 곳이 못 되도록 만들 자들만이 살만한 곳"148)인 이 세상에

---

146) 『현대문학』, 1992.8, 56쪽.
147) 『현대문학』, 1992.8, 39쪽.
148) 『현대문학』, 1992.8, 69쪽.

서 유한신을 괴롭히고 침범하는 모든 것들을 무시하며, 현실에 타협하여 어떠한 문제제기도 없이 살 것을 강요하는 것으로 요약해 볼 수 있다. 이 작품 속의 거인은 자본주의가 유지되기 위해 사람들에게 강요되는 거대한 현실적 법칙을 암시한다.

〈陷穽〉, 〈새벽기행〉, 〈마네킨 파티〉 등은 일반적인 환상과는 다른 구성을 보여준다. 마네킨들이 화자로 등장하는 〈마네킨 파티〉를 비롯해 〈陷穽〉이나 〈새벽기행〉은 초자연적인 상황으로 작품이 시작된다. 환상 소설이란 본래 완전히 자연스런 상황에서 시작해서 초자연에 도달하는 것이었다. 그런데 카프카의 〈변신〉에서와 같이 이들 작품은 일체가 초자연에서 시작해서, 그것이 이야기의 진행에 따라서 조금씩 조금씩 자연스러운 것으로 보이게 된다. 망설임과 적응이라는 두 과정이 완전히 역방향을 이루는 것이다. 이것은 산업사회에서의 인간소외를 다룬 것에 연관지어 생각해 볼 수 있다. 산업사회에서 겪는 인간의 소외란 이미 일상화 된 것이기 때문에 초자연적이거나 비정상적인 이야기일 수 없는 것이다.

카프카적인 이야기란, 우리가 환상의 제 2조건이라 했던 것, 즉 텍스트의 내부에 표현된 망설임, 특히 19세기의 여러 작품들에 특징적이었던 망설임을 이미 버린 이야기다. 사르트르는 정상적인 인간이 바로 환상적 존재가 된 것이라고 말한다.149) 일반적인 환상소설들에서는 독자가 동일화하는 주인공은 완전히 정상적인 인간이었음에 반해서, 여기서는 주요 작중 인물 자체가 환상적인 존재가 된다. 전자의 세계에서 예외이던 것이 후자의 세계에서는 하나의 법칙이 된다는

---

149) J.P. Sartre, 「〈아미나다브〉 혹은 언어로서 생각되는 환상에 관하여」, 『작가론』, 임갑 옮김, 양문사, 1959.

사실이다.

〈陷穽〉, 〈새벽기행〉, 〈마네킨 파티〉의 환상이 바로 여기에 해당한다. 이들 작품의 주인공은 하나의 정체성을 가진 인간들이 아니다. 그들은 작품 속에서 또 다른 주체로 구성되는 과정을 보여주고 있다. 부분적이고 이중적이고 복합적이고 해체된 자아들은 인간의 통합이라는 생각을 위반하며 자기동일성에 의문을 제기한다.[150] 이러한 특성은 환상만이 지닌 힘이라고 할 수 있다. 〈陷穽〉, 〈새벽기행〉, 〈마네킨 파티〉는 해체된 자아를 통해 통일된 주체로서의 개인이라는 개념을 부정하며 더 나아가 이를 통해 현대 산업사회에서 겪는 인간의 소외라는 문제를 효과적으로 형상화해내고 있다.

2) 비인간 서술자를 통한 인간중심주의 비판

서술자는 소설에 있어 핵심적인 기능을 한다. 서술자는 작가의 사상을 드러내는 직접적인 통로로서, 소설의 분위기나 주제에 직접적인 영향을 미치는 요소이다.[151] 최상규는 이미 〈또 하나의 榮光〉(『사상계』, 1963.11)에서 낯설은 서술자를 통해 새로운 의미를 전달한 바 있다. 극악무도한 죄인으로만 인정되는 유다의 시선으로 예수의 최후를 기록함으로써 새로운 의미를 만들어 낸 것이다.

〈草食〉이나 〈구멍〉은 비인간적 서술자[152]를 통해 일상의 리얼리

---

150) 환상적인 예술 작품들에서 해체된 자아들의 예를 발견하는 것은 어렵지 않다. 절대적으로 소외된 인격이라고 할 수 있는 주체분열자들이 환상소설에는 빈번히 등장하고, 이를 통해 통합된 개인이라는 기호를 공격한다. 비집중적이고 유동하는 자아들은 전체적이고 본질적인 것으로 자아를 묘사하던 시대의 생각과는 반대되는 것이다. (Rosemary Jackson, op. cit., p.82, 87)

151) Seymour Chatman, 『이야기와 담론』, 한용환 옮김, 고려원, 1991, 228쪽.

티로부터 벗어나고 있는 소설들이다. 본격적으로 비인간적 서술자가 등장하는 작품의 전조로 〈사냥〉(『현대문학』, 1964.7)을 들 수 있다. 인수라는 농부가 노루를 사냥하는 과정을 그린 이 작품은 인수와 노루에게 번갈아 초점화가 되는 가변적 초점화(variable focalization)[153]로 되어 있다. 인수와 노루의 내면이 교대로 드러나고, 이를 통해 목숨을 건 추격전의 긴장감은 고조된다. 인수가 데려온 사람들의 추격에 노루는 겨울 바다로 뛰어들고, 인수 역시 배를 저어가면서 노루를 쫓는다. 결국에 인수는 물속에 빠져 노루와 인수는 모두 죽는다. 이 작품은 동물에게 인간과 같은 의식을 부여했다는 점에서, 뒤이어 나올 동물이 서술자가 되는 작품들을 예고한 것으로 볼 수 있다.

최상규의 작품 중에서 인간의 결점을 노출시키기 위해 비인간적 서술자가 본격적으로 등장하고 있는 작품[154]으로는 〈草食〉(『문학사상』,

---

152) 비인간적 서술자는 환상소설에서 흔히 쓰이는 문학적 장치로서, 인간적 결점을 노출시켜 주는데 효율적인 장치로 기능한다. 비인간적 서술자는 우리의 종과 우리의 사회화되는 유형으로 인하여 가질 수밖에 없는 인간의 한계를 드러낸다.(Kathryn Hume, op. cit., pp.135-138)

153) 쥬네트는 초점화(focalization)를 비초점화(zero focalization), 내적 초점화(internal focalization), 외적 초점화(external focalization)로 나누고 있다. 이 중 내적 초점화는 고정 초점화(fixed focalization), 가변적 초점화(variable focalization), 복수 초점화(multiple focalization)로 나뉘어 진다. 이 중에서 가변적 초점화는 초점의 대상이 되는 인물이 작품의 진행에 따라 변화한다.(G. Genette, *Narrative Discourse*, tr.by J. E. Lewin, Cornell University Press, 1980, pp. 189-194)

154) 토도로프는 환상문학으로부터 알레고리(allegory)와 시를 분리해낸다. 그는 알레고리를 명백한 알레고리, 환각적인 알레고리, 간접적 알레고리, 망설임을 유도하는 알레고리로 나누고 있다. 우화(fable)는 그 중에서도 명백한 알레고리에 속하는 대표적인 예라고 할 수 있다. 그러나 위에서 분석한 작품들을 토도로프가 말한 의미의 우화로 치부할 수는 없다. 이 때 토도로프가 말하는 우화는 도덕적 명제나 인간행동의 원리를 예증하는 이야기를 말한다. 동물들이 등장하는 동물우화의 경우 각 동물들은 각각의 인간 유형을 대변한다. 이에 반해 〈초식〉, 〈구멍〉 등에 등장하는 동물

1977.2)과 〈구멍〉(『한국문학』, 1984.7)을 들 수 있다. 〈草食〉은 병아리를 잡아먹기 위해 지상에 내려왔다가 농부의 아내에게 잡힌 매가 '나'라는 서술자로 등장한다. 사냥을 위한 매로 사육되던 '나'에게는 "배가 고프면 먹어야 한다"155)는 본능 외에 인간적인 지각과 소양과 성정이 갖추어진다. 그러던 '나'는 밥을 갖다 주는 주인집 딸을 사랑하게 된다. '나'는 맹금류에게 풀씨 익힌 것을 먹이려는 것에 대한 비웃음과 그 비웃음을 막는 고마움을 주인집 딸에게서 느낀다. 이것은 수성과 인성이 동시에 작용한 결과이다. 이후 소녀의 방문은 계속되고 나는 소녀의 아름다움을 인정하고, 더 나아가 소녀를 사랑하게 된다. 그런데 사랑을 표현하는 유일한 수단으로 '나'가 하는 일은 사랑하는 소녀의 가장 아름다운 부분인 눈을 파먹어버리는 것이다.

이 작품은 인간이 사랑에 부여한 그 모든 미사여구가 단지 인간적 시야의 한계에서 비롯된 것일 수도 있음을 보여주고 있다. 동물의 입장에서 나타나는 사랑의 파괴적인 양상을 보여줌으로써 우리가 사랑에 부여하는 그 모든 의미와 행위들이 절대적인 모델일 수 없음을 제시하고 있는 것이다.

비인간적 서술자를 통한 인간적 결함의 노출은 〈구멍〉에 이르러 선명하게 부각된다. 이 작품은 쥐가 '나'라는 화자로 등장한다. '나'는 첫임신 중 보양을 위해 한겨울 길로 나왔다가 사람을 피해 지하의

은 단순히 인간을 대변하는 존재가 아니다. 그것들은 오히려 인간의 의식을 빌려 자신들의 입장을 전개한다. 더군다나 토도로프는 기본적으로 우의적이 아닌 문학 텍스트는 존재하지 않기 때문에 텍스트의 내부에 명시적인 지정이 있는 것이 아니면, 우의를 운운할 수는 없는 노릇이라는 사실을 강조하고 있다.(Todorov, op. cit., pp.73-74)

155) 『문학사상』, 1977.2, 58쪽.

한 방으로 들어가게 되고, 그곳에서 한 남자와 동거하게 된다. '나'는 남자와의 행복한 동거를 꿈꾸지만, 그 동거인은 쥐의 존재를 알고부터는 그것을 잡아 죽이기 위해 모든 노력을 기울인다. 이에 '나'는 집안의 이곳 저곳을 쏟아대는 것으로 남자에게 복수를 감행한다. 쥐는 그가 여자를 방으로 데려온 것을 이용해, 그녀를 놀라게 한 후 도망친다.

인간의 입장에서 볼 때, 쥐와의 동거란 생각할 수 없는 일이다.[156] 그런데, 이 작품은 쥐를 서술자로 등장시켜 사건을 전달함으로써, 그러한 생각이 하나의 인간이라는 생물학적 종에서 기인하는 한계일 수도 있음을 드러내고 있다. 인간의 살의로 행복한 동거라는 꿈이 산산이 깨어진 후 '나'는 다음과 같은 생각을 한다. 이것은 자기 중심적인 인간이라는 종이 갖는 한계를 간결하게 잘 드러낸다.

> 나는 그를 단죄했다. 극형이었다. 이유는 나를 살해하려 했다는 것이 아니었다. 나도 살 권리가 있다는 것을 무시한 죄였다…… 불가피한 이유도 없이 단순히 자신의 일상생활에 어떤 불편을 줄 수도 있다는 통념 때문에 나를 비롯해 내 뱃 속의 태아의 생명의 존엄성을 무시했다는 것으로 해서 오히려 그 죄질은 가중될 수도 있는 성질의 것이었다. 나도 살 권리가 있다. 그걸 어떤 생명체가 합법적으로 살해할 수가 있는가? 설사 인간이 세계의 주인이라고 할지라도 거기 소속되는 모든 것을 지배하고 통어할 권리는 주어져 있을지 모르지만 그걸 제거하거나 살해할 권리는 주어

---

156) 쥐는 질병과 죽음을 상징한다. 이집트와 중국의 경우 쥐는 악이 행하는 신성한 재난을 의미했으며, 중세의 경우에도 쥐는 악을 상징했다. 거의 모든 문명권에서 쥐는 위험스러운 존재나 반감을 주는 존재로 인식되었다. 인간은 쥐를 일련의 부정적인 이미지와 함께 떠올리는 것이다.(이승훈 편저, 『문학상징사전』, 고려원, 1995, 439-440쪽)

져 있지 않다. 나를 만든 것은 인간이 아닌 것이다. 언제부터인가 자연은 생겨났고, 언제부터인가 그 일부로서 생물은 살기 시작했다. 인간의 칫수로 세계를 분할하고 인간의 돈으로 그 권리를 매매하기 이전부터 자연은 존재했고, 인간이 멸종된 후에도 자연은 존속할 것이다. 그런데 척도와 돈이 없이도 세계를 내 것으로 하고 살아나가는 나를 인간이 죽이려할 수 있는가?[157]

그런데, 이 작품에서 또 하나 주목할 것은 그의 성격이다. 그는 네댓시간이나 책상 앞에서 읽고 쓰기를 하는 사람이다. 더군다나 추운 겨울 얼어 죽게 된 소녀를 구해서는 방으로 돌아올 정도로 선량하다. 너무나도 인간적인 그의 모습을 통해 인간이 생물학적 종으로서 가지는 한계가 더욱 분명히 드러난다. 이 작품은 인간의 이성이 자연이라는 전체 질서 속에서 고려될 때, 하나의 선입견에 불과한 것임을 드러내고 있다. 이 작품의 제목인 '구멍'은 인간의 인식과 존엄성의 한계와 틈을 암시적으로 나타낸다고 할 수 있다.

〈草食〉과 〈구멍〉은 인간을 만물의 척도로 여기며, 인간이 세계의 중심에 있다는 인간중심주의(anthropocentrism)에 대한 비판을 담고 있다. 이것은 인간에게는 어떤 무엇과도 비교할 수 없는 가치와 존엄성이 있으며, 인간은 동물, 식물, 물리적 우주, 신보다 우월한 입장에 놓여 있다고 보는 태도를 의미한다. 인간은 자신에게 투명한 존재요, 자기 자신과 다른 존재를 규정하는 자율적 존재로 파악된다. 그러나 비인간적 서술자를 등장시키고 있는 이들 작품은 오히려 인간이기에 가질 수밖에 없는 한계와 결점을 일깨워주고 있다. '비인간적 서술자'

---

157) 『한국문학』, 1984.7, 113쪽.

라는 환상의 기법은 우리들로 하여금 인간의 굴레에서 벗어나 새로운 인식을 갖도록 도와준다.[158] 톨킨은 환상 소설이 '초자연적인 것에 대한 신비감'과 '자연에 대한 마술', 그리고 '인간에 대한 경멸과 동정'이라는 세 개의 얼굴을 가진다고 보았다.[159] 인간중심주의에 대한 비판은 이 중 마지막 항목인 '인간에 대한 경멸과 동정'을 담고 있다고 볼 수 있다. 자연을 착취와 정복의 대상으로만 삼는 인간의 오만과 무모함을 제어하지 않는다면 생태계는 파괴되고 말 것이다. 이러한 사실을 생각할 때, 인간중심주의에 대한 비판은 생태주의적 입장에서 볼 때 중요한 의미를 갖는다.

인간중심주의에 대한 부정은 생태주의의 입장에서 가장 핵심적인 원리이다.[160] 무생물까지 포함한 자연의 모든 존재는 생태주의적 입장에서 볼 경우 평등하다. 어떠한 생명체도 다른 생명체와 동등한 권리를 가지고 있으며, 어떠한 개체도 생태계 전체 구조의 질서와

---

158) 미국 작가 Ursula K. Le Guin도 개미나 펭귄, 심지어는 식물들까지도 그 나름대로 언어와 예술을 가진 존재로 곧잘 형상화 하고는 한다. 이를 통해 르귄은 편협한 인간중심주의의 굴레에서 벗어나 좀더 폭넓게 자연을 바라보도록 도와준다.(김욱동, 앞의 책, 295쪽)

159) J. R. R. Tolkien, op. cit., pp. 38-68.

160) 생태주의는 지구 생태계가 부분과 전체, 개체와 환경이 서로 깊이 연결되어 있는 유기체적 통일이라는 사실에 깊이 뿌리를 박고 있다. 첫째, 생태주의는 유기적 또는 전일적 패러다임을 형이상학적 기초로 삼는다. 둘째, 이 우주에 존재하는 모든 것은 그 밖의 다른 모든 것과 서로 깊이 연관되어 있다. 셋째, 전체는 부분을 모두 합한 것보다 훨씬 크다. 넷째, 우주는 언제나 역동적이며 살아 있다. 다섯째, 생태주의는 지속적인 변화 과정을 중시한다. 여섯째, 이항대립적 또는 이원론적 사고를 거부한다. 일곱째, 영혼적인 것보다는 물질적인 것, 정신적인 것보다는 육체적인 것을 더 높이 여긴다. 초월성보다는 내재성에 더 많은 가치를 둔다. 여덟째, '다양성 속의 통일성' 또는 '통일성 속의 다양성'을 지향한다. 이러한 원칙 가운데에서도 인간중심주의에 대한 비판을 내재한 생물 평등주의는 생태주의에서 아주 중요한 자리를 차지한다.(김욱동, 『문학 생태학을 위하여』, 민음사, 1998, 33-34쪽)

균형을 깨뜨릴 권리를 가지고 있지 않다. 이러한 입장은 특히 쥐를
화자로 등장시키고 있는 〈구멍〉에서 선명하게 드러난다. 이러한 인간
중심주의에 대한 비판은 자연을 배제하고 인간의 편리와 이성만을
강조하는 현대문명에 대한 비판을 포함한다.[161] 최상규의 소설 세계
에서도 인간중심주의에 대한 부정은 자연스럽게 이성에 의해 이루어
진 문명의 어두운 이면에 대한 폭로와 고발과 동궤를 이루고 있다.
〈待春〉(『현대문학』, 1965.2), 〈山神의 孤兒園〉(『월간중앙』, 1971.4), 〈汚春〉
(『현대문학』, 1971.5), 〈鑑別師〉(『월간중앙』, 1979.6), 〈黃金의 누에〉(『한국문
학』, 1979.9) 〈어떤 兆候〉(『문학사상』, 1984.6) 등이 바로 그러한 예에 해당
한다.

　작품의 공간적 배경이 외딴 산골이나 시골로 설정된 〈待春〉과 〈山
神의 孤兒園〉, 〈汚春〉 등은 현대 문명에 대한 비판을 넘어서서 자연에
대한 동경과 귀의의 의지마저 드러내고 있다. 〈待春〉에서는 젊은 두
부부가 산속에 살면서 삼 간 모옥이 완전히 묻힐 정도의 폭설에 맞서
자신들을 지켜내는 이야기이다. 자연의 괴력 앞에 맞서는 인간의 노
력으로 이 작품을 읽을 수도 있지만, 우체부가 가져온 한국학사원
정회원에 추천되었다는 통지서를 불쏘시개로 태우며, 다가올 봄에
참외와 수박을 심기로 하는 그들의 모습은 문명에 대한 거부와 자연
에의 귀의를 확인시켜 준다.

　〈山神의 孤兒園〉에서 주인공은 절경을 찍기 위해 들어간 산 속에서
한 노인을 만나고, 그 노인이 사는 토막으로 안내된다. 그곳에서 스무
살이 채 되지 않은 노인의 딸을 만나고, 둘은 몸을 합한다. 이 작품도

---

161) 위의 책, 26쪽.

〈待春〉과 마찬가지로 문명과 자연이라는 선명한 이원적 대립을 보여준다. 문명과 자연은 각각 주인공과 노인의 딸을 통해 나타나고, 그 둘을 이어주는 매개자의 역할을 하는 것은 노인이다. 주인공이 사람을 만나는 게 가장 무서울 정도로 깊은 산중에 돌아온 이유는 진절머리나는 것들로부터 떠나기 위해서이다. 이에 반해 노인의 딸은 선천적으로 듣지도 말하지도 못 한다. 자신의 아버지가 아닌 남자라는 이유만으로 주인공을 육체적 관계의 대상으로 생각할 정도로 원시의 야생 그 자체이다. "자연이란 인간을 위해 마련된 것은 아니지만 기피해야 될 만큼 못된 것도 아닙니다. 다만 인간측에서 그걸 후방에 두려고 애쓰고 있을 뿐입니다."162)라는 노인의 말은 이 작품의 주제를 압축적으로 드러내고 있다.

〈汚春〉은 앞의 작품들처럼 문명과 비문명의 대립이 선명하지는 않지만, 문명에 대한 비판과 그에 대한 반작용으로 시골이 등장한다는 점에서 기본적 구도는 동일하다. 주인공은 외국인을 상대할 정도의 큰 사업을 하는 아버지와 미모의 대학교수인 아내가 있는 도시를 버려두고 시골에서 음악선생으로 지내고 있다. 아버지는 사업을 위해서라면 자신의 며느리라도 미인계에 동원하는 데 주저하지 않는 인물이며, 아내도 자신의 몸매와 만족을 위해 아이 낳는 것을 거부하는 인물이다. 도시를 "절대로 죽지 않을 터세인 욕망의 놀이터"163)로 파악하는 주인공은 끝내 그들과 합류하기를 거부한다.

이와 같은 현대문명에 대한 거부는 그것이 지니고 있는 필연적인 부작용과 위험에 대한 통찰이 전제로 된 바탕 위에서 이루어지고 있

---

162) 『월간중앙』, 1971.4, 393쪽.
163) 『현대문학』, 1971.5, 68쪽.

다. 〈鑑別師〉는 이성에 대한 과신으로 자연의 순리를 무시한 채, 인간이 모든 것을 통제하려 할 때 발생할 수 있는 위험성을 보여주고 있다. 물질, 정신, 시간, 행위라는 네 개의 점이 이루는 운명의 구조를 통해 미래의 일 혹은 지금 어딘가에서 이루어지는 일을 알아맞추는 신이한 능력을 갖춘 '나'는, 자신의 첩이 밴 아이의 성별을 알아내 달라는 홍사장의 부탁을 받는다. 나는 1년이 넘는 기간을 실직의 상태에 있었음에도 불구하고, "무슨 일이 있어도, 모든 진실을 까뒤집어 제것을 삼으려는 자의 편이 될 수는"164) 없다며 홍사장의 뜻에 따라 행동하기를 거부한다.

〈黃金의 누에〉에서는 알레고리적 수법을 동원하여 현대문명의 예측불가능성과 그것이 지닌 파괴력을 경고하고 있다. 이 작품은 고요한 시골마을에 커다란 누에가 나타나는 것으로 시작된다. 그것을 처음 발견한 사람은 그것의 몸집이 가져올 양잠왕으로서의 명예와 이득을 생각하며, 커다란 누에를 키우려 한다. 그러나 그것은 마을의 모든 뽕밭을 먹이로 삼아도 모자랄 만큼 커지고, 끝내 정부에서는 현지에 연구단을 파견한다. 그러나 본격적인 연구가 시작되기도 전에 대부분의 연구단원들은 누에에 의해 목숨을 잃는다. 괴물의 상태로까지 커져서 그 어떤 인간의 노력으로도 통제가 불가능하게 커져 버린 누에는 그것의 순기능을 잊어 버리고 인간에게 재앙으로 자리잡기 시작한 현대문명을 상징한다고 볼 수 있다.

현대문명의 부정적인 모습은 〈어떤 兆候〉에 이르면, 일종의 종말론적 예감으로까지 이어진다. 화자의 남편은 운전 도중 8톤 짜리 트럭

---

164) 『월간중앙』, 1979.6, 503쪽.

이 계속해서 자신의 차를 2-3분 간격으로 추월하는 경험을 한다.[165) 이튿날 남편은 물이 말라버린 호숫가에서 발견되고, 이미 남편은 소경이 되어 있는 상태이다. 그 무색투명한 하얀 암흑은 남편의 머릿속을 새로운 광경으로 채운다. 소경이 되는 것은 옛부터 새로운 눈(心眼)의 획득을 의미했다. 육체의 눈을 잃음으로서 그는 마음속으로 새로운 광경을 바라보고, 그것은 다음과 같이 진술된다.

> 사람들이 가고 있었어. 모든 사람들이 허겁지겁 몰려가고 있었어, 어디로 가는 건지는 몰라. 무엇에게 쫓겨가는 건지도 몰라. 모든 사람들이 영원히 돌아오지 못할 길을 수통 하나 예비없이 맨손으로, 지면을 빡빡히 메우고 몰려가고 있었어. 나는 그 속에서 당신을 찾아보았어. 있드군, 아이들도 있드군. 나도 있드군. 우리 모두가 하나같이 판에 박은 듯한 비장하고 엄숙한 표정을 짓고 있었어. 그러면서 한눈 한번 파는 법 없이 앞만 바라보며 가고 있는 거야. 아이들이 따라오는지, 엄마가 어디쯤 인파 속에 휩쓸려 있는지……그런 걸 생각하는 것은 태고적 풍속이었다는 듯한 그런 얼굴들이었어. 개인들끼리의 일체의 관계를 떠난, 하나의 거대한 집단이었어. 자식과 어버이, 아내와 남편, 사람과 사람 사이의 행복이나 불행 같은 것은 완전히 초월해버린 하나의 엄정하게 큰 흐름이었어, 그걸 이루고 있는 것은 어제 있었던 것과 다름없는, 지금 있는 것과 다름이 없는 그 사람들이지만, 그건 사람들의 집단도 대중도 아니었어. 아주 자디잔 자기 하나에밖에는 정신이 못미치는 미세한 모래알들의 흐름…… 내가 그렇게 되어 있었어. 당신이 그렇게 되어 있었어. 아이들이 그렇게 되어 있었어. 나는 더이상 그 광경을 보고 있지 못하고 땅바닥에 쓰러지고 말았어……[166)

---

165) 〈饗宴〉(현대문학, 1968.2)에서도 이미 지나간 차가 다시 지나가는 경험을 하는 인물이 등장한다.

이것은 부모 자식 간에도 아무런 관련을 맺지 못 하는 인간들 사이의 단절과 목적도 없이 무언가를 쫓는 현대인들의 맹목적인 의지를 나타낸다. 이러한 현상은 현대인들이 겪는 소외와 직결되는 문제이다. 호수의 물이 마르고, 마지막에 수돗꼭지에서도 물이 나오지 않는 상황은 인류의 종말을 의미한다. 지금 이 세상은 표면적으로 아무런 문제없이 발전되고 있는 것 같지만, 이면에서는 맹목적인 개발과 발전, 그리고 서로간의 경쟁과 단절로 인해 인류의 종말이 준비되고 있다는 일종의 경고를 담고 있는 작품이라고 볼 수 있다.

〈어떤 兆候〉는 이성적으로 설명될 수 없는 새로운 리얼리티의 창출을 통해 현대 사회의 문제점과 위기를 일깨워 주며, 그것이 언제든지 붕괴될 수 있는 왜곡되고 부실한 기반 위에 서 있는 것임을 보여주고 있다. 작품의 마지막에 이르면, 초점인물이자 정상적인 인물이던 아내마저 남편이 경험한 하얀 암흑을 경험하게 된다. 작품의 마지막에서는 초자연의 실재성을 우리에게 그대로 보여준다. 이를 통해 남편이 경험한 공간은 단순한 허구가 아닌 하나의 실재로 판명이 나고, 작가가 던져주고자 하는 인류종말이라는 경고의 메시지는 더욱 선명하게 부각된다.

4.2. 장에서는 생태주의의 가장 핵심적인 원리라고 할 수 있는 인간중심주의와 현대문명에 대한 비판을 담고 있는 작품들을 살펴 보았다. 본래 환상 소설은 소설 장르 가운데서 가장 환경친화적인 태도를 보인다. 환상 소설에서는 생태계의 기본 특성인 상호 의존성과 다양성이 큰 존중을 받는다. 또한 환상소설의 주인공들은 자연을 교환

---

166) 『문학사상』, 1984.6, 224쪽.

264 한국 현대소설의 환상과 욕망

가치보다는 본래의 가치로서 바라보고, 자연을 단순한 인간의 착취 대상이 아닌 그 나름대로의 존재 이유를 지니고 있는 존재로서 파악한다.167) 〈草食〉, 〈구멍〉에서는 비인간적 서술자라는 환상의 기법이 우주의 상호 의존성과 다양성을 나타내는 데 효과적으로 기능하고 있음을 확인할 수 있었다. 이러한 생물평등주의는 현대문명에 대한 비판과 자연에 대한 동경으로 이어지는데, 이러한 경향은 〈待春〉, 〈山神의 孤兒園〉, 〈汚春〉, 〈鑑別師〉, 〈黃金의 누에〉, 〈어떤 兆候〉, 〈山神의 孤兒園〉 등의 작품에서 표현되고 있다.

5. 결론

본고에서는 최상규 소설의 전반에 나타나는 환상을 세 가지 유형으로 나누고, 각각의 유형이 지니는 구조나 기법으로부터 작가의 의식을 추출해 내고자 하였다. 최상규 소설에 나타나는 환상은 크게 '괴기적 환상', '구조적 환상', '기법적 환상'으로 나뉘어 진다.

2장에서는 괴기적 환상을 보여주는 〈斷面〉, 〈第一章〉, 《악령의 늪》, 〈窓을 열자〉, 〈哺乳圖〉, 〈同素體〉, 〈加減法〉 등을 주로 살펴보았다. 이들 작품의 주요 인물들은 유아기로의 퇴행을 보여주기도 하고, 더 나아가 자신의 개체성을 잃는 단계에까지 이르른다. 괴기적 환상을 보여주는 작품들은 주로 초기에 창작되었다. 전후에 창작된 최상규의 다른 작품들에서도 확인되는 사실이지만 자기분열증을 겪게 된 원인으로는 직간접적으로 한국전쟁으로 상징되는 이데올로기의 폭

---

167) 김욱동, 앞의 책, 290-298쪽.

력성이 제시되고 있다. 또한 이 시기 작품 속에는 무능하며 비도덕적인 아버지가 자주 등장하는데, 이러한 아버지의 존재는 사회를 올바르게 이끌어 나갈 가치의 부재와 작중 인물들의 이드를 적절히 규제할 초자아의 결여를 보여준다. 괴기적 환상은 지배문화가 지속되기 위해서는 반드시 억압되어야만 하는 욕망을 형상화하는 특징을 보여주고 있다. 이러한 환상은 상상계와 상징계 사이의 관계들을 유동적인 것으로 만들며, 이와 같은 상징 질서에 대한 회의와 의문은 급진적인 문화적 변화의 가능성을 가져올 수 있는 전복적 기능을 지닌다.

　≪악령의 늪≫에서도 유아기로 퇴행한 주인공의 상태가 그려지고 있다. 이 작품은 주인공이 그러한 상태를 극복하고, 정상적인 성인의 상태에 도달하는 것으로 끝난다. 자기동일성이 파괴되거나 자기분열증을 일으키고 있는 인물들을 다루고 있는 작품들이 최상규 소설의 전반부에 주로 창작되었고, ≪악령의 늪≫이 최상규의 마지막 작품이라는 것을 생각할 때, 최상규의 40여년에 걸친 문학활동은 6.25로 상징되는 이데올로기적 폭력에서 벗어나 온전한 주체로 발돋음하기까지의 과정으로 정리해 볼 수 있다.

　3장에서는 순수한 환상과 환상적 경이를 보여주는 〈한밤의 목소리〉, 〈뒤로 가기〉, 〈정글짐〉 등의 작품들을 살펴 보았다. 2장에서 살펴본 작품들과는 다르게 이들 작품의 환상은 일상의 자연적 법칙을 위반함으로써 발생한다. 이러한 위반은 〈列外〉나 〈말이 있는 팬터마임〉에서도 확인되는 것처럼, 합의된 리얼리티의 존재를 부인하고 있다. 이러한 입장은 일종의 니힐리즘적 태도라고 할 수 있다. 최상규 소설에 있어 이러한 니힐리즘적 태도는 〈待合室〉, 〈獨夜行〉, 〈마지막 週末〉, 〈최후의 江〉, 〈그날의 山行〉에서 확인할 수 있는 것과 같이 삶의 권태와 무의미성만을 강조하는 소극적 허무주의로 나타나기도 하지만, 〈午餐會〉, 〈유리의 城〉, 〈작은 暴動〉이 보여주는 것처럼 현실 부정의 적극적인 의지로 나타나기도 한다. 특히 〈뒤로 가기〉나 〈정글짐〉 등은 현실에 대한 일종의 '낯설게 하기'를 감행하여 부정적 현실의 핵심을 보여주기도 한다. 이러한 비판은 제 3세계적 특수성이라 할 수 있는 권위주의적 정권과 전체주의적인 사회 메커니즘에 초점이 맞추어져 있다.

4장에서는 변신 모티프와 비인간 서술자와 같은 환상의 기법을 사용하고 있는 작품들을 살펴 보았다. 변신 모티프는 〈陷穽〉, 《새벽기행》, 〈마네킹 파티〉가 보여주는 것처럼, 하루 아침에 등장 인물이 다른 존재로 탈바꿈 되는 것을 말한다. 존재의 변이는 인간이 마네킹이라는 사물의 상태에까지 이를 정도로 심각한 것으로 그려지고 있다. 이러한 변신은 산업화가 진척됨에 따라 발생하는 인간의 소외라는 문제를 형상화하는데, 효과적으로 기능한다. 산업화에 따른 인간의 소외라는 문제는 〈厄日〉, 〈脫線〉, 〈密使〉, 〈땅거미〉, 〈뛰뛰 클럽〉, 〈딱딱한 뺨〉에서도 확인할 수 있는 문제이다. 비인간 서술자를 등장시키고 있는 〈草食〉, 〈구멍〉은 인간만이 절대적인 존엄성과 가치를 지닌다는 인간중심적인 생각을 효과적으로 비판하고 있다. 이러한 인간중심주의에 대한 비판은 〈待春〉, 〈山神의 孤兒園〉, 〈汚春〉, 〈鑑別師〉, 〈黃金의 누에〉, 〈어떤 兆候〉에서 볼 수 있는 것처럼, 자연을 배제하고 인간의 편리와 이성만을 강조하는 현대문명에 대한 비판을 포함한다. 이것은 일종의 생태주의적 태도라고 할 수 있다.

문학에서 환상의 가장 본질적인 기능으로는 현실에 대한 문제제기와 억압되고 감추어진 욕망의 폭로를 들 수 있다. 환상은 일상의 리얼리티를 위반하고, 그것에서 벗어나기도 하지만 궁극적으로는 현실에 대한 풍자와 비판을 감행하고 있다. 환상은 일종의 현실에 대한 '낯설게 하기'(defamiliarization)를 통해, 현실에 대한 자동화된 의식에서 벗어나 현실을 새롭게 바라볼 수 있게 해주며, 이를 통해 현실에 대한 효과적 풍자와 비판을 가능하게 하는 것이다. 또한 충족되지 못한 욕망의 보정으로서 작용하는 환상은 욕망을 추구하는 특징을 지닌다. 특히 인간의 문화가 지속되기 위해서는 반드시 억압되어야만 하는 충동들을 표현한다.

최상규 소설은 환상의 두 가지 특성을 모두 보여주고 있다. 그러나 양적인 측면에 있어 현실에 대한 문제제기를 보여주는 작품이 우세하다. 또한 인간의 욕망을 추구하는 경우에도 그것은 당대 사회의 부정적인 측면을 고발하는 기능을 잊지 않고 있다. 이러한 특성은 격변의 시기를 지내온 한국 현대사의 특수성과 사회학적 상상력을 무엇보다 중요시하는 한국 문학의 특성에 영향받은 결과로 보인다.

최상규 소설의 환상은 개인의 내면을 문제삼는 차원에서 현실에 대한 문제제기를 하는 차원으로 변모해 나가고 있다. 이러한 변모양상은 현실에 대한 관심의 증폭이라는 말로 설명할 수 있다. 존재론적 차원에 머물렀던 환상이 인식론적 차원으로 확대되고 있는 것이다. 현실에 대한 관심의 폭도 산업화에 따른 제 3세계적 특수성이라 할 수 있는 권위주의 체제에 대한 비판에서, 근대화에 따른 세계적 보편성이라 할 수 있는 인간의 소외와 현대문명의 폐해를 지적하는 데에까지 이어지고 있음을 확인할 수 있다.

전통의 만화경

01

백철 비평과
천도교의 관련양상 연구

1. 서론

이 글은 백철 비평과 천도교(동학)적 세계관의 관련양상에 대하여 살펴 보고자 한다. 그동안 백철에 대한 연구는 그의 저널리즘적 성격에 대한 언급, 일본 문단과의 관련양상에 대한 연구, 30년대 전형기에서의 휴머니즘론에 대한 연구 등으로 이루어져 왔다. 그러나 백철이라는 한 개인의 의식에 대한 연구는 전무한 실정이다. 백철에게는 주체적인 사상이 없는 것이 일종의 그만의 의식인 것처럼 인식되어 오기도 했다. 이것은 "적어도 문학은 그 시대 현실의 外的 條件에 좌우된다고 생각하는 편승적인 문학관이 변한 것이 아니었다."[1]라는 백철 자신의 말에서도 드러나는 것처럼, 표피적으로 드러난 그의 비평 활동을 따라갈 때 당연히 얻게 되는 결론이다. 그러나 한 인간의 심층이 그렇게 쉽게 변할 수는 없다는 것이 상식이라면, 백철에게도 원형에 해당하는 세계관이 존재한 것이다. 이 글에서는 그것이 바로 천도교

---

1) 백철, 『문학자서전 – 眞理와 現實』, 박영사, 1975, 355쪽.

라는 가정을 해본다. 이러한 전제 하에 천도교와 백철 비평의 관련양
상을 살핌으로써 백철의 정신적 궤적을 밝히고자 한다.[2)]

　백철의 개인사를 살펴볼 때, 천도교와 그의 연관성은 결코 빼놓을
수 없는 부분이라는 것이 드러난다. 백철은 천도교 집안에서 태어나
독실한 천도교 신자인 그의 형 白世明의 지대한 영향을 받으며 성장한
다.[3)] 그의 형 백세명은 백철의 표현을 빌리자면 "새 시대에 눈을 뜨게
한 길잡이"(28)로서, 마을의 유일한 서울 유학생으로 만세대회에서도
선두에 선 지도자였다. "천도교의 계몽기관인 농민사[4)]의 지방간부로
서 활동"(83)하기도 했던 그는 백철의 어린 시절 큰 동경의 대상이었다.

　백철은 유학 시절에도 천도교에 깊이 연관되어 있었다. 유학시절
의 그와 관련해 그동안은 사회주의 단체와의 연결만이 강조되어 왔지
만, 천도교와의 관계는 한층 인간적이고 깊은 것이었다고 할 수 있다.
그가 동경에 가 있을 때에는 "최린은 거의 동경에 상주하다시피

---

2) 김윤식, 「백철 비평의 특징과 그 변모 과정 연구」, 『한국학보』 102, 2001년 3월.
　 위의 논문에서 김윤식 교수는 천도교가 그의 비평에 있어 중요한 요소임을 지적하고
　 있다.
3) "소년의 집은 東學집, 어머니는 성실한 동학신도로서 水雲大師의 出家 修道記로 되어
　 있는 『龍潭歌詞』를 내게 가르쳐 주기도 했다. 만일 내게다가 문학을 하게 된 맨처음
　 의 동기가 무엇이었느냐고 묻는다면 그것은 어머니의 경건한 信仰心과 그의 愛誦詩
　 들의 영향이었다고 대답할 것이다."(『문학자서전 - 진리와 현실』, 박영사, 1975,
　 18쪽) 이후에 나오는 백철의 개인사는 위의 책에서 인용했다. 앞으로는 본문 중에
　 면수만 표시하고, 하권의 경우에만 下자를 표시하기로 한다.
4) 천도교 청년당은 대중적 부문운동으로 농민부, 노동부, 청년부, 학생부, 여성부,
　 유소년부, 상민부 등 7대부문운동을 대대적으로 전개해 나갔다. 이 중 농민사는 조선
　 농민의 지위향상과 소득증대사업을 모색했다. 「조선농민」, 「농민」誌를 발간해 새로
　 운 영농법을 소개, 지도하고 농민들의 자치능력함양에 주력했다. 이는 나중에 농민
　 공생조합 경제주의로 전환해 사업영역을 확대하기도 했다.(임형진, 「동학과 천도교
　 청우당의 민족주의연구」, 경희대 박사논문, 1998, 196-207쪽)

했"(165)으며, 그 시절 백철은 천도교회에 드나들면서 이들과 어울려서 "문학예술분야의 책임자"(168)같이 되어 있었다. 1930년 4월 5일 천도교 일대교조의 기념일인 천일기념 때에는 연극을 만들어 상연하기까지 한다.(168) 첫 번째 아내 信道가 일본에 찾아오자, 그녀가 적적해 할까봐 天道敎 宗理院에 데리고 가서 소개도 하고, 일요일마다 侍日에 참석도 시키는(194) 모습은 백철에게 천도교가 얼마나 친근한 것인지를 단적으로 보여준다.

그가 일본을 떠날 때 송별 파티를 해준 것은 "동경의 천도교회 친구들"(205)이었으며, 서울에 돌아와 〈개벽사〉라는 직장에 취직한 것도 그의 형이 천도교 중간간부에게 소개해주어 가능했던 것이다. 일제 말기에 그는 매일신보사 문화부장을 거쳐 북경 특파원을 역임하는데, 여기에도 "개인적으로 나를 특별히 돌보아 주었"(下권 40)던 매일신보사 사장 최린의 존재가 있었던 것이다.

이처럼 백철의 삶에 있어 천도교는 일종의 숙명이라 할 만큼 깊숙이 개입해있다. 본론에서는 해방 이전의 비평을 중심으로, 백철의 비평에 천도교의 세계관이 어떤 양상으로 관련되고 있는지 살펴보겠다. 2장에서는 천도교의 핵심적인 사고체계를 바탕으로 임화나 김오성과의 변별점과 동질성이 발생하게 된 원인을 살펴보고, 3장에서는 백철의 비평이 현실 추수의 이데올로기로 변질되어간 그만의 내적인 특수성을 밝히고자 한다. 마지막으로 4장에서는 백철 비평의 전반을 일관되게 흐르는 원리와 천도교의 교리체계와의 유사성을 규명하고자 한다.

2. '인간'을 중심으로 한 비평 담론

백철이 인간묘사론에 이어 휴머니즘론을 통해 제기한 비평관은 인간이 지닌 가장 선하고 고귀한 인간성의 계발과 함양이라고 할 수 있다. 백철에게 있어 인간탐구는 다음의 인용문에서 드러나는 바와 같이 문학의 가장 핵심적인 요소이다.

> "문학은 그 본유의 의미에서 인간 묘사가 본과제라는 대원칙이다."
> "문학이란 요컨대 인간 생활에 대한 올바른 인식과 그것과의 관계에서 표상을 만들어 가는 것이라면 한마디로 해서 인간 묘사의 역사가 아니겠느냐."(「인간묘사시대」)
> "문학이 인간탐구의 열정과 의욕을 상실할 때에는 무가치한 死物로서 화한다는 좋은 예증을 보여 준 것이었다."(「人間探求의 途程 – 人間描寫論 其二」)

이러한 인간에 대한 강조는 그의 삶과 문학 전반에 걸쳐 나타나는 특징5)으로서, 이것은 동학의 제일원리인 侍天主6)사상과 통하는 것

---

5) "백철 : 그건 옛날이나 지금이나 인간적인 면을 잊지 않고 뿌리를 박고서 나가야 한다는 것은 그때부터의 기본적인 일이 아니었던가 하는 것입니다.
  권영민 : 거기서부터 이미 선생님께서 목표하셨던 문학에 대한 기본태도가 확립되어 지금까지 지속되어 왔다고 해도 되겠군요.
  백철 : 나는 해방 뒤에도 사회 전체가 인간을 존중하는 인간에 대한 인식 문제가 대단히 중요하다는 것을 누차 말해 왔습니다."(백철, 『인간탐구의 문학』, 창미사, 1986, 336쪽)
  "인생길에 지침 구실을 한 것은 문학의 기본 사조라고 할 수 있는 휴우머니즘 같은 것이 있다."(백철, 『거북의 지혜』, 미문출판사, 1978, 282쪽)
6) 시천주의 신관념은 초감성계와 감성계라는 이중적인 세계관 자체를 허물어 버린다. 시천주의 신관념에는 1. 유일하신 한울님, 2. 초월해 계신 한울님, 3. 인격적인 한울

으로 보인다. 시천주란 협의로는 나의 몸과 마음에 한울님이 內靈과
外氣로 함께 한다는 사실을 깨달아, 그 사실을 믿고 그 믿음을 간직하
는 것을 말한다.[7] 이 사상은 인간 속에 신이 내재한다는 것으로 한울
님과 인간은 동체라는 것이다. 이를 해월은 '人是天'이라 했고, 의암
은 '人乃天'이라 이름했다.[8] 이것은 인간에게 거의 무한한 능력을 부
여하는 관념으로서, 한울님을 모신 인간이 역사의 주체가 되어 새
문화의 틀을 재창조하는 개벽의 주체가 된다는 함의를 포함하고 있
다. 이것은 완벽한 인간의 자기 신격화를 의미한다.[9]

이러한 입장에 설 때 인간은 다른 무엇보다도 상위에 서는 존재가
되지 않을 수 없으며, 인간의 내면에 담긴 무한한 능력에 대한 탐구와
그에 대한 강조가 뒤따르게 된다. 백철이 「창작방법문제」[10], 「인간묘
사시대」[11], 「인간탐구의 도정」[12]에서 창작방법론의 일종으로 인간묘

님 관념과 더불어 4. 생성과 변화하는 한울님, 5. 내재해 계시는 한울님이라는 관념
이 포함되어 있다. 동학은 시간이 흐를수록 4와 5의 신관념이 우세해지는 경향을
보인다.(임형진, 앞의 논문, 47쪽)
7) 팽필원, 「동학윤리사상의 연구」, 동국대 박사논문, 1995, 17-26쪽.
8) 신일철은 "최재우의 시천주 신앙과 최시형의 事人如天의 범천사상은 의암 손병희의
천도교 선포 후 천도교의 宗旨 人乃天으로 종합되었다."(신일철, 「동학사상의 전개
: 시천주, 사인여천을 거쳐 인내천사상에로」, 『동학사상논총』1집, 천도교중앙총부,
1983, 61쪽)고 보고 있다.
9) 이러한 신격화의 양상도 두시기로 구분되는데, 1900년대는 인간의 心性을 우주의
원리로 파악하고 그것을 인간에 내재해 있는 至氣로 해석하는 성리학적 논증을 거쳐
신을 비인격화시킴으로써 인간을 신과 동격으로 끌어올렸다면, 1920년대의 인내천
은 서구철학의 진화론적 입장의 영향을 받아 진화의 최고단계로서의 인간을 상정해
최고 존재인 신과의 결합을 논증하여 인간의 존엄성을 완성하고 있다.(황선희, 「동
학 천도교 사상의 연구 동향」, 『동학의 현대적 이해』, 한국동학학회, 2001, 202쪽)
10) 『조선일보』, 1932. 3. 9 - 10.
11) 『조선일보』, 1933. 8. 29 - 9. 1.
12) 『동아일보』, 1934. 5. 25 - 6. 2.

사론을 피력하고 있는 것이 그 증거이다. 그의 논의가 카프 평론들과 구분되는 것은 기존의 프로문학이 기계적이며 고정화된 인간을 묘사해왔다면, 이제는 인간의 구체성과 개인적 창의성에 대한 강조가 있어야 한다는 부분이다. 인간을 신의 위치에 올려놓고 사유하는 백철에게 인간을 이데올로기와 세계관의 방법과 공식주의에 따라 고정화시킨다는 것은 있을 수 없는 일이다. 이러한 백철의 인간묘사론에 대하여 임화는 심리주의적, 주관주의적이며, 우편향이라고 공격했고, 안함광은 관념적, 비역사적, 초사회적, 초계급적이라고 비판했다.

백철이 카프 2차 검거 사건으로 옥고를 치르고 나온, 1935년의 문단은 '국제작가회의'와 '제 7차 코민테른'의 여파로 휴머니즘론이 활발하게 논의되고 있었는데, 백철은 이러한 흐름 속에서 「현대문학의 과제인 인간탐구와 고뇌의 정신」[13], 「문학에 있어서의 개성과 보편성의 문제」[14] 등을 통해 과거 자신의 인간묘사론을 한층 심화시킨다. 현대문학이 정치성과 사회성으로부터 문학의 독자성, 인간의 성격, 정열의 탐구로 나아가는 것은 필연적인 사태라는 것이다. 「문학에 있어서의 개성과 보편성의 문제」에서는 "자유롭고 행복된 개성의 경지를 深思할 때에 거기에 그 自我抛棄에 의한 개성의 위대한 승리, 人間心理의 가장 진실하고 심각한 경지, 그곳에 참된 普遍을 발견할 수 있지 않은가"라며, "個性的인 것을 최후까지 추구하여 그것이 極端에 도달할 때"에 "心魂의 深淵"에 도달할 수 있다고 보고 있다. 이러한 백철의 견해는 당시의 프로문단에서는 도저히 받아들일 수 없는 것으로서, 임화[15]는 곧 백철의 무정견성을 지적하며 그를 반진보적, 반행

---

13) 『조선일보』, 1936. 1. 12 - 21.
14) 『조선일보』, 1936. 5. 31 - 6. 11.

동적, 반자유주의적 비평가라 비판한다. '성격이나 타입은 그 내용(즉 보편성)에 있어 모든 동질인과 공통되고 그 형식(개성)에 있어 모든 동질인과 구별되나 지배적인 것은 내용(보편성)'[16]이라는 임화의 입장에서 볼 때, 백철의 개성과 보편성에 대한 입장은 모든 사회적 관계를 몰각한 관념적 추상론에 불과한 것이기 때문이다.

백철의 개성과 보편성의 관계에 대한 견해는 천도교의 핵심적인 원리에 가닿아 있는데, 그것은 同歸一體의 원리이다. 동귀일체란 간단히 말해 세상이 진리로 하나가 되는 상태를 말한다. 모든 사람이 各自爲心을 버리고 오직 하나의 참된 진리인 한울님에게로 귀일하여 한울님의 마음을 간직하고 그것을 실현하는 것이다.[17] 개성적인 것을 극단까지 추구하여 결국 '심혼의 심연'에 도달한다는 백철의 입장은, 인간이 자신의 마음 속에 있는 한울님의 진리로 돌아가 보편 속에 녹아드는 것을 말하는 동귀일체 원리[18]의 문학적 적용이라고 할 수 있다.

당시 휴머니즘 논쟁에서 유일하게 백철의 입장에 선 문학이론가는 또 한 명의 천도교인인 김오성[19]이다. 그는 「문제의 시대성」[20], 「네

---

15) 임화, 「현대적 부패의 표징인 인간 탐구와 고민의 정신」, 『조선중앙일보』, 1936. 6. 10 – 19.

16) 임화, 「문예이론으로서의 신휴머니즘에 대하여」, 『풍림』 제 5호, 1937년 4월.

17) 팽필원, 앞의 논문, 28쪽.

18) 이러한 동귀일체 사상이 정치사상으로 확대될 때, 개인과 사회의 동시적 존중이라는 입장이 나온다. 인간사회는 개인의 결집체요, 조직체이기에 개인을 무시하고는 사회의 발전을 기할 수 없고 전체인 사회를 떠나서는 개인의 생존을 도모할 수가 없다는 결론에 이르는 것이다.

19) 백철이 일본에 머물 당시 김형준(김오성)은 천도교 동경지부의 중심인물로 있었으며, 일본대학의 철학과에 적을 두고 있었다. 그는 천도교의 인내천 주의를 마르크스적으로 해석 수정을 꾀하기도 했다.(167)

20) 『조선일보』, 1936. 4. 29 – 5. 8.

오 휴머니즘론」21), 「네오 휴머니즘 문제」22) 등의 글을 통해 개성과 사회의 변증법적 통일을 주장했고 사회발전에서 인간의 주체적 능동성을 중시했다. 「네오 휴머니즘」론에서 김오성은 "사회적 법칙은 인간을 절대적으로 제약하는 것이 아니요 인간의 능동성에 의해 변화되며 창조 발전되는 것"이어야 한다고 역설했으며, '개성적 존재'이자 '주체적 존재'로서의 인간을 강조했다. 이에 대해 임화는 「조선문화와 신휴머니즘론」23)에서 김오성의 휴머니즘론에는 "만인의 휴머니티 일반"만이 존재하며, 모든 역사적 사회적 전제를 초월한 순수인간의 주체적 행동만을 강조한다고 보았다. 이처럼, 휴머니즘 논쟁은 천도교인들과 마르크스주의자들과의 논전으로 해석할 수도 있다.24)

특히 임화는 백철과 김오성이 동일한 세계관적 기반 위에 서 있다는 사실을 분명하게 깨닫고 있었는데, 그것은 당시의 휴머니즘론에 대해 자신의 입장을 피력한 「르네상스와 신휴머니즘론」25), 「문예이론으로서의 신휴머니즘론」, 「휴머니즘논쟁의 총결산」26) 등의 글을 통해 확인할 수 있다. 이들 글에서 임화는 "우리 논단에 휴머니즘 思想

---

21) 『조선일보』, 1936. 10. 1. - 9.
22) 『조광』, 1937. 12.
23) 『비판』, 1937. 3.
24) 이것은 천도교와 사회주의 이론의 차이점에서 기인하는 것이라고 할 수 있다. 즉 사회주의 중심문제는 경제를 최고 이상으로 삼는데 반하여 수운주의의 중심은 인간을 최고의 이상으로 삼는다. 수운주의에서는 경제문제를 인간 생활의 일단계적 문제로 파악하고 우주활의 표현이라는 인간성의 개발을 최종목표로 보는 것이다. 의식주의 투쟁은 어디까지나 인간의 최종목적이 아니다. 최후의 이상은 창조투쟁, 즉 최고 인간으로서 우주생활을 실현하는데 있다는 것이 수운주의의 이상이다. (이돈화, 『신인철학』, 천고교중앙총부출판부, 1924, 158쪽)
25) 『조선문학』, 1937.5.
26) 『조광』, 1938.4.

을 수입한 두 사람의 論客 金午星, 白鐵 兩氏가 다 같이 이 歷史 僞造의 선수였다는 사실은 결코 우연이 아니다"27) 혹은 "우리는 氏等이 實存 哲學 근처로부터 차용해 온 인간의 無制約的 창조성, 행동성의 이론 적 본질을 묻지 않을 수가 없다. 즉 이성에도, 역사의 필연성에도, 사회의 객관성에도 구속되지 않은 단순한 본능적, 激情的 행위성의 내용에 관하여 말이다"28)와 같은 언급을 하고 있다. 임화는 그 둘이 약간의 차이에도 불구하고 "주관주의자"29)라는 점에서 그 동질성을 찾고 있는 것이다.

임화로 대변되는 마르크스주의자들과 백철, 김오성으로 대변되는 천도교론자들의 가장 큰 차이점은 인간 이해에 있어 현실을 어떻게 파악하느냐에 달려 있다. 임화는 현대문학이 세계사적 휴머니즘을 창조하려면, "인간을 간판으로 한 어떤 主義가 아니라 시대 현실의 핵심을 파낼려는 집요한 사실을 主義로 하는 문학정신 위에 서지 않으 면 안 된다."30)고 단언한다. 이에 반해 백철이나 김오성은 사회 혹은 현실과의 연관 이전에 무엇보다도 인간의 '능동성', '창조성', '개성'을 강조하고 있는 것이다. 이러한 사상적 구별의 근저에는 앞에서 살핀 바와 같이, 천도교라는 인간 중심적 세계관이 놓여 있다. 그리고 이러 한 천도교적 세계관의 이면에는 3장에서 구체적으로 살펴 보겠지만, '性卽理'의 명제를 통하여 天과 人을 결합시키고자 한 성리학적 세계 관31)이 놓여 있다. 그리고 이러한 성격은 백철이 보여준 이후의 비평

---

27) 임화, 『문학의 논리』, 1989, 서음출판사, 95쪽.
28) 위의 책, 106쪽.
29) 위의 책, 131쪽.
30) 위의 책, 143쪽.
31) 존재론적 차원에서 세계는 '氣=陰陽=變化=器=形而下'와 '理=道=天=不變=形而上'

행로를 이해하는 하나의 실마리가 될 수 있을 것이다.

3. '동양적 인간' 등장의 내적 필연성

백철의 인간론[32]이 또 하나의 지표를 보이는 것은 「동양인간과 풍류성」[33], 「풍류인간의 문학」[34]에 이르러서이다. 이것은 일종의 동양적 인간성에 대한 찬양인데, 여기서 풍류인간이란 현실로부터 도피하여 자연에 순응하는 "無慾과 淸閑"의 인간 곧 탈속주의자로서의 무상인간이다. 백철은 풍류적 인간이 소극적 인간임은 분명하나, 그 소극성이란 동양적인 환경과 봉건적인 분위기에서 생성된 것으로서, "역사적 현실성에 응하야 얼마든지 변혁될 수 있는" 가능성을 지니고 있다고 보았다. 따라서 그 "풍류적 풍취를 죽이지 말고 온전히 적극적인 인간성으로 발전시키면 진정한 휴맨이티를 개발"할 수 있는 인간이 바로 風流的 人間이라는 것이다.

갑작스러운 '동양인간'의 등장을 이해하기 위해서는 우선 1935년

의 이원론으로 구분되며, 전자에 대한 후자의 우위를 인정함으로써 본질적으로 물질적 측면보다는 관념적 측면을, 그리고 변화의 측면보다는 불변의 측면을 강조하는 방향으로 나아가게 된다. 이같은 리 중심적 존재론을 바탕으로 그들은 '性卽理'의 명제를 통하여 천과 인을 결합시키고, 그 구체적인 도식으로 '誠=純善=理=性=仁義禮智'라고 하는 틀을 정립함으로써 윤리의 존재론화를 완성한다.(최형식, 『유교윤리와 인도주의』, 한울아카데미, 2000, 192쪽)

32) 중간에 백철은 「우리 문단과 휴머니즘」, 「웰컴! 휴머니즘」 등을 통해 그의 인간론을 이어간다. 그런데 이 글에서 백철은 휴머니즘론의 가장 큰 특질을 "무규정, 무한정성"이라고 설명할 정도로 뚜렷한 논리적 지향을 보이지 못하고 있다.

33) 『조광』, 1937. 5.

34) 『조광』, 1937. 6.

을 전후한 당시의 국내외 사상사적 흐름을 살펴볼 필요가 있다. 1930
년대 중반은 두 가지 흐름이 세계를 어두운 빛깔로 채색하고 있었는
데, 그것은 파시즘의 광풍과 사회주의의 스탈리니즘으로의 변질이
다. 34년 사회주의와 자유주의가 파시즘에 저항하여 인민전선을 수
립한 것, 1935년 4월 '지적협력국제회의'와 1935년 6월 '국제작가대
회' 등이 반파시즘과 문화옹호를 기치로 개최되었다는 것은 당시 지
식인들이 느끼던 위기감을 실감 있게 보여주는 사례들이다. 이러한
세계 정세 속에서 조선의 지식인들이 느꼈던 위기감은 한층 더 컸다
고 할 수 있다. 그것은 무엇보다 일제의 초강경국가주의가 한반도는
물론이고 동아시아 전체를 옥죄고 있었다는 데서 그 이유를 찾을 수
있다. 이는 직접적으로 카프의 해체를 가져오기도 했으며, 시대정신
의 중심에 있던 사회주의 자체도 이미 현실에 대한 설명력을 상실하
여 지성계는 바야흐로 정신적 공백기로 접어들고 있었다.[35]

이러한 이념적 공백을 메울 가치와 원리로 고전부흥론이 강력하게
대두되기 시작한 것이다. 고전부흥론은 35년 1월 『조선일보』에서 두
차례에 걸쳐 특집물을 게재하면서 시작되었다. 이러한 고전부흥론의
원점에는 민족적 독자성 내지 고유성에 대한 집착이 강력하게 놓여
있다. 이것은 문화적 민족주의에 깊이 침윤된 일부 국학자들과 비평
가들에 의해 확대된 측면이 있다. 그러나 김태준과 최재서는 각각
문화의 보편성과 특수성에 대한 변증법적 인식, 엘리어트의 전통론을
바탕으로 고전론과 민족주의의 유착을 견제한다. 이것은 국수주의적
문화론의 범세계적 유행에 대한 우려가 깔려 있다. 박영희 역시 한국

---

35) 김윤식, 『한국근대문예비평사연구』, 일지사, 1976, 201–214쪽.

학 진흥론 등을 필두로 조선문화의 과거에 대한 강렬한 지향을 보인
다. 이원조는 파시즘의 세계 지배는 곧 근대의 파국을 알린다고 파악
하고 있다. 이러한 인식을 바탕으로 한 이원조의 고전부흥의 작업은
자유주의와 마르크스주의로 대별되는 근대문화의 이념을 넘어서는
일과 맥이 닿아 있다. 이처럼 지성계를 들끓게 했던 고전부흥론을
통해서 고양된 전통주의는『문장』의 창간과 함께 보다 명확한 형태를
띠게 된다.36)

　한국근대문학사를 움직이는 강렬한 동력으로 근대지향성과 전통
지향성을 들 수 있다면, 30년대 후반의 문단에서는 전통지향성이 강
렬한 한 흐름을 형성하고 있었던 것이다. 그러나 백철이 보여준 갑작
스러운 전통지향성을 당대의 사상사적 흐름만으로 돌린다고 모든 것
이 설명되는 것은 아니다. 이러한 설명은 백철에게만 해당하는 특수
성을 밝힐 수는 없기 때문이다. 따라서 본고는 백철 자신에게만 해당
하는 하나의 특수성을 밝히고자 하는데, 그러한 특수성은 천도교의
원리와 역사적 변화에서 찾을 수 있다.

　동학이 처음 창도되었을 때의 신관은 초세계적이고 인격적인 신
(神)개념이었다. 그러나 최제우의 초세계적이고 인격적인 신개념은
그를 계승했던 동학의 지식인들에 의해서 세계 내에 존재하는 비인격
적이고 신비적인 존재로 변형되었다.37) 제 2대 교주인 최시형은 문맹

---

36) 황종연,『한국문학의 근대와 반근대』, 동국대 박사논문, 1991.
37) 차성환,「한국 근대화와 동학지식인의 사고구조」,『신학사상』1976, 92년 3월.
　　송대 신유가의 천관도 이와 비슷한 변화를 겪게 된다. "천관에 대한 인식의 전환은
　　宋代 신유가와 漢代 유가를 구분짓는 중요한 잣대이다. 즉, '천관에서 유의지적인,
　　즉 인격적, 주재적인 천에서 무의지적인, 즉 자연적, 이법적인 천으로의 전환과 그것
　　의 표리를 이루는 이기세계관의 창출'이 신유가 학파가 지니는 공통적인 특징인 동시

자였고, 동학의 지배층은 유교적 소양을 갖춘 몰락 양반층이 대부분
이었다. 이러한 동학교 지식인층의 지적 속성이 원초적인 동학의 신
개념 및 구원의 길을 특이한 방향으로 변동시켜, 최제우의 교설들이
신유교의 빛에서 이해되기 시작했다.[38]

　최시형이 신을 탈인격화하는 방식을 통해 신의 편재성을 주장하는
가운데, 초세계적 존재는 이제 인간 본성 중의 한 요소가 되어 신비스
런 세계 내의 존재가 된다. 이 때문에 인간의 가장 중요한 과제 중의
하나는 자신의 내면으로부터 신적인 것을 양육하는 일(養天主)로 변한
다. 1905년에 동학교는 이름을 천도교로 바꾸었는데, 교의 이름인
"天道"에서 이미 인격적인 한울님(천주)을 섬기는 것과는 거리가 먼
성리학의 천리[39]와 거의 구별될 수 없는 비인격적인 우주의 법칙을
탐구한다는 철학적 냄새를 풍기고 있다. 다음의 인용문들은 천도교인
인 백철의 세계관 속에 성리학적 사상이 평생에 걸쳐 얼마나 깊이
영향을 끼치고 있었는지를 보여주는 예들이다.

　　a) "그 소박한 모럴리티란 퍽 심정적인 것이며 그 밑을 캐어 보면 일종
　　의 성선설 같은 것이라고 말할 수 있다. 그것을 내 비평윤리 같은 것으로
　　바꿔 보면 현대문학의 이론과는 너무 거리가 먼 이야기 — 작품 주제로서
　　권선징악을 평가하는 견해 같은 것"[40]

　에 신유가로 대표되는 송학 발흥의 역사적 의미인 것이다."(최형식, 앞의 책, 80쪽.)

38) 최동희, "한국동학 및 천도교사", 『한국문화사대계』6권, 고려대학교 민족문화연구소,
　　751-754쪽 참조.

39) 성리학과 동학의 유사성은 다음의 논문(이승은, 『동학사상에 내재한 유교적 요소의
　　분석적 고찰』, 이화여대 석사논문, 1995)에 잘 나타나 있다.

40) 백철, 『만추의 사색』, 서문당, 1977, 10쪽.

　b) "내 처세적인 인격에 그 특징으로서 최소한도의 윤리가 있다면, 그것은 선한 것이 곧 진리라는 생각."[41]

　c) "내가 영향을 입었다고 생각되는 것은 내가 어렸을 때에 읽은 책들이다. 가령 글방에서 배우고 읽은 한문 고전에서 일종 성선설 같은 것이 내 인생관의 기준같이 되어 있는 것 같다는 말을 한 일도 있다."[42]

a)는 백철 인생 60년과 문학 40년을 살아오면서 자신과 그 문학을 지탱해 온 모럴리티로 성선설[43]을 꼽고 있는 대목이다. 맹자에 의해 주장된 성선설은 공자에 의해 강조되었던 도덕적 실천의 당위성을 인간의 본래성과 연결지어 강조한다. 성선설의 논리적 근거로는 천인합일의 이론이 제시되는데, 이러한 맹자의 입장은 송대 신유학에서 완성된 윤리의 존재론화를 위한 결정적인 기초가 된다.[44] b)에서 말하는 "선한 것이 곧 진리라는 생각"은 인간의 인식문제까지도 윤리적 영역에 포함시킨 태도라고 할 수 있다. 이것은 윤리를 존재론화함으로써 도덕을 지상적, 절대적 위치에 올려놓은 신유학자들의 태도와

---

41) 위의 책, 100쪽.
42) 위의 책, 101쪽.
43) 또 다른 수필집인 『거북의 지혜』에서도 이와 같은 견해를 찾을 수 있다. "언젠가 신문사에서 내게 내 생애에 있어서 인생적인 신념이 무엇인가를 앙케에트로 물어왔을 때, '나는 개인적으로 동양의 성선설을 믿어 온 것인지 모른다'는 대답을 써 보낸 것이 기억난다."(145) "그리고 인간 신뢰의 의식은 내가 어렸을 때에 듣고 배운 성선설, 그리고 역시 어릴 때 즐겨 읽은 춘향전 등의 고대소설에서 얻은 감명에서 생겨진, 착한 인간의 승리 같은 것을 믿어 보는 뜻이 될 것 같다."(147)
44) 이는 한대 이후 당대에 이르기까지 별반 주목받지 못하던 맹장의 철학이 송대 신유가에 의해 공자에 버금갈 정도로 높이 평가되었던 주된 이유 가운데 하나이기도 하다. (최형식, 앞의 책, 39-41쪽)

통하는 태도이다. 이러한 논리하에서는 인식론에 있어서의 사실판단이 윤리적 영역에서의 가치판단에 의해 압도되는 상황이 불가피하게 전개된다. 이와 같이 백철이 자신의 윤리로 제시하고 있는 것은 곧바로 성리학의 핵심적인 세계관과 통하는 것이다. 즉 천도교의 내면에는 성리학적 세계관이 핵심적인 비중을 갖고 존재하는 것처럼, 천도교도인 백철의 내면에도 성리학적 세계관이 그만큼의 비중을 가진 채 존재하고 있다고 볼 수 있다.

이러한 분석이 타당한 것이라면, 백철이 1930년대 말부터 '동양인간'과 '사실수리론'을 내세운 그만의 특수한 이유를 천도교의 굴절에서 찾아낼 수도 있을 것이다. 민족종교로서 강한 사회지향성을 갖고 출발한 동학은, 동학 지도층의 영향과 일제의 탄압을 받으면서 점차 동양적 철학 세계와 융합되어 갔다. 그리하여 천도교적 세계관의 큰 영향을 받고 있는 백철의 입장에서 동양적 세계관과 인간관을 내세우는 것은 낯선 일일 수 없다. 천도교는 이미 1934년 12월에 大東方主義[45]를 선언했는데, 그것은 세계사적 위기를 맞이하여 동방사람의 단결과 평화를 주장한 것이다. 이처럼 일제의 지식인 탄압에 맞서

---

45) "16년전 기미에 XX운동을 주창하던 우리 교회로서 16년 후 금일에는 대동방주의를 고창하고 동방민족은 동방사람의 힘으로 구하고 동방문화는 동방사람의 손으로 발전시키자는 슬로간으로 일대 방향을 전환한 것은 재방자의 평론이 여하하든지 또는 장래할 결과가 여하히 될는지 그는 별문제로 하고 대도 운전에 있어서 용시용활의 대묘법을 사용한 것은 사실이다."(김병제, 「대도의 운전과 용시용활」, 『신인간』 88호, 1935년 2월, 17쪽)

"대신사 말씀에 '道則天道나 東則東學'이라 하셨고 '生於斯 得於斯하니 姑以爲先東方하노라'하셨다. 이것은 무엇을 말씀하심이냐, 먼저 東對西를 갈라 보시고 서방주의에 원인한 동방의 위기를 간파하심과 동시 먼저 대동방의 구출을 목표로 하셨으며 나아가서는 대동방주의에 의한 세계의 평화를 갈파하심이다."(박성모, 「금일의 과제」, 『신인간』114호, 1937년 7월, 22-23쪽)

현실 도피의 한 방식으로 백철이 동양적 인간을 내세웠던 사실의 이면에는 천도교가 가로놓여 있다. 백철이 주장한 동양적 인간형은 쉽게 동양을 대변하는 대동아 공영권으로서의 인간형, 즉 일본정신으로 구현된 인간형으로 탈바꿈할 가능성이 농후한 것이었으며,46) 이러한 가능성은 그의 '국민문학' 가담으로 현실화되었던 것이다.

백철이 공들여온 휴머니즘론의 마지막은 「휴머니즘의 본격적 경향」이다. 이 글에서 백철은 현대 휴머니즘론이 추구하는 새로운 인간상은 이상시대에 맞는 인간, 지성과 육체가 서로 상반되지 않고 균형을 이루는 조화로운 인간, 현실의 모순과 불균형에 대해 저항하는 인간이 아니라 그것에 대해 조화를 이루는 인간이라고 주장한다. 위에서 지적한 인간상에는 사회성과 역사성이 완전히 탈락되어 있으며, 오직 발견할 수 있는 것은 주어진 현실에 대한 모조건적인 수용의 태도이다. 백철의 이러한 현실추수적 경향은 앞에서 살펴본 동학의 변형된 신관 및 세계관에서 하나의 이유를 찾을 수도 있다.

천도교는 초기의 동학과는 달리 신관 및 인간관의 변화를 거쳐 성리학적 세계관47)과 마찬가지로 기존의 주어진 세계 및 인간 사회를

---

46) 백철은 「동양인간과 풍류성」, 「풍류인간의 문학」 등을 통해 고대의 문화적 전통성을 강조하고 발굴하고자 한다. 그런데 민족문화의 정통성을 찾아서 신화로 거슬러 올라간다거나 민족과 민족문화의 순수한 혈통을 강조한다거나 문화 형성 및 발전의 국제적 성격을 부인한다거나 하는 논리를 보이고 있다. 이것은 일본의 황도주의에서 공식처럼 쓰이고 있었던 것이다.(황종연, 앞의 논문, 56쪽) 이것은 백철이 내세운 '동양적 인간형'과 '일본정신의 인간형'이 보여주는 내적인 구조의 일치를 보여준다.

47) 송대 신유가들에 의한 윤리의 존재론화는 봉건적 전제체제와 결합하여 비인도주의적인 방향으로 전개되었다. 주자는 '天理=公'과 '人欲=私'의 관계가 병존 불가능한 것임을 주장했다. 현실사회 속에서 사(개인)는 반드시 공(집단)에 매몰되어야만 하는 것이라는 논리이다. 이는 개인의 삶을 억압하고 전체주의적 질서체계의 확립과 유지에 기여하는 방향으로 발전될 가능성이 농후하다.(최형식, 앞의 책, 153쪽)

가장 선하고 아름답게 주어진 것으로 보아 당연시했으며, 이 때문에
세계를 무조건적으로 수용하는 보수성을 드러내었다. 천도교의 개혁
과 부정의 주장은 인간의 능동적인 외부 활동으로 나타나기보다는
내면세계에서 이루어졌으며, 근본적인 사회적 현실의 여건은 주어진
것으로 받아들이면서 개량적인 차원의 근대화만을 추구해 왔다는 것
이다.[48] 이러한 동학지식인의 사고구조는 백철에게도 해당되며, 어
떤 의미에서는 가장 전형적으로 나타난다. 백철이 총독부의 어용지인
『매일신보』의 사원이 되어, 천도교의 대표적인 민족지도자였던 최린
의 일본말 훈시를 듣고 있는 모습(下권, 39)은 대부분의 천도교 지식인
들이 일제 암흑기를 견뎌내던 상징적인 모습이라고 할 수 있다.

4. 敎政雙全으로서의 비평

김윤식 교수[49]는 문학과 정치의 우정 관계라는 비유는 백철 비평
에 있어서는 추상적이며 관념적인 것이 아닌 거의 생리적이라 할 현
실 인식 감각이었다고 주장한다. 백철 비평은 처음 인간묘사론으로
작동되었고, 해방공간에서는 문학가동맹(임화)에 대한 비판으로 표출
되었고, 48년 정부 수립 이후에는 민족주의파(김동리)에 대한 비판으
로 작동되었다는 것이다. 문학과 정치의 기본항이 각 시대적 단계에
따라 변주되었다고 할 수 있는데, 카프 시기에 있어서의 문학과 정치
의 우정항은 인간(문학)과 정치(이데올로기)의 모습으로 나타났으며, 해

---

48) 차상환, 앞의 논문, 242쪽.
49) 김윤식, 위의 논문.

방공간에서의 그것은 문학자(문학)와 정치가(정치)의 형태로 나타났으며, 정부 수립 후에 있어서는, 세계성(문학)과 지방성(문학)으로 표출되었다고 파악하고 있다.

이러한 태도는 문학과 정치의 어느 한쪽에도 치우치지 않는 태도 혹은 문학과 정치 양자를 거느리고자 하는 태도라고 할 수 있는데, 백철의 태도는 후자에 가깝다. 그것은 문학과 정치의 관계가 첨예하게 부딪힌 해방공간에서 쓴 「정치와 문학의 우정에 대하여」50)에서 "항간에서 비평하는 말과 같이 문학자는 정치에 너무 깊이 참여할 것이 아니라는 의미에서가 아니라 도리어 그 면에 한해서는 금일 정치에 참여하는 문학자는 일층 깊이 정치에 들어가지 못하고 어설피 정치에 대한 발언을 한다는 데 대한 비평이 되어야 할 것이다."와 같은 부분에서 확인할 수 있다. 이러한 백철의 독특한 비평적 태도는 단순히 비평에 그치는 것이 아니라 그의 삶에서도 확인할 수 있는 원리이다. 그것은 다음과 같은 회고에서 직접적으로 드러난다.

> 나는 먼저 썼던 대로 한편 일본프로文學에 참여하고 있었던 만큼 천도교회에 드나드는 것이 二律背反의 짓을 하는 것 같은 석연치 못한 심정을 느끼면서도 내가 어렸을 때부터 천도교의 중견간부 세명 형의 영향 속에 자라 온 때문이어선지 큰 모순을 느끼지 않고 그것은 그것이고 이것은 이것이라는 별개의 행동으로써 합리화하고 있었다"(168)

백철은 일본프로문학의 활동이라는 일종의 정치적인 행위를 하면서, 동시에 천도교라는 종교생활을 하는데 대하여 아무런 모순을 느

50) 『대조』 2호, 1946. 6.

끼지 못 한다. 그러한 둔감함의 이유로 "천도교의 중견간부 세명 형의 영향 속에 자라 온" 것을 내세우고 있다. 여기서 우리는 다시 백철의 기본적인 비평의 태도에 천도교적 세계관이 개입하고 있음을 확인할 수 있다.

그것은 敎政雙全이라는 독특한 교리이념으로 설명될 수 있는데, 한 개체의 심신이 분리될 수 없듯이 교와 정이 분리될 수 없다는 것이다. 敎가 문화나 윤리와 같은 정신적 가치를 의미한다면, 政은 그것이 직접적으로 드러나는 방식인 현실적 제도와 정치를 의미한다. 전자는 性心 등을 수련하는 것을 말하고, 후자는 平天下하는 직접적인 활동을 말한다.51) 이러한 교리이념을 바탕으로 했기에 천도교는 우선적으로 일제시대의 '천도교청년당'이나 해방 후의 '천도교청우당'과 같은 정치조직52)을 만들어갔던 것이다. 백철에게 있어 敎를 문학성으로 政을 정치성으로 해석하는 것이 가능하다면, 백철이 카프 시절 문학과 정치

---

51) 임형진, 앞의 논문, 214-215쪽.
52) 손병희는 일본 망명생활에서 돌아와 민도의 고양만이 자주독립의 첩경이라고 결론 짓고, 교육사업과 출판문화를 통한 대중계몽에 진력한다. 3.1운동으로 천도교의 지도자들이 대부분 구속되자 지도체제의 재정비 차원에서 천도교청년교리강연부(1919)가 결성되고, 뒤이어 천도교청년회(1920)가 이어지며, 1923년 9월에는 좀더 조직화된 정치적 결사체인 천도교청년당을 결성하기에 이른다. 그런데 이 과정에서 천도교를 급진 사회주의 사상으로 해석하는 급진파들이 분열되어 나와 1922년 천도유신청년회를 조직한다. 1925년에는 교주제를 인정하지 않는 최린의 신파와 교주제를 인정하는 구파의 갈등이 일어나고, 급기야 1926년에 구파는 천도교청년동맹을 조직해 분리된다. 신파는 타협적 민족노선에 따른 자치론적 민족운동을 주장하고, 구파는 사회주의 세력과의 연합을 바탕으로 한 소수의 운동가 위주로 적극적인 항일운동을 전개한다. 그러나 1931년 2월에 신구파가 통합해 천도교청우당을 만든다. 그러나 1932년 4월 청우당은 청년당과 청년동맹으로 재분리된다. 그리하여 1937년에는 완전 지하화하고, 청년당은 1939년 4월 공식적으로 해체를 선언한다. 그러다가 해방과 함께 「청우당」을 창립하게 된다. 그러나 남에서는 중간좌파로 몰려 제거되고 북에서는 노동당의 외곽정당으로 전락한다.(임형진, 앞의 논문.)

이데올로기의 관계 속에서 고심했던 것이나 해방공간에서 작품의 문학성과 현실성을 함께 고려했던 비평의 이면에는, 교정쌍전이라는 이러한 천도교적 원리가 하나의 이유로 놓여 있다고 볼 수 있다.

백철 비평에 있어 敎와 政이 관계 맺는 방식은 그 시기 천도교에 있어 敎와 政이 관계 맺는 방식과 밀접한 연관을 맺고 있는 것으로 보인다. 백철이 문단에 데뷔한 시기는 「농민문학문제」[53]를 발표한 1931년이다. 그 후 그는 한동안 변증법적 유물론에 바탕한 비평 활동을 전개해 나간다. 천도교의 입장에서 볼 때, 1931년은 오랜동안 갈등을 보여오던 신구파가 통합하여 명실상부한 천도교의 대표정당인 천도교청우당을 만든 시기이다. 이 시기는 천도교의 정치적 영향력이 3.1운동 이후 다시 한번 절정에 이른 시기라고 할 수 있다. 즉 敎와 政의 관계에 있어 政이 그 영향력을 높인 시기인 것이다. 이 시기에 백철 비평이 프로문학론을 바탕으로 '투계'라는 별명까지 얻을 정도로 재단비평의 선두에 섰던 것은 주지의 사실이다. 그 후 백철이 프로문단과 조금씩 거리를 두며, 결국에 전향에까지 이르는 기간은 천도교의 정치적 영향력이 점차 줄어드는 것과 일치하고 있다. 이후 「동양인간과 풍류성」, 「풍류인간의 문학」 등을 발표하며 현실타협의 길로 나서던 37년은 천도교 청우당이 완전 지하화되던 시기이다. 천도교의 敎와 政의 관계에 있어 政이 완전한 영향력을 잃고, 오직 敎로서만 존재하던 시기라고 할 수 있다. 해방 이후 남한 사회에서는 청우당이 중간좌파로 몰려 실질적으로는 제거되고 만다. 그후 천도교는 정치적 영향력과는 상관없는 일종의 군소종교단체로 전락하여 오늘에 이르

---

53) 『조선일보』, 1931.10.1~10.20.

고 있다. 해방 공간에서 잠시 백철의 비평이 정치성을 가지기도 했지만, 그의 비평은 결국 뉴크리티시즘을 한국에 소개한 것에서 드러나는 것처럼 정치성을 상실하고 만다. 백철 비평이 보여주는 이와 같은 敎政의 관계는 그에게 있어 천도교의 영향이 얼마나 중요한 것인지를 잘 보여준다.

5. 결론

이 글은 백철의 삶과 천도교의 밀접한 관련을 바탕으로 백철 비평의 밑바탕에 천도교가 놓여 있을지 모른다는 가정을 해보았다. 이를 증명하기 위해 백철이 비평사에 있어 가장 활발한 활동을 보인 1930년대 비평을 주대상으로 하여 천도교와의 관련양상을 살펴보았다. 백철의 비평에 있어 중심에 서 있는 것은 '인간'이라고 할 수 있는데, 이것은 비평담론에 있어 구체적으로는 '개성', '능동성', '창조성' 등으로 나타난다. 휴머니즘 논쟁에서 임화로 대변되는 마르크스주의자들과 백철, 김오성으로 대변되는 천도교론자들의 가장 큰 변별점은 바로 인간 이해에 달려 있다.

이러한 사상적 구별의 근저에는 侍天主, 同歸一體로 압축할 수 있는 천도교의 인간 중심적 세계관이 있다고 할 수 있다. 그리고 이러한 천도교적 세계관의 이면에는 '性卽理'의 명제를 통하여 天과 人을 결합시키고자 한 성리학적 세계관이 놓여 있다. 이미 천도교는 초기의 동학과는 달리 신관 및 인간관의 변화를 거쳐 성리학적 세계관과 유사성을 지니고 있었기 때문이다. 이 때의 성리학적 세계관은 개인의 삶을 억압하고 전체주의적 질서체계의 확립과 유지에 기여하는 논리를 말한다. 이러한 동학지식인의 사고구조는 백철에게도 해당되며, 어떤 의미에서는 가장 전형적으로 나타난다. 마지막으로 백철 비평의 특징 으로 파악된 '문학과 정치의 우정 관계' 역시도 敎政雙全이라는 천도교 만의 독특한 교리로 설명이 가능하다. 또한 백철 비평에 있어 敎와 政이 관계 맺는 방식은 그 시기 천도교에 있어 敎와 政이 관계 맺는 방식과 밀접한 연관을 맺고 있는 것임을 확인할 수 있다. 이처럼 백철의 비평에는 여러 가지 천도교적 원리와 천도교가 일제 시절과 해방 이후 보여준 굴절과 변화의 양상이 드러나고 있음을 알 수 있었다.

6.25 이후 백철의 비평론은 크게 전통론과 신비평론으로 요약된다. 두 개의 비평이론은 서로 배척되는 것 같지만, 서로가 먼 거리에 있는 것은 아니다. 신비평의 거두라 할 수 있는 랜섬과 엘리어트의 비평 논리에는 강한 보수성과 전통부활의 논리가 담겨 있다. 랜섬은 흙에 밀착한 전통적 남부세계의 가치발견운동에 적극적으로 앞장을 선 인물54)이며, 엘리어트 역시 19세기 문학을 거부하고 17세기 전통 문화에 로 돌아가고자 열망한 인물이다. 백철이 수용한 신비평은 표면적으로 는 기술비평적이며 분석적인 태도를 내세우지만, 이면에는 강렬한 전통회귀논리가 놓여 있다고 할 수 있다. 이렇게 볼 때, 백철이 6.25 이후 추구한 전통론과 신비평론에는 전통의 계승이라는 공통의 흐름이 있다고 볼 수도 있다. 과연 해방 후에 백철이 보여준 전통에의 경사가 천도교와 어떤 관련을 맺는지 살펴보는 것은 앞으로의 과제이다.

---

54) A. Kasin, *On Native Ground*, Anchor Book, 1956, p.329.

02

못난이들의 형이상학

−서정주의 ≪질마재 신화≫ 고찰

1. 전통 정신에 대한 탐구

이 글은 서정주의 ≪질마재 신화≫에 등장하는 인물들을 미시적으로 분석하여, 그 안에 담겨 있는 우리 민족의 정신세계를 탐구하고자 한다. 그동안 ≪질마재 신화≫에 대한 논의는 '질마재'를 전통 사회에 대한 반영으로 파악하려는 연구[1], 인물에 대한 연구[2], 질마재의 시공간에 대한 연구[3], 서사구조에 대한 연구[4]로 나누어 볼 수 있다. 이들

---

1) 유종호, 「소리 지향과 산문 지향」, 『작가세계』, 1994 봄.
   최두석, 「서정주론」, 『선청어문』, 서울대 사범대학, 1992.7.
   황현산, 「서정주, 농경사회의 모더니즘」, 동국대학교한국문학연구소, 『미당연구』, 민음사, 1994.
2) 김윤식, 「전통과 藝의 의미」, 『한국근대작가논고』, 일지사, 1974.
   김열규, 「俗信과 神話의 서정주론」, 『서강어문』, 1982.
   김주연, 「신비주의 속의 여인들……詩?詩」, 『작가세계』, 1994 봄.
   육근웅, 『서정주 시 연구』, 국학자료원, 1997.
   윤재웅, 『미당 서정주』, 태학사, 1998.
3) 김옥순, 「서정주 시에 나타난 우주적 신비체험」, 『이화어문논집』, 1992.3.
   이경희, 「서정주의 시 '알묏집 개피떡'에 나타난 신비체험과 공간」, 위의 책.
   손진은, 「서정주 시의 시간성 연구」, 경북대 박사논문, 1995.

의 논의는 다시 두 가지로 나눌 수 있는데, 하나는 질마재로 표상되는 전통적이며 향토적인 세계의 흔적을 반영론적인 시각에서 추출하고자 하는 것이고, 다른 하나는 구조주의적 방법을 바탕으로 그 미적 특질을 밝히고자 하는 것이다. 이 글은 기본적으로 질마재[5]가 시인이 직접 자란 우리의 농경 사회를 형상화했다는 논의에 동의하면서, 여기에서 한 걸음 더 나아가 이 작품이 담고 있는 형이상학적인 측면, 즉 우리의 전통적인 정신 세계의 탐구에 초점을 맞추고자 한다.

미당의 전통지향성은 시정신이 좀더 직접적인 방식으로 드러나는 시론을 통해 분명하게 확인할 수 있다. 미당이 자신의 문학 활동을 수행해 나가는 과정에서 일관되게 비판의 대상으로 삼았던 타자는 근대문명의 원천으로서의 서양이다. 그것은 그의 최초의 평론에서부터 드러나는데, 「詩의 이야기」[6]에서 미당은 진정으로 민중의 양식이

송승환, 「『질마재 신화』의 시간의식 연구」, 중앙대 석사논문, 2000.

4) 송효섭, 「『질마재 신화』의 서사구조 유형」, 김열규 편, 『삼국유사와 한국문학』, 학연사, 1983.
   곽재구, 「『질마재 신화』의 서사구조 연구」, 숭실대 석사논문, 2000.

5) 질마재의 정식 명칭은 선운리(仙雲里)이고, 약 150호 정도의 집이 있던 조그마한 마을이다. 서정주는 이 곳에서 10살에 줄포로 이사할 때까지 살았다. 시집 ≪질마재 신화≫는 이 곳의 사람들과 풍물들을 바탕으로 해서 창작되었다. 그것은 약간의 변형을 가해져 시로 수용되기도 했지만, 있는 그대로 시로 수용되기도 했다. 간통사건과 연날리기 이야기, 외할머니집에 해일이 들던 일, 도깨비집 할머니 이야기, 석녀 함물댁 이야기, 小者 이생원네 마누라 이야기 등은 시인이 어려서 실제로 보고 겪은 이야기들이다.(「질마재」, 『서정주 문학 전집』 3, 일지사, 1972) 이러한 이야기들은 〈姦通事件과 우물〉, 〈紙鳶勝負〉, 〈海溢〉, 〈말피〉, 〈石女 한물宅의 한숨〉, 〈小者 李 생원네 마누라님의 오줌 기운〉 등의 시에 그대로 나타나고 있다. 이 중 특징적인 것은 〈말피〉라는 시인데, 이 시는 실제 회상의 내용이 시보다 훨씬 더 환상적이며 설화적이다. 이것은 어린 시절 어른들이 아이인 시인의 의식 수준에 맞게 한 이야기를, 시인이 어른이 된 후에 재구성한 결과라고 할 수 있다.

6) 『매일신보』, 1942.7.13-17.

될 수 있는 시가를 만들기 위해서는 전통의 계승이 필요하다고 보았다. 이 글에서 그가 국민문학을 지지하는 근거로 삼는 것은 국민문학이 동양적인 전통을 계승하고 있다는 점이다. 해방 이후에는 동양에서 조선적인 것만을 전통의 대상으로 한정한다. 「문학자의 의무」7)에서는 문화를 서구의 의미에서만 해석한다면 새로운 가치란 나올 수 없으며, 무엇에 추종하기 위해서 우리의 창조개성을 버릴 이유가 전혀 없다고 주장한다. 세계보다는 먼저 민족을, 세계문화보다는 민족문화의 구성을 먼저 사고하는 것이 시급하다고 주장하고 있다. 「詩의 人間性」8)에서도 그는 조선의 시인도 그리이스적 인간성과 중세 기독교적 인간성 혹은 당시의 인간성을 벗어나 이제는 한 자가의 인간성을 가져야 할 때라고 주장한다. 「解放前의 詩와 解放後의 詩」9)에서도 이 나라나 동양의 정신적 전통이나 풍토에 대한 관심을 내세우고 있다.

한국의 전통을 중시하던 미당의 전통관은 6.25를 거치면서 신라정신이라는 영원주의와 영통주의로 구체화된다. 「韓國 詩精神의 傳統」10)이나 「新羅風流」 등이 대표적인 글로서, 미당은 「彗星歌」, 「處容歌」, 「祭亡妹歌」 등의 향가와 『삼국유사』, 『삼국사절요』, 『대동운부군옥』 등의 문헌에 등장하는 선도산 신모 설화, 죽통 미인 설화, 선덕 여왕과 문무왕 설화 등을 통해 신라정신을 구축해 보이고 있다. 미당이 내세우는 신라정신의 요점은 인간주의가 아니라 우주주의적 정신의 표현이요, 현생적 현실주의가 아니라 사람을 영생해야 할 것으로 생각하는 영원주

---

7) 『동아일보』, 1946.7.16.
8) 『서정주 문학 전집』(4), 일지사, 1972, 206–207쪽.
9) 『서정주 문학 전집』(2), 위의 책, 256–261쪽.
10) 위의 책, 115–125쪽.

의의 정신이다. 미당은 이러한 자연주의와 영원주의가 신라정신의 핵심으로서, 우리 시정신의 한 대동맥으로서 전래해 온다고 보고 있다.

이러한 전통 정신에 대한 경사는 미당에게 독특한 시인관을 안겨준다. 그것은 바로 시인이란 언제나 역사의 전시간인 영원의 바로 중심에 위치한다는 각성된 의식을 가져야 하며, 또 세계나 우주 참여의식에 있어서도 늘 그 중앙에서 懷妊하는 자라는 의식을 가져야 한다는 것이다.[11] 미당에게 중요한 것은 현실주의적 역사관으로 재단된 당대 현실이 아니라 영원한 인류의 생존 속에서 변치 않고 남아 있는 정신의 흐름인 것이다. ≪질마재 신화≫도 기본적으로 위에서 살펴본 문학관의 연장에 놓여 있다고 할 수 있다.

≪질마재 신화≫를 살펴보는데 있어 무엇보다 중요한 사실은 이 시집이 강한 산문성을 지닌다는 점이다. ≪동천≫까지의 시는 우리말의 맛과 멋을 한결 살린 운문의 한 정점을 보여주었다. 일종의 음악성 지향이라 할 수 있는데, 이러한 음악성 지향의 가장 높은 성취를 보여주고 있는 것은 ≪귀촉도≫를 전후로 한 작품들이다.[12] 이에 반해 시집 ≪질마재 신화≫에서는 작자 없는 마을의 소문이나 일화 혹은 역사가 그대로 시가 되고 있다. 소재 자체가 서사물의 고유 영역을 다루고 있는 ≪질마재 신화≫는 일종의 서술시(narrative poem)로서, 서정적 순간보다는 서사적 요소가 강하게 드러나고 있다. 서사는 인물들이 활동하는 일정한 시공간을 필요로 하고, 그 안에는 사건과 인물이

---

11) 위의 책, 42-43쪽.

12) 시집 ≪화사집≫부터 ≪동천≫까지가 미학적 논의의 범주가 된다는 관점은 천이두 (「지옥과 열반」, 『미당연구』, 민음사, 1994) 이래로 많은 논자들에 의해 지적되어 왔다. 천이두는 「동천」이 성취한 만월의 비전을 그 자체로 유기체적 구조 내에서의 완성을 뜻한다고 파악하며, 이는 곧 서정주 시의 완성을 의미한다고 본다.

존재해야만 한다. ≪질마재 신화≫ 제 1부 33편[13])의 시중에서 인물의
이름이나 특징을 나타낸 단어가 곧 제목인 시는 13편이나 된다. 나머
지 시에서도 독특한 인물의 설정과 그가 만들어 내는 행위는 시의
핵심적인 요소로서 기능하고 있다. 이것은 이 작품집이 일종의 열전
에 해당하는 것임을 보여주는 것이다.

　그러므로 ≪질마재 신화≫에 등장하는 인물들에 대한 탐구는 시인
의 의식과 정신적 지향을 살펴보는 데 있어, 필수적인 작업이 될 수
있다. 기존의 인물에 대한 연구들은 대개 '藝人'이나 여인들과 같이
연구자가 관심을 갖고 있는 특정한 부류의 인물에만 초점을 맞추고
있었다. 이 글에서는 ≪질마재 신화≫에 등장하는 인물들을 가능하면
다양하게 포함시켜 논의하고자 한다. 이것은 그들의 의식과 삶의 태
도에는 공통되는 흐름이 있으며, 이러한 전통적인 정신의 흐름 속에
'藝人'이나 여인들의 삶 역시 포함된다고 믿기 때문이다.[14] 이를 위해
서 2장에서는 우선 질마재라는 공간에 대하여, 3장에서는 등장인물
들의 삶의 태도와 정신세계에 대하여, 마지막으로 4장에서는 대표적

---

13) 시집 『질마재 神話』(一志社, 1975)는 제 1부 「질마재 神話」 33편의 시와 제 2부 「노래」
　　12편의 시로 구성되어 있다. 제 2부의 「노래」 시편들은 동시와 자유시가 결합된 형식
　　으로서, 제 1부 「질마재 神話」의 시들과는 형식과 내용이 판이하게 다르다. 이 글에서
　　는 제 1부 「질마재 神話」의 시편들을 분석 대상으로 한다.

14) 미당은 「질마재里의 思想들」(『서정주 문학 전집』(4), 일지사, 1972)이라는 글에서
　　질마재라는 마을의 인적 구성을, 유학파, 자연파, 심미파 셋으로 분류하고 있다.
　　유학자들은 근엄하고 인색한 모습으로만 그려진다. 자연파는 인간보다는 자연에,
　　밭갈기나 낚시질 등에 탁월한 재능을 보이는 이들이다. 마지막으로 심미파는 예인들
　　을 말하는 것으로서, 이들은 의젓하지 못 하고, 늘 무엇을 숨기는 양 숨어 산다.
　　그러나 일단 초상이 난다든가 무슨 축제가 벌어지면 혼자 도맡아 신명을 떨치는
　　존재들로 그려지고 있다. 본고가 대상으로 하는 못난이들은 바로 자연파와 심미파에
　　속하는 사람들이다.

인 서사무가 〈바리공주〉와의 비교를 통해, ≪질마재 신화≫가 지니고 있는 전통적 성격을 분명하게 드러내어 보고자 한다.

2. 내면화 된 금기를 뛰어넘는 강렬한 생명력

〈姦通事件과 우물〉은 '간통'이라는 금기의 위반과 그에 대한 마을 사람들의 대응을 통해 질마재라는 마을이 지닌 독특한 성격을 잘 드러낸 작품이다.

> 姦通事件이 질마재 마을에 생기는 일은 물론 꿈에 떡 얻어먹기같이 드물었지만 이것이 어쩌다가 走馬痰 터지듯이 터지는 날은 먼저 하늘은 아파야만 하였습니다. 한정없는 땡삐떼에 쏘이는 것처럼 하늘은 웨-하니 쏘여 몸써리가 나야만 했던 건 사실입니다.
>
> 「누구네 마누라허고 누구네 男丁네허고 붙었다네!」 소문만 나는 날은 맨먼저 동네 나팔이란 나팔은 있는 대로 다 나와서 〈뚜왈랄라 뚜왈랄라〉 막 불어자치고, 꽹과리도, 징도, 小鼓도, 북도 모조리 그대로 가만 있진 못하고, 퉁기쳐 나와 법석을 떨고, 男女老少, 심지어는 강아지 닭들까지 풍겨져 나와 외치고 달리고, 하늘도 아플 밖에는 별 수가 없었습니다.
>
> 마을 사람들은 아픈 하늘을 데불고 家畜 오양깐으로 가서 家畜用의 여물을 날라 마을의 우물들에 모조리 뿌려 메꾸었습니다. 그러고는 이 한 해 동안 우물물을 어느 것도 길어 마시지 못하고, 山골에 들판에 따로 따로 生水 구먹을 찾아서 渴症을 달래어 마실 물을 대어 갔읍니다.≪姦通事件과 우물≫

이 작품은 마을에 간통사건이 일어났을 때의 모습을 그리고 있다.

질마재 마을에서 간통사건을 다루는 방식은 일반적으로 범죄를 다스리는 방식과 다르다. 그것은 일종의 축제에 버금가는 흥겨움으로 그려지고 있다. 이 시에서 벌을 받거나 혹은 그에 상응하는 고통을 당하는 것은 간통사건을 저지른 당사자나 주위의 인간들이 아닌 하늘이다. 남녀노소, 심지어 강아지나 닭들까지 날뛰는 마당에 오직 하늘만이 아파하는 것이다. 3연에서 가축용의 여물을 날라 우물을 메울 때, 감히 '데불고' 가는 것은 간통사건을 저지른 죄인들이 아닌 하늘이다.

간통사건을 앞에 놓고 벌이는 마을 사람들의 모습은, 바흐친이 라블레의 소설을 분석해서 밝힌 카니발의 모습을 연상시킨다. 축제는 모든 서열적 위계, 특권, 규범, 금기를 유예시켜 기성 질서로부터의 해방을 잠정적으로 구가하는 대중들의 놀이 마당이다.15) 마지막에 마을의 우물물을 모두 메우는 행동은 기존의 모든 질서를 거부하고 새로운 삶의 질서를 만들어 나가는 의미로 볼 수 있다. 생명의 근원인 우물을 모두 메우고, 들판으로 나가 물을 구한다는 것은 기존의 공동체적 질서가 이루어지기 이전의 상태를 마을이 되찾았다는 암시인 것이다.

간통이라는 기존의 윤리나 도덕이 엄격히 규제하는 사건을 앞에 두고, 마을 사람들은 당사자들을 처벌하는 것이 아니라, 마을 공동체 전체가 참여하는 일종의 의식(儀式)을 통해 극복해 내고 있다. 이것은 서정주 자신이 쓴 수필의 "그러나, 간음한 남녀는 별 형벌을 받은 일

---

15) "공식적인 잔치에 반대하면서 기존 질서에 대한 진리로부터 일시적인 해방을 구가하는 것이 바로 축제의 뜻이다. 축제 안에서 모든 사회적 순위, 특권, 규범, 금기 사항은 무너진다. 축제야말로 진정한 시간의 잔치이며 변화와 재생의 잔치이다. 그것은 완벽하고 불변적인 것에 대해서는 적개심을 갖는다."(Mikhail Bakhtin, *Rabelais and His World*, trans. H.Iswolsky, Mass. : MIT Press, 1968, p.109)

은 없었다. 한동안은 부끄러워 마을에 나오지를 못한다 하더니, 세월
이 지나자 별로 이혼까지 된 일도 없이 깨끗이 씻은 듯 사는걸 보았
다."[16]라는 대목에서도 확인할 수 있다. 이러한 관대함이 가능한 것
은 질마재라는 공간에서의 윤리나 규범이라는 것이 절대적인 가치가
아니기 때문이다. 그들에게는 인간의 자연스러운 생명력의 발현이
인위적인 규범이나 윤리보다 중요하다. 그러하기에 간통사건을 앞에
두고, 마을 사람들이 이 시에서와 같이 축제적 분위기를 연출할 수
있는 것이다. 이와 같은 맥락에서 마을 사람들이 간통 사건을 극복해
나가는 방식, 즉 기존의 우물이 아닌 들판에 나가서 물을 얻는 행위는
새로운 생명력을 찾는 방식으로 새길 수 있다.

　그러나 금기나 규범이 질마재라는 공간에서 전혀 힘을 발휘하지
못 하는 것은 아니다. 그것은 사람들에 의해 한편으로는 부정되면서
도, 한편으로는 강한 구속력을 발휘하는 힘을 지닌 것이다. 〈金庾信
風〉이라는 시에서 이를 확인할 수 있는데, 이 시에서 무식하고 가난한
黃먹보는 김유신을 흉내내는 약간의 기지를 발휘해 뒷집 長子네 예쁜
딸을 아낙네로 얻는다. 이 시의 표면적 의미만을 따라갈 경우, 우리는
질마재를 사회적 위계 질서 따위가 큰 구속력을 발휘하지 못 하는
공간이라고 규정할 수 있다. 그런데, 이 시에 나오는 황먹보의 이야기
는 다른 시처럼 실제로 당시에 일어난 사건을 바탕으로 한 것이 아니
라, "어쨌었는지 우리 두 눈으론 똑똑히 보지 못해서 뭐라 장담할 수는
없"는 전해져 오는 이야기일 뿐이다. 따라서 우리는 대개의 구비전승
이야기가 그러하듯이, 민중들의 이룰 수 없는 소망을 담은 것으로

---

16) 『서정주 문학 전집』(3), 17쪽.

황먹보의 이야기를 해석할 수 있다.[17] 따라서 이 이야기는 오히려 도저히 뛰어넘을 수 없는 신분과 계층의 높은 벽을 나타낸 것으로 볼 수 있는 것이다.

질마재 공간에서 지배 계층에 의한 금기나 사회 규범이 지닌 성격, 즉 사람들에 의해서는 부정되려 하나 결코 그 힘이 사라진 것은 아닌 이중적 성격은 〈분지러 버린 불칼〉이라는 시에서도 확인할 수 있다.

> 여름 하늘 쏘내기 속의 천둥 번개나 벼락을 많은 질마재 사람들은 언제 부턴가 무서워하지 않는 버릇이 생겨 있습니다.
> (중략)
> 아무리 번개가 요란한 궂은 날에도 삿갓은 내리는 빗 속에 머윗잎처럼 自由로이 들에 돋게 되었습니다.
> 邊山의 逆賊 具蟾百이가 그 벼락의 불칼을 분지러 버렸다고도 하고, 甲午年 東學亂 때 古阜 全琫準이가 그랬다고도 하는데, 그건 똑똑히는 알 수 없지만, 罰도 罰도 웬놈의 罰이 百姓들한텐 그리도 많은지, 逆賊 具蟾百 이와 全琫準 그 둘 중에 누가 번개치는 날 일부러 우물 옆에서 똥을 누고 앉았다가, 벼락의 불칼이 내리치는 걸 잽싸게 붙잡아서 몽땅 분지러 버렸 기 때문이라는 이야기랍니다.
> 그렇지만 삿갓을 머윗잎처럼 쓰고 쏘내기의 번갯불 속에 나설 용기가 없는 아이들이나 어른들은 하나 둘 셋 넷에서 열까지 그들의 숨소리를 거듭 거듭 되풀이 해서 세며 쏘내기 속의 그 천둥이 멎도록 房에 들어 있어야 합니다. 「하나, 둘, 셋, 넷, 다섯, 여섯, 일곱, 여덜, 아홉, 열」 그렇게 세는 것이 아니라 「한나, 만나, 淸國, 大國, 얼기빗, 참빗, 胡좆,

---

17) 이러한 해석은 서정주의 수필(서정주, 위의 책, 39–42면)을 통해서도 지지를 얻을 수 있다. '앞집 미련둥이'가 '뒷집 장자의 이쁜 딸'과 결혼한다는 이 이야기는 가난하 고, 조금 미련한 그야말로 황먹보와 비슷한 입장에 처해 있는 영철이가 시인에게 늘 들려주었던 이야기이다.

말좆, 벙거지, 털렁」 그렇게 세야 하는 것인데, 이 셈법 이것은 李朝 때
胡人놈들이 무지무지하게 처들어와서 막 직딱거릴 때 생긴 거라고 해요.
「淸國 大國놈 하나 만나서 胡좆 말좆에 얼기빗 참빗의 巾節이고 무어고
다 소용도 없이 되고, 치사한 權力 벙거지만 털렁 털렁 지랄이구나」 아마
그쯤 되는 뜻이겠지요. 하나. 만나. 淸國. 大國. 얼기빗. 참빗. 胡좆. 말좆.
벙거지. 털렁……《분지러 버린 불칼》

이 작품 속에서 벼락의 불칼은 지배 체제가 민중들에게 가하는 폭
력이다. 이러한 성격은 벼락이 백성들에게 내리는 '웬놈의 벌'로 표현
되는 것이나, 그것을 역적 구섭백이나 전봉준이가 분질러 버렸다는
것에서 분명하게 드러난다. 그런 천둥 번개를 두려워하지 않는 것은,
지배층들이 가하는 다양한 규제가 더 이상 사람들에게 아무런 위엄이
나 존경의 대상이 되지 않기 때문이다. "罰도 罰도 웬놈의 罰이 百姓들
한텐 그리도 많은지"라는 부분은 기존의 체제가 위엄을 잃게 된 이유
가 지나친 억압에서 비롯됨을 알려준다. 이러한 사회적 구속 앞에서
사람들이 취하는 태도는 두 가지이다. 하나는 번개가 아무리 요란한
날에도 자유로이 돌아다니는 것이고, 다른 하나는 용기가 없어 방에
숨어서는 사대적이며 무능한 지배층을 비판하는 것이다. 우리는 이
시에서도 사람들을 방안에 가둬둘 수 있는 힘으로서의 규범이나 억압
을 확인할 수 있다. 그러나 금기나 억압을 깨뜨리려고 하는 사람들의
힘과 의지는 사회적 규범이나 억압을 뛰어 넘는다.
　사람들의 이러한 도전적 자세로 인하여 〈姦通事件과 우물〉에서처
럼, 질마재는 언제든지 서열적 위계, 특권, 금기로부터 벗어난 카니발
의 무정부적 상태로 돌변할 수 있는 힘을 지니고 있다. 이러한 공간의

특성과 관련해 ≪질마재 신화≫에 나오는 온갖 기괴한 육체와 배설물
들은 중요한 의미를 갖는다.[18] ≪질마재 신화≫에는 사타구니, 항문,
아이 낳는 구멍, 웅뎅이 등과 같은 금기시되어 온 육체와 오줌이나
똥과 같은 배설물[19]이 너무도 많이 등장한다. 더 나아가 말피나 수간
과 같이 동물의 영역에까지 이르는 온갖 비루한 것들이 등장한다.
인물들은 그들이 지닌 세계관이나 정신에 의해 묘사되는 것이 아니
라, 기괴한 육체 혹은 배설물과 관련되어 언급된다.

　〈金庾信風〉에서 황먹보는 "똥구녁이 마르다가 마르다가 찢어지게
끔" 가난한 집의 외아들로, 그의 재주라고는 "퍼먹고 윗목 요강에 가
똥누는 재주"밖에 없는 것으로 그려진다. 〈눈들 영감의 마른 명태〉의
눈들 영감이 지닌 존재의 비밀은 "동구녁께는 얼마나 많이 말라 째져
있었는지"와 관련되어 있다. 〈小者 李 생원네 마누라님의 오줌 기운〉
에서 이 생원네 마누라는 오줌 기운이 아주 센 것으로 그려진다. 〈말

---

18) 괴기스런 육체는 카니발에 있어서 핵심적인 개념이다. 고전적 육체는 고급 공식 문
　　화의 일관된 형식을 의미한다. 즉 인간 육체의 형상은 사회적 규범의 형상과 동떨어
　　져서는 안 된다는 것을 고전적 육체 개념은 제시하고 있다. 축제에서의 육체 이미지
　　는, 생식기나 배설기가 없는 고전적 조각과는 달리 열려 있는 부분들(입, 콧구멍,
　　항문)과 아랫부분(배꼽, 다리, 발, 엉덩이, 생식기)으로 구성되어 있다. 이것은 기괴
　　한 육체가 고전적인 개인주의적 육체 개념과 반대되는 위치에 있음을 의미한다.
　　(Peter Stallybrass and Allon White, *The Politics and Poetics of Transgression*,
　　「바흐친과 문화사회사」, 『바흐친과 문화이론』, 원용진 옮김, 문학과지성사, 1995,
　　113-143쪽)

19) 똥, 오줌, 월경혈, 분비물, 구토물, 시신 등과 같은 신체로부터의 폐기물들은 정상적
　　인 개인이나 집단의 삶에 있어 중요하다. 그것은 '정체성, 체계, 질서'를 위반함으로
　　써 자아가 존재하기 위해 떨어져 나온 원초적 융합의 상태 속으로 , 혹은 바꿔 말하면
　　자아를 지탱해주는 모든 경계들이 사라진 혼돈 속으로 자아를 복귀시키기 때문이다.
　　(Julia Kristeva, *Powers of Horror : An Essay on Abjection*, trans. by Leon
　　S. Roudiez, New York : Columbia University, 1982, p.4)

피〉에서는 모시밭 골 감나뭇집 薛莫同이네 寡婦 어머니가 사잇 서방
과 결별하기 위해, 자신의 대사립문을 뜨끈뜨끈한 검붉은 말피로 칠
갑을 한다. 〈소망(똥깐)〉에서는 똥간과 용변을 치르는 과정이 곧바로
시의 육체가 되고 있다. 〈소 * 한 놈〉에서는 수간이 주요한 모티브로
등장하고 있다.

《질마재 신화》에서의 기괴한 육체와 배설물들은 비옥함과 성장,
풍부함 등의 주제를 나타낸다.[20] 〈小者 李 생원네 마누라님의 오줌
기운〉에서는 이 생원네 마누라님의 오줌은 질마재 마을에서도 제일로
무성하고 밑둥거리가 굵다고 소문이 난 무밭을 만들어 내는 생명력의
근원으로 작용하고 있다. 시인은 오줌 기운을 강조하기 위해 신라시대
智度路大王妃의 '長鼓만한 똥'과 이 생원네 마누라님의 오줌을 비교하
고 있다. 똥을 수식하는 말로 장고가 등장한 이유는 장고가 사람들을
고무시키고, 신바람을 나게 하는 악기라는 사실이 고려되었을 것이다.
수필 「질마재」에도 소자 이생원네 마누라는 마을 제일의 욕보로 소개
되고 있다. 로서, 자연에 처하기를 즐겨한 自然派인 이들 부부를 살게
한 힘으로, 시인은 자연의 모습을 가장 많이 닮은 感覺을 들고 있다.[21]

이러한 생명력은 창조성으로 연결되는데, 그것은 〈알묏집 개피떡〉
에 나오는 알묏댁을 통해서 드러난다. 그녀는 보름달이 뜰 무렵의
보름 동안은 서방질을 하고, 달이 없는 그믐께부터는 마을에 떡을

---

20) 바흐친에게서도 축제에서의 기괴한 육체의 이미지들은 비옥함과 성장, 풍부함 등의
   주제를 나타낸다.(Bakhtin. 앞의 책, p.19)

21) "그것은 온 몸이 으스러질 듯한 굉장히 황홀한 감각이었을는지도 모른다. 신바람나
   는 회오리바람이 이는 굉장한 것이었을는지도 모른다. 사람들과 같이 사는 知慧와
   情調에 있어선 모자랐다 할망정, 시끄러운 接戰이 많아 흠이지 感覺이 신나기는 이
   집이 신나는 거였을는지도 모르겠다."(서정주, 앞의 책, 49쪽)

판다. 그런데, 그녀의 떡은 맵시며 맛이 너무나 뛰어나 "손가락을 식
칼로 잘라 흐르는 피로 죽어가는 남편의 목을 추기었다는 이 마을
제일의 烈女 할머니"까지 알뭇댁을 칭송한다. 생명력을 바탕으로 미
적 경지로 승화된 떡 앞에서, 열녀로 표상 되는 도덕조차 꼼짝하지
못 하고 박수를 치고 있는 것이다.

여기서 우리는 《질마재 신화》만의 성에 대한 독특한 인식을 볼
수 있다. 《화사집》에서의 성은 엄청난 선악의 의식에서 오는 인간의
혼돈과 심연의 세계였다면,[22] 《질마재 신화》에서의 성은 생명력의
근원으로서 아무런 갈등도 없는 자연스런 것으로 인식되고 있다. 이
것은 성에 대한 태도를 두고 볼 때, 서구적인 것에서 한국 고유의
입장으로 돌아온 것으로 볼 수 있다. 서구에서 성은 갈등과 긴장을
동반하는 것으로서 인식되는 데 반해, 우리에게 있어 성은 아무런
병리적 갈등을 드러내지 않는 것으로 인식되기 때문이다.[23]

생명력이 일종의 경외의 대상으로서 인식될 때, 기괴한 육체가 찬

22) 《화사집》에 나타나는 짐승스런 욕정 또한 제어하기 힘든 열정이 분출될 방향성을
제대로 찾지 못한 결과로 볼 수 있다. 뱀 이미지로 현현하기도 하는 짐승스런 욕정은
많은 경우 원죄 의식을 수반하며, 그것은 떳떳할 수 없는 식민지 청년으로서의 죄의
식과 다르지 않다.(최두석, 앞의 책, 278쪽)
23) 창세기에서는 성의 부끄러움이란 현상이 나타난다. 이브는 아담에게 있어서 부드러
움의 상징이며 뱀은 아담에게서 에로티즘의 상징이다. 그래서 성의 부드러움과 에로
티즘 상에 갈등과 긴장, 그리고 존재론적 파열이 있다. 그래서 성의 아름다움은 인간
에게 있어서 상실된 낙원의 영상이며 동시에 지옥의 문이기도 하다. 희랍의 「오이디
푸스」 신화에도 근친상간을 범한 리비도의 맹목과 거기에서 오는 고달픈 삶의 회한
이 새겨져 있다. 그러나 우리의 민족 신화에서는 그와 같은 성의 질환현상이 크게
부각되어 있지 않다. 아름다움(성)에 대한 하등의 자기 갈등적인 죄의 콤플렉스가
비치지 않는다. 이것은 성의 지대에서 내적인 병리적 갈등의 부재와 만남의 공동체
적 밭이 근원적 믿음으로 우리에게 갖추어져 있음을 알려준다.(김형효, 『동서철학에
대한 주체적 기록』, 고려원, 1985, 28-30쪽)

양되는 것과 마찬가지로 수간이라는 행위마저 시의 전면으로 떠오른다. 〈소 * 한 놈〉이 바로 그것이다. 이 시에서 주목을 끄는 것은 수간이라는 어이없는 행동을 저지른 총각 놈을 묘사하는 시인의 태도이다. 그는 "品行方正키로 으뜸가는 총각놈이었는데, 머리숱도 제일 짙고, 두 개 앞이빨도 사람 좋게 큼직하고, 씨름도 할라면이사 언제나 상씨름밖에는 못하던 아주 썩 좋은 놈이었는데, 거짓말도 에누리도 영 할 줄 모르는 숙하디 숙한 놈"으로 묘사된다. 수간 사실이 들통나 사라진 그를 보며, 화자는 "그 발자취에서도 소똥 향내쯤 살풋이 나는 틀림없는 틀림없는 聖人 녀석이었을거야."라고 말할 정도이다. '틀림없는'이라는 단어를 두 번이나 강조하는 화자의 태도에 비꼼과 같은 부정적인 뉘앙스는 느껴지지 않는다.

질마재는 기존의 금기나 규범이 강한 영향력을 지닌 공간이며, 사람들의 삶 속에는 이러한 금기가 내면화되어 있다. 그러나 앞에서도 살펴본 바와 같이 사람들은 끊임없이 그러한 금기나 규범을 부정하며, 이러한 태도는 조그마한 균열에 의해서도 질마재라는 공간을 카니발적 공간으로 돌변시킨다. 질마재가 지닌 공간의 이러한 성격을 뒷받침하는 주요한 이미지로 등장하는 것이 기괴한 육체와 배설물이다. 기괴한 육체와 배설물은 성과 함께 비옥함과 성장을 이끄는 생명력의 근원으로 그려지고 있다.

3. 완성의 조건으로서의 모자람

《질마재 신화》에서 미당은 강력한 힘을 지닌 채 우리를 에워싸고 있는 인위적인 윤리 도덕이나 금기를 벗겨내는 작업을 우선적으로 행하고 있다. 그러나 문명이나 생활 감각과 같이 거추장스럽게 여겨지는 것들을 떨쳐 내더라도, 거기에는 인간이기 때문에 동물과는 구별되는 자기의식이 깃들이지 않을 수 없다. 따라서 문명의 외피를 지우는 작업은 단순히 기존의 규범에 대한 부정과 전복에서 멈추는 것이 아니라, 시인이 그토록 탐구하여 알기를 열망하는 민족 정신의 원형을 탐구하는 선행작업이 되고 있다. 이와 관련해 〈上歌手의 소리〉, 〈단골 巫堂네 머슴 아이〉, 〈石女 한물宅의 한숨〉, 〈神仙 在坤이〉 등은 주목할 만한 시들이다.

　　왜, 거, 있지 않아, 하늘의 별과 달도 언제나 잘 비치는 우리네 똥오줌 항아리, 비가 오나 눈이 오나 지붕도 앗세 작파해 버린 우리네 그 참 재미있는 똥오줌 항아리, 거길 明鏡으로 해 망건 밑에 염발질을 열심히 하고 서 있었습니다. 망건 밑으로 흘러내린 머리털들을 망건 속으로 보기좋게 밀어넣어 올리는 쇠뿔 염발질을 점잔하게 하고 있어요.
　　明鏡도 이만큼은 특별나고 기름져서 이승 저승에 두루 무성하던 그 노랫소리는 나온 것 아닐까요?《上歌手의 소리》

　　세상에서도 제일로 싸디싼 아이가 세상에서도 제일로 천한 단골 巫堂네 집 꼬마둥이 머슴이 되었습니다. 단골 巫堂네 집 노란 똥개는 이 아이보단 그래도 값이 비싸서, 끼니마다 얻어먹는 물누렁지 찌끄레기도 개보단 먼저 차례도 오지는 안 했습니다.
　　단골 巫堂네 長鼓와 小鼓, 북, 징과 징채를 늘 항상 맡아 가지고 메고 들고, 단골 巫堂 뒤를 졸래졸래 뒤따라 다니는 게 이 아이의 職業이었는데, 그러자니, 사람마닥 職業에 따라 이쿠는 눈웃음 - 그 눈웃음을 이 아이도 따로 하나 만들어 지니게는 되었습니다.

（중략）

그리하여 이 아이는 어느 사이 제가 이 마을의 그 教主가 되었다는 것을 알았는지 몰랐는지, 어언간에 그 쓰는 말투가 홱딱 달라져 버렸습니다.

（중략）

그렇게쯤 되면서부터 이 아이의 長鼓, 小鼓, 북, 징과 징채를 메고 다니는 걸음걸이는 점 점 점 더 점잖해졌고, 그의 낮의 웃음을 보고서 마을 사람들이 占치는 가지數도 또 차차로히 늘어났습니다. 《단골 巫堂네 머슴 아이》

위 시의 주인공들은 거울이 없어 배설물을 담아둔 항아리의 표면에 자신의 모습을 비추어 보는 비참함과 집에 있는 똥개보다도 더 천하게 취급받는 인간 모멸의 상황에 처해 있다. 그런 죽음보다 못한 삶의 상황에서 그들은 자신들을 단련하여 자신만의 가치들을 창조한다. 그 결과 얻게 되는 것이 上歌手에게는 이승과 저승을 초월하는 불멸의 노래 소리이고, 단골 무당네 머슴 아이에게는 자신을 질마재의 교주로 승격시키는 웃음이다. 그들이 새로운 것을 만들어 낼 수 있었던 데는, '특별나고 기름진 明鏡'과 '개만도 못한 놈의 새끼'라는 한계가 있었기 때문이다. 그들은 기존의 질서 속에서 배제되고 외면 받았기에, 그것을 뛰어넘는 새로운 가치를 창출해 내고 있는 것이다.

〈石女 한물宅의 한숨〉에서 한물댁이 보이는 우주적 차원의 생명력, 즉 모시 잎들을 파닥거리게 한다든가 마을 사람들을 비롯한 개나 고양이를 웃게 만드는 힘도 같은 맥락에서 생각할 수 있다. 그녀의 얼굴에서는 '옛비식한 웃음만이 玉 속에서 핀 꽃같이 벙그러져 나와서' 그걸 보는 남녀노소들은 모두 웃는다. 그런데, 이 웃음은 그녀가 죽고 나서 알려진 사실처럼 아주 밝고 밝은 새벽이면 그녀가 짓던 한숨에서 비롯된 것이다.[24] 이 때의 한숨은 석녀라는, 즉 자신의 여성성을 발휘할 수 없는 상황에서 연유한 것이다. 그리하여 마을 사람들이 "하아 저런! 한물宅이 일찌감치 일어나 한숨을 또 도맡아서 쉬시는구나! 오늘 하루도 그렁저렁 웃기는 웃고 지낼라는 가부다"고까지 말할 수 있는 것이다. 이처럼, 〈石女 한물宅〉의 웃음은 단골 무당네 머슴 아이의 '이쿠는 눈웃음'과 통한다. 무당네 머슴 아이가 온갖 천시와 모멸 속에서 자신의 내면을 금강석 같이 단련시킨 결과 교주가 되었듯이, 석녀로서 남편에게 소실을 얻어 주고 한숨짓는 인고를 통해 그녀는 전 우주에 생명의 숨결을 불어넣을 수 있는 힘을 얻게 된 것이다.

〈神仙 在坤이〉의 재곤이라는 앉은뱅이 사내는 제 입 하나도 먹이지를 못 해서, 마을 사람들의 보살핌으로 살아간다. 그런 재곤이는 "우리들이 미안해서 모가지에 연자맷돌을 단단히 매어 달고 아마 어디 깊은 바다에 잠겨 나오지 않는"다. 자신을 돌봐주는 마을 사람들이 미안해, 보이지 않게 죽은 것이다. 마을 사람들은 재곤이가 "날개 돋아나 하늘로 神仙살이를 하러 간" 것이라는 조선달의 말에 동의하고, 그들의 "마음속에 살아서만 있는 그 재곤이의 거북이모양 양쪽 겨드랑에 두 개씩의 날개들을 안 달아 줄 수는 없"게 된다. 한 마리 거북이처럼 무겁디 무거운 모습으로 기어 다니는 재곤이가, 사람들에게 보이지 않는 곳에서 죽기 위해 필사적으로 기어 갔을 모습을 상상해 본다면, 양 겨드랑이에 날개를 단 신선으로 변한 재곤이 역시 상가수,

---

24) 시집 《떠돌이의 시》에서도 여인들은 이와 비슷한 성격을 가지고 있다. 신범순 교수는 "그녀들은 노예처럼 자신들의 생을 차압당한 채 이리저리 다른 사람들의 뒤치닥거리에 몸을 바치지만, 그 고난을 통해서 더욱 다져지게 된 삶의 씨앗들을 얻는다."고 밝히고 있다.(신범순, 「질기고 부드럽게 걸러진 〈영원〉」, 『미당연구』, 민음사, 1994, 288쪽)

무당네 머슴 아이, 한물댁과 같은 차원의 존재라는 것을 알 수 있다.

위 시에 나오는 인물들은 『莊子』의 「德充符」에 나오는 수많은 육체 불구자들을 연상시킨다.[25] 장자는 "육체가 불구로 완전하지 못한 사람이 이처럼 몸을 보양하며 하늘이 내려 준 명을 다할 수 있는데, 하물며 그 덕[26]을 잊어버린 사람에게 있어서랴!(夫支離其形者 猶足以養 其身 終其天年 又況支離其德者乎!)[27]라고 말한다. 위의 인용에서는 육체를 잃은 것과 덕을 잃은 것이 동궤에 놓여 있다. 유교적 덕이 인위적이며 인간을 규제하는 허위적 의식에 불과하다는 것이 장자의 기본 입장이라고 할 때, 덕과 동궤에 놓이는 육체 역시 진정한 가치일 수는 없다. 진정으로 중요한 것은 하늘이 내려 준 명을 다하는 것, 즉 내적인 충일과 완성인 것이다. 즉 형체가 온전하지 못한 것은 두렵지 않지만

---

25) 장자는 「덕충부」에서 외모가 괴상 망측한 사람들을 그리고 있는데, 그들은 절름발이, 꼽추, 언청이, 혹부리 등이다. 왕태(王駘), 신도가(申徒嘉), 숙산무지(叔山無趾), 애태타(哀駘它) 등의 불구자가 대표적이다. 이들의 성격은 기본적으로 동일하며, 대표적으로 왕태를 살펴보면 다음과 같다. 왕태(王駘)는 발이 잘린 불구자이지만, 말로 하지 않는 교육을 행하며, 아무런 구체적인 것이 없이 은연중에 감화시키고, 공자까지도 "천하를 모두 이끌어 그를 따를 것"이라고 말할 정도로 완성된 경지를 보여준다. 장자는 이처럼 외모가 추한 인물들에게 아름다운 색을 칠하고 있는 것이다. 그들은 자포자기하지 않으며, 초라한 자신의 장애로 마음속에 충만한 지혜를 손상시키지 않는다. 그들은 보통 사람들과는 다른 가치관을 가지고서 육체 이상의 더 높은 가치를 추구한다. 그들은 완벽한 인격적 삶을 중요시한다. 그럼으로써 숭고한 삶 속에서 자연스럽게 다른 사람을 끌어당기는 정신적 역량을 보여 준다. (「德充符」, 『장자』, 이석호 역, 삼성출판사, 1976, 225-235쪽 참조)

26) 이 글에서 쓰인 德은 유가적인 의미에서의 德이다. 장자도 德을 이야기한다. 노장사상에서 말하는 덕이란 '道를 얻음' 즉 대도의 정신을 몸소 구현함을 일컫는 말이다. 이는 유가에서 말하는 특정한 인륜 관계에 한정된 행위 규범과는 다르다. 다시 말해, '덕'이란 인간 관계에서 인간과 자연 사이의 관계로까지 확대되어, 인간을 드넓은 우주와 자연 속에 놓고 우주와 인생의 근원성, 완전성, 법칙성을 몸소 구현하는 것을 말한다.(陳鼓應, 『老莊新論』, 최진석 옮김, 소나무, 1997, 283쪽)

27) 「인간세」, 『장자』, 앞의 책, 225쪽.

신체는 온전해도 지혜가 결핍된 것이 진짜 두려운 것임을 분명히 밝히고, 형체 밖의 가치를 추구하는 것이 중요하다고 강조하고 있다.28)

　육체적인 불구자들을 통해, 장자는 마음의 아름다움을 강조하는 것이다. 내면적으로 충만된, 완벽한 덕을 소유한 사람은 외모가 어떻다 하더라도 그다지 상관없다. 천하에 다시 없을 만한 몰골일지라도, 그 사람의 아름다운 덕은 가릴 수가 없기 때문이다.29) 이것이 바로 "덕이 훌륭하면 육체적 불구는 잊혀진다."(德有所長而形有所忘)30)의 의미이다. 상가수, 단골 무당네 머슴 아이, 한물댁, 재곤이는 모두 석녀, 앉은뱅이, 혹은 개만도 못한 처지로 일종의 불구자들이다. 그런 그들은 불구자의 모습으로 범인들이 다가갈 수 없는 세계를 열어 나간다. 고난의 세계에 직면하여 심미적인 정신 혹은 끝없는 인고를 통해 인간의 새로운 정신 세계를 열어가고 있는 것이다.

　수필 「질마재」에는 이런 유형의 인물로, 석녀인 함물댁과 팔을 못 쓰는 장사 최노적이 등장한다. 여기서도 함물댁은 "무지개라도 뛰어넘을 만한 힘을 가진 좋은 암소"31)에 비유되고, 아름답고 사람을 기분 좋게 하는 "우매"라는 소리를 내는 신비한 존재이다. 이 수필에서 함물댁은 나중에 함물댁이 살던 집에 이사온 그 마을의 壯士 「최노적」이와 동일한 존재로 소개되는데, 최노적은 질마재 마을에서 힘이 가장 세어 세 가마니의 곡식을 합해 지고도 십 리쯤의 길은 번개 날 듯 하던 존재다. 그러던 중 그는 뜻밖에 병으로 오른팔을 못 쓰게 되어,

---

28) 陳鼓應, 앞의 책, 265쪽.
29) 위의 책, 284-291쪽.
30) 「덕충부」, 『장자』, 앞의 책, 233쪽.
31) 『서정주 문학 전집』(3), 앞의 책, 37쪽.

남의 집 급하지 않은 울타리를 엮어 주는 일 등을 하며 입에 풀칠을 하고 지낸다.

그도 함물댁과 마찬가지로 대부분의 힘을 속에다 쌓아 두고 남은 힘만 조금 써서 움직이는 존재이다. 그나마 그 남은 힘도 또 거의 다 남겨 놓고, 그 중에 십분의 일도 채 다 안 쓰는 듯한 움직임은 거대한 나무를 연상시킨다. 함물댁이 사물에 대한 감동을 속에다 다 감추고 겨우 남은 것만을 가지고 '우매…' 하였던 것과 마찬가지로, 그는 '애애……'라는 대답을 하는 것이다. 그의 말은 사는 일이 언제나 그득한 사람이 나머지만 조끔 가지고 사는 그런 모습이다.

함물댁이나 최노적은 석녀와 팔을 못 쓰는 사람으로서, 외견상에 있어서는 결함을 가진 존재들이다. 그러나 그들은 내적으로는 완전한 충일 상태에 놓여 있는데, 그것은 "사는 일이 언제나 그득한 사람"이라는 표현 속에서 단적으로 드러나고 있다. 서정주는 이들을 향해 "「함물댁」한테는 종이 규화가 아니라, 바로 붉은 날접시꽃의 花冠을, 이 「최 노적」씨에게는 豫備役 陸軍中將의 正裝을, 이들이 시방 있고 또 내가 할 수 있다면 선사하고 싶다"[32]고 말하고 있다. 이미 고인이 된 두 사람을 향하여, 시인이 할 수 있는 최고의 찬사를 보내고 있는 것이다. 이러한 찬사 속에는 《질마재 신화》에 등장하는 수많은 못난 이들을 대하는 시인의 태도가 단적으로 드러나 있다. 마지막에 "이 나라에 이런 이들이 적지 않이 그늘에서 살다 간 것을 생각하는 것은 서럽다."[33]는 작가의 언급은, 이러한 인간형이 한국인의 슬프고도 넉넉한 삶의 전형적인 모습이라는 것을 나타낸 것이다.

---

32) 위의 책, 38쪽.
33) 위의 책, 39쪽.

『莊子』의 수많은 지인(至人)들은 장자가 살던 시대와 관련시킬 때, 일종의 훌륭한 처세술을 보여주는 인물들이기도 하다. 장자가 살던 시대에는 수많은 살육과 속임수가 난무하던 때로서, 인세에서 이상적인 가치를 구현할 어떠한 희망의 싹도 보이지 않았다. 이런 시대에 타고난 자신의 능력을 외화시켜 완성한다는 것은 불가능하며, 사람들에게 주어진 가장 중요한 임무는 살아 남는 것이었다. 양심을 지켜 살고자 하는 사람들에게 오직 허락된 것이 있다면, 그것은 오히려 자신의 재능을 안으로 숨겨 내적으로 완성하는 것이다. ≪질마재 신화≫에 등장하는 사람들이 살던 시대 역시 장자의 시대에 결코 뒤지지 않던, 불모의 시대이다. 이런 시대에 대다수 한국인들 역시 못난이가 되지 않을 수 없었다. 가장 낮은 곳에 처해서, 사실은 가장 높은 가치를 완성하던 못난이들을 형상화하는 것으로, 서정주는 당대의 질곡과 간난을 증거하고 있는 것이다.

≪질마재 신화≫에서 인간의 정신 세계를 승화시키기 위한 인고의 시간은 때로 영원이라는 무한한 시간으로 확장되기도 한다. 그것을 가장 아름답게 보여주는 작품이 바로 〈新婦〉와 〈沈香〉이다.

그러고 나서 四十年이 지나간 뒤에 뜻밖에 딴 일이 생겨 이 新婦네 집 옆을 지나가다가 그래도 잠시 궁금해서 新婦방 문을 열고 들여다보니 新婦는 귀밑머리만 풀린 첫날밤 모양 그대로 초록 저고리 다홍치마로 아직도 고스란히 앉아 있었습니다. 안스러운 생각이 들어 그 어깨를 가서 어루만지니 그때서야 매운재가 되어 폭삭 내려앉아 버렸습니다. 초록 재와 다홍 재로 내려앉아 버렸습니다.≪新婦≫

질마재 사람들이 沈香을 만들려고 참나무 토막들을 하나씩 하나씩 들어내다가 陸水와 潮流가 合水치는 속에 집어넣고 있는 것은 自己들이나 自己들 아들딸이나 손자손녀들이 건져서 쓰려는 게 아니고, 훨씬 더 먼 未來의 누군지 눈에 보이지도 않는 後代들을 위해섭니다.

그래서 이것을 넣는 이와 꺼내 쓰는 사람 사이의 數百 數千年은 이 沈香 내음새 꼬옥 그대로 바짝 가까이 그리운 것일 뿐, 따분할 것도, 아득할 것도, 너절할 것도, 허전할 것도 없습니다. ≪沈香≫

〈新婦〉에 등장하는 신부를 내적인 가치의 완성자로 파악하는 것은, 어쩌면 남성우월주의에 바탕한 인식인지도 모른다. 그러나 결혼이라는 것이 상대방 이전의 자신과의 약속이라 할 때, 그녀는 자신의 전존재를 걸고 그것을 지켜낸 것이다. 그러하기에 결국 그녀는 돌아온 남편에 의해 신부로서의 자신을 온전히 회복할 수 있었다. 전존재를 걸고 얻은 것이기에 너무도 쓸쓸하고 안타깝지만, 그녀는 결국 초록재와 다홍재라는 화려한 이미지를 얻게 된다.

〈沈香〉[34] 역시도 마찬가지다. 침향이 그토록 깊고 신비로운 향을 얻을 수 있는 것은 "먼 未來의 누군지 눈에 보이지도 않는 後代"들을

---

34) 과거 불자들 사이에는 미륵보살이 부처로서 이 세상에 강림할 때를 대비하여 공양물을 미리 준비하는 풍습이 있었다. 그것이 바로 매향의 풍습인데, 불자들은 도솔천으로부터 강림한 미륵불의 법회에 제일 먼저 참석하면 현세와 미래에 영원한 행복을 얻는다고 믿었다. 그래서 용화법회에 참석할 준비물로 향목을 해변에 묻어두었다가 때가 되면 미륵불에게 그 향을 공양할 수 있기를 기원했다. 그 증거가 바로 매향비이며 지금까지 발견된 것으로는 사천 매향비, 정주 매향비, 삼일포 매향비 등을 비롯한 다섯 개의 매향비가 있다.(허균, 『사찰 장식, 그 빛나는 상징의 세계』, 돌베개, 2000, 208-209쪽) 시 〈沈香〉에서는 구체적으로 미륵불에게 봉양하기 위해 침향을 만든다는 말은 없지만, 영원에 가까운 무한한 미래를 준비한다는 점에서는 기본적으로 같은 의미라고 볼 수 있다.

생각했기 때문이다. 〈秋史와 白坡와 石顚〉은 추사가 백파에게 석전이
라는 아호를 건네며 한 적당한 사람에게 그 호를 주라는 말에, 수백년
동안 그 약속을 간직하여 결국에는 이름의 주인을 찾아 주었다는 이
야기이다. 영원에 이를 정도의 기다림을 통한 이상적인 가치의 구축
이라는 테마는 여기서도 반복되고 있다.

  기존의 사회 규범이나 질서를 부정하며 내적인 가치의 완성에 골몰
하는 그들이기에, 자잘한 세속의 명리나 승부 따위는 별다른 중요성
을 갖지 못 한다. 그것은 지상으로부터의 마지막 속박이라 할 수 있는
실마저 끊어져 아무런 걸림 없이 날아가는 연의 이미지에 응축되어
있다. 〈紙鳶勝負〉라는 시가 바로 그것이다. 이 시에서 그려진 연의
모습은 질마재 마을의 못난이들이 가 닿은 마지막 세계의 모습이라고
할 수 있는데, 그것은 「질마재」라는 수필의 마지막이 바로 이 연날리
기로 끝나는 것에서도 확인할 수 있다.

    그렇지만 選手들의 鳶 자새의 그 긴 鳶실들 끝에 매달은 鳶들을 마을에
  서 제일 높은 山 봉우리 우에 날리고, 막상 勝負를 겨루어 서로 걸고 재주
  를 다하다가, 한 쪽 鳶이 그 鳶실이 끊겨 나간다 하드래도, 敗者는 〈졌다〉
  는 歎息 속에 놓이는 게 아니라 그 반대로 解放된 自由의 끝없는 航行
  속에 비로소 들어섭니다. 山봉우리 우에서 버둥거리던 鳶이 그 끊긴 鳶실
  끝을 단 채 하늘 멀리 까물거리며 사라져 가는데, 그 마음을 실어 보내면
  서 〈어디까지라도 한번 가 보자〉던 전 新羅 때부터의 한결 같은 悠遠感에
  젖는 것입니다.
    그래서 그들은 마을의 生活에 실패해 한정없는 나그네 길을 떠나는
  마당에도 보따리의 먼지 탈탈 털고 일어서서는 끊겨 풀려 나가는 鳶같이
  가뜬히 가며, 보내는 사람들의 인사말도 〈팔자야 네놈 팔자가 상팔자구

나〉 이쯤 되는 겁니다.≪紙鳶勝負≫

이 때의 연은 현실에서는 패배하지만 그것을 통해 사실은 더 깊은 자유와 여유를 얻게 된 상태를 표현한 것이다. 실이라는 물질적 질곡에서 벗어남으로써, 연은 아무 것에도 걸림 없는 무한한 자유를 얻는다. 실이 끊긴 채 하늘을 자유롭게 날아다니는 모습은, 마지막 연에서 생활에 실패해 한정 없는 나그네길을 떠나는 인간의 모습으로 변화되어 나타나고 있다. 이 나그네를 향해 던지는 사람들의 인사말 "팔자가 네놈 팔자가 상팔자구나"라는 말은 마을 사람들에게 진정으로 중요한 가치가 무엇인지를 보여준다. 그것은 세속의 승부나 성공 따위와는 비교할 수도 없는 무한한 자유, 바로 그것인 것이다.

장자는 遊라는 개념을 많이 사용하는데, 이 遊로 정신의 자유로운 활동을 묘사한다.35) 정신적인 자유를 얻으려면, 우선 단절의 지혜를 배워 현실의 여러 속박으로부터 벗어나야 하고, 다른 한편으로는 개방성을 길러 폐쇄적인 정신으로부터 벗어나고 자아 중심의 한계를 벗어나야 한다.36) 이 시에 나오는 연은 바로 인간 정신의 자유 그 자체를 의미한다. 「질마재」라는 수필에서, 시인은 연이 지니는 이러

---

35) 아무런 가치 구분도 없는 고요한 마을의 드넓은 들판, 그 주변을 아무런 목적 없이 자족하며 거닌다. 소요하다가, 편안히 나무 아래 몸을 눕힌다. 도끼의 위협이 없으며, 사물의 침해함이 없다. 쓰임이 없으니, 어찌 재앙을 받겠는가? 無何有之鄕 廣莫之野 彷徨乎無爲其側 逍遙乎寢臥其下. 不夭斤斧 物無害者 無所可用 安所困苦哉.(「소요유」, 『장자』, 앞의 책, 193쪽)

36) 장자의 '유' 개념은 후대의 문학과 미학 그리고 예술 등에 큰 영향을 끼쳤다. '심유'는 일종의 심미적인 심리 활동으로서, 현실의 모든 인간 관계를 초월하여 심미적인 마음으로 사물을 관조하고, 예술적인 정신 상태로 세상을 보는 것인데, 이것이 중국 전통 미학에서 주장하는 심미적인 심리 활동의 중심을 이룬다.(陳鼓應, 앞의 책, 391-406쪽)

한 의미를 "그것은 내 情과 앎 속을, 또 뻗치는 뜻의 세계를 시방도 그냥 하늘을 매만지며 가고 있을 뿐, 멎을 줄을 모른다. 그것은 그때 연터에서 이긴 사람들에게도 진 사람들에게도 또 나같이 구경하던 소년들에게도 모두 그러하다."[37]라는 구절을 통해 명증하게 드러내고 있다. 연실이 끊어지는 것은 현실적 패배인 동시에 현실의 여러 속박으로부터 벗어나는 것을 의미한다. 연실이 끊겼다는 패배의 고통 속에서 "〈어디까지라도 한번 가 보자〉던 전 新羅 때부터의 한결 같은 悠遠感"에 젖는 모습은, 현실의 고통을 유유자적함으로 승화시킨 모습이라고 할 수 있다.

〈紙鳶勝負〉에 나오는 鳶의 자유로운 이미지 속에는 ≪질마재 신화≫ 이후, ≪떠돌이의 시≫(1976), ≪서으로 가는 달처럼≫(1980), ≪노래≫ (1984), ≪산시≫(1991) 등을 통해 표출되는 열린 세계를 소요하는 떠돌이 미당의 모습이 응축되어 있다.

4. 서사무가 〈바리공주〉와의 비교 가능성

이 글에서는 '질마재'라는 공간이 지닌 성격과 그 안에 존재하는 인물들에 대하여 살펴 보았다. 질마재는 기존의 금기나 규범이 강한 영향력을 지닌 공간이며, 사람들의 삶 속에는 이러한 금기가 내면화되어 있다. 그러나 사람들은 끊임없이 그러한 금기나 규범을 부정하고 그것에 도전하며, 이러한 태도는 조그마한 균열에 의해서도 질마재라는 공간을 카니발적 공간으로 돌변시킬 만한 힘을 지니고 있다.

37) 서정주, 앞의 책, 59쪽.

질마재가 지닌 공간의 이러한 성격을 뒷받침하는 주요한 이미지로
등장하는 것이 기괴한 육체와 배설물들이다. 기괴한 육체와 배설물은
성과 함께 비옥함과 성장을 이끄는 생명력의 근원으로 그려지고 있
다. 금기나 규범에 대한 도전과 부정, 그리고 이를 뒷받침하는 것으로
서의 강렬한 생명력은, 외적인 구속이나 선입관을 뛰어넘어 내적인
도의 완성을 이룩하는 모습으로 이어진다. 상가수, 단골 무당네 머슴
아이, 한물댁, 재곤이 등의 불구자들이 바로 그들이다. 이들은 불구자
의 모습으로 고난의 세계에 직면하여 심미적인 정신 혹은 끝없는 인
고를 통해 인간의 새로운 정신 세계를 열어가고 있는 것이다.

≪질마재 신화≫에 등장하는 못난이들의 삶은 '1) 육체적 혹은 신분
적으로 불행한 상태를 타고 남, 2) 그러한 시련과 고난을 극복하고자
노력함, 3) 범인이 다가갈 수 없는 고귀한 정신적 경지에 이름'이라는
삼 단계로 이루어져 있다고 할 수 있다. 이러한 삶의 모습은 한반도
전 지역에서 전승되는 무속신화로서 죽은 사람의 혼령을 저승으로
천도한다는 지노귀, 오구굿 등 사령제(死靈祭) 무의(巫儀)에서 구현되
는 서사무가 〈바리공주〉의 바리공주를 연상시킨다.

바리공주 역시 바리공주 혹은 바리데기라는 이름 자체가 의미하는
것처럼, 태어남과 동시에 버림받는다. 그러나 그녀는 부모의 보호 아
래 행복하게 자라난 여섯 명의 언니 대신 부모를 살려내는 과업을
수행한다. 바리공주는 부모를 살리기 위해 서천서역국으로 가서는
온갖 고초와 인고의 과정을 감내하여 결국에는 부모를 살릴 약을 구
해온다. 바리데기가 구해온 약으로 되살아난 아버지는 그녀에게 "국
(國)을 반을 주랴 사대문에 드는 천을 주랴"[38]라며 물질적인 보상을
제의하지만, 바리데기는 물질적인 보상 대신 '만신(萬神)의 인위왕(人

爲王)'[39)]이라는 정신의 최고 경지를 선택한다. 이러한 바리공주의 삶은 앞에서 살펴본 ≪질마재 신화≫의 못난이들의 삶과 유사하다. 무속이 한국인의 원형 심상을 반영하고 있으며 그 속에 한국인의 본래의 모습이 들어 있다는 것을 고려한다면,[40)] ≪질마재 신화≫에 나오는 인물들의 모습은 ≪바리공주≫와의 소략한 비교에서도 드러나는 바와 같이 한국인의 원형 심상에 맞닿아 있다고 할 수 있다.

---

38) 지금까지 채록 보고된 〈바리공주〉 자료는 약 50여편을 헤아린다.(홍태한, 『서사무가 바리공주 연구』, 민속원, 1998) 이 글에서는 『구비문학』(서대석 편, 해냄, 1997, 465쪽)을 바탕으로 인용했다.

39) 위의 책, 466쪽.

40) 홍태한, 앞의 책, 280쪽.

03

〈심청전〉패러디에 나타난 '심봉사'의 변이 양상

- 채만식의 〈沈봉사〉,
최인훈의 〈달아 달아 밝은 달아〉를 중심으로

1. 서론

〈심청전〉은 대표적인 고소설일 뿐만 아니라 판소리나 무가로도 불려지고 있다. 그뿐만 아니라 〈심청전〉은 여타의 고소설들과는 달리 오늘날에도 창극, 잡극, 악극, 동화, 연극, 오페라, 영화, 뮤지컬, 애니메이션과 같은 많은 예술 장르에 걸쳐 풍부한 예술적 소재의 원천이 되어 오고 있다. 최근에 황석영이 ≪심청≫[1]이라는 장편을 발표한 것에서도 드러나듯이, 심청은 과거의 것이 아닌 현재의 것으로 우리 곁에 놓여 있다고 해도 과언이 아니다.

〈심청전〉에 대한 연구는 1930년대에 시작되어 현재에는 〈심청전〉 하나만을 전문적으로 다룬 박사논문이 수편[2]에 이를 정도로 그 연구

---

1) 황석영, 『심청』, 문학동네, 2003.
2) 최운식, 「심청전 연구」, 성균관대 박사논문, 1982.
정하영, 「심청전의 제재적 근원에 관한 연구」, 서울대 박사논문, 1983.

사의 축적이 일정한 경지에 올라 있다. 이본이나 근원설화, 주제 및 배경 사상에 관한 기초적인 연구를 비롯해 구조주의, 문학사회학, 신화비평, 정신분석학 등의 대표적인 문학방법론이 빠짐없이 적용되었다고 할 정도로 여러 각도에서 그 논의가 이루어져 왔다.

　「심청전」에 대한 논의는 학문적으로만 이루어진 것이 아니라 채만식, 최인훈, 황석영과 같은 작가들에 의해서도 행해졌다. 이것은 문학기법상으로 보아 패러디라 부를 수 있는데, 패러디는 "비평적 거리를 둔 반복"[3]이라고 정리할 수 있다. 특히 패러디는 널리 알려진 이야기를 소재로 가져오면서도 그 중의 어느 특정한 면을 부각시킬 때, 그리고 그것이 독자들이 알고 있는 내용과 판이하게 다를 때 작가의 의도를 명확하게 전달할 수 있다는 특징이 있다. 패러디에 있어 작가의 '비평적 거리'는 원텍스트와 패러디된 작품 사이의 차이를 의미하며, 이 차이는 작가의 주제 의식을 나타낼 수 있는 것이다. 따라서 패러디된 작품의 주제의식을 밝혀내는 첩경은 이전 작품과의 차이점을 분명하게 밝혀내는 것이다.

　유영대, 「심청전의 계통과 주제」, 고려대 박사논문, 1989.
　장석규, 「심청전의 서사구조 연구」, 경북대 박사논문, 1994.
　유희섭, 「심청전의 설화화와 그 전승 양상에 관한 연구」, 인하대 박사논문, 2001.
3) Linda Hutcheon, *A Theory of Parody*, Routledge, 1991, p.6.
　그녀는 패러디의 형식은 확장되어 있으며 그 의미는 변하고 있기 때문에, 패러디에 대한 절대적인 정의란 없다고 말한다. 이전에 패러디를 설명하는 논자들은 원텍스트와의 대조나 대비만을 강조했으나, 그녀는 일치와 친밀성의 의미 역시 패러디의 중요한 특징으로 파악하고 있다. 따라서 원텍스트와 패러디화한 작품 사이에는 지속성과 변화가 모두 존재한다는 것이 그녀의 주장이다. 패러디가 주는 정서는 경멸에 찬 조롱으로부터 경외심에 찬 경의에 이른다고 보아, 패러디의 범위를 한껏 넓혀 잡고 있을 뿐만 아니라 패러디가 희극적인 효과만을 주는 것이 아니라 진지한 의미를 전달할 수 있음을 밝히고 있다.

　　〈심청전〉의 핵심 인물로는 심청과 심봉사를 들 수 있고, 거기에 곽씨 부인(한남본에서는 정씨 부인)과 뺑덕어미를 덧보탤 수 있다. 이처럼 〈심청전〉은 기본적인 사건 전개와 갈등이 모두 가족관계 안에서 이루어지는 것이다.[4] 따라서 〈심청전〉의 의미를 제대로 파악하기 위해서는 심봉사와 심청을 중심으로 하는 가족관계의 의미가 무엇인지를 파악하는 것이 필수적이다. 그럼에도 〈심청전〉 패러디에 관한 기존의 논의에서는 가족관계의 변이양상과 의미에 대한 논의가 간과된 측면이 있다. 이 글에서는 가족관계의 변화양상에 초점을 맞추어 〈심청전〉 패러디 작품들[5]의 의미를 살펴보고자 한다.

　　이러한 가족관계의 변화는 단순히 소설의 내적인 변화만을 나타내는 것이 아니라 당대의 사회문화사적 의미까지 담고 있는 것으로 파악된다. 가족이란 큰 사회의 거울이며, 개인과 사회 구조 간의 매개자로서 기능하기 때문이다.[6] 〈심청전〉의 표면적 주제인 孝는 사적영역

---

4) 최동현, 「〈심청전〉의 주제에 관하여」, 『심청전 연구』, 유영대·최동현 편, 태학사, 1999, 398쪽.
　　정흥섭(「채만식의 조선 고전 패러디」, 『한국학보』 111집, 2003.)은 채만식의 〈심청전〉 패러디 소설들이 "심봉사로 표상되는바 조선의 가부장 전통의 본질에 대한 직접적인 물음"(57)을 담고 있다고 말한 바 있다.

5) 〈심청전〉을 패러디한 작품은 크게 두 가지로 나눌 수 있다. 하나는 〈심청전〉 모티프를 작품의 중요한 요소로 끌어들이되 그 직접적인 연관을 밖으로 드러내지 않는 것이고, 다른 하나는 〈심청전〉의 기본적인 구도를 그대로 유지한 채 서사구조 및 인물의 성격에 변화를 가함으로써 새로운 의미를 전달하는 것이다. 이 논문에서는 후자에 해당하는 채만식의 〈심봉사〉(1936, 1944, 1947, 1949) 연작과 최인훈의 〈달아 달아 밝은 달아〉(1978)만을 다루고자 한다. 전자에 해당하는 작품으로는 대표적인 것만으로도 채만식의 〈보리방아〉(1936), 〈童話〉(1938), 〈病이 낫거든〉(1941), 박상륭의 〈심청이〉(1973), 오태석의 〈심청이는 왜 두 번 인당수에 몸을 던졌는가〉(1990) 등을 꼽을 수 있다. 이외에도 〈심청전〉의 모티프를 차용한 작품은 그 기준 설정의 애매함으로 인하여 그 대상 작품수가 얼마든지 늘어날 수 있다는 연구상의 난점이 있다.

의 문제이기도 하지만, 그것이 국가적인 차원으로 확대되었을 때에는 곧바로 忠(부모를 존중하듯이 권력자를 존중하라)이라는 공적영역의 문제로 확대된다.[7] 앞으로의 논의에서는 패러디된 작품들에서 出天大孝로서의 희생적인 모습을 보이는 심청의 성격에는 크나큰 변화가 없는 것을 고려하여, 심봉사의 성격 변화를 중심으로 그 의미를 살펴보고자 한다.

2. 가부장으로서의 아버지

〈심청전〉의 패러디 양상을 살피기 위해서는 우선 그 원본에 대한 논의가 선행되어야 한다. 주지하다시피 〈심청전〉은 무려 100여종이 훨씬 넘는 이본이 전해져 오고 있는데, 이들은 크게 한남본 계열과 완판본 계열로 나눌 수 있다. 한남본 계열은 문장체로서 짜임새 있는 구성을 보이고 간결 소박한 문체로 되어 있는 특징을 보인다. 이에 반해 판소리체인 완판본 계열은 한남본에 비해 작품분량이 길고, 삽

---

6) Kate Millett, 『성의 정치학』上, 정의숙·조정호 공역, 현대사상사, 1994, 68~70쪽.

7) 바다에 도착한 심청 앞에는 아황과 여영, 오나라 충신 오자서, 초나라 회왕, 초나라 굴원이 나타난다. 이들 인물들은 모두 忠으로 일세를 풍미한 인물들로서, 작품 속에서 심청과 동격에 놓인다. 이는 굴원의 "그디는 위친ᄒ여 효성으로 죽고 나는 츙셩을 다ᄒ더니 츙효는 일반이라 위로코져 닉 왓노라 창히 말리 먼먼 질의 평안이 가옵소셔"(142쪽)라는 말에 잘 나타나 있다. 이것은 〈심청전〉에서 심청의 孝와 忠이 동일선상에 놓여 있는 가치임을 보여주는 것이다.

이 논문에서 선정한 이본은 한남본의 경우 24장본이고, 완판본의 경우 71장본이다. 정하영이 역주한 심청전 교주본(「심청전」, 『한국고전문학전집』13, 고려대 민족문화연구소, 1995)을 대상으로 작품분석 및 인용을 하였다. 인용 대목에서는 페이지만을 밝히기로 한다.

입 가요, 사설 및 고사성어, 한시 등이 풍부하다. 특히 한남본에 비하여 심봉사의 성격화가 충분하게 이루어져 있고, 작품의 후반부로 갈수록 심봉사의 비중이 커지는 특징을 보여준다.[8] 이처럼 심청전은 다양한 이본들이 존재하면서 하나의 작품군을 이룬다고 할 수 있다. 이런 이유로 어느 하나의 판본만을 패러디의 원본으로 확정짓는데는 무리가 따른다. 특정한 어떤 이본도 공동 창작품이라 할 수 있는 〈심청전〉 작품군 전체를 대표할 수 없기 때문이다. 따라서 〈심청전〉의 패러디에 대한 논의는 여러 이본들 사이의 공통적인 내용[9]을 중심으로 논의하는 것이 타당하다고 생각한다.

고소설 〈심청전〉에서 심봉사의 모습은 크게 두가지 모습으로 그려진다. 하나는 부인과 자식인 심청으로부터 절대적인 존경과 숭배를 받는 존귀한 모습이고, 다른 하나는 동네아낙과 아이들로부터 놀림을 받을 정도의 빈천한 모습이다.

첫 번째 심봉사의 모습은 한남본과 완판본 모두에 걸쳐 나타난다. 한남본에서 전생에 노군성이었던 심봉사는 명문거족의 후손이고, 아내 역시 "셩문지녀로 품질이 유한ᄒ고 용뫼 작약"(18)하다. 심봉사를

---

8) 간혹 이 두 본 사이에 송동본 계열을 설정하기도 한다. 송동본은 문체, 내용 면에서 한남본과 완판본의 중간적 성격을 띠고 있다. 〈심청전〉의 이본에 대한 연구는 최운식의 "〈심청전〉의 구조와 의미"(최동현·유영대 편, 『심청전 연구』, 태학사, 1999)를 참고하였다.

9) 여러 이본 사이의 공통적인 줄거리를 정리하면 다음과 같다.
a. 심청이 고귀한 가계의 만득독녀로 신성한 태몽 뒤에 출생한다. b. 일찍 모친을 잃고, 심봉사의 동냥으로 자란다. c. 비범성을 보이며, 동냥과 품팔이를 하여 아버지를 봉양한다. d. 아버지의 눈을 뜨게 하려고 공양미 삼백 석에 몸을 판다. e. 인당수(인단소)에 몸을 던진다. f. 용궁에 갔다가 용왕의 도움으로 돌아온다. g. 황후(왕비)가 된다. h. 아버지를 만나기 위해 맹인잔치를 연다. i. 심청과 심봉사가 만나고, 심봉사는 눈을 뜬다.

희화화하는 데 중요한 역할을 하는 뺑덕어미나 황봉사도 등장하지 않고, 후취부인도 안씨맹인이 아니라 왕의 중매로 만난 좌승상 임한의 딸로 설정된다. 심봉사는 이기적이고 소심한 인물로 그려지기는 하지만 마지막까지 명문거족으로서의 품위를 잃지는 않는데, 혼인날 심봉사의 모습은 "길일을 당ᄒᆞ미 초공이 위의를 갓쵸와 혼가로 ᄂᆞ오ᄀᆞ ᄒᆡ녜홀시 신낭의 헌앙홈과 신부의 현슉ᄒᆞ미 ᄎᆞ등이 업는지라."(70)라고까지 그려지고 있는 것이다. 완판본에서도 심봉사는 기본적으로 "양반으 후여로 힝실이 청염ᄒᆞ고 지조가 강긔ᄒᆞ니 사름마닥 군자라 층ᄒᆞ"(74)는 인물로, 곽씨 부인 역시 어질고 지혜로우며 모든 부덕을 다 갖춘 것으로 형상화되어 있다.

무엇보다 심봉사가 존귀한 존재인 것은 그의 부인과 자식인 심청에 의해서인데, 그들에게 있어 심봉사야말로 초월적 주체에 맞먹을 만큼의 절대적인 존재이다. 산후뒤탈로 죽어가는 곽씨부인은 죽어가는 자신이나 이제 막 태어난 심청보다도 심봉사의 안위를 걱정할 정도이다. 곽씨 부인의 강박적이라고까지 할 심봉사에 대한 숭배는 딸인 심청에게는 더욱 강화된 형태로 이어진다. 예닐곱 살이 되었을 때부터 동냥을 해서 심봉사를 봉양하는 것은 기본이고, 결국에는 자신의 목숨까지 바치는 것이다. 죽음을 앞두고도 심청의 머리 속을 채우는 것은 온통 심봉사에 대한 걱정뿐이다. 이후에도 심청은 出天大孝라는 말이 모자랄 정도로 심봉사만을 생각할 뿐인데, 그것은 동해용궁에서도 나중에 황후(한남본에서는 왕비)가 되어서도 그치지 않는다.

이러한 심봉사의 모습은 아버지의 이름(Name of The Father)10)에

---

10) 아버지의 이름은 프로이트의 『토템과 터부』에 묘사되어 있는 아버지의 신화적 형상에서 파생된 개념이다. 아버지의 우세한 형상은 특수한 개인이 아니라 추상화된 아

값하는 존재라 하지 않을 수 없다. 현재 우리가 볼 수 있는 〈심청전〉은 19세기 이후에 이루어진 것들로서,[11] 조선 후기의 사회 상황이 밑바탕에 깔려 있다. 위에서 살펴본 것처럼 심봉사를 위해 곽씨 부인이나 딸인 심청이 자신을 희생해가면서까지 떠받드는 〈심청전〉의 가족관계는 조선조 후기에 들어 확립된 유교적 가부장제[12]의 극단적인 모습을 반영한다.

그러나 〈심청전〉에는 가부장으로서 절대적인 모습의 심봉사만 존재하는 것이 아니라, 우스꽝스러운 모습의 심봉사도 함께 존재한다. 이러한 모습은 문장체 소설인 경판본에서는 전혀 나타나지 않는데 비해 완판본에서 선명하게 드러난다. 완판본에서 심봉사는 뺑덕어미가 온갖 추행을 일삼고 심청이 죽음으로 남긴 재산이 없어지고 있음에도 "여러 희 주린 판이라 그 중의 실낙은 잇셔 아모란 줄을 모르"(p.162)는 인물이고, 황성가는 길에 목욕하다 옷을 잃고 봉변을 당하기도 하고, 맹인잔치 가는 길에 방아 찧는 여인네들과 어울려 방아타령을 하며 노는 등 골계적이고 욕망에 충실한 저속한 인물이다.

이처럼 희화화된 심봉사의 모습을 이해하기 위해서는 그러한 모습

버지 역할로 여겨진다. 이때 아버지의 역할은 어머니의 특권적인 소유와 법의 시행자로서의 기능을 특징으로 한다. 이 법의 시행자가 지니고 있는 금지의 능력은 궁극적으로 아이의 사회적 정체성을 결정한다.(Jacques Lacan, *Ecrits : A Selection*, Trans. Alan Sheridan, New York : Norton, 1977)

11) 장석규, 「심청전의 서사구조 연구」, 경북대 박사논문, 1993, 24~38쪽.
12) 조선조 후기에 이르러 부계 혈통 계승을 원칙으로 가계를 이어가게 되었으며, 친족조직을 강화하기 위해 혼인을 수단화하여 여성을 남성에 예속시키게 되었다. 이렇게 해서 가부장권은 절대적인 것이 되었으며, 여성은 이것의 유지를 위한 하나의 도구적 존재로 전락한다.(이효재, 「한국 가부장제의 확립과 변형」, 여성한국사회연구회 편, 『한국가족론』, 까치, 1990, 21쪽)

이 등장하는 완판본의 성격에 대한 이해가 선행되어야 한다. 완판본은 수용자의 관심과 흥미에 민감하게 반응할 수밖에 없는 판소리의 영향을 가장 크게 받은 이본으로서 당대 사람들의 의식을 반영할 수밖에 없었을 것이다.13) 따라서 완판본에 나타난 희화화된 존재로서의 심봉사는 가부장으로서의 절대적인 존재인 심봉사를 야유하고 조롱하려는 당대 사람들의 의식을 반영한 것이라 파악할 수 있다. 앞으로의 논의에서 밝혀지겠지만, 희화화된 심봉사의 모습은 이후의 패러디 작품에서 점점 더 확대되는 양상을 보인다.14)

그러나 고소설 〈심청전〉에서 희화화 된 심봉사의 모습은 특정 이본에서만 발견될 뿐 아니라, 그러한 이본에서조차 일시적인 현상에 불과하다. 완판본에서도 심봉사는 심청(심황후)과의 대면으로 눈을 뜬 이후 부원군의 지위에 올라 영특한 아들을 얻고, 죽어서는 왕의 예로 안장되어 황후의 삼년상을 받을 정도의 존귀한 지위에 다시 오르기 때문이다. 이는 고소설 〈심청전〉에서 심봉사의 상이 존귀하고 절대적인 존재로서의 가부장임을 증명하는 것이라 할 수 있다.

---

13) 이처럼 골계적으로 표현된 심봉사의 모습은 판소리 광대들의 창작으로 여겨지며, 판소리 광대들의 새로운 현실관과 미감에 근거를 둔 재담으로 파악된다.(조동일, 「〈심청전〉에 나타난 비장과 골계」, 『심청전 연구』, 유영대·최동현 편, 1999, 태학사, 304쪽)

14) 성현경(「심청전론2-판소리 문학으로서의 〈심청전〉」, 『한국옛소설론』, 새문사, 1995.)은 문장체 〈심청전〉이 판소리체 〈심청전〉보다 선행했을 가능성이 크다는 주장을 편다. 또한 문장체 〈심청전〉에서 판소리체 〈심청전〉으로 넘어오면, 심청이 아니라 심봉사를 중심으로 이야기가 전개되며, 문장체 〈심청전〉에서 확연하던 謫降話素가 현저히 약화됨으로써 심봉사는 현저히 세속적이고 이기적인 현세적 인물이 되어버린다고 말한다. 그의 주장에 따른다면, 고소설 〈심청전〉 작품군 사이에서도 시간의 경과와 함께 심봉사의 속화와 희화화가 진행되어 왔다고 말할 수 있다.

3. 백치가 된 아버지

채만식은 고전문학의 패러디에 큰 관심을 갖고 여러 편의 작품을 남긴바 있다.[15] 심청전을 패러디한 작품으로는 '沈봉사'라는 동일 제목의 희곡 2편[16]과 미완의 장편소설 2편[17]이 존재한다. 제목이 심청전이 아닌 '沈봉사'인데서도 드러나듯이 채만식의 관심은 심청의 삶보다는 심봉사에 가닿아 있다.[18] 그런데 채만식의 소설은 모두 미완으로서 곽씨 부인이 심청을 낳고 죽은 후의 상황에서 끝난다. 이는 고소설 심청전의 극히 초반에 해당하는 내용만을 담고 있을 뿐만 아니라 원전에서의 패러디 양상도 미약한 수준에 머물고 있다. 따라서 채만식의 심청전 패러디의 의미는 희곡을 통해서 살펴보는 것이 타당하다고 여겨진다.[19]

---

15) 이에 대한 최근의 대표적인 연구로는 다음과 같은 것이 있다.
방민호, 「채만식 문학에 나타난 식민지적 현실 대응 양상」, 서울대 박사논문, 2000.
정홍섭, 「채만식의 조선 고전 패로디 : 심봉사와 허생전」, 『한국학보』 111집, 2003.

16) 「沈봉사」(1936년 완성, 유고로 『韓國文學全集』 33권, 民衆書館, 1960 게재)
「沈봉사」, 『全北公論』, 1947. 10.-11.

17) 「沈봉사」, 『新時代』, 1944. 11.-1945. 2.
「沈봉사」, 『協同』, 1949. 3,5,7,9.

18) 이것은 다음과 같은 작가의 말에서도 확인할 수 있다. "나는 구소설 심청전을 줄거리 삼아 「沈봉사」라는 이름으로 주장 人間 沈봉사를 그려냄으로써 새로운 沈淸傳 하나를 꾸며 보겠다는 野心이 진작부터 있었고 이번이 그 두 번째의 機會인 것이다."(『協同』, 1949.3., 135쪽)

19) 채만식의 첫번째 희곡 작품은 7막 20장으로 이루어진 매우 긴 작품으로 1936년에 발표되었고, 두 번째 작품은 3막 6장의 비교적 짧은 길이로 1947년에 발표되었다. 두 작품의 내용을 순서대로 정리하면 다음과 같다.
심청의 출생(서막), 곽씨부인 사망(1막 1장), 곽씨 부인 장례(1막 2장), 젖 동냥 다니는 심봉사(1막 3장) / 어머니에 대한 그리움을 느끼는 심청(2막) / 아버지 대신 동냥 나가는 심청(3막 1장), 동네 사람들의 도움과 심청의 효성(3막 2장) / 개천에 빠진 채만식의 〈沈봉사〉가 고소설 〈심청전〉과 가장 크게 구별되는 점은 비현실적인 세계가 배제되고 있다는 점이다. 고소설 〈심청전〉의 중요한 특징은 작품의 공간이 '천상계-지상계-수중계-지상계'로 이어짐으로써, 현실적인 세계 외에 비현실적인 세계가 서사의 전면에 펼쳐져 있다는 것이다. 이에 비해 심봉사에는 지상계의 이야기만 나온다. 천상계나 수중계는 소거된 채, 보통의 근대적 문학작품처럼 일상적 공간만이 펼쳐져 있는 것이다. 이것은 작품의 부기(附記)에서 "「심청전」의 커다란 지류가 되어 있는 불교의 '눈에 보이지 않는 힘'을 완전히 말살 무시한 것"(p.101)을 자신의 〈沈봉사〉의 중요한 특징으로 꼽고 있는 데서도 알 수 있듯이 작가의 의도에서 비롯된 것이다.[20] 채만식 작품 내에서도 초기작보다는 후기작에 오면서 비현실적 요소가 더욱

심봉사를 탁발승이 구해줌(4막 1장), 심봉사 공양미 삼백석 약속(4막 2장), 심청 제숙으로 팔려 가기를 선인들과 약속(4막 3장), 심청 아버지에게 장승상댁 수양딸로 간다고 거짓말(4막 4장) / 행선 날 새벽에도 아버지를 걱정하는 심청(5막 1장), 팔려 가는 심청(5막 2장) / 뺑덕어미의 등장과 자신을 책망하는 심봉사(6막 1장), 망녀대를 세우고 심봉사에게 재산을 남긴 장승상 부인 떠남(6막 2장), 뺑덕어미는 심봉사의 재산을 탕진하고 심봉사는 장님 잔치에 초대받음(6막 3장), 황봉사와의 만남(6막 4장), 뺑덕어미와 황봉사의 도주(6막 5장) / 승상부인과 장봉사(前 船人領座 張哥)로부터 심청의 얘기를 듣는 왕후(7막 1장), 심청의 투신 장면(7막 2장), 심청의 환생 연극과 심봉사의 개안, 심청의 죽음을 확인한 심봉사 자신의 눈을 찌름(7막 3장) - 1936년 作
탁발승에게 공양미 삼백석을 약속하고 걱정하는 심봉사(1막 1장), 심청은 제숙이 되기를 결심하고, 연인인 송달은 이를 만류(1막 2장), 뺑덕어멈과 송달에게 심청이 제숙으로 팔려 갔다는 말을 듣고 기절하는 심봉사(2막 1장), 송달을 사랑하는 홍녀 등장(2막 2장), 송달과 홍녀의 심청 생환 연기로 눈을 뜬 심봉사는 죄책감에 자신의 눈을 찌름(3막 1장), 다시 장님이 된 심봉사는 효녀심랑지사(孝女沈娘之祠)라는 현판이 붙은 누각에서 바다를 보며 심청을 생각(3막 2장) - 1947년 作

20) 그러나 심봉사가 심청을 확인하기 위해 눈을 뜬다는 결말 부분에서는 비현실적인 요소가 개입되고 있다.

더 줄어드는데, "황주 도화동 기타 송도 왕궁"(28)이라는 애매한 지명
은 "황주 도화동과 예성강 어귀의 해변"이라는 구체적인 공간으로 바
뀌는 것을 그 예로 들 수 있다.[21]

이처럼 현실성이 크게 강화된 채만식의 작품에서 심봉사의 성격
또한 큰 변모를 보여준다. 심봉사는 과거 급제를 통해 출세하려는
욕망에 들린 모습으로 변화된다. 이것은 희곡뿐만 아니라 채만식의
미완성 소설들에도 공통되는 사실이다. 오히려 소설(〈심봉사〉, 1944.
11.–1945. 2.)에서는 곽씨 부인이 심청을 낳은 후에도 "어쩌면 자녀를
두고 싶던 욕망보다도 이편이 차라리 더 강렬하였을는지도 모른다."[22]
고 하여 개안에 이은 출세욕이 무엇과도 바꿀 수 없는 가장 절실한
욕망으로 그려지고 있다.

　　눈을 뜬다? 눈을 떠? 흐흐 근 사십 년 앞을 못 보고 고생하던 눈을
다시 뜬다. 눈을 뜨고 광명을 다시 본다. 흐흐흐흐. 어이구 인제는 살았
다. 우리 어여쁜 심청이 얼굴도 볼 수 있으렷다. 시방처럼 손으로 만져보
지 않고 뜬눈으로 본단 말이지, 흐흐 가만 있자. 내가 그해에 과거를 보러
서울로 가려다가 눈병이 나서 못 가고는 영영 눈이 멀었겠다. 응, 그러면
눈을 떠가지고 다시 과거를 본단 말이야. 과거를 보아서 장원급제를 해서
귀히 되어가지고 우리 딸 심청이도 호강을 시켜 주고 오옳지 옳지, 불쌍하

---

21) 이러한 비현실적인 공간과 사건의 소거 내지는 최소화는 그 이전부터 진행되어 오던
　　것이다. 1916년에 발표된 〈몽금도전〉(작자미상, 박문서관)을 대표적인 경우로 들
　　수 있다. 고소설 〈심청전〉의 내용과 대부분 유사한 〈몽금도전〉에서는 물에 빠진
　　심청이 옥황상제의 명을 받은 용왕이 아닌 뱃조각으로 바뀌고, 심청의 용궁행은 용
　　궁에 가는 꿈으로 대체된다. 그리고 심봉사가 심청을 다시 만났을 때, 눈을 뜨는
　　것과 같은 신이한 기적도 제거되어 있다.
22) 『채만식전집 6』, 창작과비평사, 1989, 180쪽. 앞으로 채만식 소설의 인용 대목에서
　　는 이 책의 페이지만을 밝힌다.

게 죽은 우리 마누라 무덤 앞에 비도 해 세우고, 그리고 이 동리 사람들한
테는 모다 제각기 소원대로 무얼 시켜 주어야지.23)

위의 인용문은 탁발승에게 공양미 약속을 한 이후의 심봉사가 생각
하는 바를 서술한 것인데, 탁발승의 공양미 삼백석 요구에 응하는
심봉사의 욕망 이면에는 고소설 심청전에서는 찾아볼 수 없는 새로운
욕망이 등장한다. 고소설에서 심봉사가 300석을 약속하는 것은 단순
히 "안진박 쏩사등이 셔릅다 흔들 부모 쳐자 바로 보고, 말 못흐는
벙어리도 셔릅다 흔들 쳔지 만물 보와 잇네."(110–112)라는 말에서 알
수 있듯이 눈이 먼 것에서 오는 불편함에서 벗어나고자 하는 바램
때문이다. 한남본에서는 거기에 덧보태어 "목금의 듸시듀롤 흐면 일
녀도 귀히 될 쑨 아니라 노야의 폐안이 쓰이리이다."(20)라고 하여,
심청이가 귀하게 될 것을 염려하는 부모의 마음 정도가 첨가되어 있
을 뿐이다. 그런데 채만식의 〈심봉사〉에서는 과거를 보아 장원급제를
하고, 가족을 호강시키고, 나아가 동리 사람들에게까지 영향력을 펼
치고 싶어하는, 즉 立身揚名의 출세욕이 개입되어 있는 것이다.
이러한 심봉사의 욕망은 후기작 〈심봉사〉에서는 한층 강화되어 나
타난다. 이 작품은 "이 일을 어떡헌단 말인고. 이렇게 잊어버리다가는
요행 눈을 뜨기로소니 무슨 수루 과거를 보드란 말인고."(172)라면서
과거 급제에 대한 욕망을 드러내는 것으로부터 시작된다. 그러한 욕
망은 평범한 동네 아낙인 귀덕이네에게 공부를 물어볼 정도의 과장된
모습을 연출할 정도이다. 심봉사는 탁발승에게 공양미 300석을 약속

<hr>

23) 『채만식전집 9』, 창작과비평사, 1989, 59쪽. 앞으로 채만식 희곡의 인용 대목에서는
이 책의 페이지만을 밝힌다.

하고 "번쩍 눈을 떠 광명천지를 다시 보아 흐흐. 과거를 보아 급제를
해 벼슬을 해. 늦게나마 영광을 누려. 조상과 가문을 빛내어 흐
흐."(177)라며 흐뭇해한다. 이제 '광명'이나 '심청'을 볼 수 있다는 소박
한 바램은 장원 급제라는 욕망 앞에 사라져 버린 것이다. 고소설에서
나 초기작 〈沈봉사〉에서는 시주 약속 이후에 심봉사가 곧바로 자신의
경솔함에 대하여 자책을 하지만, 이 작품에서 심봉사는 송달이 나타
나 약속 이행의 현실적 불가능성을 말하기 전까지 그것을 눈치채지
못한다.24) 이러한 심봉사의 모습은 자기 욕망의 실현을 위해 여타의
인간적 가치를 외면하는 근대적인 인간상25)을 구현한 것이라 이해할

24) 그런데 이들 작품에서는 개인적인 욕망에 들린 심봉사와는 어울리지 않게 고소설
〈심청전〉에 비해 심봉사가 심청에게 느끼는 죄의식이 매우 강한 것으로 그려지고
있다. 심청이 모든 마음을 심봉사에게 향해 있듯이, 심청이 팔려간 이후 심봉사의
모든 마음은 심청에게 향해 있는 것이다. 심봉사가 보여주는 심청에 대한 이러한
집착은 심봉사가 자신의 출세를 열망했고 그 결과 무의식적일지라도 심청을 죽음으
로 내몰았다는 죄책감에서 기인하는 것이다.(유인균, 「한국고전소설 〈심청전〉의 정
신역동적 연구」, 서울대 석사논문, 1992. 윤인선, 「버림받은 딸들의 희생효」, 전북대
석사논문, 2001. 위의 논문들에서는 상세한 분석을 통해 심봉사가 무의식적으로 공
양미 마련을 위해 심청을 팔고자 했음을 분석하고 있다.)
25) 이것은 탁발승의 모습에서도 확인할 수 있는데, 〈沈봉사〉에 등장하는 탁발승은 고소
설과 달리 사기꾼에 가까운 형상으로 그려진다. 초기작에서부터 탁발승은 오직 시주
에만 관심이 있을 뿐이다. 그리고 계속해서 입을 삐쭉하며 정성 이전에 공양미 300석
을 강조하는 모습을 보인다. 후기작에 이르러서는 물에 빠진 심봉사를 "재수 없네.
저걸 모른 척허구 갔단 동네놈들이 혹시 보드래두 욕을 할 것이구."(174)라며 마지못
해 구하면서, 현몽을 꾸었다는 거짓말을 하기도 한다. 나중에 탁발승은 300석의
약속을 지키지 않으면 벙어리와 앉은방이가 되고 "유황불 지옥으루 가서 영겁의 고
초"(177)를 받을 것이라 협박하는 모습을 통해 자신의 탐욕과 이기적 욕망을 선명하
게 보여준다.
이러한 탁발승의 모습은 최인훈의 「달아 달아 밝은 달아」에까지 그대로 이어진다.
이 작품의 화주승도 "재물을 안 드리면 부처님 힘 빌 수 없소?"라는 심봉사의 물음에
"다 정성인데 빈손에야 할 수 있소."(최인훈 ,『옛날 옛적에 훠어이 훠이』, 문학과
성사, 2000, 258쪽. 앞으로 이 작품의 인용 대목에서는 이 책의 페이지만을 밝힌다.)

수 있다.

그러나 채만식이 그려낸 심봉사의 성격에서 더욱 주목해야 할 것은 고소설에서 보이던 고귀한 존재로서의 심봉사의 모습이 현격히 약화되어 있다는 점이다. 채만식은 처음부터 심봉사를 주책스런 인물로 그리고 있다. 초기작에서 곽씨 부인이 산통을 느끼자 배탈이 난 것으로 안다든가, 옷집 부인에게 가서 "얼른 와서 애기를 좀 낳아 주어요."(30)라고 말하는 모습은 백치에 가까운 모습이라고 할 수 있다. 후기작에서도 심봉사는 환갑이 가까운 나이에도 과거에 대한 욕망을 불태우며 갖가지 희극적인 모습을 연출한다. 물론 고소설 〈심청전〉에서도 심봉사의 무능력하고 골계적인 모습은 드러난다. 그러나 그것이 바보스러울 정도의 모습은 아니며, 완판본의 후반에 보이는 심봉사의 익살스러운 모습은 방자형 인물이 보여주는 것처럼 꾀돌이의 모습에 가깝다. 즉 바보스러운 백치의 모습은 아닌 것이다. 더군다나 고소설 〈심청전〉에서 익살스러운 심봉사의 모습은 아내인 곽씨 부인이나 자식인 심청에게는 철저하게 보여지지 않는다.

그러나 〈沈봉사〉에서는 심봉사의 무능력할 뿐만 아니라 바보스럽기까지 한 모습이 아내나 자식에게 그대로 노출되고 있다. 그럼에도 곽씨 부인이나 심청의 절대적인 숭배의 자세에는 아무런 변화가 없다. 이러한 모습은 비장미를 불러오기보다는 오히려 심봉사를 향한 풍자적 효과를 가져 온다. 무능력할 뿐만 아니라 우스꽝스럽기까지 한 심봉사에게 절대적인 숭배나 봉양을 해야 할 이유가 없기 때문이다. 더군다나 심봉사는 고소설과는 달리 개인적인 출세의 욕망에 들

라며 물질에 집착을 보이고 있다.

려 있기에, 심청이나 곽씨 부인의 심봉사를 향한 복종과 존경이 가지는 부조리함은 더욱 심화되고, 심봉사를 향한 풍자적 효과는 배가되는 양상을 보여 주고 있다.

심봉사의 무능력하고 바보스러운 성격이 가져오는 효과는 결말 부분에서 심봉사가 눈을 뜨지만, 자신의 눈을 찔러 다시 봉사가 된다는 설정26)을 새롭게 바라볼 수 있는 여지를 만들어 준다. 눈을 뜨기 위해 딸을 팔고, 결국에는 개안을 했음에도 다시 봉사가 되고 마는 심봉사는 "선악의 도덕률에 의해 지배되는 인간이 아니라 욕망에 이끌리고 열정적으로 그것을 추구하다가 그것에 지배되고 마침내 파멸하기까지 하는 인간, 즉 극히 근대적인 인간의 형상"27)임에는 분명하다. 동시에 그것은 더 이상 심봉사가 법과 권위의 상징으로서의 아버지일 수 없음을 의미하는 것으로서, 심봉사가 자식을 희생시키면서까지 자신을 권위를 지킬 수 있는 가부장일 수 없음을 상징하는 것이다. 그런데 자해 이전까지 심봉사의 눈 먼 상태는 아래의 인용문에서 알 수 있듯이 개선의 여지가 남겨져 있는 상태였다.

　　눈은 눈알이 상하였다거나 곯아 찌부러졌다면 도로 나수다니 생의도 못할 노릇이나, 불행중 다행인지 불행인지 눈알만은 성하였다. 눈알이 아팠거나 농이라든지 굿은물 같은 것이 흐르거나 한 일이 없었던 것으로 미루어 눈알이 상하지 아니한 것은 십분 분명하였고, 겉으로 보기에도

---

26) "눈에 보이지 않는 힘을 완전히 말살 무시한"다고 하면서 창작한 〈沈봉사〉에서 심봉사의 개안이라는 비현실적인 사건만은 끝내 바꾸지 않았다는 것은 심봉사의 개안과 뒤이은 자해가 작품 내에서 지니는 의미가 그만큼 크다는 것을 증명하는 것이다.
27) 방민호, 「채만식 문학에 나타난 식민지적 현실 대응 양상」, 서울대 박사논문, 2000, 131쪽.

정녕 성한 눈알이었다. 그런 성하고 아무렇지도 아니한 눈알 위에가 무엇인지 엷고 희끄무름한 거풀이 한 거풀 덮이어 가지고, 그것이 가리어 눈이 보이지 않는 것이었다. 이 덮인 거풀만 벗어지면 눈은 도로 보이리라는 것이 당자 심학규나 가족들의 여망거리였다. (167쪽)28)

이런 상태에서 개안 후에 눈을 자해한다는 것은, '눈알'을 상하게 하여 완전히 눈을 뜰 가능성을 상실한 상태로 변한다는 것을 의미한다. 고소설 〈심청전〉에서 심봉사를 빈천한 존재에서 부귀를 한몸에 지닌 절대적인 존재로 상승시키는 결정적인 사건이었던 개안이 〈沈봉사〉에 와서는 불가능해 진 것이다. 이는 심봉사가 다시는 존귀하고 절대적인 존재로서의 가부장이 될 수 없음을 의미한다. 동시에 이것은 조선 후기에 확립된 가부장제가 더 이상 시대의 기본적인 가치규범이 될 수 없음을 의미하는 것이기도 하다. 이런 맥락에서 백치가 된 심봉사의 모습도 시대와는 어울릴 수 없는 가부장에 대한 조롱으로 해석할 수 있다. 나아가 심봉사를 국가(성)로 심청을 국가의 발전을 위해 동원되는 여성으로 확대 해석하는 것이 가능하다면,29) 영원히 개안의 가능성을 상실한 심봉사의 모습은 식민지로 전락한 가부장제 국가 조선을, 제숙으로 팔린 후 고소설에서처럼 황후(왕비)가 되어 돌

---

28) 이 인용문이 희곡이 아닌 소설에서 가져온 것이기는 하지만, 소설의 기본적인 구도가 희곡과 동일하다는 것을 고려할 때, 희곡 속 심봉사의 상태 역시 이와 크게 다르지 않은 것으로 판단된다. 또한 희곡의 기본적인 성격상 인용문과 같은 구체적인 명시가 되어 있지 않을 뿐이지, 기본적인 상황은 인용문과 일치한다.

29) 황영주(「심청전 읽기로 본 한국에서의 근대국가와 여성」, 『한국정치학회보』 34집 4호, 2000, 84쪽)는 「심청전」을 한국의 근대국가 형성 과정과 여성간의 관계를 나타내는 것으로 파악하며, 심청의 아버지에 대한 헌신을 한국여성의 근대국가에 대한 희생과 동일한 의미를 갖는 것으로 해석하고 있다. 이 때 눈이 먼 심봉사는 국가(성)로 심청의 효는 한국 여성들의 국가발전을 위한 희생으로 설명하고 있다.

아오지도 못하고 서사에서 사라져 버린 심청은 아무런 인정도 받지 못한 채 희생된 식민지 치하의 힘없는 여성들을 의미한다고 할 수 있다. 이러한 결말이 국가 상실의 시기인 식민지 시기(1936)에 창작된 초기작은 물론이거니와 해방기(1947)에 창작된 작품에서도 공통된다는 것은 해방기 역시 국가와 국민간의 관계에 있어 근본적인 변화가 없음을 의미하는 것으로 볼 수 있다.

4. 이욕(利慾)에 눈 먼 아버지

1970년 〈어디서 무엇이 되어 만나랴〉를 시작으로 몇 편의 희곡 작품30)을 쓴 바 있는 최인훈은, 1978년 〈심청전〉의 패러디물인 〈달아 달아 밝은 달아〉31)를 발표한다. 이 작품에도 '공양미 삼백석에 몸을

---

30) "그의 희곡은, 설화적 소재를 채택하였다는 사실과 詩와 같은 지문과 대사 등으로 인하여 '읽히는 희곡'으로서 그 위치를 확고히 하고 있다."(사진실, 「〈달아 달아 밝은 달아〉의 구조와 의미」, 『한국극예술연구』 4집, 1994, 147-148쪽)

31) 그 내용을 정리하면 다음과 같다.
a. 심봉사는 300석 약속을 지키지 못해 저승사자에게 끌려가는 꿈을 꾸고, 심청이 장부자네 수양딸(소실)로 가기를 바란다. b. 심청은 300석을 구하기를 기도하고, **뺑**덕어미는 뱃사람과 심청이의 만남을 주선한다. c. 뺑덕어미는 심봉사에게 심청이 떠나는 모습을 말로 재현해 주고, 심봉사는 공양미의 반만 부처님께 바치고, 나머지 돈으로는 색주가를 차리자는 **뺑**덕어미의 제안을 받아들인다. d. 용궁루라는 색주가에 팔려온 심청은 여러 중국인들에게 성매매를 하며 고통스러워한다. e. 인삼장수 김서방과 사랑에 빠지고, 백년가약을 맺기로 약속한다. f. 김서방의 도움으로 자유의 몸이 된 심청은, 김서방이 사랑의 증표로 준 거울을 간직한 채 조선으로 가는 배를 탄다. g. 해적에게 걸려 해적 소굴로 납치된다. h. 부엌, 빨래터 등에서 심청은 해적들로부터 무자비한 능욕을 당한다. i. 조선과의 전쟁에 청부를 맡은 해적들과 함께 조선을 떠난다. j. 전쟁터에서 끌려가는 이순신 장군을 만난다. 보따리를 소매치기 당하고, 사람들은 괴물을 주시하듯 심청을 쳐다본다. k. 눈까지 먼 할머니 심청이 용궁

팔고, 용에게 바쳐지고, 죽고, 환생하고, 돌아온다는' 고소설 〈심청전〉
의 기본적인 서사구조가 그대로 적용되고 있다. 그러나 기본적인 서사
구조에서만 동일한 뿐, 심청이 구체적으로 겪는 사건들의 내용은 판이
하게 다르다. 그것은 최인훈의 작품에서는 그 어떤 비현실적이거나
초현실적인 존재도 철저하게 배제된 결과이다. 채만식의 작품에서
그나마 남아 있던 심봉사의 개안이라는 비현실적 사건마저도 배제되
고 있다. 표현수법은 환상적이고 상징적이지만, 주요 사건의 전개가
모두 현실적인 인과관계로만 이루어지고 있는 것이다.

채만식이 그려 보인 심봉사는 고소설의 심봉사와는 달리 개인적인
출세욕에 눈을 뜬 인물이자, 훨씬 더 우스꽝스럽고 권위를 상실한
모습으로 그려지고 있다. 그러한 심봉사의 모습은 최인훈의 작품에
오면 또 다른 양상으로 변화되어 나타난다. 다음의 인용문은 공양미
약속을 한 이후 심봉사가 심청과 대화를 나누는 대목인데, 여기에서
심봉사는 개인적 욕망에 눈을 뜬 차원에서 한 단계 더 나아간 모습을
보여준다.

> 심 청   아이구, 아버지/백미 삼백 석을/어디서 얻으려구
> 심봉사   (머뭇거리며)/왜, 네가 전날에/하던 말 있잖냐?
> 심 청   무슨 말?
> 심봉사   그, 장부자네가/너를 수양딸로/삼겠다던 말
> 심 청   (기가 질려 한참만에)/……그랬지요
> 심봉사   그 말이 불쑥/하도 서럽던 김에/생각나서/내가……그만
> 심 청   실은…… 수양딸이 아니라…… 그 집 소실로 오라는 말이었어요

다녀온 이야기를 미화하여 아이들에게 해주고, 돌아오지 않는 아버지와 김서방을
기다린다.

심봉사	아이구 그랬더냐? 내가 가지 말라기를 잘했지
심 청	……
심봉사	그러나저러나 부처님 앞에 죄를 지었으니 저승 사자가 날 데리러 왔으니 인제 도리 있겠느냐? 내가 저승 사자한테 하루만 말미를 달라 했으니 인제 너를 보는 것도 하루뿐이로구나
심 청	아이구 이 일을 어쩌누
심봉사	눈까풀이 들어붙지 말구 이 주둥아리가 들어붙었더면 좋았을 것을 (자기 입을 때린다)
심 청	(말리며) 진정하세요…… 좋은 수가 있을지
심봉사	좋은 수라니? (한참 후에) 장부자네 소실 얘기 말이야?
심 청	……내가 마다기에 다른 여자를 들였다 합디다
심봉사	………
심 청	(멍하고 앉아 있다)
심봉사	나는 죽었구나 (이불을 뒤집어쓴다)(259-260쪽)

고소설 〈심청전〉이나 채만식의 작품에서 심봉사는 탁발승의 눈을 뜨게 해준다는 말에 앞뒤 가리지 않고 약속을 한 후에 후회하는 모습으로 그려지고 있다. 그런데 최인훈의 작품에서는 심청이 장부자네 수양딸로 가는 것을 염두에 두고, 공양미 약속을 한 것으로 그려진다. 이것은 심봉사가 딸의 희생을 분명하게 의식한 상태에서 자신의 욕망을 이루고자 했음을 보여주는 것이다. 더군다나 장부자네가 요구한 것이 수양딸이 아니라 소실이었음이 명백해진 상황에서도, 심봉사가 "장부자네 소실 얘기"를 꺼내는 모습은 심봉사가 딸의 성(性)을 팔아서

라도 자신의 욕망을 이루고자 했음을 증명한다. 이전 작품에서는 심봉사가 심청을 팔아서라도 자신의 눈을 뜨고 싶어하는 욕망이 무의식적인 것으로만, 즉 서사의 심층에 암시적으로만 나와 있을 뿐이었다. 그러나 〈달아 달아 밝은 달아〉에서는 그러한 욕망이 노골적으로 서사의 전면에 노출되어 있는 것이다. 이 작품의 대부분은 심청이 공양미 마련을 위해 색주가로 팔려간 이후, 인형으로 표현될 만큼의 극단적인 상황에서 중국인과 해적들에게 유린당하는 것으로 채워져 있는데, 그러한 심청의 고통이 커지면 커질수록 심봉사의 이기성도 강하게 부각된다.

그런데, 여기서 짚고 넘어가야 할 것은 심봉사의 욕망이 단순히 개안에 있지 않다는 것이다. 개안(開眼)은 겉으로 드러난 명분일 뿐, 공양미 처리 과정에서 보여주는 심봉사의 행태는 심청을 색주가에 넘긴 진짜 이유가 개안이 아닌 자신의 편안한 생활을 위한 것에 있었음을 보여 주고 있다. 그나마 딸을 팔아 먹은 비행을 조금이나마 정당화할 수 있는 '장님'이라는 심각한 장애 때문이 아니라 단순히 자신의 이익을 위해 심봉사는 딸을 색주가에 팔아 넘긴 것이다. 아래의 인용문에서 심봉사는 눈을 뜨게 해준다는 공양미의 효험을 믿지 않을 뿐만 아니라, 공양미를 자신의 이익을 위해 사용하고자 하는 욕망을 적나라하게 보여 주고 있다.

심봉사   공양미를 —— (머뭇거린다)
빵덕어미 부처님 앞에 공양미 삼백 석을 바치면 눈이 떠진다고는
            하나 그 말을 어찌 믿겠소? 그러니 삼백 석 한 무더기로
            바칠 게 아니라 백오십 석만 바치면 눈 하나는 뜰 것이

	아니요, 내사 봉사어른 눈 보고 모시려는 몸이 아니니 나 만 좋으면 외눈인들 어떠하오?
심봉사	자네가 가히 제갈공명 뺨치겠고 왕소군이 울고 가겠소.
뺑덕어미	내 말이 그 말이오 그러니 봉사님은 이 몸만 척 믿고 지내 시오, 사정 모르는 동네 사람들이 딸이 대국 청루에 몸을 팔아 얻은 공양미 삼백 석을 가로챘다 이러쿵저러쿵 입방 아를 찧어싸니 천지가 황주 도화동뿐이 아닌데 이놈의 고 장 훨훨 떠나 봉사님과 이 뺑덕어미 한 쌍 원앙되어 돈 있으면 고향이요 대처 찾아 자리잡고 백오십 석 밑천으로 색주가나 차리고 보면 이 몸의 화용월태 뭇나비들이 여름 부나비 불을 좇아 모이듯 모여들 게 아니오(270쪽)

심봉사는 심청이 중국의 색주가에 자신을 팔아 가면서까지 마련한 공양미를 몽은사에 보내야 할지 머뭇거린다. 이러한 머뭇거림은 그가 심청을 판 이유가 자신의 눈을 떠야겠다는 이유 때문이 아님을 강하게 증명하는 것이다. 더군다나 백오십 석만 몽은사로 보내고 나머지는 자신들의 이익을 위해 쓰자는 뺑덕어미의 얘기에 '제갈공명'이나 '왕소군'이라는 표현까지 써가면서 적극적으로 찬동하고 있다. 〈달아 달아 밝은 달아〉에서 심봉사와 뺑덕어미의 관계는 일종의 동업자적 관계이다. 고소설이나 채만식의 작품에서 뺑덕어미가 악인으로 설정 되어 심봉사의 곤궁한 처지나 순박한 심성을 돋보이게 하는 역할을 했다면, 이 작품에서 둘은 아무런 충돌도 없이 현실적 이득이라는 목표를 향해 서로 힘을 보태고 있는 것이다.

사실상 〈심청전〉은 그것을 아무리 효행담으로 미화하더라도 딸을 팔아먹을 수밖에 없는 비참한 현실이 밑바탕에 깔려 있는 작품이다.32) 그런데 고소설 심청전에는 아비가 딸을 팔아먹었다는 암시적 사실을 감추기 위한 장치가 곳곳에 배치되어 있다. 한남본이 특히 그러한데, 심청이 제숙으로 끌려가기 전에 곧 좋은 일이 있을 것이라는 현몽을 한다거나, 용왕이 장황하게 심청과 심봉사의 전생 이야기를 하는 것 등이 모두 심봉사의 죄를 감추기 위한 설정이다. 채만식의 〈沈봉사〉에서도 심봉사가 역경 속에서 심청을 기른 과정을 나열하는 것, 심봉사가 큰 죄책감에 끊임없이 시달리는 것 등이 그러한 장치에 해당한다.

그러나 최인훈의 작품에서는 심봉사의 파렴치한 행각, 즉 딸을 파는 행위를 숨기기 위한 어떠한 장치도 배치되어 있지 않다. 적나라하게 심봉사의 속화된 욕망이 펼쳐져 있을 뿐이다. 이는 마치 포도주에 취한 노아가 벗은 채로 잠이 들자 이를 감추기 위해 셋째 아들 야벳이 덮어 주려는 외투가 벗겨진 모습에 해당한다. 심봉사는 외설적 초자아(Obscene Superego)의 형상으로 그려지고 있는 것이다. 심봉사는 더 이상 심청이 욕망하거나 상상적 동일시의 대상이 되는 자애로운 아버지가 아니라 자식에게 외상적 폭력을 휘두르고 여자들을 독점하는 외설적인 아버지이자 실재계의 아버지인 것이다.33)

---

32) 유영대, 『심청전 연구』, 문학아카데미, 1989, 172-179쪽.
  김대숙, 「愚夫賢女 說話와 '심청전'」, 『판소리 연구』 4집, 판소리학회, 1993 참조.
33) 라깡은 세 가지의 아버지를 말한다. 상징적 아버지는 어머니 덕택에 도입되는 이름으로서의 아버지로, '법' '이름'으로서의 아버지를 말한다. 다음으로 상상적 아버지는 '내'가 만들어낸 이상적 상으로서의 아버지로 '이마고'로서의 아버지이다. 마지막으로 실재계의 아버지는 거세의 수행자로서의 아버지로 이상적인 이미지와 괴리되어 있고 상징적 의미작용의 망으로 포섭되지 않는 아버지를 말한다.(필리프 쥘리앵, 『노아의 외투 : 아버지에 관한 라캉의 세 가지 견해』, 홍준기 옮김, 한길사, 2000. 슬라보예 지젝, 『당신의 징후를 즐겨라!:할리우드의 정신분석』, 주은우 옮김, 한나래, 1997.)

이러한 심봉사의 모습은 용이라는 상징적인 이미지로 압축되어 드러난다. 고소설이나 그 이전의 어떤 심청전 패러디에도 없는 뺑덕어미와의 문답을 통해 심봉사는 자신이 "갑진생이니 용띠가 아니겠소?"(264)라고 말한다. 〈달아 달아 밝은 달아〉에서 용은 심청을 짓밟는 중국인들이나 해적들을 나타낼 때 사용되는 이미지이다. 이 작품에서 심청을 구원해 주고 백년가약을 맺는 인삼장수 김서방이 갈매기로 표상되는 것을 제외하면, 심청과 관계를 맺는 모든 남자들은 용으로 표상된다. 작품 속에서 이러한 상징을 갖는 용으로 심봉사가 표상된다는 것은 심봉사가 심청에게 가지는 의미 역시 해적이나 중국인 호색한들과 별반 다를바 없음을 드러내는 것이다.

고소설 〈심청전〉에서 심봉사는 희화화 된 모습을 보이기도 하지만 기본적으로 존귀하고 절대적인 존재로서의 가부장이다. 이와 달리 채만식의 〈沈봉사〉에서 심봉사는 개인적인 욕망에 눈을 뜬 근대적인 인간인 동시에 가부장으로서의 자신을 조롱하는 백치형 인물이기도 하다. 그런데 최인훈의 작품에서 그려진 심봉사에게는 존귀하거나 바보스러운 모습이 사라지고 없다. 그에게 남은 것은 오직 악마적인 이욕뿐이다. 그는 백치라기보다는 영악하며, 자신의 욕망을 채우는 데는 유능하다고까지 말할 수 있다.

5. 결론

고소설 〈심청전〉에서 곽씨 부인이나 딸인 심청이 자신을 희생해가면서까지 떠받드는 심봉사의 모습은 아버지의 이름(Name of The

Father)에 값하는 존재라 하지 않을 수 없다. 고소설 〈심청전〉에는 희화화된 모습의 심봉사도 존재하지만, 결국에는 존귀하고 절대적인 존재로서의 지위를 회복한다. 이와 달리 채만식의 〈沈봉사〉에서 심봉사는 개인적인 욕망에 눈을 뜬 근대적인 인간인 동시에 가부장으로서의 자신을 조롱하는 백치형 인물이다. 그가 개안 후에 눈을 자해한다는 것은, 심봉사가 다시는 존귀하고 절대적인 존재로서의 가부장이 될 수 없음을 의미하는 것이다. 나아가 심봉사를 국가(성)로 심청을 국가의 발전을 위해 동원되는 여성으로 확대 해석하는 것이 가능하다면, 영원히 개안의 가능성을 상실한 심봉사의 모습은 식민지로 전락한 가부장제 국가 조선을, 제숙으로 팔린 후 고소설에서처럼 황후(왕비)가 되어 돌아오지도 못하고 서사에서 사라져 버린 심청은 아무런 인정도 받지 못한 채 희생된 식민지 치하의 힘없는 여성들을 의미한다고 할 수 있다. 최인훈의 〈달아 달아 밝은 달아〉에서 그려진 심봉사는 백치라기보다는 영악하며, 자신의 욕망을 채우는 데는 유능한 인물로 그려진다. 심봉사는 더 이상 심청이 욕망하거나 상상적 동일시의 대상이 되는 자애로운 아버지가 아니라 자식에게 외상적 폭력을 휘두르고 여자들을 독점하는 실재계의 아버지인 것이다.

심봉사는 시간의 흐름과 함께 존귀하고 절대적인 존재로서의 가부장에서, 개인적인 욕망에 눈을 뜬 백치스런 인물을 지나, 영악하고 이욕에 민감한 인물로 변화되어 오고 있다. 그것은 한마디로 타락과 속화의 과정이라고 정리할 수 있다. 그런데 황석영의 〈심청〉에 와서는 심봉사의 목소리가 작품 내에서 사라져 버린다. 심봉사는 곽씨부인이 나타나는 굿판에서마저 그 모습이 보이지 않는 것이다. 끊임없는 속화의 과정을 밟아온 심봉사가 이제는 무화되는 지경에 이르고 있는 것이다. 이처럼 우리 문학사에 대표적인 아버지상 중 하나인 심봉사가 변화되어 나가는 모습을 지켜보는 일은 하나의 과제로서 우리 앞에 계속해서 남아 있을 것이다.

찾아보기

▮ 저자 이경재

서울대 국어국문학과를 졸업하고 동대학원에서 박사학위를 받았다. 2006년 문화일보 신춘문예로 등단했다. 현재 아주대에서 글쓰기와 현대문학을 가르치고 있다. 저서로는 『단독성의 박물관』(문학동네, 2009. 우수문학도서 선정), 『한설야와 이데올로기의 서사학』(소명, 2010), 공저로는 『현대소설의 구조와 미학』(태학사, 2005), 『어문학 연구의 넓이와 깊이』(역락, 2006), 『한국현대작가와 불교』(예옥, 2007), 『실전 글쓰기』(아카넷, 2010) 등이 있다.

한국현대소설의 환상과 욕망

2010년 12월 10일 초판 1쇄 펴냄

지은이 이경재
펴낸이 김흥국
펴낸곳 도서출판 보고사

책임편집 이경민
표지디자인 윤인희

등록 1990년 12월 13일 제6-0429호
주소 서울특별시 성북구 보문동7가 11번지 2층
전화 922-5120~1(편집), 922-2246(영업)
팩스 922-6990
메일 kanapub3@chol.com
http://www.bogosabooks.co.kr

ISBN 978-89-8433-855-5 93810
ⓒ 이경재, 2010